Franz-Josef Körner

DER SONNENSTEIN

DANK

Initiator, Autor und Verleger bedanken sich für umfangreiche Informationen unter anderem bei Jörg Lang, Magnus Häutle, Familie Pelzl, Architekt Michael Graf, Harald Kirschner, Volker Kraus, Reinhard Halder, Nicole Baur, Martin Schneider und Franz Maier, der in der Sonne geboren wurde.

IMPRESSUM

Initiator:	Wolfgang Wiedemann
Autor:	Franz-Josef Körner
Gesamtherstellung:	BAUER-VERLAG, Gennachstraße 1, 87677 Thalhofen, www.verlag-bauer.de ISBN 978-3-95551-154-8
Cover:	Angela Schulz
Fotos:	© BAUER-VERLAG

Franz-Josef Körner

DER SONNENSTEIN

Ein historischer Roman über die Geschichte
der Tafernwirtschaft *Sonne* in Hirschzell

BAUER-VERLAG
www.verlag-bauer.de

Wolfgang Wiedemann

Vorwort

Historische, geschichtliche Zusammenhänge sind für mich sehr wichtig. Mich interessieren die Lebensläufe der Vorfahren meiner eigenen Familie, der Menschen um mich, die Geschichte von Häusern, Straßen, die Entstehung von Vereinen und Gemeinschaften und vieles mehr.

Bei meinem Wirken in unserer ehemaligen Firma, der Sensortechnik Wiedemann GmbH, habe ich sehr viele Kontakte mit anderen Firmengründern und mit Mittelstandsfirmen geknüpft, die zum Teil auf eine 200 Jahre währende Geschichte zurückblicken können. Ebenso hat mich die Geschichte des Dorfes Hirschzell fasziniert: die Thomaskirche, die Feld-Kapelle Sankt Marien und natürlich die Vergangenheit der *Sonne*. Deshalb war ich mit meinem Lions-Freund Dr. Stefan Fischer zweimal im Archiv der Diözese Augsburg, um nach Informationen zu diesen Gebäuden zu „graben“.

Die Historie der *Sonne* stand für mich natürlich in den letzten Jahren ganz oben. Was könnte dieser Platz, auf dem das ehemalige Gasthaus steht, für eine Rolle gespielt haben in der Geschichte von Hirschzell, welches erstmals 839 erwähnt wurde? Schließlich kam mir die Idee, die Geschichte Hirschzells während der letzten 1180 Jahre in einem Roman zum Leben zu erwcken. Dabei müssen die zeitlichen Eckdaten und alles historisch Belegbare korrekt dargestellt werden. Alles andere sollte eine frei erfundene Geschichte sein, in der das Leben der Menschen in vergangenen Epochen, die Bedeutung von Macht und die daraus entstehenden Probleme beschrieben werden. Und das in einer unsteten

Abfolge, immer wiederkehrend, bei immer anderen handelnden Menschen. Da kommen Fragen auf, wie: Menschlich sein, was ist das? Ehrlichkeit, Treue, wahre Liebe, aber auch Gier, Scheinheiligkeit, Egoismus prägen das Leben. Stark sein, nicht aufgeben, sich treu bleiben: dieses Lebensmotto begleitet die Menschen in allen Jahrhunderten. Ebenso die Einsicht, dass man es nie allen recht machen kann. Wie können Menschen das Schicksal für sich selbst, ihre Familie und die Gemeinschaft beeinflussen, wo sind sie fremdbestimmt, abhängig von den jeweiligen politischen und wirtschaftlichen Verhältnissen?

Dies alles in einem Roman über Hirschzell zu berücksichtigen, das hätte mich total überfordert. Da hätte ich noch mal ein Leben gebraucht und viel Talent zum Schreiben. So war ich ganz froh, dass ich durch den Verleger Sepp Bauer Franz-Josef Körner als Autor gefunden habe, der schon mehrere historische Romane geschrieben hat. Wir drei lagen und liegen auf der gleichen Wellenlänge. So enthält der vorliegende Roman viele meiner Vorstellungen und Ideen. Ich wünsche und hoffe, dass die Leser dies auch erkennen.

Ich widme dieses Buch meiner Frau Kathi, die mich bei diesem Projekt stets positiv kritisiert und unermüdlich motiviert hat.

Franz-Josef Körner

Dichtung und Wahrheit

„Der Sonnenstein" ist kein Sachbuch, sondern ein Roman. Darin erzähle ich vom Dorfgasthof *Sonne* und vom Ort Hirschzell. Die Geschichte ist ein Kaleidoskop aus historischen Fakten und Fiktion. So ist zum Beispiel die Person Herilo historisch überliefert, über sein tatsächliches Leben ist aber so gut wie nichts bekannt. Auch gab es auf dem Schlossberg über Hirschzell nachweislich eine Burg, allerdings wurden für diese vielleicht nichts weiter als die Grundmauern errichtet. Wer weiß? Sucht man in den Quellen nach Informationen darüber, stößt man überwiegend auf das Wort vermutlich. Ähnlich verhält es sich mit der Historie der *Sonne*, von der es erste schriftliche Überlieferungen erst ziemlich spät gibt. Wahrscheinlich war das Gasthaus lange Zeit eine sogenannte Tafernwirtschaft. Gesicherte Quellen gibt es aber erst ab dem 18. Jahrhundert.

Vieles ist also ausgedacht, erfunden. Der Roman spannt einen Bogen über die Jahrhunderte. Diese sind mit Schicksalen gefüllt, aber nicht alle Geschichten können zu Ende erzählt werden. Kehrt der Bräutigam vielleicht doch noch zurück? Bestimmen Glück oder Unglück das weitere Leben einer Person?

Hier ist der Leser eingeladen, die eigene Fantasie spielen zu lassen.

HANDELNDE PERSONEN

9. Jahrhundert

Historisch: Herilo (Mönch?, Priester?), Karl der Große (747 – 814)
Karl II. (genannt Karl der Kahle, 823 – 877)
Ludwig I. (genannt Ludwig der Fromme, 778 – 840)
Abt Erchanbert (†854)
Fiktiv: Fenya (Bauerstochter), Georg (Fenyas Vater, Großbauer am Auerberg), Soldaten (namenlos), Priester von Stöttwang, Bruder Michael und Bruder Volkhard (Mönche der Benediktinerabtei Kempten), Gerold und Odilia (erste Ankömmlinge in Herilescella)
Burkhard (Schmied), Edda (Burkhards Frau)

13. Jahrhundert
Historisch: Volkmar II. von Kemnat (genannt Volkmar der Weise, 1205 – 1283), Markwart (Volkmars Sohn)
Ulrich IV. (Graf von Ulten, 1193 – 1248)
Fiktiv: Kunigunde (Wirtstochter), Kaiserliche Gesandte (Legaten vom Stauferhof), Hermann und Konradin (Vasallen von Volkmar II.)

17. Jahrhundert
Historisch: Ammann (Hirschzell)
Fiktiv: Ava (alte Frau, Weissagerin), Priester (Stöttwang), Mesmer, Tafernwirt

18. Jahrhundert
Fiktiv: Magda (flieht im Siebenjährigen Krieg aus Schlesien)
Agnes (Magdas Tochter), Gerolf (Magdas 1. Mann)
Karl (Kriegsflüchtling), Anna (Karls Frau)
Magnus (Magdas 2. Mann, Großbauer in Hirschzell)
Nonne (der Franziskanerinnen in Kaufbeuren, heilkundig)
Tafernwirt (Magdas 3. Mann), Max (Sohn des Tafernwirts)

19. Jahrhundert
Historisch: Leopold Graf (Wirt der Tafernwirtschaft in Hirschzell)
Fiktiv: Crescentia Graf (geb. Bechteler), Crescentias Großmutter
Ludwig Graf (Wirtssohn, Bräutigam Crescentias), Johann (Knecht)

Gegenwart
Marie Fischer (Architektin), Eleonora Apolonia Herlein (Maries Großmutter), Katharina Hofmann (Maries Adoptivgroßmutter)
Sidonie Fischer (Maries Adoptivmutter)
Elisabeth Fischer (Maries leibliche Mutter, Zwillingsschwester von Sidonie)
Herr Hühnetöter (Oberamtmann), Dr. Peter Heinrich (Historiker)
John (Maries Arbeitgeber, US-Amerikaner)
Nonne (Crescentia-Kloster, Kaufbeuren), Halim (Flüchtling)
Ashtar (Halims kleine Schwester)
Priester (Pfarrgemeinschaft Kaufbeuren)
Bürger von Hirschzell

PROLOG
AUERBERG
anno 816

Es war die eisigste Nacht. Bereits vor Sonnenuntergang war die klirrende Kälte aus dem Tal heraufgekrochen, um unter dem riesigen Mond ihren Eishauch über die Schneefelder der Bergkuppe zu legen. Die Kälte brach Äste von den Bäumen und ließ den Stamm der uralten Eiche bersten. Selbst die Rauchfahne des Gehöfts schien zu Eis geworden. Der stumpfe Kirchturm ragte wie eine erstarrte Mahnung in den Himmel.

Das Vieh brüllte und stampfte in den Ställen. Plötzlich war es still, obwohl es die vermummte Gestalt, die gebückt über den Hof schlich, nicht sehen konnte. Doch nun schabte die Unterseite der Stalltür über den hart gefrorenen Schnee und die Tiere hoben die Köpfe. Heu wurde zusammengeschoben und ein Bündel darauf abgelegt. Dann verschwand die Gestalt so rasch, wie sie gekommen war.

Die Eiseskälte regierte wieder die Winternacht.

1. Teil

Herilo
(835 – 849)

Marie blieb stehen und atmete den Geruch des Flusses ein. Sie war am Wendepunkt ihrer Jogging-Strecke angelangt, die Isar beschrieb hier einen sanften Bogen. Es war ihre Lieblingsstelle, mit den Trauerweiden und dem hohen Gras auf der sanft abfallenden Böschung. Sie setzte sich und wartete, dass sich ihr Atem beruhigte. Das frisch gestochene Tattoo auf ihrem linken Oberarm brannte, die Haut dort leuchtete dunkelrot. *In den ersten Tagen solltest du körperliche Anstrengung besser vermeiden.* Der Rat des Tätowierers, eines freundlichen, glatzköpfigen Riesen, der seinen imposanten bloßen Oberkörper als Werbefläche nutzte, war gut gemeint gewesen. Trotzdem hatte sie ihn ignoriert.

Sie blickte auf das grüne Wasser, das träge dahinzog, und auf die tief hängenden Weidenzweige, die kaum sichtbare, sich stets verwischende Spuren ins Wasser zeichneten.

Wie die eigenen Spuren? Oder die der anderen?

Die bittere Erinnerung überfiel sie urplötzlich wie aus dem Nichts. Der zähe, endlos wirkende Kampf der Mutter. Beinahe ein dreiviertel Jahr hatte sie mit dem Tod gerungen. Oder war es nicht vielmehr das Leben gewesen, um das es bei diesem Ringen ging? Wachkoma. So hatten die Ärzte diesen Zustand benannt. Ein dreiviertel Jahr, neun Monate, von denen Marie die meiste Zeit am Bett ihrer Mutter verbrachte, die regungslos dalag, die Augen ebenso regungslos auf sie gerichtet. Nur die Lippen bewegten sich, ohne Unterlass, Tag und Nacht, wie es schien, in einem verzweifelten Kampf, der Tochter etwas mitzuteilen, das hervorwollte, es aber nicht schaffte, eine irgendwie unüberwindliche Barriere zu durchbrechen. Ihre Mutter wollte, musste ihr etwas mitteilen, Marie spürte es ganz genau, diese Botschaft war das Wichtigste, das alles Entscheidende, eher konnte sie nicht gehen!

Und dann starb sie doch. Sie wurde kleiner und kleiner, jeden Tag ein bisschen, als wollte sie die Entwicklung vom Kind zur alten Frau wieder umkehren, als wollte sie am Ende ganz verschwinden. Marie hatte Blüten auf den Leichnam gestreut, der aussah wie ein kindlicher, weißer Engel. Nun waren die Augen geschlossen, ebenso die Lippen - und das, was sich dahinter aufgestaut hatte, das Ungesagte, blieb für immer verborgen.

Noch heute, drei Jahre, nachdem ihre Mutter gestorben war, rätselte Marie darüber, was es wohl gewesen sein mochte, welches Geheimnis sie mit ins Grab genommen hatte. Oder war da gar nichts gewesen – hatten die Lippen sich nur bewegt, weil es das Einzige war, das sich noch bewegen ließ?

Marie rührte sich, wie um etwas abzuschütteln, und stand auf. Sie streckte sich und machte sich dann daran, den holprigen Weg entlang der Isar zurückzutraben.

Der Postbote war ein schüchterner junger Mann mit rötlichem Haar und schlaksigen Bewegungen, die ebenso ungelenk wurden wie seine Sprache, sobald Marie in die Nähe kam. Jetzt stolperte er auf sie zu, als hätte er mit dem Brief auf sie gewartet, den er bedeutungsvoll schwenkte. Sie wechselten ein paar Worte und er hielt das Schreiben wie ein Pfand, das es ihm ermöglichte, so lange wie möglich in ihrer Gegenwart zu sein. Sie kramte in ihrer Tasche nach dem Haustürschlüssel, ließ den Postboten währenddessen plappern, zog ihm aber schließlich doch den Brief aus der Hand, schloss auf und verschwand im Hausflur.

Verwundert las sie auf dem Weg nach oben im Sichtfenster über ihrer Anschrift den Absender:

Amtsgericht Kaufbeuren

Vor ihrer Wohnungstür blieb sie stehen und betrachtete misstrauisch den Umschlag. Ein Irrtum. Was sonst? Weder mit einem Amtsgericht noch mit einer Stadt namens Kaufbeuren hatte sie irgendetwas zu tun. Ganz bestimmt nicht. Wo lag Kaufbeuren überhaupt? Irgendwo im Allgäu. Sie war noch nie dort gewesen. Nicht einmal in der Nähe. Nachdenklich ließ sie den Brief sinken, sperrte auf und trat ein. Sie ging in die Küche, setzte sich an den Tisch und blickte eine Weile auf die grauen Hausdächer gegenüber. Dann öffnete sie den Umschlag, zog zwei Blätter heraus und schüttelte ungläubig den Kopf. Das Schreiben handelte von einer Verstorbenen, deren Namen sie noch nie im Leben gehört hatte. Es informierte sie in bestem Amtsdeutsch darüber, dass sie die letzte lebende Verwandte und somit die einzige Erbin war.

In Sachen Hehrlein, Eleonora Apolonia, + 20.02.2014

Sehr geehrte Frau Fischer,

nach Aktenlage sind kraft Gesetzes zu Erben berufen:
Fischer Marie Apolonia, geboren am 05.03.1991, Gralstraße 12, 81925 München

Von Ihrem Erbrecht erhalten Sie hiermit Kenntnis. Wegen der Möglichkeit der Erbschaftsausschlagung wird auf das beiliegende Merkblatt verwiesen.

Bitte teilen Sie mit, ob Sie die Erbschaft …

Maries Kopfschütteln wurde noch ungläubiger. Sie ließ das Schreiben sinken. Gegenüber flog von den Dächern ein Schwarm Krähen auf.

Ein Irrtum. Es konnte nichts anderes sein: ein Missverständnis. Einfach ein von den Mühlen der Verwaltung verursachter Irrtum.

AUERBERG
835

Das Licht fiel in schrägen Streifen durch die Fichtenäste, verweilte einen Augenblick auf den Überresten der alten römischen Festungsmauer und erlosch dann. Herilo sah zum Himmel. Eine Wolke hatte sich vor die Sonne geschoben. Er saß dort oben, am Waldrand, wo man hinab auf die weite Fläche blickte, die sich bis zum Fuß der dunklen Bergketten am Horizont erstreckte.

Er hatte kein Auge für die Erhabenheit des Ausblicks. Er war aufgewühlt. Ihr Kuss brannte auf seinen Lippen. Er legte zwei Finger darüber, ein hilfloser Versuch, den vergangenen Moment festzuhalten.

Sie hatte gerade noch bei ihm gesessen. Fenya, Tochter des Bauern. Dem hier alles gehörte, außer der Kirche oben auf der Bergkuppe. Obwohl er nach ein paar zu kräftigen Schlucken aus dem Weinschlauch gern auch das Gotteshaus zu seinem Eigentum erklärte. Wie sagt der Name?, lallte er dann, denn er selbst hieß Georg, wie der heilige Märtyrer, der Drachentöter, zu dessen Ehren und Schutz die Kirche benannt war. Wobei, einen leibhaftigen Drachentöter hätte man derzeit gut gebrauchen können. Immer wieder gab es totes Vieh auf den Weiden, die Kehlen und Bauchdecken aufgerissen, der halbe Unterleib weggefressen. Was lag da näher, als dass ein Drache sein Unwesen trieb? Man hatte schon nach dem Pfarrer gesandt, der kommen sollte, um die Fluren auch in diesem Jahr wieder mit Weihwasser zu besprengen. Schließlich war ein Drache ein Geselle des Teufels, und Ausgeburten der Hölle kam man, wenn überhaupt, am besten mit geweihtem Wasser bei. Herilo hingegen dachte weniger an einen Drachen. Er glaubte das, was er sah. Und Drachen hatte er noch keinen gesehen, wohl aber das Werk von Wölfen oder Bären, wenn sie eine Herde heimsuchten und im Blutrausch alles rissen, was nicht fliehen konnte.

Er stand auf, ging die wenigen Schritte zu dem Pfad, den das Vieh in das Gras getrampelt hatte, und lief ein Stück Wegs aufwärts, bis er die Quelle erreichte. Er war durstig, trank aus der hohlen Hand und bereute es sogleich. Jetzt hatte das Wasser Fenyas Kuss fortgewaschen. Wie war es möglich, dass er so fühlte? Erst vor wenigen Augenblicken war sie weggegangen, doch schon dachte er, es würde ihn zerreißen vor Sehnsucht nach ihrer Nähe!

Ich werde sie zur Frau nehmen! Er stampfte mit dem Fuß wie ein trotziges Kind. *Sie ist bei mir gelegen, also gehören wir zusammen! Gleich heute Abend gehe ich zum Bauern und sage es ihm. Ich bin jung und stark, ich kann arbeiten wie ein Ochse und er muss mir Fenya geben. Es gibt keinen Besseren als mich. Hier nicht, in der ganzen Gegend nicht.*

Während seine innere Stimme immer wieder diese Worte aufsagte, beharrlich wie ein Gebet, fühlte er, wie die Tränen der Verzweiflung in ihm aufstiegen. Er besaß nichts, rein gar nichts, was er dem Bauern für seine Tochter hätte anbieten können. Wie sollte der auf einen Handel mit ihm eingehen? Es gab ja nichts zu handeln. Der Bund zwischen einem Mann und einer Frau war ein Geschäft. Kein Bauer würde seine Tochter hergeben, ohne Vieh oder Land dafür zu bekommen. Am besten beides.

Trotzdem. Heute Abend. Der Bauer war zwar für seinen Jähzorn bekannt, aber Herilo musste Mut fassen. Mut hatte er, mehr als jeder andere. Ein ganzes Wolfsrudel hatte er schon einmal in die Flucht geschlagen und die Schafe und Lämmer gerettet.

Heute Abend. Wer nicht wagt, der nicht gewinnt.

Herilo verließ die Quelle und lief unterhalb der Kirche über die abfallende Weide. Eine Kuh musste bald kalben und vielleicht, wenn er Glück hatte, konnte er sich beweisen, indem er das Kalb holte. Im letzten Jahr, im Herbst, hatten neun Kühe nur Totgeburten hervorgebracht, er selbst war dabei gewesen und hatte dem Bauern geholfen, die toten Kälber an den Hinterbeinen aus den Leibern der Kühe zu ziehen. Der Bauer war der festen Meinung gewesen, dass es nur ein Fluch gewesen sein konnte, der dieses Unheil über den Viehbestand des Hofs gebracht hatte. Er war sich auch sicher, wer für die Verwünschung die Schuld trug. Das konnte nur die alte Hexe gewesen sein, die unterhalb der Alpe Gelchenwang in einer heruntergekommenen Hütte im Wald wohnte. Es gab wenig Zweifel, dass nicht Liuthar, dem die Alpe gehörte, ihr den Auftrag für den Fluch gegeben hatte. Schließlich war der Käse vom Auerberg schon lange den stinkenden Klumpen von Gelchenwang zumindest ebenbürtig. Der Bauer war sich gar sicher, dass sein Käse viel besser war als der des Konkurrenten. Trotzdem, Gelchenwang belieferte immer noch den fränkischen Königshof und bestimmt fürchtete der alte Liuthar, das Privileg des Hoflieferanten an den Auerberger zu verlieren. Und flüchtete sich deshalb in Hexenwerk. Also hatte Georg seine Knechte und sich selbst mit Mistgabeln und Dreschflegeln bewaffnet und war gen Gelchenwang marschiert. Allerdings mussten sie unverrichteter Dinge zurückkehren, wenngleich von Anfang nicht ganz klar war, *welche Dinge* es überhaupt zu verrichten galt. Wollten sie den alten Liuthar und sein Gesinde denn auf ihre Mistgabeln spießen? Wohl eher nicht. Man war Nachbar, und in diesen Zeiten, in denen die Söhne Ludwigs des Frommen ihre Machtkämpfe auf dem Rücken der kleinen Leute ausfochten, mehr aufeinander angewiesen denn je.

Doch die Sache löste sich von selbst. Als Georg mit seinen Knechten die Alpe erreichte, weilte der alte Liuthar nicht zu Hause. Er hatte sich eine junge Frau genommen und wollte mit ihr Nachkommen zeugen. Nun versuchte er sich als Pilger zu einer heiligen Reliquie, um sich dort den Segen für die Wiedergewinnung seiner Manneskraft zu besorgen.

Die trächtige Kuh scherte sich keine Spur um Herilos Wünsche. Sie lag auf der Weide, käute träge wieder und schlug mit dem Schweif, um die Fliegen zu verjagen. Heute würde sie nicht mehr kalben, so viel stand fest. Der Abend rückte näher und Herilo wurde immer unruhiger. Wie sollte er es dem Bauern sagen, wie sein Anliegen vorbringen? Er war ungebildet und dumm, nicht wie der Pfarrer mit seinen geschliffenen Predigten oder die beiden Mönche, die im Herbst in der Stube ihr Lager aufgeschlagen hatten und in einer Sprache beteten, die sie Latein nannten. Kein Mensch verstand sie, nicht einmal sie selbst, so hatte man den Eindruck. Und bald erkannte man, dass es ihnen weniger ums Beten, sondern viel mehr um die Keulen der Martinsgänse ging, deren Geschnatter und Geschrei man noch zwei Tage zuvor gehört hatte.

Herilo hatte sich im Stillen schon öfter zurechtgelegt, wie er sein Anliegen vorbringen wollte, als er mit seinen Fingern an beiden Händen zählen konnte. Fenya hatte er seit dem frühen Nachmittag nicht mehr gesehen. Während er am Morgen den Mist gesammelt und danach das Vieh gehütet hatte, war sie mit der Magd dabei, den Mist auszustreuen. Für gewöhnlich war dies Arbeit für das männliche Gesinde. Doch von den beiden Knechten, die normalerweise zum Hof gehörten, war der alte gestorben. Der andere hatte sich den Magen verdorben, lag auf seinem Strohsack und jammerte derart, dass man glauben konnte, er würde dem Alten alsbald folgen.

Der Tag neigte sich dem Ende zu und die Sonne war hinter den Baumwipfeln verschwunden. Herilo rang mit sich. Wenn er noch länger wartete, wurde es ganz dunkel und alle gingen schlafen. Es war bestimmt keine allzu gute Idee, vor der Lagerstatt des Bauern um dessen Tochter zu verhandeln. Er wollte sich gerade auf den Weg machen, als er wieder innehielt. Von der anderen Seite des Auerberges erklang ein kaum wahrnehmbares Geräusch, das nun aber mehr und mehr anschwoll. Hufgetrappel. Herilo kannte sich mit Schafen, Ziegen und Rindern aus, weniger wusste er von Pferden. Aber bald gab es keinen Zweifel mehr – was sich da dem Georgshof näherte, waren Pferde, es mussten zwei oder drei sein. Und bestimmt saßen auf den Gäulen Reiter. Herilo lief los, bald rannte er. Er erreichte den Scheitelpunkt auf Höhe des Karrenwegs, der aus dem Tal heraufführte. Schnell sprang er zur Seite, beinahe wäre er von den zwei Reitern niedergeritten worden. Er landete im Dreck. Einer der Männer fluchte und schrie ihn an, den dummen Bauerntölpel, der den Soldaten von Karl dem Kahlen wie ein aufgeschreckter Hammel vor die Pferde sprang. Die Kinder, die den Reitern hinterhergerannt waren, lachten ihn aus.

Marie las auf dem Türschild: Amtsgericht Kaufbeuren. Herr Hühnetöter, Oberamtsrat. Sie klopfte, hörte ein sonores »Herein« und trat ein.

Herr Hühnetöter trug einen taubenblauen Anzug. In der Brusttasche seines Jacketts steckte ein gelbrotes Seidentuch, farblich passend zur gestreiften Krawatte. Die ergrauten Schläfen und die randlose Brille, ein beginnendes Doppelkinn und ein wenig Übergewicht fügten sich in das Bild des gutsituierten Mittfünfzigers. Wie immer, wenn es um seinen Namen ging, fühlte er sich bemüßigt, diesen zu erklären:

»Wissen Sie, junge Frau, *Hühnetöter* hat nichts damit zu tun, dass die Hauptbeschäftigung meiner Vorfahren war, Hühner ins Jenseits zu befördern.«

An dieser Stelle lächelte er wissend und pausierte. Marie wartete darauf, dass er fortfuhr. Der Spätsommertag war schwülheiß und stickig, selbst der Ventilator neben dem wuchtigen Schreibtisch kam gegen die Hitze kaum an. Die Fahrt von München nach Kaufbeuren in dem vollbesetzten Zug war eine Tortur gewesen. Der Oberamtsrat tupfte sich die Stirn ab:

»*Hühne* steht hier keinesfalls für Hühner. Sie verstehen – also nicht der Plural von Huhn.« Er wies auf den gepolsterten Stuhl vor Marie. »Aber setzen Sie sich doch.«

»Ja.« Marie nahm Platz. Sie hatte wenig Interesse an der Etymologie des Namens. Ihr war hauptsächlich daran gelegen, den Irrtum aus dem Weg zu räumen, der hier offensichtlich vorlag. »Können Sie mir erklären, was es mit diesem Testament …?«

Herr Hühnetoter hob dozierend die Hand: »*Hühne* ist nämlich das altdeutsche Wort für *Hunne*. Das ist die Bedeutung meines Namens: meine Vorfahren haben ihren Namen als Ehrenbezeichnung erhalten. Sie waren besonders gut darin – nicht Hühner – sondern *Hunnen* zu töten! Ich kann meinen Stammbaum bis ins fünfte Jahrhundert nach Christus zurückverfolgen. Bis zur Zeit der großen Völkerwanderung und zu Attila mitsamt seinen

Hunnen. Wobei der Name *Attila* wissenschaftlich nicht belegt ist. Aber ich will Sie nicht mit Details langweilen.« Der Oberamtsrat beugte sich verschwörerisch vor: »Und keine Angst, Sie müssen sich nicht vorsehen. Hunnen töten ist ja auch ein wenig aus der Mode gekommen.«

Marie gab sich Mühe, zumindest belustigt zu wirken. Trotzdem wanderten ihre Augen über den Umschlag, der vor dem Oberamtsrat auf dem Schreibtisch lag. Herr Hühnetöter bemerkte ihren Blick. In seiner Stimme schwang ein leichter Vorwurf mit.

»Das Testament. Ja. Wenn es um ein Erbe geht, werden die meisten Menschen ungeduldig. Es geht ja um Geld.« Er seufzte theatralisch. »Darf ich also zuerst das entsprechende Schreiben unserer Dienststelle sehen? Und Ihren Ausweis, bitte.«

Marie reichte ihm beides. Sie rutschte unruhig auf dem Sessel hin und her. In dem Raum war es trotz des Ventilators viel zu heiß und die ausschweifende Art des Oberamtsrats ging ihr auf die Nerven. Sie hatte die Zugfahrt nur auf sich genommen, weil man ihr von Seiten des Amtsgerichts erklärt hatte, sie könne die Angelegenheit weder telefonisch noch schriftlich erledigen. Persönliches Erscheinen sei unabdingbar.

»Hören Sie«, begann sie, während der Oberamtsrat die erste Seite des Schreibens zur Seite legte und sich gewissenhaft der zweiten widmete. »Ich weiß, dass es sich hier um ein Versehen handeln muss. Mir ist keine Person mit dem Namen Hehrlein bekannt und schon gar nicht bin ich mit ihr verwandt. Es handelt sich also um einen Irrtum. Ich bin lediglich hier, um diesen Irrtum aufzuklären.«

Der Oberamtsrat legte nun auch das zweite Blatt zur Seite und gab Marie ihren Ausweis zurück. Erneut tupfte er seine Stirn ab. Dann nahm er den braunen Umschlag vom Schreibtisch, hielt ihn hoch und schüttelte den Kopf:

»Nein. Kein Irrtum. Ganz gewiss nicht. Sie werden im Testament ja namentlich und mit Geburtsdatum genannt. Und zwar als Alleinerbin. Ich habe Ihre Daten gerade abgeglichen. Alles ist in bester Ordnung. Ich werde Ihnen jetzt in aller Form in meiner Funktion als Oberamtsrat das Testament eröffnen. Es ist handschriftlich verfasst und trägt die Unterschrift der Verstorbenen. Es wurde hier in der Dienststelle eingereicht und von mir persönlich mit dem Eingangsstempel versehen.« Er straffte die Schultern: »Sind Sie bereit?«

»Ja«, antwortete Marie, obwohl sie sich fragte, wofür sie bereit sein sollte. Dafür, dass sich nun alles gleich als eine großartige Verwechslung herausstellen würde?

»Sehr gut. Es ist sehr kurz gefasst.« Herr Hühnetöter räusperte sich und las dann vor: »Hiermit vermache ich nach meinem Ableben mein Vermögen meiner Enkelin, Marie Apolonia Fischer, geboren am 5. März 1991. Ich versichere, dass ich im Vollbesitz meiner geistigen Fähigkeiten bin. Eleonora Apolonia Hehrlein.«

Marie hatte mit wachsendem Unglauben zugehört. Nun stand Herr Hühnetöter auf, lief um den Schreibtisch herum und überreichte ihr das Schreiben.

»Das ist das Testament Ihrer Großmutter, Eleonora Apolonia Hehrlein.«

Marie blickte auf das Blatt. Die Buchstaben waren so akkurat geschrieben, dass sie wie gedruckt wirkten. Sie waren in altdeutscher Schrift. Trotzdem bestand kein Zweifel an der Bedeutung der Worte. *Eleonora Apolonia Hehrlein.* Die geschwungene Unterschrift wirkte wie eine kunstvolle Kalligrafie.

Da stand ihr Name. Ihr Geburtsdatum. Kein Zweifel. Aber das konnte doch nicht sein? Oder gab es noch jemanden, der genauso hieß wie sie und am selben Tag, im selben Monat und im selben Jahr geboren war? Marie versuchte, klar zu denken. Das Wichtigste war jetzt - sie musste diesen Irrtum aufklären. Also sagte sie:

»Meine Großmutter ist, beziehungsweise war, Katharina Hofmann. Sie ist im vorletzten Dezember im Alter von vierundachtzig Jahren gestorben.«

Herr Hühnetöter kehrte an seinen Platz hinter dem Schreibtisch zurück. »Es kommt vor, dass Erben, aus welchen Gründen auch immer, das Erbe ablehnen. Das ist selbstverständlich Ihr Recht.«

Hatte ihr der Oberamtsrat überhaupt zugehört? Sie fühlte sich bemüßigt, die Sache richtigzustellen: »Ich hatte eine Großmutter, aber sie hieß nicht Eleonora Hehrlein. Wie ich schon sagte, ihr Name war Katharina Hofmann. Sie lebte in Nürnberg und ihre Adresse war …«

Der Oberamtsrat hob die Hand. »Warten Sie. Es gibt noch einen Brief im Nachlass Ihrer Großmutter. Der Inhalt ist mir unbekannt und ihn zu öffnen liegt nicht in meinen Befugnissen. Hiermit übergebe ich Ihnen diesen Brief. Im Übrigen müssen Sie die Entscheidung, ob Sie das Erbe antreten oder nicht, nicht hier und heute treffen. Das Gesetz sieht dafür eine Frist von sechs Wochen vor. Wenn Sie sich dafür entscheiden, werden Ihnen alle weiteren Unterlagen für die Bankgeschäfte ausgehändigt.«

Marie saß auf einer Bank und wartete auf den Zug. Der Brief lag in ihrem Schoß. Sie betrachtete zwei Krähen, die auf den Gleisen herumhüpften und im Schotter pickten. Dann kehrte ihr Blick zu dem Umschlag zurück. Außer dem Stempel des Oberamtsrats und seinem Kürzel war er unbeschrieben. Sie betrachtete ihn lange und drehte ihn hin und her. Schließlich öffnete sie ihn. Oben rechts stand ein Datum:

21.02.2013.

Sie begann zu lesen:

Meine liebe Marie Apolonia,
es fällt mir sehr schwer, diese Zeilen zu schreiben. Mein Gewissen quält mich dabei sehr, denn du trägst nicht nur einen Teil meines Namens. Tatsächlich bist du mein Fleisch und Blut, das muss ich dir noch aus dem Grab heraus offenbaren. Du bist meine Enkelin – ich bin deine Großmutter – und durfte es doch nie wirklich sein.

Doch der Reihe nach:

Wir sind eine Bauernfamilie und mir schien es oft so, als ob der liebe Gott und der Teufel ihre Kämpfe über unseren Köpfen ausfochten. Ich will sagen, wir hatten schwere Schicksalsschläge zu ertragen. Schon immer wollte ich viele Kinder, doch es war mir beschieden, dass ich nur zwei bekommen konnte – Zwillinge, zwei Mädchen. Elisabeth und Sidonie. Es war eine schwierige Geburt, bei der ich beinahe gestorben wäre. Das hatte zur Folge, dass ich keine weiteren Kinder bekommen konnte. Allerdings hätte ich auch so keine mehr in die Welt gesetzt, denn dein Großvater musste kurz nach der Geburt der Zwillinge in den Krieg ziehen. Er kehrte nicht wieder zurück, auch sein Vater nicht und die vier Brüder. Die Mutter starb bald darauf aus Gram. Der furchtbare Krieg hatte alle männlichen Familienmitglieder ausgelöscht. Ich zog die Zwillinge also alleine groß. Unseren Hof konnte ich aber nicht alleine bewirtschaften. Ich verpachtete ihn und zog mit den Kindern in die Nachbarschaft. Als die Zwillinge alt genug waren, ging die eine weg. Sidonie, sie wollte in die Stadt, in die große weite Welt. Elisabeth blieb. Sie verliebte sich in den Pächter, sie heirateten und bekamen fünf Töchter. Ich glaube, es wurden fünf, weil sie auch einen Sohn wollten, aber es kamen immer nur Mädchen. Das fünfte wurde auf den Namen Marie Apolonia getauft. Das warst du.

Das Rattern eines Güterzugs, der durch den Bahnhof fuhr, ließ Marie aufschrecken. Gleichzeitig versuchte sie, zu begreifen. Las sie gerade die Geschichte einer Familie, von der die Verfasserin behauptete, es sei die ihre – und sie sei ihre Großmutter? Wie konnte das sein? Sie hatte doch eine Familie. Vater, Mutter, Kind. Großeltern. Zwar waren inzwischen alle gestorben, die Mutter zuletzt, aber deshalb waren sie doch trotzdem ihre Familie!

Das Rattern des Zugs wurde schwächer und die letzten Güterwagen verschwanden hinter einer Kurve aus Maries Augen. Etwas in ihrem Inneren wollte sich weigern, weiterzulesen, etwas, das ihr Furcht einflößte, die Furcht, die noch ausstehenden Zeilen würden ihr etwas unwiederbringlich wegnehmen. Trotzdem nahm sie den Brief wieder zur Hand, suchte die Stelle und las weiter:

Der Kindersegen deiner Mutter war ihrer Zwillingsschwester allerdings nicht beschert. Sie hatte in München geheiratet, und wie es das Schicksal wollte, so sehr sie sich auch Kinder wünschten – sie konnten keine bekommen. Bald schlug die Hoffnung in Verzweiflung um, man kann es sich vielleicht nicht vorstellen, aber ein unerfüllter Kinderwunsch kann Ehen, ja sogar Leben zerstören. Und Sidonie und ihr Mann sahen nur eine Rettung. Sie baten Elisabeth um ein Kind. Du hast doch fünf! Gib uns eins, nur eins. Wir geben dir dafür viel Geld.

Maries Herz begann heftig zu schlagen und eine furchtbare Ahnung stieg in ihr auf und schnürte ihr die Luft zum Atmen ab.

Man muss wissen, dass Sidonie und ihr Mann zwar keine Kinder hatten, aber genügend Geld. Bei der Zwillingsschwester war es gerade anders herum. Elisabeths Mann war ein guter Mensch, aber mehr ein Träumer als ein Bauer. Er hatte den Hof heruntergewirtschaftet, aber da er mein Schwiegersohn war, konnte ich ihm den Pachtvertrag nicht kündigen. Wir standen kurz davor, den Hof zu verlieren. Also willigten sie schließlich ein. Sidonie und ihr Mann nahmen dich mit, als du neun Monate alt warst. Du wurdest von ihnen adoptiert.

Der Hof konnte damit zunächst für uns gerettet werden, aber es war, als hätte sich mit deiner Abwesenheit ein Fluch darübergelegt. Dein Vater konnte es nie verwinden, dich hergegeben zu haben. Er begann zu trinken, und eines Nachts brannte die Scheune. Das Feuer griff auf das Haus über und vernichtete alles. Nie konnte aufgeklärt werden, was den Brand verursacht hatte. War es Brandstiftung gewesen oder Unaufmerksamkeit? Oder ein Blitzeinschlag, denn in der Nacht gab es ein Gewitter? Fest steht, es war der schlimmste Brand seit Menschengedenken, dein Vater, deine Mutter und deine vier Schwestern starben darin.

Marie, du fragst dich vielleicht jetzt, warum du all dies erst jetzt erfährst, als schlimmen Teil deines Erbes, sozusagen. Aber ich musste bei der Gottesmutter schwören, dass dieses Geheimnis bis zu meinem Tod tief in mir verschlossen bleibt. Deine Adoptiveltern hatten ihr Leben lang die schreckliche Angst, dass du fortgingst, dass sie dich verlören, würdest du die Wahrheit erfahren. Sie brachen jeglichen Kontakt zu uns ab. Kein Anruf, kein Brief, kein Wort mehr. Sie schufen für dich und sich eine Welt, in der wir ausgelöscht waren. Und ich hielt still, weil ich es versprochen hatte. Bis jetzt.

Denn was wäre gewesen, hättest du es gewusst? Marie, was wäre dann gewesen?

Marie saß wie benommen auf der Bank. Das heftige Schlagen ihres Herzens hatte aufgehört. Schlug es überhaupt noch? Sie bemerkte kaum, wie der Zug einfuhr und mit dem schrillen Kreischen der Bremsen zum Halten kam. Menschen stiegen aus, andere stiegen ein. Das war also die Wahrheit? Sie presste den Brief gegen ihre Brust. Sie war verkauft worden wie ein Stück Vieh?

Sie blieb sitzen. Der Zug fuhr ohne sie ab.

Herilo klopfte linkisch den Staub von seinen Kleidern, während er den Reitern nachsah. Wie stolz sie waren, hoch zu Ross, mit ledernen Brust- und Beinpanzern, Äxten und Dolchen, und den baumelnden Helmen an den Gürteln.

Er hatte noch nie Soldaten gesehen. Natürlich hörte man hier in der Gegend von alemannischen und fränkischen Reitertrupps, die sich durch Plünderungen jenen Sold holten, den ihnen die leeren Kriegskassen ihrer Herren vorenthielten. Doch bisher war die kleine Siedlung um Sankt Georg verschont geblieben. Auch benahmen sich die zwei Krieger, die inzwischen hinter dem Stall des Hofs verschwunden waren, nicht wie Plünderer, sondern eher wie hohe Herren, die sich herabließen, dem Georgshof einen Besuch abzustatten.

Herilo blieb eine Weile ratlos stehen. Die fremden Reiter hatten sein Vorhaben zunichte gemacht. Der Bauer würde nun ganz gewiss kein Ohr für ihn haben, geschweige denn ihn überhaupt in die Stube lassen. Er war kein schlechter Herr, schließlich hatte er ihn, das Findelkind, aufgenommen, wenngleich er dabei auch die zusätzliche Arbeitskraft im Auge gehabt haben mochte. Er gab ihm zu essen und eine Ecke für seinen Strohsack im Stall. Mehr konnte er nicht erwarten. Aber den Bauern jetzt zu fragen, ob er ihm, den man einst als Säugling in einer Winternacht in seinem Stall abgelegt hatte, seine Tochter zur Frau geben würde, war wohl der falsche Zeitpunkt.

Unschlüssig trottete Herilo den Weg entlang. Die Sonne war untergegangen. Er sah den Rauch des Kochfeuers über dem Dach in der Dunkelheit wie eine helle Säule aufsteigen. Es roch nach gebratenem Fleisch und ihm lief das Wasser im Mund zusammen. Aber er verspürte auch einen Stich. Die Frau des alten Bauern war im vorletzten Winter gestorben. Bestimmt befahl er jetzt seiner schönen Tochter, die Soldaten zu bewirten. Es war bekannt, dass solche Krieger nicht nur plünderten und brandschatzten, sondern auch mordeten und vergewaltigten. Was konnte er denn tun, wenn sie nach ihrer Mahlzeit noch einen ganz anderen Hunger verspürten?

Auf dem Hof kam ihm die Magd entgegen. Er tat so, als sähe er sie nicht, aber schon keifte sie los:

»Herilo! Da bist du ja, du faules Stück! Du kümmerst dich jetzt sofort um die Pferde der Herren! Sie müssen abgerieben werden und brauchen Hafer und Wasser!«

Er sah die Gäule, zwei stattliche Braune, mit ledernen Sätteln und geflochtenen Mähnen. Sie waren schweißnass, schnaubten und stampften unruhig.

»Glotz nicht! Geh an die Arbeit!«

Herilo war es gewohnt, zu gehorchen, aber mit der Magd gab es in letzter Zeit nur Streit. Sie bildete sich ein, die neue Bäuerin zu werden, und so ließ sie kaum eine Gelegenheit aus, jeden, der in ihre Nähe kam, herumzukommandieren. Er erwiderte:

»Ich bin nur der Viehhirte. Ich weiß nicht, was solche Reittiere brauchen. Mach du es doch.«

»Ich hab dir gesagt, was sie brauchen! Ein trockenes Fell und Hafer und Wasser.«

Herilo sah zu den Pferden. Sie wirkten nervös und misstrauisch. Er sagte:

»Kühe und Schafe muss man nicht abreiben. Und man muss sie auch nicht füttern und tränken. Sie suchen sich ihr Futter auf der Weide selbst.«

Die Stimme der Magd wurde drohend: »Du tust jetzt sofort, was ich dir sage! Oder muss ich erst den Herrn rufen?«

Herilo zuckte mit den Schultern. Er war gutmütig und hatte die Widerworte nur gewählt, weil ihm ihre herrische Art missfiel. Die Pferde konnten nichts dafür und mussten natürlich versorgt werden. Wortlos ging er zu ihnen und führte sie zum Wassertrog, damit sie saufen konnten. In diesem Augenblick kam Fenya aus dem Haus. Sie ging schnell, rannte beinahe. Dicht auf ihren Fersen folgte einer der Soldaten, mit gerötetem Gesicht und einem Lederhumpen in der Hand, aus dem der Wein schwappte. Er schrie lallend:

»Wage es nicht! Wirst du wohl stehen bleiben!«

Herilo spürte die blanke Wut in sich aufsteigen. Die Furcht stand Fenya ins Gesicht geschrieben, genauso wie die blanke Wollust in den Augen des betrunkenen Soldaten zu sehen war. Herilo kam zwischen den Gäulen vor, schob Fenya hinter sich und trat dem Besoffenen entgegen. Er versuchte, ruhig zu klingen, aber seine Stimme bebte:

»Herr, lasst sie in Ruhe.«

Der Soldat war schwankend vor ihm stehen geblieben. Er war grobschlächtig und beinahe einen ganzen Kopf größer als Herilo. Die Gier in seinem Gesicht veränderte sich zuerst in Ungläubigkeit und dann in eine Mischung aus Zorn und Belustigung. Er blaffte:

»Du stinkender Viehhirt stellst dich mir in den Weg? Du weißt wohl nicht, mit wem du es zu tun hast?«

»Das weiß ich wohl. Ihr seid ein Soldat.«

»Und zwar einer, der dir dein dreckiges Maul poliert, wenn du nicht gleich zur Seite gehst.«

»Das werde ich nicht tun.«

»Gleich bereust du's!« Der Betrunkene griff an seinen Gürtel, wo normalerweise seine Waffen hingen. Aber er hatte sie wohl zum Essen abgelegt.

Hinter sich hörte Herilo Fenya flüstern: »Geh weg. Er bringt dich um.«

Herilo stemmte die Hände in die Seiten und rührte sich nicht. So trat man einem Stier entgegen, wenn er mit den Hufen stampfte. Aus dem Haus kam der andere Soldat. Auch er hatte gewaltig Schlagseite. Schwankend blieb er neben dem anderen stehen, legte einen Arm um dessen Schulter und lallte beschwichtigend:

»Lass doch das Gänschen und ihren Gänserich. Drinnen der Hammel will aufgegessen werden und der Bauer hat den Weinschlauch noch einmal vollgemacht.«

Die Augen des ersten Soldaten wurden noch bösartiger: »Ein Viehhirt stellt sich mir nicht in den Weg. Und wenn, dann stampfe ich ihn in den Boden!«

»Ja, ja. Das kannst du auch morgen noch erledigen. Jetzt komm. Sonst wird der Wein noch saurer, als er schon ist.« Er zwinkerte Herilo betrunken zu und zog seinen Kumpan davon.

Herilo stieß den angehaltenen Atem aus und ließ die Arme sinken. Er drehte sich zu Fenya um, die zitternd dastand, und versuchte ein Lächeln. »Siehst du, alles ist gut.«

Zögernd erwiderte sie: »Meinst du? Ich glaube, du solltest ihm besser nicht mehr begegnen. Halte dich morgen vom Hof fern, bis die zwei weg sind.«

»Ach was. Morgen wird er sich an nichts mehr erinnern.«

Herilo bemerkte, wie sie seinem Blick auswich. Sie hob an, etwas zu sagen, schwieg dann aber doch. Etwas schien in ihr zu arbeiten. Es war bestimmt der Schreck, den der betrunkene Soldat ihr eingejagt hatte. Er ergriff ihre Hand und sagte:

»Fenya, als dich der Mann hierher verfolgte, wollte ich gerade hineingehen.« Er fügte hinzu: »Zu deinem Vater.«

Sie hob den Kopf. »Warum?«

Er versuchte, sie an sich zu ziehen, aber sie ließ es nicht zu. Stattdessen wiederholte sie: »Sag, warum.«

Er suchte ihre Augen und stotterte: »Fenya, ich wollte ihm sagen, dass er – dass du –«

»Was? Was wolltest du ihm sagen?«

»Dass ich dich zur Frau haben will«, brach es endlich aus ihm heraus. »Du und ich – das ist – wir gehören doch zusammen –« Für einen Moment glaubte er, sie würde ihn auslachen. Aber sie tat es nicht. Ihr Blick wurde unergründlich tief, sie machte den Schritt auf ihn zu, den sie zuvor verweigert hatte, und lehnte ihren Kopf an seine Schulter.

»Herilo –«

»Ja –?«

» – du weißt, dass es nicht geht.«

»Wenn ich es nicht versuche –«

»Herilo, nein. Vater wird dir nicht einmal zuhören. Außerdem –«

»Außerdem?«

Wieder zögerte sie. Er hatte die Arme um sie gelegt, aber er spürte, dass sie sich wieder von ihm lösen wollte. Sie schien um die richtigen Worte zu ringen, sie wollte ihm etwas sagen, wusste aber nicht wie. Etwas Nasses war an seiner Brust.

»Weinst du?«

»Nein«, schluchzte sie. »Es ist nur – Vater wird nie – du weißt doch nicht einmal, woher du kommst – jemand hat dich als Säugling im Stall abgelegt – und du hast nichts, außer deinen Kleidern auf dem Leib, und Vater will mehr Land, das bekommt er aber nur, wenn er mich jemandem gibt, der Land hat – und außerdem –« Sie unterbrach ihren durch Weinen unterbrochenen Redeschwall, schluchzte noch einmal auf und war dann still. Schließlich befreite sie sich wieder aus seiner Umarmung, wandte sich von ihm ab, und als er schon glaubte, sie würde einfach weggehen, drehte sie sich noch einmal um zu ihm und sagte mit tonloser Stimme:

»Außerdem bekomme ich ein Kind.«

Beißender Rauch weckte ihn. Hustend fuhr er hoch und fühlte sich sogleich gepackt. Er konnte nichts sehen, der Qualm war überall. Erbarmungslose Hände hielten ihn eisern fest und zerrten ihn nach draußen. Hier war die Nacht ein Flammenmeer, das Haus, der Stall, alles brannte lichterloh! Die beiden Soldaten drückten ihn zu Boden, er sah ihre verzerrten Fratzen und die mörderischen Augen mit dem Widerschein des Feuers. Eine Pranke riss sein Gewand über der Brust auf, eine andere hielt eine Stange mit einem aufgesetzten eisernen Stempel, der rotgelb glühte.

Einer der Männer hielt ihn fest, während der andere ihm das Brandeisen auf die Brust drückte. Sein Schrei wurde beinahe von ihrem Gelächter übertönt.

Seine Hände wurden mit Lederriemen zusammengebunden, ein Seil durchgezogen. Sie stellten ihn auf die Füße, stiegen auf ihre Pferde und ritten los. Er wurde umgerissen. Sie hielten kurz an. Einer drehte sich zu ihm und rief:

»Willkommen, Kriegsknecht. Du musst laufen. Sonst wirst du zu Tode geschleift.«

Marie blickte dem Zug nach. Der letzte Wagen verschwand hinter der Kurve. Ein Kerl mit übergezogener Kapuze setzte sich wortlos neben sie. Sie wollte von ihm wegrücken, aber da sah sie, dass er Kopfhörer aufhatte und vollkommen im Display seines Handys versunken war. Die Umwelt, einschließlich sie, existierte für ihn nicht.

Der Zug war weg und sie ärgerte sich über sich selbst. Wie konnte es sein, dass der Brief einer Fremden sie so aus dem Konzept brachte? Bestimmt erlaubte sich da jemand einen Scherz mit ihr. Einen, über den sie ganz gewiss nicht lachen konnte. Herr Hühnetöter! Ha! Schon allein dieser Name! Das Ganze war doch eine Farce!

Ich nehme einfach den nächsten Zug.

Marie warf, einen Seitenblick auf den Kapuzentypen, der weiterhin auf sein Handy starrte. Dann stand sie auf und lief zu der Anzeige mit den Fahrplänen. Der nächste Zug fuhr in knapp einer Stunde. Die leere Bahnhofshalle bot allerdings kaum etwas, mit dem man sich die Zeit totschlagen konnte. Also verließ sie das Gebäude und sah auf der gegenüberliegenden Seite hohe Bäume. Sie überquerte die Straße, folgte einem schmalen Weg und lief durch einen schönen, angenehm kühlen Park. Neben einem Bach mit Enten und Schwänen fand sie eine Bank. Sie setzte sich, kramte den Brief aus ihrer Tasche, drehte ihn hin und her und betrachtete das gebrochene Siegel mit dem Stempel und dem Signum des Oberamtsrats. Dann las sie das Schreiben erneut und sie erschrak, als sie spürte, welche Wirkung die Zeilen ihrer angeblichen Großmutter auf sie hatten. Sie zitterte am ganzen Körper und schaffte es kaum, sich zu beruhigen. War das wirklich ihre *echte* Familie? Diese schrecklichen Schicksale, die Krieg und Unglück verursacht hatten? Großvater und Söhne in Russland gefallen, Vater, Mutter und Geschwister im Feuer gestorben?

Und, welche Mutter gibt ihr Kind fort? Verkauft es?

Sie stand auf und lief ziellos umher. Ein Spaziergänger kam ihr entgegen. Er rief seinen Hund, der sich gerade auf die Jagd nach den Enten gemacht hatte. Folgsam, aber sichtlich enttäuscht, trottete er zurück. Der Mann leinte ihn an und musterte Marie im Vorbeigehen skeptisch. Für einen Moment schien er zu überlegen, ob er stehen bleiben sollte, entschied sich dann aber dagegen. Marie merkte erst jetzt, warum er sie so seltsam angesehen hatte. Tränen liefen über ihr Gesicht. Sie ging zurück zur Bank, steckte den Brief zurück in die Tasche

Laut Testament war sie jetzt also Erbin. Aber was sollte sie tun? Etwas annehmen, von einer Fremden, die sie nie gesehen hatte? Von einer Frau, die nichts dagegen unternommen hatte, dass die eigene Tochter ihr Kind weggab? Verkaufte! Nein, egal, worin das Erbe bestand. Von einer solchen Person wollte sie nichts geschenkt. Für Marie fühlte sich das wie der Versuch an, sich von einer großen Schuld freizukaufen. Sie war aber nicht käuflich! Ganz bestimmt nicht! Sie war eine junge Frau, die mit beiden Beinen fest im Leben stand. Sie hatte ein abgeschlossenes Architekturstudium und gerade jetzt, seit dem Sommer, einen guten Job als Beraterin in einem renommierten Münchner Maklerbüro. Einzig mit ihren Beziehungen hatte sie bisher kein glückliches Händchen bewiesen, in dieser Hinsicht war sie eher wie ein orientierungsloses Etwas, das auf reichlich unsteter Bahn durch das Beziehungsuniversum schlingerte.

Und nun das. Es war, als hätte man ihr den Boden unter den Füßen weggezogen. War dies womöglich der Grund dafür, dass sie sich manchmal so verloren fühlte, ohne eigentlich zu wissen warum? Der Verrat, den man an ihr begangen hatte?

Ich bin gar nicht die, die ich immer geglaubt habe zu sein! In Wahrheit bin ich ein verkauftes Kind. Ein überflüssiges Kind. Eines, das niemand wollte.

Sie zuckte zusammen, als ihr Handy klingelte. Sie kramte in ihrer Tasche und holte es heraus. Erst nach einer Weile kapierte sie, dass am anderen Ende ihr Chef war. John Scherer, sie waren per Du, also John. John war gebürtiger Amerikaner mit der entsprechend puritanischen Arbeitsethik, *work eighty hours per week, how can it be: ihr Deutschen habt das halbe Jahr Urlaub und trotzdem läuft die Wirtschaft besser als in den USA.* Trotz zwanzig Jahre Germany hatte er immer noch einen ziemlich deutlichen Akzent und er sprach immer sehr laut, ja schrie eigentlich, und erklärte es mit einer schwerhörigen Mutter, die sich weigerte, ein Hörgerät zu tragen:

»Marie, hörst du mich?«

Sie gab sich einen Ruck. »John, ja natürlich. Entschuldige bitte, ich war gerade beschäftigt.«

»Kein Problem. Sag mal, bist du noch in Kaufbeuren?«

»Ja, ich habe meinen Zug verpasst und jetzt warte ich auf den nächsten.«

»Hervorragend. Hör zu, ich möchte, dass du noch eine Weile bleibst. Wir haben gerade ein neues Projekt hereinbekommen. Könnte interessant sein. Vielleicht aber auch nicht.«

»Worum geht es konkret?«

»Um einen alten Gasthof, der seit circa zehn Jahren leer steht. Gehört der Aktienbrauerei Kaufbeuren. Deshalb frage ich, ob du noch vor Ort bist. Die wissen nicht, was sie mit dem alten Kasten machen sollen, weil sie seit Jahren keinen Käufer finden. Von uns wollen sie jetzt eine Expertise. Wir sollen klären, was lukrativer ist: verkaufen, so wie es ist, renovieren und dann verkaufen, komplett abreißen und neu bauen oder abreißen und dann sehen, was man mit dem Grundstück macht.«

»Verstehe. Ich soll mir das also mal ansehen.«

»Yes. Nimm ein Taxi, verschaff dir einen Eindruck. Dann machst du Meldung.«

John, der vor seiner Karriere als Immobilienmakler in der US-Armee als GI gedient hatte, war ein Freund klarer Anweisungen. Marie schätzte ihn sehr, wobei sie sich immer bewusst war, dass hinter seiner freundlichen, ja kumpelhaften Art ein knallharter Geschäftsmann steckte.

»Mach ich«, sagte sie. »Gibst du mir die Adresse?«

John nannte sie, wünschte ihr *good luck* und legte auf.

Sie steckte das Handy zurück in die Tasche, erhob sich von der Bank und lief durch den Park zurück zum Bahnhof. Dort stieg sie in ein Taxi und nannte dem Fahrer die Adresse.

Sie stieg aus, zahlte und stand dann eine ganze Weile ratlos vor dem heruntergekommen wirkenden Gebäude. Ein steiles Dach mit zerbrochenen Ziegeln hockte auf einem langgestreckten Kasten. In der Fassade mit den zwei Fensterreihen klafften tiefe Risse, die sich wie Irrwege über das Mauerwerk zogen. Die Fenster waren durch Läden mit abgeblätterter Farbe verschlossen oder zerbrochen. Am unteren Rand der Stirnseite hingen zwei Kaugummiautomaten aus längst vergangenen Tagen, darüber hielten zwei rostige Eisenstäbe die beleuchtbare Milchglasreklame mit der Aufschrift *Sonne* und einem kreisrunden Wappen weg von der Hauswand. Marie konnte sich nicht vorstellen, dass diese Beleuchtung noch funktionierte. Ihr erster Eindruck vom Gebäude war eher ernüchternd.

Abriss, dachte sie, etwas anderes kommt hier gar nicht infrage.

Sie hörte ein Klingeln und eine Frau wich kopfschüttelnd mit ihrem Fahrrad aus. Erst jetzt bemerkte sie, dass sie mitten auf der Straße stand. Sie trat einen Schritt zurück. Auf der Rückseite der alten Wirtschaft lag ein ungeteerter Hof mit hohen Bäumen, gegenüber einem kleineren Häuschen und einem langgestreckten Gebäude. Davor parkte ein klappriges rotes Auto.

Marie überquerte die Straße und näherte sich dem Eingang. Trotz der Hitze spürte sie einen kalten Schauer, der ihr den Rücken hinunterlief. Dieser alte Kasten hatte von außen etwas Unnahbares und Abweisendes an sich. Schon immer waren ihr unbewohnte Gebäude nicht ganz geheuer gewesen und dieses Haus wirkte wie ein besonders einsamer, verlassener Ort auf sie.

Ihre Neugierde war größer als ihre Furcht. Die Tür war nicht abgeschlossen, sie konnte sie aufziehen. Der Geruch von Staub und Moder schlug ihr entgegen. Sie blieb in der offenen Tür stehen und blickte auf den Raum, der wohl einmal die Gaststube gewesen war. Tische und Stühle mit dicker Staubschicht standen quer durcheinander und übereinander, hinter einer Theke reihten sich verstaubte Flaschen und Gläser auf einem Regal. Es war das totale Durcheinander, alles war verdreckt und verstaubt. Es sah so aus, als wäre hier seit hundert Jahren niemand mehr gewesen. Sie holte ihr Handy aus der Tasche und tippte ins Notizbuch:

Gastraum: müsste komplett ausgeräumt werden (Tische, Stühle, Theke), Fußboden, Wände, Decke …

Sie ließ die Eingangstür offen. Im Raum war es durch die teils geschlossenen Fensterläden schon düster genug. Sie durchquerte die Gaststube und gelangte in einen Flur. Hier gab es zwei Treppen. Die eine, mit schiefen Steinstufen, führte um eine Ecke herum nach oben. Die andere bestand aus steilen, ausgetretenen Holzdielen, war mehr Leiter als Stiege, und verschwand in einem dunklen Nichts. Dort unten war wohl der Keller des Gasthauses. Marie wählte den Weg ins obere Stockwerk, da die Aussicht auf Tageslicht verlockender für sie war als der Abstieg in die finstere Ungewissheit. Oben angelangt, fand sie sich erneut in einer Art Flur wieder. Linker Hand gähnten Öffnungen mit ausgehängten Türen und wirkten wie schwarze Löcher. Es stank nach Schimmel. In den Räumen dahinter herrschte ein noch schlimmeres Chaos als unten. Tische, Stühle, umgestürzte Schränke, fleckige Matratzen, heruntergerissene Vorhänge, dazwischen alte Ofenrohre, schimmelige Kleidungsstücke und zerrissene Bilder. Die einzelnen Räume wirkten, als hätten hier über die Jahre immer wieder die verschiedensten Leute gewohnt, wie in einem Heim oder einer dieser Billigunterkünfte für Saison- oder Schlachthofarbeiter.

Marie ging zurück auf den Flur. Wie viele Container würde man benötigen, um all diesen Müll zu entsorgen? Allein das würde eine Stange Geld kosten. Und das wäre erst der Anfang. Die Wände, die Fenster, die Böden. Alles heruntergekommen.

Sie lief den Flur zurück und gelangte in eine Art Saal. Auch hier standen Tische und Stühle kreuz und quer, aber im Vergleich zum Rest des Stockwerks wirkte es hier beinahe aufgeräumt.

Sie verließ das Obergeschoss. Unten blieb sie stehen. Sollte sie den Keller auch noch inspizieren? Unschlüssig blickte sie sich um. Sie fröstelte. Der schräge Schacht, der nach unten führte, bestand aus Ziegelwänden, über die sich ein Geflecht von grauen Putzresten und alten Leitungen zog. Marie stand auf der obersten Stiege und sah neben sich auf Augenhöhe einen schwarzen Drehschalter. Er ließ sich knackend betätigen und sofort leuchtete unten, weit hinten, wie am Ende eines Tunnels, ein schwacher

Lichtschein. Es wunderte sie, dass es überhaupt Licht gab, und vor allem hier unten. Zahlte diese Brauerei am Ende noch die Rechnungen? Oder hatte die Stadt schlicht vergessen, den Strom abzuschalten? Zögerlich griff sie nach einem hölzernen Handlauf und ließ sich von ihm hinabführen. Die steile Stiege führte um eine dunkle Kurve und endete in einer Art Zwischenraum, denn sowohl nach links als auch nach rechts verloren sich höhlenartige Gewölbe in der Dunkelheit. Hier stank es noch mehr nach Dreck und Schimmel. Das Licht stammte von einer Glühbirne, die über ihr nackt von der Decke baumelte.

Sie erahnte schaudernd, wie weiträumig die Keller waren. Sie mochten die gesamte Grundfläche des Gebäudes ausmachen, obwohl das hier unten schwer abzuschätzen war. Sie spürte, wie sie vor Kälte und Furcht zitterte. Sie kannte alte Gewölbe wie dieses, da im Münchner Umland viele Bauern, die auch brauten, ihre Keller so gebaut hatten. Mit einem ihrer Freunde, einem Studenten, der in Weihenstephan Brauereiwesen studierte und seine Masterarbeit über alte Familienbrauereien schrieb, war sie in einigen dieser Gewölbe gewesen. Nur allzu lebhaft war ihr die Beklemmung in Erinnerung, die sie dort immer verspürt hatte. Auf den Böden, die oft mit faustgroßen Flusskieseln gepflastert waren, rutschte man aus und verstauchte sich die Knöchel. Die gewölbten Ziegeldecken waren an vielen Stellen so niedrig, dass man sich den Kopf stieß, über die feuchten Wände kroch das Moos, von allerlei Getier ganz zu schweigen. Meist hatte sie vor Kälte und Klaustrophobie gezittert und der Spott ihres Freundes darüber war auch keine Hilfe gewesen.

Marie überlegte, ob sie weiter nach rechts gehen sollte. Sie suchte nach einem weiteren Lichtschalter und fand ihn an der feuchten Wand zu ihrer Rechten. Auch dieser funktionierte noch. Altes, blind gewordenes Glas dämpfte das Licht und zeichnete die Umrisse von einem weiteren chaotischen Durcheinander. Oben in den Zimmern hatte man wohl einfach die jeweilige Einrichtung verrotten lassen. Hier unten waren anscheinend die noch älteren und kaputteren Dinge gelandet. Marie konnte von ihrem Standpunkt aus nur erahnen, in was für einer Müllhalde sie sich gerade befand.

»Hallo!«

Marie erschrak so sehr, dass ihr Herz für einen Schlag aussetzte. Ein hohes, ängstliches Geräusch, das sie noch mehr erschreckte, hallte im Gewölbe wider. Sie bemerkte, dass sie es selbst ausgestoßen hatte.

»Hallo! Was machen Sie hier unten?«

Sie fuhr herum, die Hand erschrocken vor dem Mund. Eine unförmig wirkende Gestalt stand auf den Stufen hinter ihr, halb verdeckt von der Wand, von einem schmalen Lichtstreifen wie in zwei Hälften geteilt. Wieder stieß sie einen ängstlichen Laut aus. Sie wich zurück, bis die feuchte Wand sie stoppte.

»Wer sind Sie?«

Die Gestalt stand nun nur noch zwei Schritte entfernt. Marie ließ die Hand sinken. Ihre Furcht wich dem Ärger über sich selbst. Das war weder ein Geist noch ein irgendwie anders geartetes Ungeheuer. Nur die laute Stimme, die hier widerhallte, hatte sie so erschreckt. Ein ganz normaler Mensch stand da, ein Mann, ziemlich groß zwar, mit wildem Haarschopf, die Augen weit offen, aber wohl keine Bestie, die sie gleich in Stücke reißen würde. Allerdings trug er einen ziemlich verärgerten, beinahe wütenden Gesichtsausdruck. Und seine Stimme klang drohend:

»Was suchen Sie hier? Sie dürfen hier nicht einfach so in das Gewölbe! Wie kommen Sie überhaupt in das Haus?«

Marie zuckte mit den Schultern: »Durch die Tür. Also vermutlich so wie Sie. Oder sind Sie durchs Fenster eingestiegen? Dann wären Sie aber vermutlich ein Einbrecher.«

»Sehr witzig.«

Der Mann kam noch einen Schritt näher. Marie hatte einst von ihrem Vater vor einer wichtigen Prüfung einen Ratschlag bekommen (*Pflegevater?*, korrigierte sie in Gedanken): Wenn dir jemand Furcht einflößt oder dich nervös macht, aus welchem Grund auch immer, dann betrachte dir diese Person genau. Beachte die Details. Welche Kleidung trägt der Mensch? Wie ist seine Körpersprache? Was drückt seine Miene aus. Was sagen seine Augen? Du wirst sehen, die Konzentration auf die Details wird dich von der Furcht und der Nervosität ablenken. Marie versuchte jetzt, diesem Rat zu folgen. Der Mann, der vor ihr stand, mochte um die Vierzig sein. Er trug altmodische Sandalen, verwaschene Jeans und ein schwarzes T-Shirt. Seine Miene drückte Verärgerung aus, seine Augen Unruhe. Oder Verwunderung? Er hatte ein ziemlich normales Gesicht, analysierte sie: Dreitagebart, Lippen, Nase, alles guter Durchschnitt. Die Haare, straßenköterblond, konnten Kamm oder Bürste gebrauchen, besser noch, einen Friseur. Aber jetzt hatte er etwas gesagt und sie hatte nicht mitbekommen, was. Sie sagte:

»Freut mich, wenn Sie das witzig finden. Lachen ist gesund.«

»Wollen Sie mich verarschen? Sie haben keine Befugnis, hier einfach so hereinzuspazieren. Was bilden Sie sich eigentlich ein?«

Was bildete *er* sich ein? Marie war bestimmt keine unfreundliche Person und prinzipiell war sie der Meinung, man sollte seinen Mitmenschen erst einmal positiv gestimmt gegenübertreten, solange es eben ging. Aber es schien, als ginge es jetzt nicht. Wie dieser Kerl sich aufplusterte und dabei in der Luft mit dem Zeigefinger auf sie einstach, als wollte er sie erdolchen!

»Jetzt mal langsam«, erwiderte sie nicht ohne einen gewissen schnippischen Unterton. »Und immer schön der Reihe nach. Denn wenn hier jemand einfach so ohne Befugnis hereinspaziert ist, dann ja wohl Sie! Oder wollen Sie etwa behaupten, sie sind der Besitzer? Sie schulden mir eine Erklärung. Also: Ich warte!«

Er schnappte nach Luft, war sichtlich überrascht. Seine Hand sank herab und er erwiderte: »Aha. Typisch Frau. Nach dem Motto, Gegenangriff ist die beste Verteidigung!«

»Was, bitte schön, ist daran *typisch Frau*? Vor allem, weil es schon gar nicht stimmt. Einen Gegenangriff würde wohl jemand starten, der sich im Unrecht fühlt. Das tue ich aber ganz bestimmt nicht. Ich bin nämlich von der Aktienbrauerei, die ja wohl Besitzer dieser Gaststätte ist, beauftragt, hier zu sein. So, und jetzt bin ich gespannt, was Ihnen dazu einfällt.«

»Beauftragt hier zu sein?« Er lachte höhnisch. »Sie glauben also wirklich, Sie können mich verarschen. Alternativ sind Sie eine unverschämte Lügnerin.«

Marie holte ihr Handy hervor. Sie kniff die Lippen zusammen: »*Sie* sind unverschämt. Ich lasse mich nicht von Ihnen Lügnerin nennen. Ich nehme an, Sie werden sich gleich dafür bei mir entschuldigen.« Sie wählte die Nummer ihres Büros, wartete, bis John antwortete, und reichte das Handy dann ihrem Gegenüber: »Bitte sehr, man wird Ihnen gleich erklären, wer von uns beiden sich hier unberechtigt aufhält.«

AUERBERG
843

Längst hätte Herilo zurückkehren können.

Längst.

Er war frei, hatte sich die Freiheit teuer verdient. Er konnte gehen, wohin er wollte. Warum tat er es dann nicht?

Sieben Jahre Krieg. Gebrandmarkt, versklavt. Dem Tod stets näher als dem Leben.

Die Männer, die ihn verschleppt hatten, waren einmal das gewesen, was der Herr für sie vorgesehen hat: Männer von Frauen, Väter von Kindern. Nun waren sie Krieger. Mörder, Räuber, Feuerteufel. Der Überfall am Auerberg war nicht der erste gewesen. Natürlich nicht. Brandschatzend und mordend waren sie bisher durchs Land gezogen und würden es weiterhin tun. Und für Sold von einer Schlacht zur nächsten ziehen. Und von einem Herrn zum anderen. Wes Brot ich ess, des Lied ich sing.

Der Wein, den sie gestohlen hatten, löste ihre Zungen. In der Nacht am Feuer redeten sie, mehr zu sich selbst und vielleicht zu ihrem Gewissen als zu Herilo. Sie wurden rührselig. Doch Herilo lauschte ihren Worten.

Du musst wissen, begann der erste Söldner: »Krieg ist ein blutrünstiger Drache im Herzen eines jeden, der teilnimmt, gezwungen oder aus freiem Willen. Gott Allmächtiger! Niemals wird er unsereinem Gnade oder Vergebung gewähren. Niemals.«

Und der zweite fuhr fort:

»Macht ist überall und jeder hat sie schon erfahren. Ist nicht auch Ohnmacht Macht? Macht bestimmt das Leben. Die Macht des Winters, die des Frühjahrs, des Sommers und des Herbstes. Die Macht des Hungers, die Macht des Bauern über die Knechte. Die Macht des Krieges. Gibt es eine größere Macht als die Macht über Leben und Tod?«

Gib einem Menschen Macht und er wird sie missbrauchen.

Der Erste lallte betrunken: »Die Macht des Hasses.«

Der andere lachte verächtlich: »Nein! Es heißt, nichts ist größer als die Macht der Liebe!«

»Richtig.« Sein Kumpan stimmte in das Lachen ein. »Wenn du damit meinst, bei einem Weib zu liegen, bevor du es erschlägst, gebe ich dir recht.«

Sie lachten beide. Der Erste lehnte sich zu Herilo und hielt ihm schwankend den Weinschlauch hin:

»Die Macht ist ein Lehrmeister für beide Seiten. Sieger und Besiegte. Macht behält stets die Obermacht. Selbst, wenn es so erscheint, als verstricke sie sich in sich selbst.« An der Linken hatte er nur noch zwei Finger. Diese hob er nun, um sein wirres Reden zu bestärken: »Sie wird auch dein Lehrmeister sein. Aus erster, wie auch aus zweiter Hand.«

Herilo, der von den betrunkenen Ausführungen verwirrt war, nahm den Wein: »Und worum geht es in dieser Schlacht morgen?«

»Natürlich darum, so viele Feinde wie möglich zu töten.«

Herilo wälzte eine Frage hin und her, bevor er es wagte, sie zu stellen: »Warum sind die, die wir morgen töten, unsere Feinde?«

»Ein Viehhirt und Kriegssklave bist du. Du kapierst das nie.«

Herilo ließ sich nicht beirren: »Sollte man nicht wissen, warum man kämpft, tötet oder gar selbst getötet wird? Vor allem aber auch, für wen das alles?«

»Wir haben's dir gesagt. Karl der Kahle zahlt unseren Sold.«

»Tut er eben nicht«, warf der andere ein.

»Sollte er, jedenfalls. Wenn er es nach dieser Schlacht wieder nicht tut, machen wir es wie immer. Wir ziehen weiter, zu einem, der zahlen kann.«

»Karl der Kahle«, stellte Herilo fest. »Also stehen wir im Dienst eines Glatzkopfes.«

»Du nicht. Du stehst im Dienst von niemand. Du bist ein Sklave. Und Karl heißt nicht der Kahle, weil er keine Haare mehr auf dem Kopf hat.«

»Warum dann?«

»Weil er beim Erbe kahl geblieben ist. Verstehst du, er ist leer ausgegangen. Während seine Brüder Land und Titel erhielten. Er hat aber nur den Titel *der Kahle* erhalten. Du wolltest den Grund für die Schlacht morgen wissen. Und für den Krieg. Das ist er. Das ist nämlich immer der Grund für Krieg. Ein König stirbt und seine Nachkommen schlagen sich die Köpfe ein, weil sie selbst auf den Thron wollen.«

Herilo hielt immer noch den Weinschlauch, ohne getrunken zu haben. Er lauschte aufmerksam. Er kannte zwei Welten. Die alte, aus der er gewaltsam gerissen worden war. Die von Herren beherrscht wurde, die wie zwei Hähne auf ihren Hühnerhöfen regierten. Der Pfarrer oben auf dem Berg mit seiner Kirche und den dazugehörigen Seelen. Der Bauer mit seinen Knechten und Mägden und dem Vieh. Für ihn gehörte dazu noch eine verlorene Liebe und ein ungeborenes Kind. Die neue Welt, die er danach kennengelernt hatte, war keine, in der er bleiben wollte. Sie bestand aus Schlachten, aus Krieg, aus Blut, Verstümmelung und Tod. Einen König hatte er in keiner seiner beiden Welten bisher zu Gesicht bekommen.

»Welcher König ist denn gestorben?«, fragte er.

»Welcher König, fragst du?« Der Weinschlauch wurde ihm aus der Hand gerissen. Die beiden Krieger lachten, bis ihnen die Luft wegblieb. Sie klopften sich auf die Schenkel. »Hast du gehört, der Sklave will wissen, welcher König? Also gut, dann soll er es wissen. Ludwig der Fromme ist der Dahingegangene, Sohn von Karl dem Großen, König des fränkischen Reichs und Kaiser!«

»Und seine Söhne –«, begann Herilo.

»Seine Söhne –«, wiederholte der eine.

»Von denen will jeder das größte Stück vom Braten«, vollendete der andere.

»Karl der Kahle will auch etwas abhaben?«

»Hörst du nicht zu? Natürlich will er. Aber er bekommt nichts ab. Er ist hungrig geblieben. Deshalb heißt er ja *der Kahle*. Er ist der jüngste der drei Brüder. Hat einen Grafen hinrichten lassen, der einst seine Mutter geschwängert hat. Danach behaupteten die Brüder, die Brut, die dabei herauskam, sei er. Also sei er kein rechtmäßiger Sohn und somit auch kein rechtmäßiger Erbe.«

Herilo dachte über das Gesagte nach. Dann fragte er: »Ist das der Grund, warum wir morgen kämpfen? Vier Brüder streiten sich, einer geht leer aus und tausend Männer sterben?«

Die beiden Krieger starrten ihn besoffen an. »Du redest nur dummes Zeug«, lallte der eine schließlich. »Schlaf jetzt.«

Der andere stimmte ein irres Lachen an: »Aber mit dem Sterben hat er recht. Ja, schlaf jetzt. Vielleicht ist es dein letztes Mal. Vielleicht bist du morgen tot. Ich hab so ein Gefühl. Morgen sterben wir.«

Die Vorahnung des Kriegers bewahrheitete sich. Beide starben im Kampf. Doch Herilo überlebte. Nun hockte er auf einem Hügel. Von hier aus hatte einer der Feldherren die Schlacht dirigiert. Er blickte auf die Toten und stellte fest, dass es hier keinen mehr gab, der ihm Befehle erteilen konnte. Also fasste er einen Entschluss. Er würde in die alte Welt zurückkehren.

Und das tat er. Doch die Furcht vor dem, was ihn erwartete, war größer als jede Todesangst, die er je in einer Schlacht verspürt hatte. Es war die Furcht davor, dass es die alte Welt nicht mehr gab.

Sieben Jahre waren vergangen. Herilo war ausgerüstet wie ein Krieger. Er ritt auf einem Pferd, trug Helm und Brustpanzer. Beil und Dolch steckten in seinem Gürtel. Er war noch ein junger Mann und doch ergraut. So kehrte er zurück. Die Kinder mit den verdreckten Gesichtern und Rotznasen waren zu jung, um ihn zu erkennen. Sie folgten ihm schreiend den steilen Weg hinauf, wie sie jedem Neuankömmling hinterherliefen. Wie er damals den beiden Kriegern, die Tod und Verderben über den Auerberg gebracht hatten.

Kurz vor einer Kuppe und der Abzweigung, die zum Hof führte, zügelte Herilo das Pferd. Als er abstieg, verstummte die Kindermeute und blieb auf Abstand. Etwas in dem Blick, mit dem er sie streifte, hatte sie eingeschüchtert. Das Pferd stampfte und schnaubte, während der Reiter wie erstarrt innehielt.

Im Kampf hatte er oft dem Tod furchtlos in die Augen geschaut. Doch nun hatte er Angst. Er fürchtete sich vor dem, was ihn hinter der Abzweigung erwartete. Er strich unruhig über den Hals des Pferdes. Das Tier hatte die letzte Schlacht im Gegensatz zu seinem Reiter überlebt. Herilo war es gelungen, den davongaloppierenden Rappen einzufangen und den Fuß des mitgeschleiften, toten Kriegers aus dem Steigbügel zu lösen. Er hatte auf das panische Pferd so lange beruhigend eingeredet, bis er aufsitzen und damit davonreiten konnte.

Nun sprach er sich selbst Mut zu. *Gleich, wenn du um die Ecke biegst, siehst du den Hof. Bestimmt ist das Dach mit frischem Stroh gedeckt, das verbrannte Holz der Scheune erneuert. Der Misthaufen beinahe so hoch wie der Stall und der Gockel bewacht von dort oben aus seinen Hühnerhaufen. Fenya kommt über den Hof gelaufen –*

Was würde er tatsächlich vorfinden? Sieben Jahre waren seit jener verhängnisvollen Nacht vergangen. Und doch war die schreckliche Erinnerung so frisch, dass er, wie so oft, glaubte, den beißenden Rauch zu riechen und das glühende Eisen zu spüren, das ihn gebrandmarkt hatte.

Er saß wieder auf und straffte die Schultern. Wie es wirklich war, konnte er nur herausfinden, indem er sich endlich ein Herz fasste. Er warf einen Blick zurück. Die Kinder waren verschwunden.

Er schnalzte mit der Zunge. Der Rappe setzte sich in Bewegung. Jetzt gab es kein Entrinnen mehr. Die Wahrheit lag vor ihm.

Maries Klaustrophobie kam überfallartig. Ihre Brust wurde plötzlich eng und sie bekam keine Luft mehr. Sie musste so schnell wie möglich aus dem Gewölbe. Panisch hastete sie an dem Fremden vorbei, stolperte durch den niedrigen Gang und über die Treppe nach oben ans Tageslicht. Keuchend stützte sie sich auf die Theke, während sich ihr Körper weiter gegen ihren Verstand wehrte, der ihr eintrichtern wollte, *du musst ruhig atmen, tief Luft holen*. Sie hechelte wie ein Hund, als sie hinter sich die spöttische Stimme hörte:

»Angst vor mir oder vor dem Keller?«

Sie brachte kein Wort heraus, keuchte nur weiter.

»Sie müssen sich gerade hinstellen. Wenn Sie sich so zusammenkrümmen, drückt das ihre Lungen nur noch weiter zusammen. Groß machen und die Luft mit den Händen einschaufeln.« Er dehnte das Wort *groß* in die Länge und machte mit den Armen und Händen weitausladende Bewegungen.

Sie hatte das Gefühl, er machte sich lustig und war wütend über seinen Spott und über sich selbst. Endlich konnte sie wieder sprechen: »Sie sind wohl ein richtiger Schlaumeier. Ich krieg das schon auch ohne ihre Ratschläge hin.«

»Haben Sie so etwas öfter?«

»Wie bitte?»

»Solche Panikattacken. Ich dachte, Sie klappen mir gleich zusammen.«

»Den Gefallen tue ich Ihnen bestimmt nicht.« Marie spürte, wie die Luft wieder in ihre Lungen strömte. Die Panikattacke ging vorüber und ihr Atem beruhigte sich. Es war ihr peinlich, dass ein Fremder sie in diesem Zustand gesehen hatte. Der wirkte jetzt allerdings besorgt und musterte sie von oben bis unten.

»Soll ich nicht lieber einen Arzt rufen?«

»Ganz bestimmt nicht.«

»Sie sind aber ganz blass, vielleicht wäre es gut, Sie lassen sich einmal gründlich durchchecken.«

»Ich kann mich schon um mich selbst kümmern. Trotzdem danke für Ihre Fürsorge.« Marie wollte ironisch klingen, sie wirkte aber eher kläglich.

»Gut, dann erklären Sie mir doch jetzt bitte etwas genauer, wer Sie sind und was Sie hier suchen. Ich habe nicht verstanden, was Ihr Chef, oder wer auch immer das war, versucht hat, mir zu sagen. Er hatte einen ziemlich starken Akzent und außerdem haben Sie sich mittendrin mit Ihrer Panikattacke verabschiedet.«

Marie sah überhaupt nicht ein, dass sie einem Fremden gegenüber Auskunft geben sollte, schon gar nicht, wenn er so mit ihr redete. Sollte *er* doch sagen, mit welcher Berechtigung er sich hier aufhielt.

»Und Sie? Nur weil die Tür offenstand, denken Sie, Sie können einfach hier hereinspazieren. So etwas nennt man Hausfriedensbruch. Das ist strafbar!«

»Ok, ich denke, wir machen jetzt beide mal etwas langsam.« Er wollte wohl freundlich sein, aber auf Marie wirkte sein aufgesetztes Grinsen überheblich. Sie hasste es. Sie straffte die Schultern und forderte kühl:

»Ich warte auf eine Erklärung.«

Sein freches Grinsen verwandelte sich in ein Lächeln, das er mit Sicherheit für gewinnend hielt. »Also gut. Mein Name ist Heinrich, ich bin Historiker und ich kümmere mich um dieses Gebäude. Und jetzt Sie.«

»Sie kümmern sich? Also sind Sie der Hausmeister.«

Das schien ihn zu amüsieren. Er lachte: »Nein, meine Liebe. Ich bin kein Hausmeister.«

Wolfslächeln, dachte Marie und gab schnippisch zurück: »Damit das klar ist: Ich bin nicht Ihre Liebe.« Noch mehr hasste sie es, wenn irgendwelche Typen sich für unwiderstehlich hielten und glaubten, sie könnten sie mit ihrem schmierigen Lächeln um den Finger wickeln. »Also gut. Historiker, sagen Sie? Dann müssen Sie mir allerdings noch erklären, was das mit dieser Gaststätte zu tun hat.«

»Muss ich das?«

Marie seufzte. »Es wäre sehr zuvorkommend von Ihnen.«

»Na gut. Also, es handelt sich hier um ein historisches

Gebäude zumindest das Gewölbe ist aus meiner Sicht historisch. Man kann die Geschichte bis ins dreizehnte Jahrhundert zurückverfolgen, wenn nicht sogar noch viel weiter. Womöglich bis ins neunte Jahrhundert.«

»Sollte ich mich jetzt beeindruckt zeigen?« Inzwischen war Maries Tonfall spöttisch geworden. »Sie können mir doch viel erzählen.«

»Das würde ich auch gern. Ob Sie es glauben oder nicht, dieses Haus steckt voller Geschichten. Waren Sie bei Ihrer Besichtigung auch ganz oben unter dem Dach? Ach nein, da kommt man ja ohne Leiter nicht hinauf. Also, die Dachstühle, zum Beispiel, stammen aus dem achtzehnten Jahrhundert, sie wurden dendrochronologisch untersucht –«

»Dendro – was?«

»Dendrochronologisch. Die Dendrochronologie ist eigentlich die Lehre oder Wissenschaft vom Baumalter, das kommt aus dem Griechischen, *déndron*, der Baum.«

»Vielen Dank für die Vorlesung, Herr Professor.«

»Herr Doktor genügt. Jedenfalls konnten mit diesem Verfahren Teile der Dachbalken auf die Jahre 1761, beziehungsweise 1792, datiert werden. Die Sonne war eine sogenannte Tafernwirtschaft, das ist eine alte Bezeichnung für Gastwirtschaften und wird auch vollkommene Wirtschaft genannt. Der Wirt einer Tafernwirtschaft hatte –«

»Das ist bestimmt sehr interessant –«, begann Marie, die es an der Zeit fand, den Redefluss ihres Gegenübers zu durchbrechen, »aber ich –«

»Lassen Sie mich doch bitte ausreden, das wäre wirklich sehr nett und höflich von Ihnen. Vielen Dank. Also: Der Wirt einer Tafernwirtschaft hatte in früheren Zeiten das Tafernrecht inne, was in etwa mit einer heutigen Gaststättenkonzession vergleichbar ist. In der damaligen Sprache hatte er das Krug-, das Herbergs-, das Schankrecht und die Fremdenstallung. Das heißt, er kümmerte sich um die Unterbringung von Zug- und Reittieren. Außerdem durfte er auch alle festlichen Mahle wie Verlöbnisse, Hochzeiten, Leichenschmaus, Tauf- und Stuhlfest ausrichten. Zum Tafernrecht gehörten auch Brau- und Brennrechte –«

»Hören Sie –«

»Mit dem Tafernrecht waren aber auch sozusagen soziale Pflichten verbunden, wie zum Beispiel die Beherbergung von wandernden Handwerksgesellen, die übrigens oft mit handwerklichen Leistungen bezahlten, und es fanden hier sogar Gerichtsverhandlungen statt, weil kein Amtshaus –«

Marie hob die Hand: »Vielleicht ist es unhöflich, wenn ich Sie unterbreche, aber ich habe jetzt wirklich keine Zeit mehr für Ihren Vortrag. Das müssen wir leider verschieben.«

»Gerne. Am besten gleich heute Abend, ich koche uns was Schönes, ich wohne gleich hier gegenüber in dem alten Bauernhof – der übrigens auch einmal zu diesem Gasthof gehörte –«

Marie blieb der Mund offen. Hatte dieser eingebildete Schnösel tatsächlich mit einer geradezu arroganten Selbstverständlichkeit zu ihr gesagt, *ich koche uns was Schönes*? So, als würden sie sich schon seit Ewigkeiten kennen?

»Jetzt reicht es aber«, knurrte sie, ging zur Tür und wollte das Gebäude verlassen, doch er kam ihr nach und sagte:

»Einen Moment noch, bitte.«

Sie drehte sich um und wartete mit demonstrativer Ablehnung.

»Sie wollten mir noch erklären, welches Interesse Sie an der *Sonne* haben. So heißt dieses Gasthaus nämlich.«

»Wollte ich nicht, aber bitte sehr. Der Besitzer dieses Gebäude, die Aktienbrauerei Kaufbeuren, hat mein Büro beauftragt, ein Gutachten über dieses Objekt zu erstellen.«

»Gutachten?«

»Ja. Renovierung oder Abriss. Und Verkauf.«

»Gütiger Himmel!«, rief Dr. Heinrich entsetzt. »So eine sind Sie!«

AUERBERG
843

Kalter Regen hatte eingesetzt. Oben, auf der Bergkuppe, thronte der Holzbau der Kirche, als blicke er mit Verachtung auf die armselige Siedlung herab.

Herilo stand abseits der Gruppe von Männern und Frauen. Es war ein kümmerlicher Haufen von der Härte des Lebens niedergedrückter Menschen, die in Felllumpen gekleidet waren. Ihre eingefallenen Gesichter waren gezeichnet vom stetigen Kampf ums Überleben in den rauen Bedingungen der Gegend. Seit seiner Ankunft hier auf dem Auerberg hatte er erkennen müssen, dass sich alles verändert hatte. Nichts war mehr so wie vor sieben Jahren, als ihn die Krieger in jener schrecklichen Feuersnacht verschleppt und versklavt hatten. Den Hof des alten Bauern, der diesen abgeflachten Teil des Berges beherrscht hatte, gab es nicht mehr. An der Stelle des stolzen Haupthauses, flankiert von den Stallungen und der großen Scheune, standen nun schäbige Hütten im Schlamm und Dreck.

Die Menschen, die hier hausten, waren während seiner Abwesenheit von irgendwo hergekommen. Sie hatten, aus welchen Gründen auch immer, beschlossen zu bleiben und über den niedergebrannten Überresten des alten Georghofs ihre kargen Behausungen errichtet. Sie betrachteten ihn argwöhnisch, verweigerten jegliche Auskunft über sich selbst oder über das, was aus denen geworden war, die hier vor ihnen gewohnt hatten. Ja, das meiste, was sie redeten (wenn sie es überhaupt taten), verstand er nicht einmal. Herilo konnte rein gar nichts in Erfahrung bringen. Der Schmerz über den Verlust Fenyas war all die Jahre wie ein Stachel tief in seinem Herzen gesessen. Er hatte gehofft, hier wenigstens die Gewissheit zu erlangen, was mit ihr geschehen war. Doch weder über ihr Schicksal noch über das des alten Bauern und seines Gesindes konnte er irgendetwas erfahren. Somit war es ihm unmöglich, Frieden mit seinen Erinnerungen zu schließen.

In den verschmutzten Gesichtern der Männer und Frauen sah Herilo keine Trauer, höchstens müde Abgestumpftheit oder Trotz über die Härte des Schicksals. Der Leichnam eines kleinen Mädchens lag aufgebahrt auf dem Scheiterhaufen. Auch über die Todesursache dieses Kindes war nichts zu erfahren gewesen. Vielleicht war es an einer Krankheit gestorben oder die Eltern hatten es erschlagen oder im Brunnen ertränkt, weil sie nicht mehr in der Lage waren, ein weiteres hungriges Maul den harschen Winter über zu stopfen.

Zwei der anwesenden Männer schickten sich an, den Scheiterhaufen in Brand zu setzen. Doch der Regen hatte das Holz durchweicht, statt Feuer zu fangen, qualmte es nur gottserbärmlich, und der stinkende Rauch zog zu den Umstehenden.

Doch nicht der Qualm veranlasste die Gruppe, sich vom Scheiterhaufen abzuwenden. Ein Mann kam auf einem Esel wie Jesus Christus den Berg heraufgeritten. Er wollte den Esel mit einem Stock zu einer schnelleren Gangart antreiben, doch das störrische Tier ließ sich nicht einmal zu einem langsamen Trab bewegen. Jetzt begann der Mann zu schreien und wild zu gestikulieren. Als er schließlich herankam, erkannte Herilo ihn. Es war der alte Priester, der vom Eigenkloster Sankt Gordian kam, das unterhalb des Auerbergs in östlicher Richtung lag. Er trug die schwarze Casula über dem Gewand und schrie unentwegt und wütend fuchtelnd: *Carolus Magnus! Carolus Magnus!* An den verständnislosen Mienen der Trauernden erkannte Herilo, dass er wohl als Einziger verstand, was das bedeutete. Der Priester wollte nicht, dass der Leichnam verbrannt wurde, da dies dem toten Kind den Eintritt ins ewige Leben verwehren würde.

Herilo hatte als Kriegssklave auch im Sachsenreich gekämpft, wo Karl der Große mit einem Erlass den Brauch der Feuerbestattung als heidnisch verboten hatte. Das wollte der Priester wohl mit seinem Schreien bekunden. Herilo bezweifelte allerdings, dass die Sachsengesetze auch hier galten oder überhaupt bekannt waren. Doch der Priester, der jetzt vom Esel gesprungen war, hatte schon damit begonnen, laut schimpfend die qualmenden Äste und Zweige aus dem Scheiterhaufen zu ziehen und damit das ganze Gebilde zum Einsturz zu bringen. Der in Tierhäute gewickelte Leichnam fiel herab und lag nun teilweise entblößt zwischen angekohlten Holzstücken im Dreck.

»Wie soll euer Kind ins Paradies gelangen, wenn ihr es verbrennt?«, schrie er. »Ich habe es selbst getauft und nun wollt ihr ihm den Weg zu Gott dem Herrn verwehren? Was seid ihr nur für barbarisches, heidnisches Bauernvolk!« Er packte einen der Umstehenden am löchrigen Umhang und schüttelte ihn durch: »Verstehst du nicht, das Feuer zerstört alles! Alles! Einst wirst du dein Kind im Jenseits suchen, aber du wirst es nicht finden, weil es deinetwegen nicht dort sein kann.«

Der Mann, der offensichtlich der Vater war, blickte betroffen zu Boden. Der Priester wandte sich nun an alle Umstehenden und wies sie an: »Tragt den Leichnam hinauf zum Kirchhof. Hebt dort ein Grab aus. Wenn ihr fertig damit seid, ruft mich. Ich werde im Gotteshaus sein und beten.«

Herilo folgte dem Priester in die Kirche. Vielleicht wusste der Gottesmann etwas über das Schicksal Fenyas und der anderen. Auch musste er sich von einer Seelenlast befreien, die ihn niederdrückte, seit er die Grauen des Krieges kennengelernt hatte. Die Männer sprachen stets von gottgegebener Ehre, die jedem Kämpfer im Leben und im Tod zuteilwurde. Herilo hatte alles gesehen und allem beigewohnt. Doch kein einziges Mal vermochte er auch nur eine Spur von Ehrenvollem in all dem Töten, Verstümmeln, Plündern, Vergewaltigen und Brandschatzen zu erkennen. Nicht Ehre war zu ihm gekommen, sondern schreckliche, unauslöschliche Bilder, die ihn heimsuchten, und die Qual des Gewissens, weil er ein Teil von alldem geworden war.

Der Mann Gottes kniete vor dem großen Holzkreuz und war ins Gebet versunken. Herilo sank ebenfalls auf die Knie, und eine Weile beteten sie still nebeneinander, bis der Priester schließlich das Wort an ihn richtete:

»Du bist also zurückgekehrt.«

Herilo nickte.

»Weshalb?«

Herilo suchte nach den richtigen Worten. Es war so vieles, was ihn zur Rückkehr veranlasst hatte. Aber es war schwer, darüber zu sprechen. Schließlich zuckte er mit den Schultern: »Hier bin ich aufgewachsen. Wohin sonst hätte ich gehen sollen?«

»Du warst fort, seit der alte Hof gebrandschatzt wurde. Es heißt, du bist mit dem Feuer verschwunden.«

»Ich wurde von den Brandstiftern gezwungen. Sie haben mich im Schlaf überwältigt, an ein Pferd gebunden und zum Kriegssklaven gemacht.« Herilo blickte hoch zum Kreuz. Er begann zu zittern. Die Frage, die ihm auf dem Herzen lag, bereitete ihm noch größere Furcht als die Ohrenbeichte, die er vor dem Priester ablegen wollte. Vielleicht wusste dieser tatsächlich über das Schicksal Fenyas Bescheid. Er war der Einzige, den er noch befragen konnte. Er nahm all seinen Mut zusammen:

»Könnt Ihr mir sagen, was in dieser Feuersnacht mit dem Bauern und dem Gesinde geschah? Und mit der Tochter? Sie trug ein Kind im Leib. Ich weiß bis heute noch nicht, was aus ihr geworden ist. Die Menschen hier weigern sich, mir etwas zu sagen.«

»Sie sind dumm, unwissend. Sieh sie dir an, sie sind unfähig, hier auf Dauer zu überleben. Ich habe sie allesamt eigenhändig getauft. Aber im Grunde sind sie Heiden geblieben, die heimlich zu ihren alten Götzen beten. Deshalb wird der Herr sie wieder von hier davonjagen.« Der Priester wandte den Blick nach oben. »Ich will dir aber sagen, was bekannt ist. Der Bauer, die Mägde und der Knecht wurden getötet. Man fand ihre verbrannten Leichen in den Überresten des Hauses. Die Tochter des Bauern aber blieb bis auf den heutigen Tag verschwunden. Es wird gemutmaßt, diese Teufel hätten sie noch vor der Brandschatzung in den Wald verschleppt, sie dort missbraucht und dann erschlagen. Aber sie wurde nie gefunden. Sie trug ein Kind im Leib, sagst du?«

»Mein Kind«, erwiderte Herilo leise. Er spürte, wie der Blick des Priesters fester auf ihm ruhte. Die Worte arbeiteten in ihm. Man hatte also die Leichen des Bauern und seines Gesindes gefunden. Aber was war mit Fenya? War sie wirklich verschleppt und dann getötet worden? Oder war es ihr gelungen zu fliehen? Aber wäre sie dann nicht später hierher zurückgekehrt? Wie sollte eine Frau ohne Schutz denn überleben? Es war unmöglich!

»Du musst für ihre armen Seelen beten«, sagte der Priester.

»Jeden Tag. Auf dass der Herr sich ihrer erbarmt und sie aufnimmt in sein Himmelreich.«

Herilo hatte einen anderen Einfall, der ihm plötzlich neue Hoffnung verlieh: »Vielleicht ist sie in einem der Klöster hier in der Nähe untergekommen.«

Der Priester senkte den Kopf. »Sankt Gordian und Sankt Epimachus sowie die Benediktinerbrüder in Kempten habe ich regelmäßig besucht. Nirgendwo wurde ein Bauernmädchen mit einem Kind im Leib aufgenommen. Auch in keinem anderen der nahe liegenden Eigenklöster.«

Herilo wollte etwas erwidern, da spürte er die Hand des Priesters auf seinem Arm. Also schwieg er, bis es nach einer Weile dennoch aus ihm herausbrach: »Ich muss doch Gewissheit darüber erhalten, ob sie tot oder am Leben ist! Was soll ich denn jetzt tun?«

Die Hand löste sich. »Die Jünger fragten Jesus, ob er sie beten lehre, wie auch Johannes seine Jünger lehrte. Da sagte er zu ihnen: Wenn ihr betet, so sprecht: Vater, dein Name werde geheiligt. Dein Reich komme. Gib uns täglich das Brot, das wir brauchen.«

Herilo wollte sich damit zunächst nicht abfinden. Im Krieg hatte er erfahren, dass Gebete zwar Trost spendeten, aber er hatte sich oft gefragt, warum Gott all dem Töten und den Grausamkeiten keinen Einhalt gebot, wenn ihn doch so viele darum anflehten. Er wollte den Gottesmann fragen, ob ein Gebet ihm helfen könnte, Fenya zu finden oder irgendetwas über ihren Verbleib zu erfahren. Aber er war sich sicher, dass der alte Priester seine Bitterkeit als Gotteslästerei auslegen würde. Also unterließ er es und stimmte schließlich doch in das Vaterunser ein.

Als sie geendet hatten, wollte der Priester sich erheben, doch noch einmal fasste Herilo Mut und bat ihn:

»Vater, ich bitte Euch, nehmt mir die Beichte ab.«

Der Priester hielt inne und sank dann zurück auf die Knie. »Du hast gesündigt.«

»Ja. Und ich weiß nicht, ob der Allmächtige mir je Vergebung schenken wird, für das, was ich getan habe.«

»Unergründlich sind die Wege des Herrn und voller Gnade ist der allmächtige Gott. Nun denn. So gewähre ich dir die Ohrenbeichte.«

Und Herilo beichtete:

Wie er auf dem Schlachtfeld getötet hatte. Wie seine Peiniger ihn zwangen, an ihren Raubzügen teilzunehmen, an den Plünderungen, Brandschatzungen, Vergewaltigungen. Wie er es nicht gewagt hatte, den Opfern beizustehen, aus Furcht um sein eigenes Leben. »Vater, ich war zu feige, die Frauen zu retten, die sie missbrauchten und dann erschlugen. Ich habe mich schuldig gemacht, weil ich es nicht gewagt habe, gegen begangenes Unrecht und Verbrechen einzuschreiten.« Er beichtete, wie er tatenlos zusah, wie Häuser und Hütten niedergebrannt wurden, ja, wie er selbst einmal half, die Flammen zu schüren. Und er gestand die Erregung, die ihn packte, wenn er die Macht über Leben und Tod spürte.

»Vater«, schloss er seine Beichte, »nach allem, was ich getan habe – Gott wird mich in den Schlund der Hölle stoßen.«

Der alte Priester schwieg lange, bevor er sich zu ihm wandte und über ihm das Kreuzzeichen schlug. Dann sagte er: »Mein Sohn, du musst Buße tun. Aber ich kenne einen Weg, wie du Gnade und Vergebung erlangen kannst.«

Marie verbrachte den Nachmittag in der Innenstadt. Nachdem sie die Fußgängerzone einmal in beiden Richtungen durchquert hatte, setzte sie sich an einen Brunnen. Es war drückend heiß. Während sie eine Hand in das kühle Wasser tauchte und sich Stirn und Wangen benetzte, studierte sie die Brunnenfiguren. Sie schienen aus Bronze gefertigt und stellten einen Kinderreigen dar, der eine Frauengestalt umringte. Die Kinder hielten bronzene Bögen über ihren Köpfen.

Sie holte ihr Notizbuch hervor und blätterte zu ihren Notizen über das Gasthaus. Nach allem, was sie gesehen hatte, war ein Komplettabriss die wirtschaftlich beste Lösung. Allerdings war es ihre Arbeitsweise, sich mit etwas Abstand zumindest einen zweiten Eindruck zu verschaffen. So erhielt man ein objektiveres Urteil. Das war, neben ihrem zweiten, noch anstehenden Besuch im Amtsgericht, auch der Grund, warum sie jetzt hier saß und noch nicht zurückgefahren war.

Natürlich musste als Erstes verhindert werden, dass das Gebäude oder Bereiche davon, wie zum Beispiel dieses Gewölbe, als *historisch* erklärt wurden. Sollte sie nach einer zweiten Objektbeurteilung bei ihrer Empfehlung für einen Abriss bleiben, galt es, dem unbedingt zuvorzukommen. Sie studierte ihre Eintragungen, klappte dann das Notizbuch zusammen, steckte es zurück in die Tasche und sah sich um. Im Hintergrund des Platzes lag ein Gebäude mit einem Tor, über dem *Crescentiakloster* zu lesen war. Daneben war einen Klosterladen. Sie beschloss, ihm einen Besuch abzustatten. Der Eingang lag angenehm kühl im Schatten und stand offen. Sie trat ein und wurde von einer älteren Nonne im schwarzen Ordensgewand begrüßt:

»Willkommen. Wie kann ich Ihnen helfen?«

Sie antwortete: »Ich weiß nicht so recht. Wenn ich ehrlich bin, hat mich der Schatten angelockt. Und die offene Tür.«

»Das ist doch wunderbar. Bleiben Sie hier, so lange Sie möchten. Wir haben viele interessante Dinge.«

Marie sah sich um. Es gab religiöse Bücher, jede Menge Tees, verschiedene Gläser mit Honig und Marmelade und vieles mehr.

Die Ordensschwester bemerkte ihren Blick und erklärte: »Das meiste, was wir hier anbieten, ist aus eigener Herstellung. Die Tees, zum Beispiel. In unserem Klostergarten wachsen alle Kräuter, die wir dafür benötigen, und unsere Bienen sind so fleißig, dass wir unser Angebot an Honig immer wieder erweitern können.«

»Eigentlich bin ich durstig. Ich habe mich aber nicht getraut, von dem Brunnen draußen zu trinken. Da schwamm einiges herum, was man nicht unbedingt zu sich nehmen möchte.«

Die Nonne lachte. »Warten Sie. Ich hole Ihnen etwas.«

Marie bedankte sich und nahm ein Buch über das Kloster aus einem Regal. Sie blätterte darin, bis die Ordensfrau zurückkam und ihr ein Glas Wasser reichte.

»Hier, bitte sehr.«

»Vielen Dank.« Sie trank einen Schluck und fühlte sich sofort frischer.

»Ich habe Sie am Brunnen sitzen sehen. Sie sind nicht von hier?«

»Nein.«

»Darf ich fragen, woher Sie kommen?«

»Ich komme aus München.«

»Oh, aus unserer Hauptstadt. Ich war schon oft dort, vor allem bei den Franziskanerbrüdern von Sankt Anna. Wir sind ja Franziskanerinnen hier. Aber natürlich war ich nicht nur in der Abtei, sondern auch im Dom zu unserer Lieben Frau und all den anderen wundervollen Kirchen. Und auch im Englischen Garten und im Deutschen Museum. Bestimmt sind Sie gern Münchnerin.«

»Ja.« Marie stellte das Glas ab. Verstohlen blickte sie auf ihre Uhr. Sie wollte ihren Zug nicht verpassen und vorher noch zum Amtsgericht. Bis dahin sollte sie eine Entscheidung getroffen haben. Nahm sie das Erbe an? Oder lehnte sie ab? Sie wollte die Entscheidung nicht mehr aufschieben.

»Ein schönes Buch haben Sie sich da ausgesucht.«

»Wie bitte?« Marie wusste für einen Moment nicht, wovon die alte Nonne sprach.

»Das Buch, das Sie sich gerade ansehen. Es erzählt die Geschichte der heiligen Crescentia und unseres Klosters. Wenn Sie mehr wissen wollen, fragen Sie gerne.«

Was Marie jetzt nicht unbedingt brauchte, war ein Vortrag über das Klosterleben, womöglich verbunden mit dem Versuch einer Missionierung. Sie legte das Buch zurück. »Vielen Dank für das Angebot. Und für das Wasser. Das war sehr nett von Ihnen. Ich muss bald weiter, ich habe einen wichtigen Termin.«

Die Nonne nickte verständnisvoll. »Verzeihen Sie, ich will Sie nicht aufhalten und Ihnen natürlich auch nicht zu nahe treten oder zu neugierig erscheinen. Aber Sie sehen so aus, als ginge Ihnen eine schwierige Sache im Kopf herum. Hat das mit diesem Termin zu tun? Ich hoffe sehr, es ist nichts Unangenehmes.«

Marie überlegte, ob sie darauf antworten sollte. Doch die Klosterfrau war so freundlich zu ihr, und sie wollte nicht unhöflich sein: »Es geht um ein Erbe. Ich muss entscheiden, ob ich es annehme oder nicht.«

»Wenn Sie solche Überlegungen anstellen, dann wäre eine Annahme dieses Erbes wohl eine Belastung für Sie? Oder fühlen Sie sich verpflichtet?«

Marie erkannte, dass sie die Sache so noch nicht betrachtet hatte. Empfand sie das Erbe, beziehungsweise die Entscheidung darüber als Belastung? War die Sache wirklich so kompliziert oder waren es nur die Gedanken, die sie sich darüber machte?«

»Entschuldigung, jetzt habe ich Sie nachdenklich gemacht. Wollen Sie mir erzählen, um was es bei dem Erbe geht?«

»Das weiß ich noch nicht einmal so genau.«

»Das verstehe ich nicht. Erklären Sie es mir?«

»Mir wurde eröffnet, dass ich Erbin bin, aber ich muss das Erbe annehmen. Erst dann erhalte ich die Unterlagen, aus denen dann wohl hervorgeht, was ich erbe.«

»Sie wissen also nicht, was Ihre Familie besitzt?«

Marie spürte, wie sich bei dem Wort *Familie* etwas in ihr zusammenzog. Diese Frau hatte keine Ahnung, was es mit ihrer sogenannten Familie auf sich hatte. Und sie würde es ihr auch nicht erklären. Stattdessen blickte sie auf ihre Uhr und sagte:

»Ich muss mich jetzt leider verabschieden.«

»Entschuldigen Sie. Ich wollte Sie nicht aufhalten.

»Kein Problem. Vielen Dank für Ihren Rat. Und für das Wasser.«

»Gerne. Auf Wiedersehen, Gott beschütze Sie.« Die alte Nonne schüttelte lächelnd den Kopf: »Ihr jungen Leute. Wie ihr durchs Leben hastet. Dieses Tempo könnte ich niemals durchhalten.«

Herr Hühnetöter hatte das Hemd gewechselt. Jetzt trug er unter dem Jackett nicht mehr Weiß, sondern Rosa. Er empfing Marie, als wären sie gute alte Freunde, was sie veranlasste, besonders auf einen Sicherheitsabstand zu achten. So viel Jovialität hielt sie für aufgesetzt und das ließ sie instinktiv auf Distanz gehen.

»Nun, wie haben Sie sich die Zeit in unserem schönen Kaufbeuren vertrieben? Haben Sie einen kleinen Einkaufsbummel unternommen?«

»Einen kleinen, ja.« Marie hasste solcherlei Smalltalk. Weder hatte sie Kaufbeuren *schön* gefunden, sondern eher provinziell langweilig, noch war ihr nach einem Einkaufsbummel zumute gewesen. Was nicht nur an der Hitze lag.

»Respekt. Bei dieser Hitze bleibe ich lieber hier drinnen.« Er wedelte affektiert mit der Hand. »Nun ja, noch lieber wäre mir natürlich ein klimatisierter Raum, aber da wir es hier mit einem Altbau zu tun haben, müssen wir mit dem Ventilator vorliebnehmen.«

Marie murmelte etwas wie »kein Problem« und nahm auf dem angebotenen Stuhl Platz. Sie wäre gerne direkt zur Sache gekommen, doch der Oberamtsrat war noch nicht gewillt, das Thema *schönes Kaufbeuren* zu beenden.

»Sind Sie durch die Fußgängerzone geschlendert?«

Marie nickte ein zurückhaltendes Ja.

»Dann haben Sie es sich bestimmt auch in einem der Cafés gemütlich gemacht. Ich bevorzuge das alte Weberhaus. Das ist noch Tradition. Waren Sie dort? Zumindest sind Sie bestimmt vorbeigekommen.«

»Bestimmt. Aber ich saß an einem Brunnen.«

»Ah, vielleicht am Tänzelfestbrunnen? Ein Brunnen mit bronzenen Kinderfiguren, die eine Frau umringen?«

»Ja.«

Herr Hühnetöter redete weiter, während er nun auch Platz nahm. »Es ist sehr schade, dass Sie das Tänzelfest leider verpasst haben. Wenn Sie einen Tag früher gekommen wären –«

»Bin ich aber nicht –«

»Wissen Sie denn, was das ist? Das Kaufbeurer Tänzelfest?«

»Leider nein.«

Der Oberamtsrat wirkte erfreut. »Dann will ich Ihnen das gerne erklären. Es handelt sich dabei nämlich um das älteste Kinderfest Bayerns und es dauert sage und schreibe zwölf Tage. Der Ursprung des Festes ist hochinteressant, geht auf das fünfzehnte Jahrhundert zurück, als Kaiser Maximilian I., auch genannt *der letzte Ritter Deutschlands* –«

»Hören Sie –«, versuchte Marie den Vortrag des Oberamtsrats zu unterbrechen, was ihr jedoch wegen dessen Begeisterung für die Thematik und wohl auch für die eigene sonore Stimme nicht gelang.

»– Kaiser Maximilian ist also der Urheber dieses Festes; es entsprach damals einfach der Sitte, dass die Jugend während eines Herrscherbesuches tanzte, es gab ja viele Feierlichkeiten, der Kaiser sprach Recht, verlieh Privilegien und Ähnliches. Allerdings hat das Fest in den fünf Jahrhunderten bis heute viele Wendungen durchgemacht –«

»Herr Hühnetöter, ich –«

»Interessant, nicht wahr? Es kann allerdings sein, dass das Tänzelfest sogar noch älter ist und es sich aus Zunftfesten entwickelte –«

Marie musste offensichtlich etwas resoluter zur Sache gehen: »Herr Hühnetöter, bitte entschuldigen Sie. Ich bewundere Ihr geschichtliches Wissen sehr, aber ich möchte meinen Zug zurück nach München erwischen, der in einer halben Stunde fährt, und hätte deshalb jetzt gerne die amtlichen Dinge für mein Erbe erledigt.«

»Oh. Selbstverständlich.« Der Oberamtsrat war sichtlich enttäuscht. Er lächelte gezwungen. »Ich finde nur immer, man muss sich für solche Dinge interessieren, vor allem, sie an die jüngeren Generationen weitergeben. Es gibt nichts Schlimmeres, als verloren gegangenes Kulturgut.«

»Da haben Sie bestimmt recht.« Marie legte den Umschlag mit

dem Testament vor sich auf den Tisch. »Um es kurz zu machen, ich nehme das Erbe an und möchte Sie bitten, mir alle Unterlagen auszuhändigen. Meinen Teil der Formulare habe ich bereits ausgefüllt und unterschrieben.« Sie schob den Umschlag weiter in seine Richtung. »Hier, bitte sehr.«

»Sie haben es aber plötzlich eilig.«

»Wie gesagt, mein Zug –«

»Verstehe.« Herr Hühnetöter öffnete den Umschlag und entnahm die Papiere. Er legte sie vor sich hin, glättete sie umständlich und begann zu lesen. Dabei spitzte er die Lippen und murmelte von Zeit zu Zeit eines der Worte, das er las. Erneut warf Marie einen heimlichen Blick auf ihre Uhr. Wenn der Beamte so weiterbummelte, würde sie noch rennen müssen, um rechtzeitig zum Bahnhof zu kommen. Nun sortierte er in aller Ruhe ein halbes Dutzend Stempel auf seinem Schreibtisch, betrachtete einen nach dem anderen, als sähe er ihn zum ersten Mal. Schließlich wählte er einen aus und stellte ihn vor sich.

Jetzt noch das passende Stempelkissen, feuerte Marie den Oberamtsrat in Gedanken an. Dieser begutachtete jedoch erst einmal seine Sammlung Kugelschreiber. Richtig, unterschreiben sollte er den Erbschein ja auch noch. Immerhin war er in der Lage, während des Sortierens zu kommunizieren:

»Dann werde ich Ihnen gleich alle Bankunterlagen überreichen.«

»Bankunterlagen?«

Herr Hühnetöter lächelte väterlich. »Ja, junges Fräulein. Das Erbe beinhaltet zwei Sparbücher und ein Bankkonto. All dies gehört jetzt Ihnen.«

Marie hastete zum Bahnhof. Es blieben ihr noch zehn Minuten. Als sie den Park schließlich joggend durchquert hatte, klebten ihr alle Kleider am Körper. Sie rannte durch eine Unterführung und fand sich am Eingang zum Bahnsteig vor einem weißroten Absperrband wieder. Dahinter stand ein bulliger Uniformierter, der die Hand hob, als er sie sah.

»Halt! Hier können Sie nicht durch.«

Marie atmete noch schwer vom Laufen. »Ich muss aber zu meinem Zug.«

»Da fährt heute kein Zug mehr.«

»Wie bitte?«

Der Uniformierte ließ den Arm sinken und sah demonstrativ auf die Uhr an seinem Handgelenk. »Bis das Spezialkommando aus München kommt, vergeht bestimmt noch eine Stunde, wenn nicht noch mehr, die A96 ist ja voll mit Baustellen und um die Zeit ist immer irgendwo Stau. Berufsverkehr. Und dann ist der ganze Spuk bestimmt auch nicht in fünf Minuten vorbei. Also, ich würde sagen, heute wird das nichts mehr mit Ihrem Zug.«

»Spezialkommando?«, wiederholte Marie ungläubig.

»Ja. So was gibt es hier in Kaufbeuren nicht mehr, also musste es aus München angefordert werden.«

»Aber warum?«

»Bombenalarm.« Der Bullige grinste zufrieden. »Ein herrenloser Koffer. Wahrscheinlich hat ihn nur irgendein Idiot neben dem Schalter einfach vergessen und es ist nichts drin außer Socken und Unterhosen. Aber man kann nie wissen. Vielleicht ist es ja tatsächlich eine Bombe, und dann muss die natürlich entschärft werden.« Er beugte sich verschwörerisch vor: »Ich darf das eigentlich nicht sagen, aber Zeugen haben angeblich zwei Araber in der Bahnhofshalle gesehen. Oder so etwas Ähnliches. Terroristen! Also muss man die Sache ernst nehmen.«

Marie bedankte sich resignierend. Sie lief durch die Unterführung zurück und bog zum Bahnhofsvorplatz ab. Auch hier war alles abgesperrt. Polizisten drängten die Schaulustigen zurück.

Und nun?, dachte sie. Das konnte doch nicht wahr sein! Hing sie jetzt in dieser Allgäuer Kleinstadt fest, weil irgendein Trottel seinen Koffer hatte stehen lassen? Manchmal konnte man schon an der Menschheit verzweifeln.

Das Pferd war verschwunden. Herilo wusste, dass er es gut festgebunden hatte und es sich nicht von alleine losgerissen hatte. Er suchte überall, aber das Tier war unauffindbar. Bald war er sich sicher, dass es gestohlen worden war. Er befragte jeden einzelnen Dorfbewohner, doch ohne Ergebnis. Die meisten blieben stumm, und wenn einer etwas brabbelte, dann war es unverständliches Zeug.

»Das ist ein diebisches Volk. Bestimmt haben sie es in den Wald gebracht und dort versteckt«, erklärte der Mann Gottes mit finsterer Miene, »der Herr wird sie dafür bestrafen.«

Diese Aussicht brachte aber Herilos Pferd nicht zurück, ebenso wenig wie die folgenden Worte des Priesters:

»Da, wo du leben wirst, brauchst du kein Pferd. Es wäre dir nur eine Last und du würdest es nicht durch den Winter bringen.«

Schließlich gab Herilo die Suche auf, auch weil der Priester zum Aufbruch drängte, damit sie vor Anbruch der Nacht ihr Ziel erreichten.

Nun konnte er kaum Schritt halten. Der Priester ritt auf seinem Esel und drosch mit dem Stock auf ihn ein. Doch dieses Mal wollte er das störrische Tier nicht zur schnelleren Gangart antreiben. Im Gegenteil. Der Esel sollte langsamer gehen, damit Herilo nebenherlaufen konnte. Dieser wusste als Viehhirte natürlich, dass Stockhiebe ein Tier eher schneller machen als bremsen, doch der Priester wollte von solchen Erkenntnissen nichts wissen, schlug nur noch fester auf den Esel ein und knurrte dabei:

»Dieses störrische Vieh wird stets genau das Gegenteil von dem tun, was ich von ihm verlange. Wenn ich will, dass es rennt, bleibt es stehen, wenn es stehen bleiben soll, rennt es los.«

Herilo schwieg dazu, hauptsächlich, weil er immer mehr außer Atem geriet, denn der Esel war mit dem Priester auf seinem Rücken mittlerweile in einen ziemlich flotten Galopp verfallen. Längst hatten sie die nördlichen Ausläufer des Auerbergs hinter sich gelassen und folgten einem ausgetretenen Pfad, der an einem schmalen Bach entlang durch dichten Wald führte.

Der Esel blieb so urplötzlich stehen, dass sein Reiter nach vorne über den Hals abgeworfen wurde. Er landete unsanft im Gebüsch, und für einen Moment herrschte unheilvolle Stille. Herilo fürchtete schon das Schlimmste. Doch da kam der Gestürzte für sein hohes Alter überraschend behände wieder auf die Beine. Die Schimpfworte, die der Priester dabei ausstieß, verwunderten Herilo. Durfte ein Mann Gottes solch eine Sprache benutzen? Wenngleich man verstehen konnte, warum er so wütend war. Dieser Esel, der jetzt auch noch Laute von sich gab, als würde er seinen abgeworfenen Reiter auslachen, war gewiss kein Ziel für heilige Worte.

Herilo nutzte den vom Esel erzwungenen Halt für eine Frage, die ihn seit seiner Beichte beschäftigte: »Vater, Ihr führt mich zu einem Ort, an dem ich Buße tun kann –«

»So ist es.« Der Priester klopfte sich den Dreck von der Kleidung.

»Wie ist dieser Ort beschaffen?«

Der Priester blickte nachdenklich zum Esel, der in Seelenruhe Blätter von einem Zweig fraß. »Es ist ein stiller Ort. Die Einsamkeit wird dir die angemessene Ruhe schenken. Dort wirst du beten und Gott wird deine Gebete hören.«

Herilo überlegte laut. »Als Erstes werde ich mir einen Schutz gegen den Wind und den Regen bauen.«

»Da steht eine Hütte. Einfach zwar, doch genügend. Auch für den Winter.«

»Wer hat die Hütte gebaut? Hat nicht jedes Haus einen Besitzer?«

»Ein Mönch hat dort gewohnt.«

»Und jetzt?«

»Mein Sohn, du wirst es bald erfahren. Ungeduld ist auch Sünde. Wie Jakobus sagt: Nehmt, liebe Brüder, zum Vorbild des Leidens und der Geduld die Propheten, die geredet haben in dem Namen des Herrn.« Der Priester nahm den Strick, der vom Hals des Esels baumelte und versuchte aufzusteigen. Doch das Tier machte seinem störrischen Ruf mehr als alle Ehre. Es bockte, schlug aus, sprang in die Luft und gebärdete sich so wild, dass der Priester sein Vorhaben, zu reiten, schließlich aufgab und rief:

»Der Teufel wohnt in dir! Gott erbarme sich deiner, ich schlage dich tot! – Herilo, wir gehen ein Stück zu Fuß.«

Die Sonne stand schräg über den Baumwipfeln. Sie erreichten einen Fluss, wateten durch das seichte Wasser und gelangten auf der anderen Seite auf eine Lichtung mit hohem Gras und bunten Sommerblumen. Der Esel blieb stehen und der Priester tat es ihm gleich. Herilo hielt auch an, und während der Esel begann zu grasen, fragte er:

»Halten wir, weil Ihr es wünscht, oder ist es einmal mehr der Beschluss des Esels?«

»Wir sind am Ziel«, erwiderte der Priester ungerührt. »Besser gesagt, du bist es. Sobald ich dir alles gezeigt habe, reite ich weiter, damit mich nicht die Dunkelheit überrascht.«

Herilo beschirmte die Augen. Er sah auf der ganzen Lichtung nichts, was einer Hütte ähnlich gewesen wäre. Vielleicht stand sie dort drüben, im Wald?

»Folge mir.« Der Priester war schon ein Stück auf die Lichtung weitergegangen. Nun blieb er wieder stehen und wartete, bis Herilo ihn erreichte. Er deutete auf eine große Mulde im Boden, die zur Hälfte mit Ästen und Zweigen abgedeckt war.

»Hier. Du musst ihn nur noch begraben.«

»Begraben? Wen denn?«

»Komm mit.«

Der Priester stieg in die Mulde hinab und Herilo folgte ihm. Erschrocken wich er sofort wieder zurück. Auf einer Art Lagerstatt aus Zweigen, Gras und Moos lag ein Toter. Hier hatte der Eremit also gehaust?

»Ich habe ihn gesalbt und gesegnet, aber begraben konnte ich ihn nicht. Er ist zu schwer, es war mir nicht möglich, ihn alleine hinaufzuschaffen.«

»Wer ist das?« Herilo brachte nur ein Flüstern zustande.

»Der alte Eremit, der hier lebte. Nun hat ihn der Herr zu sich gerufen. Also ist jetzt der Platz frei für dich und du kannst hier Buße tun.«

Herilo hatte auf den Schlachtfeldern schon viele Tote gesehen, auch solche mit den schlimmsten Entstellungen. Doch dieser Anblick erschreckte ihn bis ins Innerste. »Vater, die wilden Tiere haben ihm bereits das halbe Gesicht –«

»Fass lieber mit an«, brummte der Priester, der schon die Füße des Toten gepackt hatte. »Hilf mir, ihn hinaufzuschaffen.«

Herilo schauderte, aber er gehorchte. Gemeinsam trugen sie den Leichnam nach oben und legten ihn in der Nähe des Flusses ab.

»Hier wirst du ihm sein Grab bereiten.« Der Priester wandte sich zum Gehen.

»Wartet!«, rief Herilo. »Geht noch nicht fort! Sagt mir, wie soll ich ihn begraben? Womit denn? Ich habe nirgendwo ein Werkzeug gesehen.«

Der Priester blieb stehen. »Der Herr hat dir als Werkzeug zwei kräftige Hände gegeben. Und dann hast du noch die Axt und den Dolch.«

Herilo betrachtete seine Hände und die Waffen. »Damit soll ich ein tiefes Loch graben?«

Der Priester nickte.

Herilos spürte Verzweiflung in sich aufsteigen. »Und Ihr sagt, ich soll alleine hierbleiben, um meine Buße abzuleisten? Wovon soll ich leben? Es gibt kein Vieh, keinen Acker!«

»So spricht der Herr: *Dominium terrae, machet euch die Erde untertan.* Du wirst vom Wald leben und vom Fluss. Da findest du alles, was du zum Leben brauchst.«

Herilos Verzweiflung wuchs. Er sollte ganz allein in diesem Loch hausen, wie ein Tier. Mit dem Bild des entstellten Leichnams ständig vor Augen?

»Wie lange wird es dauern, bis ich alle meine Sünden gebüßt habe?«, rief er dem Priester zu, der sich daranmachte, auf den Rücken des Esels zu steigen.

»Gott ist mit dir. Er wird dir ein Zeichen geben, und du wirst wissen, wann du bereit bist.«

Dieses Mal war der Esel willig. Und der Priester ritt auf seinem Rücken davon.

Herilo riss das Gras aus und versuchte, mit dem Dolch in die Erde zu bohren. Bald gab er es auf. Der Boden war steinig und hart. Der Dolch würde abbrechen, das durfte nicht passieren. So würde er es nie schaffen, ein Grab für den Eremiten auszuheben. Er lief zurück zu der Behausung des Toten. Es gab keinerlei Anzeichen, wovon der Alte gelebt hatte. Verhungert war er aber wohl nicht, dafür war der Leichnam viel zu schwer gewesen. Herilo sah sich genauer um, aber außer der Lagerstatt auf der blanken Erde und einem Kreis von kopfgroßen Flusskieseln, der als Feuerstelle gedient hatte, gab es rein gar nichts. Doch die Steine brachten ihn auf eine Idee. Hastig kletterte er aus der Mulde und lief zurück zum Fluss. In allen Größen lagen die Kiesel, vom Wasser rund geschliffen, im flachen Flussbett. Er begann, sie aufzusammeln, trug sie zum Toten und häufte sie über ihm auf.

Die Nacht brach herein und ein fahler Mond stieg auf. Endlich hatte Herilo den Toten vollkommen unter den Kieseln begraben. Von einem niedrigen Baum brach er zwei Äste ab, nahm Gras und band sie zusammen. Er steckte das Kreuz zwischen die Steine und sprach ein Gebet. Dann kehrte er zur Behausung des toten Eremiten zurück. Er legte sich auf das Lager, auf dem noch vor Kurzem der Leichnam geruht hatte.

So wartete er auf den Anbruch des neuen Tages.

Marie wollte nicht bei der gaffenden Menge am Bahnhof stehen bleiben. Also entfernte sie sich, ohne dass ihr zunächst bewusst war, in welche Richtung sie lief. Das wurde ihr erst klar, als sie an einem Kreisverkehr auf der anderen Seite eines Flusses eine Straße entlangging und erkannte, dass sie hier am frühen Nachmittag mit dem Taxi unterwegs gewesen war.

Der Spätsommerabend war immer noch drückend heiß. Ein Paar Jugendliche kamen ihr entgegen, sie hatten Musik dabei und kommentierten lautstark irgendetwas auf den Displays ihrer obligatorischen Handys. Das Lachen des einzigen Mädchens in der Gruppe klang hell über den Beats aus der Box, die einer der Jungen trug. Marie wollte gerade auf die andere Straßenseite ausweichen, als ihr die Gruppe auf dem Bürgersteig Platz machte und sie dabei freundlich grüßte. Sie bog von der Hauptstraße ab, lief an einer Wiese entlang und sah die Dorfkirche, an der sie der Taxifahrer abgesetzt hatte. Erst jetzt blieb sie für einen Moment stehen.

Natürlich war ihr bereits nach dem Überqueren des Flusses klar geworden, wohin ihr Weg sie führte, und für einen Moment hatte sie gedacht: *Ich wollte mir ja sowieso noch einen zweiten Eindruck vom Objekt verschaffen, dann ist dies wohl jetzt die richtige Gelegenheit dazu.* Doch hauptsächlich kreisten ihre Gedanken immer noch um ihr Erbe, vor allem aber um den Brief ihrer Großmutter. Das kam ihr alles so irreal vor! War dies tatsächlich ihre eigentliche Herkunft? Sie konnte es nicht fassen.

Aber wenn sie jetzt zurückblickte, hatte sich ihr bisheriges Leben denn nicht immer irgendwie falsch angefühlt? So als hätten ihr Geist und ihre Seele in einem falschen Haus gewohnt? War dies der Grund, dass sie stets das Gefühl hatte, immer nur davonzulaufen, ohne zu wissen, wovor und wohin? Würde ihr neues Wissen ihr einmal das Gefühl geben, endlich irgendwo angekommen zu sein?

Sie blickte auf die Uhr ihres Handys. Es war inzwischen reichlich spät, um an einem fremden Ort kurz vor Einbruch der Dunkelheit über das Leben zu philosophieren, ohne zu wissen, wie und wo man die Nacht verbrachte. Nun gut, ein Zimmer in einem Hotel oder ein Bett in einer Pension würden sich schon noch finden lassen. Schließlich war das hier nicht der Nabel der Welt und wohl auch nicht, wie ihre Heimatstadt München, um diese Jahreszeit von Touristen aus aller Herren Länder komplett überrannt. Vielleicht gab es ja sogar in diesem Dorf ein Gasthaus mit Zimmern, in dem sie unterkommen konnte.

Sie bog nach links ab. Auf dem Straßenschild, das in ihre neue Richtung wies, stand *Heriloring*. Seltsamer Straßenname, dachte sie und lief an der baufälligen Fassade der *Sonne* entlang. Die rote Rostlaube, die am Nachmittag auf dem Hof geparkt hatte, stand jetzt neben dem Bürgersteig auf der Straße. Das Beifahrerfenster war heruntergekurbelt und Marie sah im Vorbeigehen, dass es da jemand mit Aufräumen und Sauberhalten nicht so genau nahm. Jedenfalls entsprach der Innenraum des Autos nicht ihrer Vorstellung von Ordnung und Reinlichkeit. Marie ging um die Stirnseite des Gebäudes herum und stieß beinahe mit einem jungen Kerl zusammen. Sie wollte weitergehen, aber der Mann, ein dunkler, schlanker Typ, blieb stehen.

»Entschuldigen Sie bitte, ich habe Sie nicht gesehen. Kann ich Ihnen helfen?«

Er sprach mit einem leichten Akzent, dessen Ursprung Marie vage einem der arabischen Länder zuordnete.

»Nein, danke, ich komme klar.« Sie wollte an ihm vorbeigehen, aber er folgte ihr.

»Ich frage nur - vielleicht suchen Sie etwas? Das hier ist nämlich Privatgrund.«

»Das weiß ich.« Marie blieb wieder stehen. »Und deshalb müsste ich eigentlich *Sie* fragen, ob ich *Ihnen* helfen kann.«

Der Mann blickte sie zunächst verständnislos an, bis ihm etwas zu dämmern schien: »Ah, verstehe. Sie sind die Dame, die behauptet, sie ist beauftragt, die *Sonne* verkaufen. Sie waren heute schon einmal hier. Peter hat mir von Ihnen erzählt.«

»Peter?«

»Dr. Peter Heinrich. Der sich hier um alles kümmert, vor allem, seit hier sonst niemand mehr ist.«

Marie fühlte sich beinahe bemüßigt, dem jungen Mann zu erklären, dass sie nicht *behauptete*, mit dem Verkauf beauftragt zu sein, sondern dass sie es tatsächlich tun würde. Stattdessen fragte sie: »Und wer sind Sie?«

»Ich bin Halim.« Er streckte die Hand aus. Sie ergriff sie zögernd. Sein Händedruck war fest, aber nicht zu fest. »Sie können gerne Du zu mir sagen.«

»Gut. Halim. Darf ich fragen, was du hier machst?«

»Ich wohne hier. Schon seit drei Jahren.« Er deutete auf das gegenüberliegende Haus und fügte hinzu, als wäre es eine Rechtfertigung für ein Wohnrecht: »Ich bin Iraker.«

Marie fasste in Gedanken zusammen: Es gab einen gewissen Herrn Dr. Peter Heinrich, den sie bereits kennengelernt hatte. Und der sich bei diesem Kennenlernen bereits alle Sympathien verscherzt hatte. Der sich außerdem um *alles hier kümmerte*. Weiterhin war da ein ohne Frage recht netter und sympathischer junger Ausländer mit höflichen Manieren und irakischen Wurzeln. Ein Flüchtling zweifelsohne, der sich womöglich illegal im Land aufhielt und hier Unterschlupf gefunden hatte. Nicht zu vergessen, ein herrenloser Koffer, der alle Möglichkeiten auf einen geordneten Rückzug in ihre Heimatstadt München zumindest für den heutigen Tag zunichte gemacht hatte. Marie zog das Fazit: Es reichte erst einmal.

»Hören Sie, Hakim –«

»Du. Sie wollten *du* zu mir sagen, nicht wahr? Und nicht Hakim, sondern Ha*lim*.«

»Bitte?«

»Mein Name ist Halim. Nicht Hakim. Hakim bedeutet, *der Arzt* oder *der Gelehrte*. Ich heiße aber Halim. Das heißt auf deutsch: *der Freundliche*.«

»Schön, Halim.« Marie spürte plötzlich, wie müde und von der Hitze erschlagen sie war. Sie wollte jetzt keinen Arabischkurs für Anfänger, sondern viel lieber etwas zu essen, zu trinken und am besten noch eine Dusche. Es war ein langer Tag gewesen. Was hatte sie überhaupt bewogen, noch einmal hierher zu kommen?

Das Haus war heruntergekommen und vom Keller bis zum Dach vollgestopft mit Müll. Sie hatte doch alles gesehen. Der nächste Schritt wäre nicht gewesen, hier zu stehen und den baufälligen Kasten anzustarren, sondern zu entscheiden, was damit geschehen sollte.

»Das ist interessant. Sehr interessant, sogar.« Halim hatte sich vorgebeugt und starrte, wie sie annahm, auf ihren Busen. Sie trug ein ärmelloses T-Shirt mit ziemlich weitem Halsausschnitt. Also ging sie zum Angriff über:

»Hallo! Das ist jetzt aber ziemlich unverschämt!«

Halim reagierte betroffen. »Verzeihung, das wollte ich natürlich nicht. Es ist nicht, was Sie denken. Aber Ihr Tattoo –«

»Aha, mein Tattoo.«

»Kommen Sie bitte mit. Ich muss Ihnen etwas zeigen.«

Marie schob seine Hand weg. »Nein, ganz bestimmt nicht.«

»Haben Sie es schon gesehen?«

»Was denn?«

»Also nicht. Dann müssen Sie doch mitkommen. Ich muss Ihnen im alten Keller des Gasthauses etwas zeigen.«

»Ich gehe doch nicht mit dir allein in den Keller.«

Halims Ton wurde fast flehend. »Weil ich ein Flüchtling aus dem Irak bin, heißt das doch noch lange nicht, dass ich Frauen vergewaltige. Ich versichere Ihnen, dass Sie mir vertrauen können.« Jetzt zwinkerte er ihr zu: »Und ich verspreche Ihnen, ich beschütze Sie auch gegen Spinnen, Schlangen, böse Geister und alle andere Gefahren, die dort unten lauern.«

»Und das schwörst du bestimmt bei Allah.«

»Nein, ich bin Christ. Das ist einer der Gründe, warum ich nicht mehr im Irak bin. Ich schwöre bei Jesus. Oder auch bei der Mutter Maria. Was ist Ihnen denn lieber?«

Marie musste grinsen. Mit seinem Dackelblick, den er perfekt beherrschte, erhielt er in diesem Augenblick von ihr so etwas wie Welpenschutz.

»Also gut«, meinte sie schließlich. »Wenn es so wichtig ist. Und wenn du mir danach hilfst, ein Hotelzimmer oder etwas Ähnliches zu finden. Ich wollte eigentlich heute Abend noch nach München zurück, aber wegen eines stehengebliebenen Koffers, in dem angeblich eine Bombe versteckt sein könnte, gehen keine Züge mehr. Der ganze Bahnhof wurde evakuiert.«

Sie blieb vor der geschlossenen Tür stehen und Halim deutete darauf.

»Die ist offen. Darf ich vorgehen?«

Sie folgte ihm durch den Gastraum zur Stiege, die hinunter in den Keller führte. Er knipste das Licht an. Unten angekommen, fing er an, über die Sperrmüllberge zu klettern. Marie versuchte, so gut wie möglich über all das alte Zeug zu steigen, das überall herumlag, einmal wäre sie fast umgeknickt.

»Vorsicht.« Halim bot ihr seinen Arm an, doch sie lehnte ab.

Der Keller war viel größer, als sie es sich vorgestellt hatte, und bestand in diesem Bereich eigentlich aus drei verschiedenen Teilen. Endlich waren sie im hinteren Teil angekommen. Hinter einem Schuttberg lag eine schmutzige Ziegelwand

»Und was ist jso wichtig, dass ich es mir unbedingt ansehen muss?«

»Hier.« Halim deutete auf einen kopfgroßen runden Kiesel, der weiter links direkt über dem Boden in der Wand eingelassen war. Sie ging in die Hocke, um zu sehen, was das Besondere an diesem Stein war.

»Es sieht genauso aus wie Ihr Tattoo«, sagte Halim, der immer noch mit dem Finger auf den Stein zeigte.

Er hatte recht. Das, was da jemand in den Stein geritzt hatte, war das exakte Abbild ihres neuen Tattoos.

Meine Sonne, mit den sieben gewellten Strahlen.

»Peter sagt, der Stein ist sehr alt. Und zwar wirklich *sehr.*«

Marie konnte den Blick nicht von diesem Stein wenden. Und plötzlich hatte sie das Gefühl, dass das frisch gestochene Tattoo auf ihrer Schulter brannte.

Sie lag im Gastraum auf der fleckigen Matratze, die Halim und ein weiterer junger Mann angeschleppt hatten.

Das ist Haider, mein Bruder.

Häppchenweise hatte sie erfahren, dass Halims komplette Familie in dem Haus gegenüber wohnte, Großeltern, Vater, Mutter, drei Brüder und zwei Schwestern. Mit der großen Flüchtlingswelle waren sie hier angespült worden und Dr. Peter Heinrich hatte sie aufgenommen. Das Asylverfahren lief noch.

Bei der Suche nach einer Bleibe für die Nacht hatte Marie nicht nur die Ausläufer des Tänzelfestes zu spüren bekommen, sondern auch noch den Konkurrenzkampf mit all denen verloren, die wegen der Sperrung des Bahnhofs in Kaufbeuren genau wie sie hängen geblieben waren. Es gab schlicht kein freies Hotelzimmer mehr. Da hatte Halim vorgeschlagen, sie solle einfach hierbleiben. Die Einladung zu einer Dusche und einem Essen mit Halims Familie hatte sie abgelehnt. Aus Gründen, die ihr selbst nicht wirklich einsichtig waren, wollte sie das Haus gegenüber nicht betreten. Inzwischen grübelte sie, ob es an der Geschichte vom verheerenden Feuer im Brief ihrer Großmutter lag, dass sich ihr die Nackenhaare sträubten, sobald sie das Bauernhaus sah oder auch nur daran dachte.

Die Kerze war heruntergebrannt und am Wein hatte sie nur genippt. Sie starrte in die Dunkelheit. Eines stand fest: In ihrem alten Leben war kein Stein mehr auf dem anderen. Alles war durcheinandergeraten. Und zwar gehörig. Was sollte sie jetzt tun? Ihr war klar geworden, dass sich diese Frage auf viel mehr bezog als nur dieses alte Gasthaus, oder was genau sie geerbt hatte. Es ging um ihr gesamtes Leben.

Sie fand keinen Schlaf. Das Gedankenkarussell in ihrem Kopf war nicht zu stoppen. Sie lag da, starrte in die Dunkelheit und wartete darauf, dass es wieder Tag wurde.

HERBST
843

Um Buße zu tun, so hatte der Priester angeordnet, sollte Herilo leben wie ein Mönch. Ein richtiger Mönch in einem Kloster konnte er aber nicht werden, denn er war nur ein Findelkind ohne richtige Herkunft oder irgendein Einkommen.

Ein Priester war ein Mann Gottes. Durch ihn sprach der Allmächtige zu den Menschen. Also wusste Herilo, dass er gehorchen musste. Gott hatte ihm also befohlen, den Platz des alten Eremiten einzunehmen und hier in der Einsamkeit zu leben, bis seine im Krieg begangene Schuld gesühnt war. Gebete mussten seine Gedanken reinigen. Er musste Vergangenes hinter sich lassen. Dazu gehörten seine Taten, ebenso wie die Liebe, die er in jener Feuernacht verloren hatte. Allerdings hatte er keine Ahnung, wie man richtig betet. Wenn der Priester in der Holzkirche oben auf dem Auerberg die Messe gehalten hatte, war dies in für ihn vollkommen unverständlichen Worten geschehen, die man lateinisch nannte. Herilo hatte stets gezweifelt, ob die fremdartigen Ausführungen des Priesters überhaupt einen Sinn ergaben, zu seltsam hatte das alles stets geklungen. Noch weniger brauchbar für Gebete war in Herilos Erinnerung jenes Gebrabbel, das der alte Bauer vor den wenigen gemeinsamen Mahlzeiten an den Festtagen von sich gegeben hatte. Er musste sich also selbst überlegen, wie er am besten mit Gott sprach.

Herilo holte immer mehr Steine aus dem Fluss. Bei Regen war die ehemalige Behausung des Eremiten zu einem unbewohnbaren Schlammloch geworden. Vor dem Winter musste er daraus ein richtiges Haus bauen. Er beschloss, mit einem Boden aus Steinen zu beginnen, der auch Regengüssen standhielt. Dafür brauchte er die Flusskiesel. Er stapelte sie zunächst in der Mulde zu einem ordentlichen Haufen. Wenn er genug hatte, würde er sie so auslegen, dass der Boden vollkommen damit bedeckt war.

Es dauerte zwei Tage, bis er fertig war. Skeptisch betrachtete er sein Werk. Erst wenn er ein Dach über dem Kopf hatte, konnte er sicher sein, dass er nicht wieder in Schlamm und Dreck versank. Der alte Eremit hatte zum Wetterschutz morsche Äste und Zweige als Wände aufgestellt, und so gut es ging, mit Gras und Moos abgedichtet. Das genügte Herilo nicht, denn es würde weder Regenstürmen noch Winterkälte trotzen. Also riss er alles heraus, trug es auf die Wiese und verbrannte es.

Die folgenden Wochen war er damit beschäftigt, schmale Stämme zu fällen und zurechtzuschneiden. Als Werkzeuge benutzte er die Streitaxt und den Dolch, dessen Klinge er scharf geschliffen hatte. Er grub tiefe Löcher und versenkte darin Pfähle, je sechs für eine Wand, zwei rechts, zwei in der Mitte, zwei links, mit gerade so viel Abstand, dass er die schmalen Stämme darin übereinanderstapeln konnte. Als der erste Nachtfrost die Wiese mit Raureif überzog, waren die Wände fertig. Noch bevor der Winter kam, musste er ein Dach daraufsetzen. Auch wollte er die Feuerstelle nach innen verlegen. Dazu benötigte er einen Kamin und somit wieder jede Menge Steine aus dem Fluss, damit der Rauch abziehen konnte und er drinnen gleichzeitig die Flammen schüren könnte.

Seit Tagen plagte ihn Zahnweh, das immer schlimmer wurde. Er war dabei gewesen, als man dem Knecht vom Auerberg einen Zahn herausreißen musste. Wenn der Zahnwurm einmal daran nagt, hilft nichts anderes mehr, hatte die alte Magd erklärt und ihm befohlen, den Knecht gut festzuhalten. Er konnte sich noch gut an das Gebrüll des Ärmsten erinnern und wie dieser unter seinen Händen gezappelt hatte. Er rüttelte jetzt an seinem eigenen Zahn, aber der saß viel zu fest. So würde er ihn nie herausbekommen. Allerdings wusste er, dass er bald etwas tun musste. Die Schmerzen brannten wie Feuer. Irgendetwas galt es zu unternehmen, um diesem Elend ein Ende zu bereiten. Aber was?

Hilf dir selbst, dann hilft dir Gott.

In seiner Not suchte er einen Stein und versuchte, damit den Zahn herauszuschlagen. Doch das Einzige, was er damit bewirkte, war, dass etwas vom Nachbarzahn abbrach und die Schmerzen nur noch schlimmer wurden. Der Übeltäter aber saß so fest im Kiefer wie zuvor.

Er betete. Aber immer noch war er sich unsicher, wie man mit Gott sprach. Er hatte damit begonnen, Gott das mitzuteilen, was er tat oder was er noch tun musste. Herr im Himmel, ich muss mehr Stämme schlagen, denn das Dach soll bis zum Winter fertig werden. Allmächtiger Gott, ich danke dir für den Fisch, den ich heute gefangen habe. Herr, es gibt eine Stelle im Fluss, an der ich nur ruhig warten muss, bis ich mit dem Speer zustoßen kann. Weiter unten am Ufer wachsen Haselnussbüsche. Die Stöcke sind gerade und geben gute Speere. Gott, vergib mir meine Sünden.

Er bat Gott auch immer wieder um einen Rat, wie er den schmerzenden Zahn loswerden konnte. Doch der Priester hatte ihm erklärt, dass Gott nur zu Auserwählten sprach. Konnte ein Findelkind auserwählt sein, außer dafür, man es in einem Stall abgelegt hatte und es niemand wollte? Herilo sah sich um. Der frühe Frost hatte das Gras der Wiese niedergedrückt, und auch die Hütte, die er gerade baute, sah wirklich nicht danach aus, als ob der Herr ihn dafür auserwählen würde.

Er musste sich wohl selbst um den Zahn kümmern.

Oder hatte Gott ihm dann letztlich doch noch einen Rat erteilt? Herilo war sich jedenfalls nicht sicher, woher der plötzliche Einfall kam. Von seinem Kittel trennte er einen langen Faden. Ein Ende legte er unten am Fluss um den Stamm eines Haselnussstocks, das andere Ende band er um den Zahn. Dann riss er immer wieder den Kopf zurück, so lange, bis der Zahn sich lockerte und endlich aus dem Kiefer sprang. Herilo spuckte das Blut aus und warf den Quälgeist in den Fluss.

Erst da bemerkte er den Zuschauer. Wie lange hatte der Mann schon dort oben auf der Wiese gestanden und ihn beobachtet? Herilo spuckte noch einmal Blut aus, dann lief er dem Mönch entgegen, denn um einen Klosterbruder handelte es sich zweifelsohne, wie er am dunklen Gewand und an der Tonsur des Fremden erkannte. Ein Mönch würde wohl niemals böse Absichten verfolgen, also freute Herilo sich über den Besuch. Seit ihn der Priester alleine gelassen hatte, war er keiner Menschenseele mehr begegnet. Die Einsamkeit auf der Wiese über dem Fluss war vollkommen. Überschwänglich begrüßte er den Mönch.

»Willkommen, ich freue mich sehr, dass Ihr hier seid! Gott sei mit Euch und beschütze Euch!«

Der Mönch schien nicht geneigt, Herilos freundlichen Gruß zu erwidern. Er war dick und rund, mit hängenden Backen und Speckfalten auf der Stirn. Seine kleinen Augen, die wie schwarze Käfer über der fleischigen Nase hockten, wurden dadurch fast verdeckt. Er machte ein missmutiges Gesicht und fragte: »Was hast du da unten gemacht?«

Herilo legte einen Finger auf seine geschwollene Wange. »Einen Zahn gezogen, den der Zahnwurm angenagt hat. Ich bitte Euch, kommt mit zu meiner Hütte. Zwar ist das Dach noch nicht fertig, aber es scheint ja die Sonne.«

Der Mönch folgte ihm wortlos. Er deutete auf das Hasenfell, das Herilo zum Trocknen auf Stöcke gespannt hatte. »Was ist das? Woher hast du das?«

»Die Decke eines Hasen«, antwortete Herilo nicht ohne Stolz. »Ich habe ihn im Wald mit einem spitzen Stock erwischt.«

»Dann bist du folglich ein Wilddieb. Dafür kann man dir die rechte Hand abhacken.«

Herilo erschrak. »Nein, ich bin kein Dieb. Der Hase gehörte doch niemandem.«

Der Mönch blickte finster. »Der Wald ist Klosterbesitz, und demzufolge auch alles, was sich darin befindet. Hat man dir etwa das Jagdrecht erteilt?«

»Nein, hat man nicht.« Die grimmige Miene des Mönchs erschreckte Herilo, ebenso wie dessen Anklage.

»Da du kein Jagdrecht hast, bist du folglich ein Dieb. Hast du noch mehr Tiere gejagt?«

»Ich fange Fische, im Fluss.«

»Das sei dir erlaubt. Aber warum bietest du mir nichts an? Hat man dich nicht die Regeln der Gastfreundschaft gelehrt?«

Herilo wurde immer unsicherer. Erst bezichtigte ihn dieser Mann des Diebstahls, drohte ihm gar mit Strafe, und nun wollte er etwas angeboten bekommen? Was denn? Er hatte doch selbst nichts.

»Verzeiht, ich habe keinen Becher. Das Wasser aus dem Fluss trinke ich mit der Hand. Wenn Ihr durstig seid, begleite ich euch gern. Vielleicht gelingt es mir auch, einen Fisch für Euch zu fangen. Das würde ich gerne tun.«

Jetzt polterte der fette Mönch los: »Was bildest du dir ein? Glaubst du, ich bin einen ganzen Tag lang unterwegs, stets Unbilden und Gefahren wie Räubern ausgesetzt, nur um mit meinen Händen Wasser aus einem dreckigen Fluss zu schöpfen?«

»Herr, das Wasser ist klar wie –«

Der Mönch fuhr ihm grob über den Mund: »Sieh dich bloß vor! Was hast du in all der Zeit getan? Gejammert, weil dir ein Zahn wehtat? Es ist eine Schande. Du solltest hier ein schönes Haus bauen, zu Ehren des Herrn! Man schickt mich, um zu überprüfen, ob du dich dieser Aufgabe würdig erweist. Doch nun muss ich sehen, dass du nichts von alldem tust, was du tun solltest!«

»Herr, ich –«

»Statt zu arbeiten, wie es sich für einen gottesfürchtigen Mann gebührt, betreibst du Wilderei und badest im Fluss –«

»Ich habe nicht gebadet –«

Der Mönch redete sich in Rage: »Und statt in Demut dein Haupt zu neigen und deine Sünden zu gestehen, betreibst du Ausflüchte! Man sollte dich in Schimpf und Schande davonjagen, aber das ist gar nicht nötig, denn du wirst hier nicht einmal die ersten Tage des Winters überleben. Kälte und Hunger werden dich dahinraffen, weil du kein Dach auf deiner armseligen Hütte hast und keine Vorräte, von denen du dich ernähren kannst.«

Herilos anfänglicher Schrecken über die vorgebrachten Anklagen des Mönchs wichen mehr und mehr jener Ruhe, die er zuletzt in Schlachten erlangt hatte, damit er überlebte. Inzwischen hatte er sein Gegenüber wie einen Feind genau eingeschätzt und war zum Schluss gekommen, dass wohl ein einziger Schlag genügen würde, um dem Gezeter des fetten Mönchs ein Ende zu bereiten. Diese Überlegenheit erlaubte es ihm nun, einen freundlichen und versöhnlichen Ton anzuschlagen:

»Herr, der alte Priester hat mich hierhergeführt, damit ich Buße tue, weil ich gesündigt habe. Er sagte mir nichts weiter, als dass ich in der Hütte des alten Eremiten leben soll, denn dieser ist gestorben. Ihr müsst Euch nicht um mich sorgen. Ich habe unter Karl dem Kahlen als Sklave und dann der Reihe nach unter seinen Söhnen, Pippin, Lothar und Ludwig dem Deutschen als Kriegsknecht gekämpft. Ich habe schon schlimmere Dinge überlebt als einen Winter.«

Das brachte den Mönch für einen Moment aus dem Konzept. Mit Widerworten hatte er nicht gerechnet, schon gar nicht so freundlich vorgetragen. Seine Käferaugen wurden tückisch. »Der Priester ist gestorben. Deshalb hat man mich beauftragt, zu prüfen, was du so treibst. Und was ich darüber dem ehrwürdigen Abt berichten werde, wird ihn gewiss nicht erfreuen. Da kannst du dir sicher sein.«

Herilo wollte darauf nichts erwidern. Er war nicht hier, damit ein Abt in einem fernen Kloster Freude an ihm fand. Gott wollte er erfreuen! Er lebte hier in der Einsamkeit, nach bestem Wissen und Gewissen. Er baute eine Hütte, sammelte Nahrung und betete zum Allmächtigen, dass ihm seine Sünden vergeben wurden. Allerdings, so haltlos die Anschuldigungen des fetten Mönchs auch sein mochten, in einem hatte er wohl recht: Galt tatsächlich die Anordnung, dass er nicht jagen durfte, dann hatte er einen harten Winter vor sich. Was er jetzt im Wald an Beeren und Pilzen fand, würde es dann nicht mehr geben. Konnte er sich allein von den Fischen im Fluss ernähren? Gab es im Winter überhaupt welche, die er fangen konnte?

»Wie kann ich das Jagdrecht erlangen?«, fragte er den Mönch.

»Gar nicht«, antwortete dieser. »Bauern, Gesinde und andere Niedere erhalten es nie. Und Ausgestoßene schon gar nicht.«

»Ich bin kein Ausgestoßener. Ich bin ein Mensch, der hier lebt, um Gottes Willen zu erfüllen.«

»Wie denn auch sei«, knurrte der Mönch. »Du bist, was du bist. Ich habe jedenfalls genug gesehen. Und du kommst jetzt mit mir.«

»Wohin?«

»Bis zum Reichshof von Tingau. Im Wald gibt es Räuber und wilde Tiere. Du wirst mein Begleitschutz sein.«

Marie war doch noch eingeschlafen und hatte irgendetwas geträumt. Aber bereits kurz nach dem Aufwachen begann die Erinnerung an den Traum zu verblassen. Sie bildete sich ein, es hatte etwas mit ihrem Tattoo und dem Abbild davon auf dem Stein unten im Gewölbe zu tun. Wahrscheinlich aber spukte einfach nur immer noch der seltsame Zufall in ihrem Kopf herum, dass ausgerechnet jenes Motiv, das sie sich für ihr Tattoo ausgesucht hatte, exakt auf diesem Stein abgebildet war. Und dass dieser Stein sich in dem Haus befand, das sie beurteilen und gegebenenfalls sogar verkaufen sollte. Das Ganze war zumindest seltsam. Aber sie war zu dieser Morgenstunde noch nicht bereit, sich auf die philosophische Frage einzulassen, ob das Leben vom Zufall bestimmt war oder doch einem genaueren, vorgegebenen Plan folgte.

Irgendwann, mitten in der Nacht, hatte sich eine Katze zu ihr gesellt, und sie war zuerst furchtbar erschrocken, als sie plötzlich eine Berührung an ihrer Stirn spürte. Doch dann hörte sie das sanfte Schnurren und spürte das weiche, warme Fell an ihrer Seite. Eigentlich war sie gegen Katzenhaar allergisch, aber seltsamerweise blieb das obligatorische Augenjucken und Niesen aus. Die Nähe des Tieres beruhigte sie außerdem und nahm ihr die Furcht vor dem großen, dunklen Raum.

Jetzt flutete Licht durch eines der zerbrochenen Fenster und zeichnete einen hellen Streifen auf den Boden. Die Katze lag zusammengerollt auf ihrer Tasche. Sie war rabenschwarz. Marie war hungrig und sie brauchte dringend eine Dusche und frische Kleidung. Und Kaffee. Doch daraus würde wohl so schnell nichts werden. Sie angelte nach ihrem Handy, das sie neben die Matratze gelegt hatte. Fuhren vom Kaufbeurer Bahnhof aus wieder Züge?

Kein Empfang.

Marie legte das Handy wieder weg. Sie streckte sich, stand auf und verzog schmerzhaft das Gesicht. Sie bekam leicht Rückenschmerzen, wenn sie falsch lag, und die Nacht auf dieser Matratze hatte ihr offensichtlich nicht gutgetan. Die Katze blickte sie verschlafen an und begann mit ihrer Morgenwäsche. Marie fuhr herum, als sie plötzlich eine fröhliche Stimme hörte:

»Guten Morgen! Haben Sie gut geschlafen?«

»Sie schon wieder.« Marie rollte die Augen. Obwohl seine Stimme sympathischer war als der Rest des Mannes. »Was wollen Sie?«

»Ich habe Peter gesucht«, erklärte Dr. Heinrich von der Tür aus.

Hatte er nicht gesagt, sein Vorname sei *Peter*? »Sie haben sich selbst gesucht?«, fragte sie schnippisch. »Dann kann ich Ihnen helfen. Sie stehen da drüben und befinden sich damit schon wieder unbefugt auf meinem Besitz.«

Er lachte: »Peter, der Kater. Er heißt auch so und eigentlich ist er der Meinung, dass dies *sein* Besitz ist, auf dem *Sie* sich unbefugt aufhalten. Aber, wie es scheint, duldet er Sie. Ich habe ihn gesucht, weil ich dachte, Sie sind bestimmt allergisch gegen Katzen.«

»Und wie kommen Sie darauf?«

Er zuckte mit den Schultern. »Sie sehen so aus.«

»Ich sehe so aus als wäre ich allergisch gegen Katzen?«

»Genau.«

»Aha. Welche vorstechenden Kennzeichen haben denn Katzenallergiker Ihrer Meinung nach?«

Er grinste. »Es war ein Scherz. Halim hat mir erzählt, dass Sie hier nächtigen, und ich wollte einfach nur sehen, ob Sie klargekommen sind. Und nachdem Sie ein gemeinsames Abendessen ausgeschlagen haben, möchte ich Ihnen wenigstens ein Frühstück anbieten.«

»Nein, danke.« Marie fand das Auftreten des Herrn Doktor ziemlich unverschämt. Was fiel dem Kerl ein, sich über sie lustig zu machen. Sie wählte bewusst einen kühlen Tonfall. »Hier gibt es nicht einmal Handyempfang.«

»Manchmal schon. Und außerdem können die neuen Eigentümer das ja ändern. Die Telekom will hier schon lange einen Sendemast aufstellen.«

»Ich muss nur herausfinden, ob wieder Züge fahren. Ich wollte gestern schon zurück nach München. Aber da war der Bahnhof gesperrt.«

»Sie hätten ja ein Taxi nehmen können.«

»Nach München? Haben Sie eine Ahnung, was das kostet?«

»Können Sie keine Spesen absetzen? Ihr Chef ist wohl ein Geizkragen.«

»Hören Sie –«

»Ich fahre heute nach München und kann Sie mitnehmen. Da wohnen meine Eltern, und mein wöchentlicher Besuch ist fällig. Das erspart Ihnen ein Zugticket - und am Wochenende gilt ja sowieso der Slogan der Bahn: Genießen Sie das Leben in vollen Zügen.«

Ein Witzbold ist er also auch noch. Allerdings war sein Angebot verlockend, denn in der Sache hatte er recht. Es gab Angenehmeres als eine Zugfahrt am Samstagvormittag und auf das Gedränge und die Kämpfe um den letzten freien Sitzplatz konnte sie wirklich gern verzichten.

»Ich würde Ihr Angebot annehmen.« Sie kraulte den schwarzen Kater, der ihr um die Beine strich. »Aber nur, wenn Sie gleich fahren.«

Wieder grinste er. »Aber selbstverständlich, Gnädigste. Ich weiß es sehr zu schätzen, wenn meine großzügigen Angebote an strenge Bedingungen geknüpft werden.« Er deutete auf den Kater. »Peterchen erwartet allerdings vorher noch, von Ihnen gestreichelt und gefüttert zu werden.«

Erst als sie vor dem Auto standen, mit dem sie fahren würden, dämmerte ihr, dass eine Zugfahrt vielleicht doch angenehmer und vor allem sicherer gewesen wäre.

»Das ist Ihr Wagen?« Marie hatte gezögert, das Wort *Wagen* bei diesem Gefährt überhaupt in den Mund zu nehmen. Es handelte sich um die rote Rostlaube mit dem heruntergelassenen Seitenfenster und dem vermüllten Innenraum. »Fährt das überhaupt noch?«

»Und wie. Und bitte sprechen Sie nicht so verächtlich von meinem Auto. Steigen Sie ein.« Er öffnete die Beifahrertür und wies mit einer übertriebenen Geste nach innen. »Nehmen Sie Platz.«

»Wo soll ich denn Platz nehmen? Etwa auf Ihrer Müllhalde?«

Er fegte mit einer fließenden Bewegung leere Getränkedosen und Fastfood-Verpackungen in den Fußraum. »Verzeihung. Bitte sehr.«

Marie stieg ein, vorsichtig bedacht, ihre Füße an einen freien Ort zu stellen. Sie versuchte, das Fenster hochzukurbeln, aber es ging nicht.

»Kaputt«, stellte ihr Chauffeur lapidar fest. »Aber bei dem Wetter gibt es keine bessere Klimaanlage.«

Warten wir es ab, dachte Marie, die sich absolut unwohl fühlte. Sie war unausgeschlafen, ungeduscht, ohne Frühstück und Kaffee, und saß mit einem fremden Mann, der ihr ziemlich unsympathisch war, in einem Auto, das alles andere als einen zuverlässigen Eindruck machte. Immerhin fuhr er ganz passabel, zügig, aber nicht zu schnell. Für den Wagen schien er jedenfalls mehr Gefühl zu haben als für seine Mitmenschen.

Sie fuhren einen Berg hinauf und verließen den Ort. Es war bereits um diese Zeit am Morgen sehr heiß, aber der Fahrtwind verschaffte ihr tatsächlich ein wenig Kühlung. Gerade, als sie überlegte, welches Thema sich wohl für einen Smalltalk eignete, fing er an zu reden:

»Sie sind also tatsächlich von der Brauerei beauftragt, die *Sonne* zu verkaufen?«

»Um genau zu sein, ich soll eine Expertise erstellen. Aber ja, das Gasthaus soll auch verkauft werden. Ich weiß, dass Ihnen das nicht gefällt.«

»Das hängt davon ab.«

»Wovon?«

»Wollen wir nicht einfach *du* zueinander sagen?« Ohne den Blick von der Straße zu nehmen, hielt er ihr die Rechte hin. »Ich bin Peter.«

»Nein, danke. Ich kenne Ihren Vornamen bereits. Lassen Sie bitte die Hand am Lenkrad.« Marie wollte mit ihm nicht per Du sein. Er wohnte ohne gültigen Mietvertrag auf Grund und Boden, der von ihrem Büro verkauft werden sollte, beherbergte da noch andere Menschen, und wenn sie ihr Gefühl nicht trog, würde er auch nicht ohne Widerstand verschwinden. Es konnte also gut sein, dass die Sache in einem Rechtsstreit endete. Somit war es bestimmt besser, einen gewissen formalen Abstand zu wahren. Deshalb sagte sie:

»Ich möchte lieber beim *Sie* bleiben.«

Er zog etwas irritiert die Hand zurück. »Na gut. Wie Sie meinen.«

Obwohl sie auf der Bundesstraße nun schneller fuhren, störte sie das offene Fenster immer noch nicht, im Gegenteil, der Fahrtwind tat gut gegen die Hitze. Ihre ablehnende Haltung führte allerdings zu längerem Schweigen, das sie erst beendete, als sie auf die Autobahn fuhren, und sie beschloss, ihm mitzuteilen, was sie in der Nacht entschieden hatte:

»Ich denke, es wird Sie interessieren, dass ich mit ziemlicher Sicherheit einen Komplettabriss des Gasthauses empfehlen werde. Alles andere wäre unrentabel.«

Sie konnte zunächst keine Regung oder Reaktion an ihm erkennen und es dauerte eine Weile, bis er antwortete:

»Danke für die Information. Aber damit habe ich schon gerechnet. Sie haben von Anfang an nicht den Eindruck auf mich gemacht, als dass Sie sich allzu große Sorgen oder Gedanken um erhaltenswertes Kulturgut machen.«

»Was wollen Sie damit sagen?«

Ein kurzer Blick streifte sie. »Ich will damit sagen, dass Sie keine Gefangenen machen. Es geht Ihnen ganz allein darum, möglichst viel Profit für Ihre Firma herauszuschlagen. Alles andere interessiert Sie nicht. Das will ich damit sagen.«

Marie schnappte nach Luft. Was für eine Unverschämtheit! Wie konnte er sich anmaßen, so über sie zu urteilen?

»Ihr wunder Punkt? Ihr Berufsethos?«

Sie biss sich auf die Lippen und antwortete mit eisiger Stimme: »Tun Sie mir den Gefallen und reden Sie nicht über Dinge, von denen Sie keine Ahnung haben. Und die Sie absolut nichts angehen.«

»Also gut. Ich wollte Ihnen nicht zu nahe treten. Jetzt sehen Sie ziemlich beleidigt aus. Ich werde versuchen, Ihnen gegenüber neutral zu bleiben. Aber Sie müssen verstehen, dass mir das nicht leichtfällt. Sie wollen abreißen, was ich erhalten will. Deshalb sind und bleiben wir nun einmal Gegner. Das liegt in der Natur der Sache.«

»Sie sehen mich also als Gegnerin?«

»Natürlich. Aber, wie gesagt, ich werde alle Anstrengungen unternehmen, um Sie das nicht ständig merken zu lassen.«

Marie warf ihm einen wütenden Seitenblick zu. Jetzt machte er sich schon wieder lustig über sie. Dieses typische Machogehabe, eine Frau ständig die eigene Überlegenheit spüren zu lassen! Sie behielt einen kühlen Ton bei, als sie antwortete: »Ich sehe Sie überhaupt nicht als Gegner. Erstens bin ich für derlei Animositäten viel zu professionell und zweitens sind Sie aus meiner Sicht überhaupt nicht in der Position eines ernstzunehmenden Gegners. Sie können ja rein gar nichts gegen meinen Beschluss unternehmen. Ich habe den Auftrag von der Brauerei, Sie haben gar nichts.«

»Wenn Sie das so sehen, bitte sehr.«

»Ja. Zudem könnte ich Ihnen noch eine Reihe weiterer peinlicher Fragen stellen. Zum Beispiel wäre es doch interessant zu erfahren, mit welcher Berechtigung Sie Flüchtlinge in dem Haus gegenüber der *Sonne* beherbergen. Haben Sie da irgendetwas Offizielles? Eine Genehmigung, etwas Schriftliches?«

»Ich habe einen mündlichen Vertrag mit dem Besitzer. Und auch ein solcher Vertrag ist juristisch gültig.«

»Das ist jetzt kein Vertrag, sondern eine Behauptung Ihrerseits.«

»In dem mündlichen Vertrag wurde vereinbart, dass ich mich um die Restaurierung der beiden Gebäude kümmere und deshalb die Flüchtlingsfamilie beherbergen darf.«

Marie versuchte erst gar nicht, ein höhnisches Lachen zu unterdrücken. »Sie sind also eine Mischung aus Hausmeister und Samariter. Ich wette, Sie verdienen sich einfach etwas dazu, indem Sie Untermieter aufnehmen.«

»Halim und seine Familie sind Flüchtlinge aus dem Irak. Sie wurden dort wegen ihrer Religion verfolgt und mussten fliehen.«

»Ich denke, das wird jetzt ein Ende haben«, erklärte Marie. »Welche Vereinbarungen auch immer, mit wem auch immer, Sie getroffen haben, sie gelten jetzt nicht mehr. Wie gesagt, die

Sonne wird abgerissen und der Grund und Boden verkauft. Dafür werde ich mir bestimmt keine verkrachte Existenz und illegale Flüchtlinge ans Bein binden.«

Jetzt war es Dr. Heinrich, der lachte. »Verkrachte Existenz? Das bin ich in Ihren Augen? Sie wissen rein gar nichts über mich. Außerdem werden Sie sehen, dass die Flüchtlingsfamilie nichts mit der *Sonne* zu tun hat. Das sind zwei völlig verschiedene, voneinander unabhängige Probleme.«

Marie lag die Antwort auf der Zunge, dass es ihr für ein Urteil reichte, was sie bisher gesehen hatte, angefangen bei der rostigen Müllkippe, in der er sie gerade durch die Gegend kutschierte. Stattdessen sagte sie: »Gut, wollen wir sachlich bleiben. Fest steht jedenfalls, dass Sie sich ab jetzt nicht mehr um die *Sonne* – wie Sie es nennen – kümmern müssen. Und damit wird wohl auch Ihr seltsamer Deal mit dieser Flüchtlingsfamilie hinfällig.«

»Da irren Sie sich. Und ein *seltsamer Deal*, wie Sie es nennen, ist es schon gar nicht.«

Marie antwortete darauf nicht. Währenddessen setzte Dr. Heinrich den Blinker, nahm die Ausfahrt zu einer Autobahnraststätte und hielt dort auf dem Parkplatz.

»Warum halten wir?«, fragte Marie skeptisch.

»Weil jede Frau nach spätestens einer dreiviertel Stunde Autofahrt pinkeln muss«, antwortete er. »Oder wollen Sie behaupten, dass Sie da eine Ausnahme sind?«

Als sie von der Toilette zurückkam, vollführte er neben seinem Auto Bewegungen, die wohl Gymnastik sein sollten. Marie joggte zwar gern, aber ansonsten war sie nicht sehr sportlich. Aber wenigstens war sie in der Lage, mit ihren Fingerspitzen die Füße zu berühren. Er schnitt bereits auf Höhe der Knie schmerzverzerrte Grimassen, und sie fragte ihn belustigt:

»Was machen Sie denn da?«

Er brummte: »Nichts. Steigen Sie wieder ein.«

Es gab noch eine längere Unterbrechung, als ein Gewitter aufzog, und sie, zusammen mit zwei Motorradfahrern, vor dem einsetzenden Platzregen unter einer Brücke Schutz suchen mussten.

»Sind Sie eigentlich schon einmal auf die Idee gekommen, das

Fenster zu reparieren?« Marie zog fröstelnd die Schultern hoch. Durch den Regen war es sofort kühl geworden.

»Ja, natürlich.« Dr. Heinrich neben ihr wirkte, als wäre er mit seinen Gedanken ganz woanders.

»Und?«

»Hören Sie. Ich würde Ihnen gerne etwas über die bemerkenswerte Geschichte der *Sonne* und des Hofs erzählen. Damit Sie wenigstens verstehen, *was* Sie da verkaufen wollen.«

Marie seufzte im Stillen. Jetzt war sie mit diesem Typen unter einer Autobahnbrücke schon quasi gefangen, und um dem Ganzen noch die Krone aufzusetzen, sollte sie sich auch noch geschichtliche Vorträge anhören.

»Sie haben mir doch einen umfassenden Bericht über historische Dachbalken gegeben und ich verfüge somit bereits über profundes geschichtliches Wissen. Das reicht mir eigentlich.«

Dr. Heinrich schüttelte den Kopf. »Von wegen profund. Bisher haben Sie noch nicht einmal richtig an der Oberfläche gekratzt. Da geht es auch nicht nur um ein paar Jährchen. Die Geschichte der *Sonne* lässt sich aber bis ins neunte Jahrhundert zurückverfolgen –«

»Letztes Mal sagten Sie, *möglicherweise. Es könnte sein, dass –«*

»Als Historiker muss ich diese Einschränkung machen. Persönlich bin ich mir aber absolut sicher, dass diese Datierung korrekt ist. Vielleicht haben Sie in Hirschzell ein Straßenschild mit der Aufschrift *Heriloring* gesehen. Die meisten Leute, die sich nicht auskennen, denken, was ist das denn für ein komischer Name. Aber er ergibt durchaus Sinn, wenn man weiß, wer Herilo war.«

Nun wartete er offensichtlich auf die Frage, wer dieser Herilo war, doch Marie tat ihm den Gefallen nicht. Sie langte hinter sich, holte ihre Jacke vom Rücksitz und zog sie an.

»Gut, dann erkläre ich es Ihnen eben einfach. Herilo war –« Es folgte eine kunstvolle Pause, bevor Dr. Heinrich weiterdozierte: »– er war sozusagen der erste Bewohner oder, sagen wir, sogar der Gründer der *Sonne*! Und das Ganze begann bereits Mitte des achten Jahrhunderts nach Christus. Sie müssen wissen, damals gab es, nahe der Grenze zum Herzogtum Bayern, wo später Kaufbeuren entstand, sogar einen fränkischen Königshof, der wohl als Verwaltungssitz und militärisches Rückzugsgebiet diente – vermutlich dort, wo jetzt das Franziskanerinnen-Kloster steht. Es war die Zeit der großen Völkerwanderung, die kurz zuvor zugewanderten Franken bekriegten sich an der damals fränkisch-baierischen Lechgrenze mit den Alemannen und die Christianisierung der Gegend war in vollem Gange. Dafür verantwortlich war das benediktinische Reichskloster im heutigen Stöttwang, das liegt nur einen Steinwurf von Hirschzell entfernt. Dieses Reichskloster und die dazugehörigen Pfarreien schenkte der damalige Kaiser, Ludwig der Fromme, nach beendeter Missionsaufgabe dem Kloster Kempten –«

»Es hat übrigens aufgehört zu regnen«, unterbrach Marie den Redefluss, »die Motorradfahrer sind schon weg.«

»Und da ist ein wunderbarer Regenbogen.« Dr. Heinrich startete den Motor und deutete, während er losfuhr, zum Horizont. »Ich wette, er hört genau da auf, wo die *Sonne* liegt, und im Gewölbe finden wir den berühmten Topf voll Gold. Wo war ich stehen geblieben? Ah ja, die Außenposten des Reichsklosters. Nun, in eine dieser Zellen wurde unser Mann mit dem Namen Herilo geschickt. Finden Sie diesen Namen nicht interessant?«

»Wieso?«

»Eine mögliche Interpretation des Namens ist, dass Herilo so genannt wurde, weil er entweder sehr klein war und im heutigen Sprachgebrauch *Herrlein* gerufen würde, also *kleiner Herr* – oder weil er versuchte, sich zu benehmen wie ein Herr, der er aber nicht war, denn angeblich war er nur ein Findelkind, abgelegt in einem Stall – also genau das Gegenteil von einem richtigen Herrn mit Abstammung. Ein Herrlein, eben.«

Marie war für einen Moment sprachlos und in ihrem Kopf breitete sich ein gedankliches Chaos aus, das sie nur schwer ordnen konnte. Sie war die Enkelin einer Frau mit dem Namen Hehrlein. Und nun kam dieser Dr. Heinrich daher und erzählte ihr etwas von einem Mann namens Herilo, was so viel wie Herrlein hieß und damit im Prinzip identisch mit Hehrlein war. Und der im neunten Jahrhundert angeblich genau an dem Ort lebte, an dem nun die *Sonne* stand, die das neue Objekt ihrer Firma war, und für die sie ein Gutachten erstellen sollte. Nicht zu vergessen, ihr Tattoo und dessen Abbild auf dem Eckstein im Gewölbe.

Ein bisschen zu viele Zufälle für ihren Geschmack. Sie überlegte laut: »Dieser Herilo wäre heutzutage also Hehrlein?«

»Könnte man sagen, ja. Und Herilo war übrigens auch der Namensgeber für das Dorf Hirschzell, das früher Herilescella hieß – also die Zelle des Herilo. Mit Hirschen, so wie viele Leute denken, hat das gar nichts zu tun. Und alle Hehrleins hier in der Umgebung könnten theoretisch also Nachkommen unseres Herilo sein«

»Sagten Sie nicht, Herilo war ein Mönch? Dann durfte er doch nicht heiraten und Kinder bekommen. Wie könnte er dann Nachkommen haben?«

Dr. Heinrich lachte. »Die meisten Geistlichen des ersten Jahrhunderts waren verheiratet. Der Zölibat ist zwar eine ziemlich schwierige und komplexe Angelegenheit, aber Tatsache ist, dass der Ehezölibat erst auf dem Laterankonzil 1139 beschlossen wurde. Herilo konnte sehr wohl Frau und Kinder haben. Einem diesbezüglichen Herilo-Stammbaum steht also nichts im Wege.«

Marie schüttelte den Kopf. »Ihre Erklärungen sind mir, ehrlich gesagt, ein klein wenig zu sehr an den Haaren herbeigezogen.«

»Das Leben ist ein Kreis, meine Liebe«, dozierte Dr. Heinrich. »Alles kehrt zu seinem Ursprung zurück.«

»Ihre Kalendersprüche können Sie sich sparen. Und noch einmal: *ihre Liebe* bin ich schon gar nicht.«

WINTER
843

Es schneite seit Tagen ohne Unterlass. Ein Teil des Daches war unter der Schneelast eingebrochen und es war bitterkalt. Der Schnee hatte den Kamin zugeschüttet und die Flammen gelöscht. Herilo musste das Dach reparieren und wieder ein Feuer in Gang bringen. Aber alles Holz war vom Schnee durchnässt. Außerdem brauchte er dringend etwas zu essen.

Er bahnte sich durch den Schnee einen Weg zum Fluss, wo er hoffte, Fische zu fangen. Seit vier Tagen hatte er nichts mehr gegessen. Er war Hunger und Kälte gewohnt, doch er wusste wohl, dass ihm der Winter hier in der Einsamkeit gefährlich werden konnte. Das größte Problem war, dass er im Wald keine Tiere jagen durfte. Er hatte gelobt, ein frommes Leben zu führen und fremdes Eigentum zu achten. Er wollte kein Dieb sein.

Er lief ein Stück flussaufwärts, um eisfreie Stellen zu finden, die nicht allzu tief waren, damit er die Fische entdecken konnte. Die Tage zuvor war er glücklos gewesen und beinahe vermutete er, dass die Tiere im Winter ins tiefere Wasser gezogen waren, wo er sie aber nicht sah. Ein weiteres Problem war, dass der Fluss nur dort eisfrei war, wo das Wasser schnell strömte. Genau an diesen Stellen hatte er aber noch keine Fische gefunden. Deshalb hatte er heute die Axt mitgenommen. Vielleicht war er erfolgreicher, wenn er das Eis über ruhigem Wasser aufhackte.

Er verbrachte beinahe den ganzen Tag damit, an verschiedenen Orten sein Glück zu versuchen. Einmal sah er den Schatten eines Fisches, der sofort wieder unter der Eisdecke verschwand. Er hielt den Speer stets bereit, aber es half nichts. Ein weiterer Tag, der ihn hungrig aufs Lager schicken würde. Doch dieses Lager hatte die eingebrochene Schneelast genauso zerstört wie den Kamin und damit das Feuer. All dies galt es wieder in Ordnung zu bringen, am besten noch vor Einbruch der Nacht.

Der Hunger nagte immer mehr an seinen Eingeweiden, als er zur Hütte zurückkehrte. Noch schlimmer aber war die Kälte, die über das Eis auf dem Fluss in seine Glieder gekrochen war.

Er spürte die Füße nicht mehr und mit den erstarrten Händen gelang es ihm kaum, die herabgestürzten Äste und Stämme des eingestürzten Dachs aus der Hütte zu zerren. Mit bloßen Händen schaufelte er den hereingebrochenen Schnee hinaus. Der Zunder war durchnässt, ebenso wie das Holz, das er damit anzünden wollte. Bald gab er es auf. In dieser Nacht durfte er sich ganz gewiss nicht zum Schlaf niederlegen. Er wusste, dann würde er nicht mehr aufwachen. Er betete zu Gott dem Allmächtigen. Das Gewissen plagte ihn beinahe so sehr wie der Hunger und die Kälte. Den ganzen Tag über hatte er kein einziges Gebet gesprochen. Er hatte geflucht, weil er nichts gefangen hatte. Weil ihm beinahe die Axt ins Wasser gefallen und für immer verschwunden war. Weil er eingebrochen war und Glück hatte, dass an dieser Stelle das Wasser nur hüfttief war. Glück, dass er es heraus schaffte und nicht ertrank. Aber er hatte über all dem vergessen, Gott dem Allmächtigen zu danken. Damit der Herr ihm Gnade schenkte und ihm seine Sünden verzieh. Er hatte vergessen, Gott zu danken, dass er hier sein durfte, an diesem Ort.

Der Schnee fiel beharrlich. Herilo folgte der Spur einer Maus, die auf der hart gefrorenen Schneedecke zunächst zu sehen war, aber nun darunter verschwand. Es war zwecklos. Der Schnee lag hüfthoch. Wie sollte er da eine Maus finden und gar fangen?

Er kämpfte sich hoch zum Wald, um schmale Stämme für das Dach zu schlagen. Das Holz war steinhart gefroren, die Axt drang kaum ein, immer wütender schlug er darauf ein. Doch wenigstens wärmte die schwere Arbeit seine Glieder.

In der Nacht hatte er zum ersten Mal den Wolf gehört. Das langgezogene Heulen war unverkennbar. Bestimmt war das Raubtier so hungrig wie er. Herilo fällte gerade den dritten Stamm, als er den Wolf sah. Er stand zwischen den Bäumen und blickte zu ihm herüber. Eine Weile sahen Mensch und Tier einander an. Dann wandte sich der Wolf ab und verschwand als dunkler Schatten im Wald.

Herilo arbeitete weiter. Er entastete die Stämme, zog sie durch den Schnee hinunter zur Hütte und legte sie über die offenen Stellen. Dann holte er Zweige und Moos und dichtete alles ab.

Als es dunkel wurde, hatte er das Dach repariert und die Steine zum Kamin aufgeschichtet. Endlich brachte er auch wieder ein Feuer in Gang.

Es schneite immer noch und es war sein sechster Tag ohne Essen. Aber in dieser Nacht konnte er wenigstens am wärmenden Feuer sitzen. Er hoffte, am nächsten Morgen würde der Schneefall enden. Wie dankbar wäre er, käme endlich wieder die Sonne heraus. Er nahm einen kopfgroßen Kiesel, holte den Dolch hervor und begann damit, einen Kreis in den Stein zu ritzen. Im Laufe der Nacht fügte er noch sieben Sonnenstrahlen hinzu.

Am nächsten Morgen hörte es endlich auf zu schneien. Herilo sah den Wolf unten am Fluss auf dem Eis. Das Tier zeigte keine Scheu vor ihm und folgte ihm, als er flussabwärts ging. Er selbst verspürte keine Furcht, doch er war auf der Hut und behielt den Wolf stets im Blick. Er versuchte an verschiedenen Stellen Fische zu fangen, doch wieder war ihm kein Erfolg beschert.

Ein paarmal hatte er den Wolf aus den Augen verloren, doch nun tauchte dieser wieder vor ihm auf. Herilo war noch nie so weit flussabwärts gewesen. Die weiße Fläche des Flusses breitete sich vor ihm aus, beinahe wie ein zugefrorener See, der Wald war lichter und niedriger. Herilo wunderte sich zunächst über kreuz und quer liegende Bäume und Äste, bis er die Bissspuren eines Bibers erkannte. Auch die eisfreie Fläche, ein paar Schrittlängen vom Ufer entfernt, war wohl das Werk des Tieres. Dort stand das Wasser still, es war tief und schwarz. Offensichtlich befreite der Biber diese Stelle ständig vom Eis, sonst wäre sie gewiss zugefroren. Herilo hatte einst in einem Kloster im Sachsenland genächtigt. Dort erklärten ihm die Mönche, der Biber sei trotz seines Fells ein Fisch, da er ja im Wasser lebte, und deshalb durften sie ihn in der Fastenzeit essen. Also durfte er ihn auch fangen. Nur wie?

Er sah den Kopf des Bibers dicht über der Wasseroberfläche. Der Wolf sah ihn ebenfalls. Er stand auf dem Eis und witterte in Richtung des Wasserlochs. Nun bewegte er sich langsam und vorsichtig, so dass man die Bewegung kaum wahrnahm. Der Biber schwamm zum Rand des Eises und begann, es mit seinen kräftigen Zähnen aufzubrechen. Der Wolf schlich immer näher, Herilo sah seinen weißen Atem in der Winterkälte aufsteigen. Er war noch etwa zwei Schrittlängen von seiner Beute entfernt und duckte sich zum Sprung. Dann ging alles so schnell, dass Herilo nur sah, wie das Wasser aufspritzte und dort schäumte und zu kochen schien, wo der Wolf den Biber gepackt hatte. Schlagartig wurde es wieder still. Ruhig schwamm der Wolf mit dem Biber im Maul zum Rand des Wasserlochs. Es gelang ihm, seine Beute auf das Eis zu hieven, doch er selbst schaffte es nicht aus dem Wasser. Er war immer noch in den Biber verbissen und nicht gewillt, loszulassen.

Herilo tastete sich über das Eis. Es knirschte und knackte unter seinen Füßen und wurde immer trügerischer, je näher er dem Wasserloch kam. Kurz davor legte er sich auf den Bauch. Er bekam das Fell des Bibers zu fassen und blickte in die gelben Augen des Raubtiers, als er es so Stück für Stück aus dem Wasser zog. Der Wolf schüttelte sich, ohne den toten Biber loszulassen und trabte dann damit über das Eis davon.

Im Zwielicht des scheidenden Tages, kehrte Herilo erfolglos und hungrig zu seiner Hütte zurück. Vor dem Eingang lag etwas Dunkles. Herilo beugte sich hinab zu dem blutigen Bündel. Oben am Waldrand stand der Wolf und beobachtete, wie Herilo sich aufrichtete und die Hälfte des Bibers in die Hütte trug.

Der Winter blieb erbarmungslos hart. Herilo war selten erfolgreich bei seiner Jagd auf Fische, Mäuse oder Vögel. Viel öfter schabte er das Moos und die Rinde von den Bäumen und kaute darauf herum, um so wenigstens das Gefühl zu haben, dass er etwas aß.

Der Wolf hielt sich weiterhin in seiner Nähe auf. Meist aber war er ein dunkler Schatten, der ihn zwar begleitete, ihm aber nie wieder so nahekam wie am Wasserloch des Bibers.

Eines Tages, als das Licht schon verblasste, sah Herilo wie sich am Waldrand etwas Größeres bewegte als der Wolf. Zunächst glaubte er, es sei wieder der fette Mönch, der sich im Dämmerlicht durch den Schnee zu ihm kämpfte. Doch dann erkannte er, dass es nicht eine, sondern zwei Gestalten waren, die nun auf die verschneite Lichtung kamen und sich seiner Hütte näherten. Er erinnerte sich an die beiden Krieger, die am Auerberg zum Hof des Bauern gekommen waren und dann alles niedergebrannt und ihn verschleppt hatten. Er musste auf der Hut sein und hielt Axt und Dolch griffbereit. Doch bald sah er, dass von diesen halb erfrorenen Gestalten keine Gefahr ausging. Der Mann und die Frau konnten sich kaum auf den Beinen halten, sie waren vollkommen erschöpft und schienen dem Verhungern noch näher als er selbst. Ihre Kleidung war kaum geeignet, der eisigen Kälte zu trotzen. Es half alles nichts, er musste ihnen Schutz gewähren. Er lud sie in die Hütte ein, damit sie sich am Feuer wärmen konnten.

Der Mann redete, während die Frau schwieg. Sie hatte die Hände auf ihren runden Leib gelegt. Kein Zweifel, sie trug ein Kind in sich. Ihr Anblick rührte Herilo, denn es erinnerte ihn schmerzlich daran, dass er Fenya verloren hatte.

Er verstand nur wenig von dem, was der Mann ihm in fremd klingenden Worten erzählte. Aber wie es schien, hatten er und seine Gefährtin ein ähnliches Schicksal erlitten wie er. Der Ort, an dem sie gelebt hatten, war geplündert und niedergebrannt worden. Marodierende Krieger, Franken, Alemannen, oder wer auch immer, hatten alle im Schlaf erschlagen. Nur ihm und seiner Gefährtin war die Flucht gelungen.

Herilo bedauerte, dass er nichts hatte, außer der Hütte und dem Feuer. Aber wenigstens konnte er ihnen das geben. Ein Dach über den Kopf und einen warmen Platz für die Nacht.

Ein Schneesturm am darauffolgenden Morgen verhinderte ihr Weiterziehen. Herilo stellte sich in den Eingang und schüttelte den Kopf. Er war nur ein Viehhirt, aber so viel stand fest: die Frau würde bald niederkommen.
Sie war noch schwach vom Schrecken und von der Flucht, und weder sie noch das ungeborene Kind würden überleben, wenn sie jetzt weiterzogen. Sie mussten hierbleiben.

Bald stellte sich heraus, dass der Mann geschickter war als Herilo. Er grub essbare Wurzeln aus dem gefrorenen Boden, fand Engerlinge und anderes Kleingetier und war an manchen Tagen sogar erfolgreich im Fischfang.

Dafür wollte Herilo bei der Geburt helfen. Wie viele Schafs-, Ziegenlämmer und Kälbchen hatte er schon aus dem Mutterleib gezogen? Was konnte da bei einer Menschengeburt so viel anders sein?

Der Wolf heulte im Wald, als das Kind geboren wurde. Herilo musste nichts tun. Es kam einfach auf die Welt, schrie und trank die Muttermilch.

Die Neuankömmlinge befanden, dass dies ein guter Ort zum Leben war. Sie würden bleiben und eine zweite Hütte neben Herilos bauen.

Marie hatte sich ihre Laufschuhe angezogen und war auf ihrer Lieblingsstrecke entlang der Isar unterwegs. Nach dem ausgiebigen Regen vom Vortag war es angenehm kühl und sie genoss die Bewegung an der frischen Luft. Sie lief flussabwärts an den Parkanlagen und Kies- und Sandbänken des Ufers entlang. Der einzige Nachteil bestand darin, dass sie nach der drückenden Hitze der vergangenen Tage nicht die Einzige mit dieser Idee war. Halb München joggte, walkte, spazierte mit Hund und Kind oder war mit dem Fahrrad unterwegs. An engeren Stellen des Weges kam sie sich teilweise vor wie die Teilnehmerin einer Prozession.

Sie erreichte den Wendepunkt und absolvierte ihr Stretching-Programm schneller als gewöhnlich. Heute durfte sie nicht trödeln, um halb vier sollte sie pünktlich zu einer Besprechung mit ihrem Chef erscheinen. John, der Amerikaner, sagte von sich selbst, er habe gelernt, absolut nichts mehr zu schätzen als die deutschen Tugenden, die da vor allem waren: Pünktlichkeit und Gesetzestreue. Seiner Meinung nach war der schon pathologische Zwang, zu Meetings punktgenau auf die Sekunde zu erscheinen, eine der größten Errungenschaften der deutschen Kultur. Und in welchem anderen Land auf der Erde würde jemand nachts um zwei Uhr auf die Idee kommen, an einer roten Fußgängerampel zu warten, bis sie grün wurde, wenn absolut nichts mehr los war und schon seit Stunden überall die Gehsteige hochgeklappt waren?

Sie beendete ihre Dehnübungen und trabte wieder los. Das Problem, das sie beschäftigte, war ihre wachsende Unsicherheit, was genau sie John berichten sollte. Natürlich reichte es auch für eine Architektin nicht, sich vor ein Gebäude zu stellen und es nur anzusehen, um danach die Entscheidung zu treffen, ob sich eine Renovierung lohnte oder ob man nicht doch lieber abreißen sollte. Eine solche Herangehensweise wäre doch sehr unprofessionell. Außerdem wollte ihr das alles sowieso nicht aus dem Kopf gehen. Sie dachte an ihre Panikattacke in dem Gewölbe unter der

Erde, den Stein mit dem Abbild ihres Tattoos und ihre schlaflose Nacht auf der fleckigen Matratze im Gastraum der *Sonne*.

War es das, was sie beschäftigte?

Sie musste sich eingestehen, dass eine Art Widerstand in ihr wuchs, etwas in ihr wollte sich sträuben. Vielleicht war es ganz gut, dass sie nicht gleich nach ihrem Aufenthalt in Kaufbeuren Meldung gemacht hatte. Das verschaffte ihr die Zeit, ihre Gedanken zu ordnen.

Fest stand, sie musste mindestens noch einmal zu diesem Gasthof fahren. Und die richtige Vorgehensweise war es bestimmt, sich Beratung und Kostenvoranschläge von Fachleuten einzuholen. Es gab keinen Grund, irgendetwas zu überstürzen.

Sie erhöhte ihr Tempo. Das Laufen war für sie die beste Möglichkeit, wenigstens ein gewisses Maß an Ordnung in ihre Gedanken und Gefühle zu bringen. Nach wie vor saß der Schock über den Brief ihrer Großmutter tief. Er hatte sie mit einem Schlag aus ihrem alten Leben gerissen und sie wusste bisher noch nicht, wie sie mit der neuen Wahrheit umgehen sollte. Darüber hinaus gelang es ihr nicht, die *Sonne* aus ihren Gedanken zu verdrängen. Gut, die Expertise und ein möglicher Verkauf waren ihr Job, ohne jegliche Sentimentalität. Trotzdem war es so, als hätte sich dieses alte Gebäude irgendwie Zugang zu ihr verschafft, als gäbe es seit ihrem Aufenthalt dort eine Art Band, das sich jetzt nur noch schwer durchtrennen ließ.

Marie, jetzt denkst du dummes Zeug. Sie joggte über eine Brücke und folgte dem Weg, der sie von der Isar weg auf die Hauptstraße und dann zurück zu ihrer Wohnung führte.

Das Maklerbüro war im siebten Stock eines der Glaspaläste untergebracht, die auf dem ehemaligen Bahngelände entstanden waren, nachdem man dort die heruntergekommenen Gebäude und Schuppen dem Erdboden gleichgemacht hatte. Beeindruckend war der Anblick besonders für die Fahrgäste, deren Zug bei gebremster Fahrt in den Münchner Hauptbahnhof schaukelte. Marie kam natürlich von der entgegengesetzten Seite mit der S-Bahn. Die Haltestelle lag sozusagen vor der Haustüre. Sie musste nur mit der Rolltreppe nach oben fahren, durch die Drehtür marschieren und den Aufzug in den siebten Stock nehmen.

Das Büro lag auf der dem Bahnhof zugewandten Seite und Marie hatte von diesem gläsernen Ausblick aus schon oft die einfahrenden Züge beobachtet, die sich wie ungelenke Spielzeugschlangen in das Dead End des Münchener Hauptbahnhofs fädelten. Sie trat aus dem Aufzug und wandte sich nach rechts. Das Büro lag am Ende des Ganges. Die Glastür zierte die geschwungene Aufschrift *Scherer Real Estate.*

John war ein typischer Verfechter der amerikanischen Arbeitsethik: Vierzehnstundentag, sechsmal die Woche, Urlaub ein Luxusartikel, den man sich keinesfalls gönnte. Er war Mitte vierzig, mit einem rötlichen Haaransatz, der sich auf dem Rückzug befand. Seine grünen Augen irrlichterten meist irgendwo umher. Wenn sie dann doch einmal einen kurzen Halt einlegten, schienen sie ein Gegenüber in einer Sekunde zu analysieren, bevor sie sich erneut auf die Reise machten. Er hatte ein rundes Gesicht, war mittelgroß und wehrte sich vergebens gegen einen Bauchansatz, obwohl er jeden Morgen um halb sechs zehn Kilometer rannte. Sein Ziel, den nächsten Marathon unter drei Stunden zu laufen, würde er nach eigenen Aussagen wohl erst erreichen, wenn er die Joggingdosis verdoppelte, doch dazu fehlte im schlicht die Zeit. *Time is money* und Letzteres stand über allem.

Als Marie das Büro betrat, telefonierte er wild gestikulierend, auf seinem Schreibtisch sitzend, und winkte sie in den Sessel gegenüber. Es dauerte noch eine ganze Weile, bis er sein Telefonat beendete und sich schließlich entschuldigend ihr zuwandte.

»Marie! How are you? Kommst du voran? Erzähl mir was Schönes, was gibt es Neues?« Er tippte auf seine Armbanduhr. »Bitte eine kurze Zusammenfassung. Ich bin etwas in Eile und muss noch zu einem anderen Termin.«

Marie kannte natürlich die meist etwas gehetzte Art ihres Chefs. Der Hinweis auf einen direkt bevorstehenden anderen Termin gehörte außerdem zu seinem Repertoire an Geschäftsgebaren, mit denen er den Mythos vom vielbeschäftigten Maklerprofi nährte.

Sie hatte Platz genommen, schlug die Beine übereinander und war wie immer amüsiert über seine überschwängliche Art. Eine

Zeitlang hatte sie sogar überlegt, ob es sich nicht lohnen würde, sich in ihn zu verlieben, aber am Ende musste sie einsehen, dass es stimmte, was man über das Verlieben sagte: Es ist keine Entscheidung, sondern eine Heimsuchung. In diesem Fall wurde sie jedenfalls nicht heimgesucht.

»Die Sache ist nicht so einfach«, begann sie und bemerkte sofort ihren Fehler. John rollte mit den Augen:

»Marie. Was ist das schon wieder für ein Satz, *es ist nicht einfach*? Gib mir ein Briefing. Das kommt von *brief* und das heißt kurz. Also schieß los!«

»Na gut. Um genau zu beurteilen, was in Bezug auf das Objekt am profitabelsten für alle Seiten ist, sollten wir für alle drei Möglichkeiten konkrete Kostenvoranschläge einholen. Nur so wäre die optimale Profitspanne zu errechnen.«

»Drei Möglichkeiten?«

»Außen- und Innensanierung, Abriss, bei Letzterem: Verkauf mit Neubau oder des Grundstücks allein.«

John erhob sich vom Schreibtisch und lief ungeduldig vor Marie auf und ab. »Marie, du hast das studiert, warum kannst du dann nicht einfach überschlagen, was die beste Variante ist?«

»Ich habe Architektur studiert, das heißt, ich entwerfe Gebäude. Für die Finanzen und das Bauen ist jemand anderer zuständig.«

»Wenn ich mich recht erinnere, stand in deinen Bewerbungsunterlagen unter anderem auch etwas von Praktika auf dem Bau.«

»John, *ein* Praktikum, zwei Wochen. Welches ich hauptsächlich damit verbracht habe, rechtzeitig zu den Pausen die Brotzeit für die Maurer einzukaufen.«

John blieb vor ihr stehen. »Hast du eine Ahnung, warum sich die Aktienbrauerei Kaufbeuren an unser Büro gewandt hat?«

Marie nickte, weil sie wusste, John würde sich die Antwort gleich selbst geben. So war es auch. Er sagte:

»Marie, so eine alteingesessene Company ist doch lokal perfekt vernetzt. Wie sagt man, die hängen alle am selben Seil. Der Bruder vom Chef hat die führende Baufirma, die Schwester des zweiten CEOs ist mit der größten Malerfirma verheiratet und alle Abrissaufträge gehen schon immer und ewig an dasselbe Unternehmen. Soll heißen, ich bin mir sicher, die Brauerei hat sich längst die Kosten für alle Möglichkeiten ausrechnen lassen. Und einen Makler für den Verkauf gäbe es natürlich auch schon.«

»Gut. Und warum kommen sie dann noch zu uns?«

»Weil sie alles unter einem Dach haben wollen. Damit es billiger wird. Wie es aussieht, gibt es in Kaufbeuren aber niemanden, der das kann. Nur lauter Spezialisten auf ihrem Gebiet. Und die wollen natürlich alle verdienen. Das summiert sich.«

Marie schüttelte den Kopf: »Aber wie soll das gehen? Wie schon gesagt, ich bräuchte auch Experten. Ich kann das nicht einfach über den Daumen peilen.

John beugte sich zu ihr: »Doch, Marie. Das kannst du. Und genau das will ich von dir. Dass du es über den Daumen peilst.« Er stellte sich wieder gerade hin. »Heute ist Montag. Sagen wir bis Freitag. Bis dahin hast du deine Peilung gemacht und teilst sie mir mit.«

»Aber –«, hob Marie zum Protest an. Doch ihr Chef hatte sich bereits von ihr abgewandt, den Telefonhörer ergriffen und angefangen, lautstark auf jemanden am anderen Ende einzureden.

FRÜHJAHR
844

Der Wolf war wohl weitergezogen.

Und endlich begann es, Frühling zu werden. Noch regierte nachts der Frost, doch wenn es die Sonne heraus schaffte, wurde es warm, der Schnee schmolz und das Eis auf dem Fluss taute. Bald waren nur noch schattige Plätze schnee- oder eisbedeckt und überall sprossen Blumen, Blüten und Blätter. Der Bau einer eigenen Hütte für die Neuankömmlinge schritt gut voran. Der Mann hieß Gerold, die Frau Odilia, das Kind nannten sie Ilsa. Sobald das Wetter zuverlässig war, wollte Gerold sich auf die Suche nach einem Priester machen, der das Kind taufte, denn, das wusste jeder, ungetauft wäre ihm der Weg in den Himmel verwehrt, sollte es sterben.

An diesem warmen Frühlingstag waren Herilo und Gerold oben im Wald, um mehr Stämme für das Dach zu schlagen. Es ging auf die Mittagszeit zu, als Odilia mit dem Kind auf dem Arm zu ihnen kam und aufgeregt zu den Hütten deutete:

»Folgt mir, rasch! Ein dicker Mönch steht unten am Fluss. Bestimmt ist er gekommen, um Ilsa zu taufen!«

Herilo bezweifelte, dass dies der Grund für einen Besuch des Mönchs war. Woher sollte er Kenntnis über die Neuankömmlinge und den Nachwuchs erhalten haben? Er steckte die Axt in den Gürtel und folgte Ilsa und Gerold zu den Hütten. Der Mönch stand schnaufend davor. Herilo glaubte, er war über den Winter noch fetter geworden. Hunger gelitten, wie er, hatte er jedenfalls bestimmt nicht.

Misstrauisch kniff der Mönch die schwarzen Käferaugen zusammen, so dass diese beinahe unter den Fettwülsten in seinem Gesicht verschwanden. Und dann polterte er los: »Eine zweite Hütte? Noch ein Mann, eine Frau mit einem Säugling? Wer hat dazu die Erlaubnis erteilt?«

»Gott zum Gruß, ehrwürdiger Herr.« Herilo stand aufrecht. Neben ihm wiederholten Gerold und Odilia:

»Gott zum Gruß, ehrwürdiger Herr.«

»Ja, ja.« Der Mönch machte eine abfällige Handbewegung. »Dies ist eine Zelle der ehrwürdigen Abtei zu Kempten. Dir –«, er stach mit dem Zeigefinger auf Herilos Brust ein – »dir war die Aufgabe zuteil, das Wort des Herrn zu verkünden, um dieser gottverlassenen Gegend die Gnade des Christentums einzuhauchen. Ich wurde entsandt, um zu überprüfen, wie viele Seelen du bereits vor der ewigen Verdammnis retten konntest. Wie viele Heiden hast du bereits zum einzigen und wahren Glauben bekehrt?«

Herilo war für einen Moment sprachlos. Der alte Pfarrer hatte ihm aufgetragen, hier Buße zu tun. Das hatte er dem fetten Mönch bei seinem ersten Besuch doch auch erklärt. Aber was redete der jetzt? Er sollte Heiden bekehren? Welche denn? Den ganzen Winter über hatte er außer Gerold, Odilia und deren Kind keine einzige Menschenseele zu Gesicht bekommen. Hätte er vielleicht den Wolf zum christlichen Glauben überreden sollen? Er konnte sich doch glücklich schätzen, überhaupt den Winter überlebt zu haben. Damit war er beschäftigt genug gewesen.

Da kam ihm Gerold zu Hilfe: »Ehrwürdiger Herr, wie Ihr sehen könnt, hat Herilo bereits Menschen bekehrt.« Er deutete auf Odilia und sich: »Uns. Mein Weib und mich.«

»Aha«, machte der Mönch.

»Ja«, fuhr Gerold fort »und dies ist auch der Grund, warum mein Weib und ich weiterhin hierbleiben wollen. Um aus der Weisheit und Tiefe von Herilos Glauben zu schöpfen.«

»Aha«, wiederholte der Mönch und streifte Herilo mit einem misstrauischen Blick.

»Und wie Ihr sicher wisst, kann Herilo uns zwar Gott dem Allmächtigen näherbringen, aber –«, hier legte Gerold eine kunstvolle Pause ein.

»Aber?« Immer noch blickte der Mönch misstrauisch.

»Bedarf es nicht mehr, um endgültig in die Gemeinschaft der Gläubigen aufgenommen zu werden?«

»Was meinst du?«

»Herilo hat uns gelehrt, warum Johannes *der Täufer* genannt wird. Mit seiner Taufe wollte er Menschen zur Buße und Umkehr von ihren gottlosen Wegen rufen und auf den hinweisen, der nach ihm kommt und mit Heiligem Geist und Feuer tauft.«

»Aus dem Evangelium des Matthäus«, murmelte der Mönch. »Ich taufe euch mit Wasser zur Buße; der aber nach mir kommt, ist stärker denn ich, dem ich nicht genugsam bin, seine Schuhe zu tragen; der wird euch mit dem Heiligen Geist und mit Feuer taufen.«

»Genau«, erklärte Gerold fröhlich. »Doch Herilo hat uns auch gelehrt, dass die heilige Taufe nur von einem Priester vorgenommen werden kann.« Er runzelte die Stirn. »Oder von einem Mönch.«

»Was siehst du dabei mich so an?«, knurrte der Mönch. »Sehe ich so aus, als würde ich hier in der Wildnis Chrisam mit mir herumschleppen, damit ich jeden Heiden, der mir über den Weg läuft, damit salben kann?«

»Ehrwürdiger Vater, ich meinte nur –«

»Dich würde ich natürlich liebend gern untertauchen, um dir die heidnischen Sünden wegzuwaschen. Aber ich selbst hole mir doch im Eiswasser nicht den Tod!«

»Ehrwürdiger Vater –«

»Überhaupt muss ich melden, dass sich hier in einer Zelle der Abtei nun nicht mehr ausschließlich ein berufener Bruder aufhält, sondern zusätzlich noch weitere Personen, die dazu nicht berechtigt sind.«

»Ehrwürdiger Vater –«

Erneut unterbrach ihn der fette Mönch ungehalten: »Du darfst nicht einfach auf Land siedeln, das dir nicht gehört –«

»Ehrwürdiger Vater«, ließ sich Gerold nicht beirren, »genau darüber wollte ich gerade mit Euch sprechen. Dieses Land hier ist nämlich viel zu wertvoll, um es unbebaut zu lassen. Wenn dies also Klosterbesitz ist –«

»Das ist es!«, polterte der Mönch, »das sagte ich doch! Dieses Land wurde vom Kloster Stöttwang an die Abtei Kempten gegeben, damit von diesem Ort das Wort des Herrn –«

»Was ich sagen will, ehrwürdiger Vater, ist Folgendes: Der ehrwürdige Abt wird Euch gewiss besonders wertschätzen und Euren Scharfsinn loben, wenn Ihr ihm vorschlagt, dass die Abtei doch zweifachen Gewinn aus diesem Besitz ziehen kann. Erstens durch den Gewinn von Seelen für die heilige Kirche wie jetzt bereits. Aber zusätzlich auch durch Pacht. Durch Landleihe.«

Die Augen des Mönchs wurden so schmal, dass sie nun gänzlich unter den Fettwülsten verschwanden. »Wer soll denn der Pächter sein?«

Gerold legte die Rechte auf die Brust: »Ich.« Jetzt deutete er auf Herilo: »Und Herilo, natürlich.«

»Aha – und wie soll das gehen?«

Gerold lächelte unterwürfig: »Indem Herilo und ich Euch zur Abtei begleiten. Dort sprecht Ihr zu Eurem ehrwürdigen Abt. Ihr erklärt, dass Ihr nach Besichtigung des Klosterbesitzes die Eingebung hattet, es wäre schade, ja geradezu eine Sünde, sich diese fruchtbare Erde nicht untertan zu machen.«

»Du bist bauernschlau –«

»Zusätzlich bestärkte Euch Gott der Allmächtige in Eurer Eingebung, indem er Euch gleich noch jenen Menschen begegnen ließ, die diese Vorhaben geschehen lassen werden. Und Ihr habt diese Menschen gleich mitgebracht, damit das Pachtabkommen zum Wohle und dem Gewinn der Abtei geschlossen werden kann.«

»Warum habe ich das Gefühl«, brummte der Mönch, »das Ganze ist mehr zu deinem Vorteil als zu meinem?«

Gerold riss unschuldig die Augen weit auf: »Aber nein, ehrwürdiger Vater! Ganz und gar nicht. Der Vorteil liegt vor allem bei Euch und Eurer Abtei. Überlegt doch! Wir bebauen das Land und ernten die Früchte, von denen die Hälfte dann Euch zusteht. Ohne dass Ihr auch nur einen Finger krümmt!«

Der Abt war ein großgewachsener Mann mit wachen Augen, die nur kurz auf Gerold und länger auf Herilo ruhten, bevor sie sich wieder himmelwärts wandten. Der fette Mönch hatte ihnen ehrfürchtig und ein wenig zitternd erklärt, Abt Erchanbert sei ein hoher, heiliger Fürst, beinahe einem König gleichzusetzen, und sie sollten vor ihm mit gebeugtem Haupt den Blick senken und überhaupt nur sprechen, wenn er sie dazu aufforderte. An seiner Rechten trage er einen Ring, den es galt, kniend zu küssen, und anschließend sollten sie so bleiben und es bloß nicht wagen, aufzustehen.

Sie hatten diese Anweisungen streng befolgt und nun wunderte Herilo sich, warum der Abt sie bereits zum dritten Mal aufforderte, sich doch endlich zu erheben, denn er wolle sehen, mit wem er es zu tun habe. Schließlich spürte Herilo eine Hand auf seiner Schulter und Abt Erchanberts Stimme klang ein wenig belustigt, als er sagte:

»Egal, wie man euch instruiert hat, erhebt euch jetzt, bitte.«

Zögernd stand Herilo auf. Der Abt trug nicht, wie vom fetten Mönch beschrieben, ein prunkvolles Fürstengewand und alle Insignien seiner Macht. Er war in Schwarz gekleidet wie ein einfacher Mönch, barhäuptig, mit glattgeschabtem, freundlichem Gesicht. Auch die Zelle, in die man sie geschickt hatte, war viel kleiner und karger als erwartet. Sie maß vielleicht gerade mal vier Schritte in Länge und Breite. Ein abgewetzter Betschemel stand unter der mit Holz eingefassten Lichtöffnung, die über Kopfhöhe in das Mauerwerk eingelassen war. Ein Holzkreuz war die einzige Zierde an den Steinwänden. Herilo hatte als Kriegsknecht in Burgen und Klöstern schon mehr Wandschmuck bei Herren von weitaus geringerem Rang gesehen.

Abt Erchanbert richtete nun das Wort an ihn: »Bruder Michael unterrichtete mich, du seist der Nachfolger unseres verstorbenen Bruders in der Klosterzelle unten am Fluss, die erst kürzlich in die Besitztümer unserer Abtei gelangt ist.«

»Ja, Ehrwürdiger Vater.« Herilo hielt, wie unterwiesen, den Kopf gesenkt.

»Er hat mir auch erklärt, du hättest dort in der Einsamkeit nicht nur diesen besonders harten Winter überlebt, sondern sogar noch Heiden zu Christen bekehrt.«

»Mich, mein Weib und unser neugeborenes Kind, Ehrwürdiger Vater.« Gerold wollte weiterreden, doch Herilo widersprach:

»Nein, Ehrwürdiger Vater, ich habe niemanden bekehrt. Ich bin ein einfacher Viehhirte, war auch schon Sklave und Kriegsknecht. Gerold und sein Weib kamen im Winter zu mir, weil sie Schutz suchten, denn sie hatten durch Plünderer alles Hab und Gut verloren. Wir haben neben meiner Hütte für sie auch eine Hütte gebaut, und wenn dies Unrecht war, weil es auf Eurem Grund geschah, dann bitte ich vielmals um Vergebung.«

Gerold versuchte, sich vor ihn zu schieben. »Ehrwürdiger Vater, Herilo ist zu bescheiden. Fest steht, ich und mein Weib haben tatsächlich zu Gott gefunden und sind zum Christentum bekehrt –«

Abt Erchanbert hob die Hand: »Genug. Ich bin ein viel beschäftigter Mann.« Er wandte sich wieder Herilo zu: »Bruder Michael hat mir berichtet, ihr wollt das Land bebauen.«

»Genau, Ehrwürdiger Vater.« Wieder kam Gerold Herilo zuvor. »Denn es steht doch geschrieben, Seid fruchtbar und mehret euch, füllt die Erde und unterwerft sie und waltet über die Fische des Meeres, über die Vögel des Himmels und über alle Tiere –«

»Ich sagte: genug.« Abt Erchanberts Ermahnung klang streng, doch er schien gleichzeitig belustigt. »So spricht also ein frisch bekehrter Heide. Nicht einmal alle meine Brüder sind derart schriftkundig.« Nun schien er laut zu überlegen: » Sei's drum. Dieses Stück Land liegt nicht einmal mehr im Bereich meiner kirchlichen Vogtei, wie soll ich es also an einen Viehhirten und einen in der Heiligen Schrift bewanderten Bauern als Benefizium verleihen?«

»Ehrwürdiger Vater«, erwiderte Gerold beflissen, »Euer Landvogt wird gewiss erfreut sein, wenn Ihr seinen Bereich erweitert. Vor allem aber denkt an den Gewinn für Eure Abtei. Der Boden dort ist fruchtbar, alles wird sehr gut gedeihen. Stellt Euch nur den Ertrag aus Land- und Viehpacht vor.«

»So, so. Viehpacht. Habt ihr denn Vieh?«

Gerold hüstelte: »Leider nicht, Ehrwürdiger Vater, wie Herilo Euch berichtet hat, wurde all unser Hab und Gut geplündert oder fiel den Flammen zum Opfer. Aber Euer Kloster kann doch gewiss Samen und –«

Abt Erchanbert hob erneut die Hand: »Nun ist es aber wirklich genug. Geht jetzt.«

»Ehrwürdiger Vater –«

»Ich sagte: Geht jetzt.« Etwas milder fügte er hinzu: »Ich werde über euer Ansinnen nachdenken.«

Gerold versuchte, den bockigen Hammel an den Karren zu binden, der sich jedoch mit allen Kräften wehrte. Endlich war es aber doch noch geschafft. Die Hühner und die Säcke mit Saatgut waren aufgeladen und die Schaffe neben dem Bock festgebunden. Jetzt grinste Gerold von einem Ohr zum anderen:

»Siehst du wohl, wir haben alles bekommen. Die Erlaubnis, das Land zu bewirtschaften. Das Vieh und das Saatgut. Und das Kind ist auch getauft.«

Herilo betrachtete kopfschüttelnd den voll beladenen Karren. Er konnte es immer noch nicht glauben. Zwei Tage mussten sie im Kloster wartend verbringen. Abt Erchanbert bekamen sie dabei nicht mehr zu Gesicht. Stattdessen suchte sie schließlich, als sie schon unverrichteter Dinge aufbrechen wollten, ein anderer Mönch auf. Dieser war von kleiner, gedrungener Gestalt, dafür mit einem geradezu mächtigen Schädel, den ein Stiernacken immerzu wie im Angriff nach vorne schob. Auch absolvierte der Mönch gewiss kein Schweigegelübde, genau das Gegenteil schien der Fall, er redete in einem fort.

»Mein Name ist Bruder Volkhard; als Erstes müsst ihr den Vertrag für das Benefizium bestätigen.« Er streckte die Rechte aus und fuhr fort, nachdem Gerold diese ergriffen und geschüttelt hatte. »So, das wäre also erledigt. Nun folgt mir zum Stadel wegen des Saatguts. Anschließend holen wir das Vieh und dann muss natürlich auch noch alles auf einen Karren verladen werden. Ach ja, vergesst im Herbst nicht die Vieh- und die Landpacht, sie beträgt genau die Hälfte von allem. Auch der Karren ist natürlich nur eine Leihgabe, sobald ihr alles bei eurem neuen Precarium ausgeladen habt, wird er zurückgebracht –«

»*Precarium*?«, unterbrach Gerold seinen Redefluss fragend.

»*Benefizium*, euer geliehenes Land. Des Weiteren seid ihr zur Fronarbeit für die Abtei verpflichtet, sollte es denn einmal notwendig sein, was aber schon lange nicht mehr der Fall war. Aber, wie jeder weiß, *quod non podest esse*, also haltet euch bereit und vor allem seid auf der Hut.«

»Warum müssen wir auf der Hut sein?«, wollte Gerold wissen.

»Wegen der Unwägbarkeiten der Geschehnisse«, quasselte Bruder Volkhard immer weiter. »Es ist nämlich so, dass im Moment die Alemannen, die Franken und die Baiern nicht gut aufeinander zu sprechen sind, oder anders gesagt, sie schlagen sich gegenseitig die Köpfe ein und dazu noch den ein oder anderen zusätzlichen Kopf, der ihnen gerade so über den Weg läuft.«

»Wir alle sind Leidtragende dieser Kämpfe und deren Folgen«, erklärte Gerold. »Dadurch haben wir alles verloren, nur unsere Köpfe wurden zum Glück nicht eingeschlagen. Mag einer verstehen, wie und warum dies alles geschieht. Und warum die hohen Herren ihre Streitigkeiten stets auf den Rücken der kleinen Leute austragen müssen.«

»Das kann ich euch gern erklären.« Bruder Volkhard war in seinem Element und übersah geflissentlich den Blick, den Herilo Gerold zuwarf. Herilo hoffte, dass sie heute noch zurückkehren konnten, aber dafür mussten sie bald aufbrechen, denn es war ein weiter Weg und sie sollten mit ihrem wertvollen Gut nicht in der Dunkelheit durch die Wälder ziehen. Bruder Volkhard jedoch war begierig, sein umfangreiches Wissen weiterzugeben und dabei den Zeigefinger zu heben:

»Am allerwichtigsten ist es, dass man sich im Weltgeschehen auskennt. Das müsst ihr euch unbedingt merken.«

»Ist das hier das Saatgut?« Gerold deutete auf eine Reihe Säckchen, die auf einem Holzbrett lagerten.

»Ja, nehmt euch drei. In der Welt ist nämlich Folgendes geschehen: Ein mächtiger Mann ist gestorben und nun streiten seine Nachkommen um das Erbe. Das ist stets der Beginn von Unheil und Krieg –«

Sie verließen den Schuppen. Herilo trug die Säckchen mit dem Saatgut wie einen Schatz. Am Auerberg hatte er oft beim Säen und Ernten geholfen. Wenn die Samen aufgingen und die Pflanzen wuchsen, würden sie im nächsten Winter keinen Hunger leiden müssen. Bruder Volkhardt redete immer weiter, während er die Stallungen ansteuerte:

»Königin Hildegard, wie ihr wisst, Weib von Karl dem Großen, und ihr Sohn, Ludwig der Fromme, waren große Förderer unseres Klosters. Aber dann starb Ludwig der Fromme vor drei oder vier Jahren und so begannen die Probleme, denn er hatte drei Söhne und alle drei wollten natürlich etwas erben. Hier entlang geht es zu den Hühnern und den Schafen. Woher ich das alles weiß? Nun, eine Delegation von Brüdern dieser Abtei hatte im vergangenen Jahr die Ehre, den Königshof zu besuchen und ich war einer von ihnen. Jedenfalls, das große Frankenreich wurde aufgeteilt, damit jeder der drei Söhne, Lothar, Karl und Ludwig, etwas bekommt. Ludwig, wie ihr wisst, genannt der Deutsche, ist unser König hier im ostfränkischen Reich, und eigentlich sollte jetzt Frieden herrschen, aber wie es Kriege so an sich haben, ziehen sie andere Fehden nach sich, die wie Seuchen sind und sich immer weiterverbreiten. Also, ihr bekommt drei Hennen, einen Hahn, einen Bock und zwei Schafe, denkt an die Abgaben, die im Herbst an die Abtei zu entrichten sind.«

Sie waren auf eine eingezäunte Anhöhe gelangt, auf der die Schafe grasten. Unter ihnen lag die Klosteranlage, die Kirche aus Stein, die drei Holzgebäude, die sich darum versammelten, der Stall, die Scheune, Weiden, Äcker und ein Teich. Bei diesem Anblick keimte in Herilo der Wunsch, die einsame Zelle am Fluss, die nun sein Zuhause war, könnte auch einmal zu einem solchen Ort wachsen.

Marie nahm erneut den Zug nach Kaufbeuren. Sie wollte die Sache endlich zum Abschluss bringen. Dazu gehörten die Bankgeschäfte, die mit ihrem Erbe verbunden waren, und das Ultimatum ihres Chefs, selbstständig über die Zukunft dieses Gasthauses zu entscheiden, was sie ein wenig unfair fand. Sollte sie die Situation falsch einschätzen, würde John keine Sekunde zögern, sie dafür verantwortlich zu machen. Sie wusste, er würde sich den Teufel um deutsches Arbeitsrecht scheren. *Hire and fire*, das war die amerikanischen Arbeitsphilosophie.

Der Sommer hatte beschlossen, mit einem Temperatursturz und Dauerregen eine noch heftigere Pause einzulegen als an den Tagen zuvor. Eigentlich tat ihr die Abkühlung gut. Trotzdem hoffte sie während der ganzen Fahrt, das Wetter würde sich bessern, damit sie Bilder für eine persönliche Auswertung machen könnte. Aber weiter südlich wurden die Regengüsse nur noch heftiger. Als sie am Kaufbeurer Bahnhof ausstieg, fror sie trotz warmer Kleidung. Dieses Mal hatte sie in ihrem Rucksack Sachen zum Wechseln dabei. Und zum Glück hatte ihre Jacke eine Kapuze.

Sie holte im Amtsgericht die Bankunterlagen ab. Dann überlegte sie, ob das geplante Fotoshooting bei diesem Wetter Sinn ergab. Sie beschloss, es zumindest zu versuchen, und ging durch den Park zurück zum Bahnhof, um mit dem Bus nach Hirschzell zu fahren.

Als sie dort ankam, hatte sich der Regen in ein heftiges Sommergewitter gewandelt. Ihr blieb nichts anderes übrig, als von der Haltestelle aus geduckt zur *Sonne* zu rennen, um dort Unterschlupf zu suchen. Nass bis auf die Haut hastete sie in die Gaststube, wo es aussah, als hätte jemand saubergemacht oder zumindest den Staub von den Tischen und Stühlen gefegt. Sie legte ihren Rucksack ab, holte trockene Kleidung heraus und zog sich um. Draußen tobte der Gewittersturm mit Blitz und Donner. Es war der reinste Weltuntergang.

Sie lief im Gastraum umher und gelangte dabei schließlich hinter die Theke. Dort drehte sie den Wasserhahn auf, der zuerst eine rostige Brühe ausspuckte, die aber immer klarer wurde, bis schließlich sauberes Wasser herausfloss. Warum hatte sie den Hahn bei ihrer Übernachtung hier nicht ausprobiert? Dann hätte sie sich wenigstens waschen können.

Mehr und mehr entfernte sich das Donnergrollen und der Regen wurde schwächer. Da hörte sie noch ein anderes Geräusch. Sie drehte sich um und sah ein Mädchen im Gastraum, das sie mit großen dunklen Augen ansah. Es mochte fünf oder sechs Jahre alt sein und hatte dichtes, schwarzes Haar, das ihm bis weit über die Schultern fiel. Es war barfuß und trug ein geblümtes Sommerkleid.

Marie fand das kleine Mädchen süß. Aber sie hatte das Gefühl, kindliche Neugierde war nicht der Grund für sein Hiersein. Man hatte es bestimmt geschickt, um sie auszuspionieren. Sie setzte ein Lächeln auf:

»Wer bist du denn?«

Die Kleine stand still, ohne zu antworten.

Marie blieb hinter der Theke und wiederholte: »Sag mir doch bitte, wie du heißt.«

Das Mädchen begann, von einem Fuß auf den anderen zu treten. Schließlich sagte es leise: »Ashtar.«

»Ashtar. Einen schönen Namen hast du. Verrätst du mir auch, was du hier suchst?«

Wieder sah die Kleine Marie nur mit großen Augen an.

»Du hast gerade bewiesen, dass du sprechen kannst und mich verstehst. Also: Was willst du hier?«

»Die Puppe«, sagte das Mädchen so leise, dass Marie es gerade noch verstand.

»Welche Puppe meinst du?« Sie blickte sich um. »Ich sehe hier keine.«

Wieder schien das Kind mit sich zu ringen, ob es sprechen sollte oder lieber nicht. Es gehörte sicher zu dieser irakischen Familie, den Flüchtlingen, die zusammen mit Dr. Heinrich in dem alten Hof gegenüber wohnten. Marie sah, wie die Kleine tief Luft holte und dann offensichtlich ihren ganzen Mut zusammennahm:

»Die Puppe. In der Kiste.«

Wieder ließ sie ihren Blick wandern. »Du musst mir schon sagen, welche Kiste du meinst.«

»Die Kiste im Keller. Da ist die Puppe. Ich durfte mit ihr spielen. Dann ist die Großmutter gestorben und Papa hat es verboten.«

»Deine Großmutter ist gestorben? Das tut mir leid.«

»Nein, die Großmutter, die neben uns gewohnt hat.«

Marie hatte eigentlich überhaupt keine Lust, ihre wertvolle Zeit mit diesem Kind zu verbringen. Andererseits erinnerte sie sich an die Kiste, und schon ihr erster Besuch hier hatte die Neugierde in ihr geweckt, was darin wohl zum Vorschein käme. Sie fragte:

»Hast du keine Angst, in den Keller zu gehen?«

»Alleine, ja.« Das kleine Mädchen kam auf sie zu. »Nimmst du meine Hand?«

Marie dachte an ihre Panikattacke im Gewölbe. Vielleicht wäre es gut, eine Verbündete zu haben, wenn sie dort wieder hinunterging. Allerdings, warum sollte sie das überhaupt wieder tun? Vielleicht wegen dieser Kinderaugen? Hatte Marie je in solch bittende Kinderaugen geblickt? Sie seufzte:

»Ich habe aber auch Angst vor dem Keller.«

Die Kleine streckte die Hand aus: »Gehen wir zusammen?«

Sie ergriff die kleine Hand, die sich warm und sicher anfühlte. Und nun stieg sie tatsächlich mit einem fremden Kind in dieses Verlies hinab. Sie wunderte sich über sich selbst. Entwickelte sie jetzt etwa auch noch Mutterinstinkte? So etwas war ihr bisher allerdings ganz gewiss fremd gewesen.

Wieder verbreitete die einzige Glühlampe, die von der feuchten Decke baumelte, nur ein spärliches Licht. Sie spürte den sanften Druck der Kinderhand, die sie zur hinteren Wand des Gewölbes zog.

»Dort hinten ist die Kiste.«

»Ich weiß.«

Sie blieben vor der Truhe stehen. Marie spürte, wie ihr Herz mit einem Mal schneller schlug. Kündigte sich jetzt wieder eine Panikattacke an? Sie befahl sich, ruhig und gleichmäßig zu atmen und rational zu denken. Es gab hier keinerlei Gefahren für sie. Außerdem wurde sie jetzt noch neugieriger, obwohl sie innerlich die Stirn über dieses Klischee von der geheimnisvollen Truhe im finsteren Gewölbe runzelte. Was räumten die Leute in den Keller? Meist doch nur übrig gebliebenes Zeug, das sie aus Zeitmangel oder Bequemlichkeit bisher noch nicht entsorgt hatten.

»Machst du den Deckel auf?« Die Kleine hielt noch immer ihre Hand. »Der ist so schwer.«

»Dann musst du jetzt aber meine Hand loslassen.« Marie befreite sich und schaltete die Taschenlampe ihres Handys an. Sie gab es der Kleinen, befahl ihr, das Licht zu halten, und korrigierte den Strahl. »Hier hin. Du musst es auf die Truhe halten, damit wir etwas sehen.«

An der Truhe befand sich kein Schloss und der Deckel ließ sich leicht anheben. Sie klappte ihn nach hinten gegen die Wand.

»Jetzt musst du hineinleuchten.«

»Da ist die Puppe!« Die Kleine hüpfte vor Freude, gab Marie das Handy zurück und holte die Puppe aus der Truhe. Sie drückte sie an sich. »Kommst du? Ich möchte draußen spielen.«

»Gleich.« Marie dachte zunächst, die Truhe wäre nun leer. Aber als sie hineinleuchtete, sah sie, dass ganz unten auf dem Boden doch etwas lag. Sie holte es heraus uns wischte mit dem Ärmel über den schwarzen verstaubten Lederdeckel. Sie legte das Buch auf den Rand der Truhe und schlug es auf. Das Licht flackerte über eine geschwungene Schrift:

Crescentia Graf

»Komm, bitte«, sagte die Kleine. »Ich habe Angst, hier unten.«

Marie nahm das Buch und ergriff die ausgestreckte Hand. Zusammen gingen sie nach oben.

HERILESCELLA
Sommer 848

Herilo saß oben am Waldrand. Erfüllt von Stolz blickte er hinab auf die Siedlung. Die einsame Zelle, in der er in jenem Winter beinahe verhungert und erfroren wäre, hatte sich in den vergangenen Jahren zu einem Dorf mit Häusern, Scheunen, Schobern, Acker- und Weideland entwickelt. Fünf weitere Familien waren gekommen und hatten sich hier niedergelassen. Das Vieh gedieh prächtig, die Äcker waren ertragreich. Es waren gute Zeiten und Herilo dankte jeden Tag dem Herrn, dass es ihnen so gut ging. Er hatte beschlossen, noch vor dem Herbst, wenn die Pachtabgaben zu entrichten waren, die Abtei der Mönche aufzusuchen. Dort würde er Abt Erchanbert aufsuchen und ihn um Erlaubnis bitten, ein Gotteshaus zu errichten. Den Ort dafür hatten er und die anderen bereits ausgesucht. Die Kirche sollte nicht weit von seiner Hütte in der Nähe des Flusses erbaut werden.

Herilo dachte nicht nur an die Kirche. Hier war nie Stillstand, alles war stets in Bewegung, und irgendetwas gab es immer zu tun. Aber in den seltenen Augenblicken, in denen er hier oben saß, dachte er vor allem an Fenya. Ihr Bild war beinahe verblasst und nur selten gelang es ihm, es noch heraufzubeschwören. Da war die Erinnerung an jenen Abend, als die beiden Krieger herangeritten kamen und man sie freundlich willkommen hieß. Es war jener Abend gewesen, an dem sie ihm erzählt hatte, dass sie ein Kind von ihm erwartete.

Herilo erhob sich und beschirmte die Augen gegen die tief stehende Sonne. Am Fluss entlang führte ein Pfad, der anfangs nur eine kaum sichtbare Spur wie ein schmaler Wildwechsel gewesen war, sich inzwischen aber zu einem richtigen Weg ausgetreten hatte. Bereits in der Vergangenheit waren darauf immer wieder Menschen durch die Siedlung gezogen, die meisten berichteten, dass sie vor Kriegerbanden flohen, die ihre Hütten und Höfe plünderten und brandschatzten und alle erschlugen, die nicht rechtzeitig davonrannten. Sie trugen ihr ganzes Hab und Gut, dass sie noch retten konnten, auf dem Rücken und waren dankbar für eine Mahlzeit, ein Nachtlager und etwas Proviant für die nächste Wegstrecke. Einige von ihnen waren auch geblieben, und sie waren der Grund für das Wachsen der kleinen Siedlung.

Dieses Mal war es eine Gruppe von fünf Menschen. Herilo sah einen Mann, eine Frau, die einen Säugling auf dem Arm trug, und drei Kinder, die hintereinander auf dem Weg liefen. Der Mann schleppte einen schweren Sack, zwei der Kinder trugen Hühner und das dritte Kind zog eine Ziege am Strick hinter sich her. Herilo sah, dass Gerold ihnen bereits entgegenging. Er verließ seinen Aussichtspunkt und machte sich ebenfalls auf den Weg, um die kleine Gruppe willkommen zu heißen.

Herilo stand im Kreis der Dorfbewohner und lauschte der Geschichte der Ankömmlinge. Die Kinder hockten da und schlürften gierig die Eier, die sie ihnen zum Essen gegeben hatten. Die Frau stillte den Säugling. Die ganze Familie war in einem schlimmen Zustand, hungrig, die Kleider zerrissen. Der Mann hatte eine tiefe Kopfwunde, ein geschwollenes Gesicht und eine verstümmelte Rechte. Das Sprechen fiel ihm schwer, und Herilo musste genau hinhören, um ihn zu verstehen.

Es war nicht ganz dieselbe Geschichte, die er bisher von Flüchtenden, die hier durchgezogen waren, gehört hatte. Diese berichteten stets, dass einzelne Gruppen von Kriegsknechten umherzogen und sich durch Raub und Plünderung jenen Sold selbst beschafften, den ihnen die leeren Kassen ihrer Kriegsherren nicht mehr bezahlten. Herilo selbst war Opfer und Täter gewesen, und dies war ja überhaupt der Grund, warum er sich hier befand. Ein paar Mal hatten er und die Dorfbewohner solch berittene Gestalten oben auf dem Hügelkamm gesehen. Sie waren zu zweit oder zu dritt unterwegs und blickten mit gierigen Augen auf Frauen und Vieh herab. Doch sie waren stets weitergeritten, denn, neben möglicher Beute, hatten sie auch sofort erkannt, dass sie gegen die Überzahl der wehrhaften Männer im Dorf nichts ausrichten konnten.

Doch was die Neuankömmlinge nun berichteten, ließ Sorge aufkommen. Der Mann hieß Burkhard und sein Weib Edda. Sie waren Alemannen und schon weit herumgekommen. Burkhard war ein stattliches Mannsbild mit Nacken und Schultern wie ein Ochse. Er hatte sein Hab und Gut bestimmt nicht kampflos den Plünderern überlassen. Ursprünglich war er Waffenschmied gewesen und hatte im Dienste Ludwigs des Deutschen Schwerter und Speere geschmiedet. Doch dann hatte ein unachtsamer Umgang mit dem Feuer seine Rechte verstümmelt und er war entlassen worden. Danach hatte er sich selbst als Kriegsknecht versucht, denn selbst mit der Linken konnte er noch besser kämpfen als manch anderer mit beiden Händen. Doch je mehr Blut und Todschlag er sah, desto größer wurde in ihm die Sehnsucht nach einem Ende all dieser Gewalt. Er fand einen geplünderten Hof mit einem Stück niedergebranntem Land, begrub den erschlagenen Bauern, die Frau und die Kinder, und baute alles wieder auf. Er nahm sich ein Weib, sie bekamen Kinder und alles war gut. Bis auf den Tag, als sich versprengte Teile aus dem Heer des *Deutschen* zusammentaten und nun in einer Stärke von über zwanzig Mann die Gegend heimsuchten. Auch Burkhard und sein Hof wurden Opfer der Bande. Um sich und das nackte Leben seines Weibs und seiner Kinder zu retten, blieb ihnen nur die Flucht. Und die hatte sie hierhergebracht.

»Wo genau ist das geschehen?«, erkundigte sich Herilo.

»Drei Tagesmärsche von hier«, antwortete Burkhard. »Aber auch unterwegs haben wir noch viel verbranntes Land und zerstörte Hütten gesehen. Zuletzt sogar gestern noch, also nicht allzu weit von hier entfernt.«

»Wo wollt ihr jetzt hin?«

»Es hieß, dass es hier in der Gegend eine Abtei gibt. Dorthin wollten wir zunächst.« Burkhards mächtige Schultern zuckten. »Eigentlich hatte ich gehofft, dieser Ort sei das Kloster. Aber das war ein Irrtum.«

»Die Abtei liegt südlich von hier«, erklärte Gerold. »Aber die letzten, die hier bei uns durchgekommen sind, haben bereits erzählt, dass schon zu viele dort Zuflucht gesucht haben. Das Kloster platzt aus allen Nähten.«

Burkhard stand da und sein zerschundenes Gesicht wirkte ratlos. Der Säugling war an der mütterlichen Brust eingeschlafen.

Die Kinder hockten regungslos im Staub. Sie waren am Ende ihrer Kräfte. Herilo überlegte laut:

»Einen Schmied könnten wir hier gut gebrauchen.«

»Aber gewiss keinen einhändigen«, erwiderte Burkhard bitter.

»Warum lassen wir es nicht auf einen Versuch ankommen? Es gibt auch ansonsten genügend Arbeit mit dem Vieh und den Feldern. Also, wenn ihr hierbleiben wollt: willkommen.«

Herilos Plan, eine Kirche zu errichten, musste verschoben werden. Zunächst galt es, alle Kräfte zu vereinen, um für Burkhard und seine Familie eine Hütte aus Steinen zu bauen. Holz wäre ein schlechter Baustoff für eine Schmiede, da waren sich alle einig. Steine gab es im Fluss genug, doch sie heranzuschaffen und aufzuschichten war ein mühsames, kräfteraubendes Unterfangen. Mehrfach stürzten die Mauern wieder ein. Gerold hatte bei einem Burgenbau Fronarbeit geleistet und wusste, dass man Steine so verbinden konnte, dass mit ihnen errichtete Mauern zusammenhielten. Er erinnert sich sogar noch an den Namen des Baustoffes und erklärte den anderen:

»Das Zeug wurde *opus caementitius* genannt und wurde nach einiger Zeit selbst fest wie Stein. Aber wie man es herstellt, weiß ich nicht.«

Schließlich stützten sie die Mauern mit Holz, schmierten Lehm in die Ritzen und Lücken zwischen den Steinen, und als der Herbst mit den ersten Frostnächten einzog, konnte Burkhards neues Haus tatsächlich eingedeckt und bezogen werden. Fehlten noch Amboss und anderes Werkzeug für die Schmiede. Man beschloss, in der Abtei danach zu fragen, wenn man die Vieh- und Feldpacht ablieferte. Damit war auch klar, wer in diesem Jahr die Abgaben ins Kloster schaffen würde. Herilo, damit er mit Abt Erchanbert einen möglichen Kirchenbau besprechen konnte, und Burkhard, der am besten wusste, was ein Schmied für seine Arbeit benötigte.

An einem Herbstmorgen sammelten sie noch vor Sonnenaufgang das abzugebende Vieh ein und luden die Säcke mit der Feldpacht auf den Karren, den sie vom Kloster geliehen hatten. Der

Sommer war trocken gewesen, der Pfad durch den Wald trocken und eben und sie kamen einigermaßen gut voran

Gegen Mittag hielten sie an einem Bach. Das Ziehen und Schieben des Karrens war schweißtreibend und kräftezehrend. Die zwei Schafe der Viehpacht waren außerdem störrisch und mussten immer wieder angetrieben werden. Der Herbst hatte die Bäume bunt gefärbt und die Nächte waren bereits frostig, doch die Sonne stand hoch am Himmel und hatte noch viel Kraft.

Sie aßen und tranken eine Weile schweigend. Unterwegs hatten sie verbranntes Land gesehen. Verkohlte Skelette von Hütten, die Leichen der Ermordeten, von Hufen und Wagenspuren zerstörte Felder. Dies bereitete Herilo Sorgen, und obwohl sie über das Gesehene geschwiegen hatten, beschloss er, seine Furcht vor einem Überfall mit Burkhard zu teilen:

»Die letzte Brandschatzung war nicht allzu weit entfernt von unserem Dorf.«

Burkhard hatte sich bisher recht einsilbig über die eigenen schrecklichen Erlebnisse gezeigt. Er schöpfte mit der hohlen Hand Wasser aus dem Bach, trank es und erwiderte dann: »Es muss ein größerer Trupp gewesen sein. Nicht die üblichen zwei oder drei Plünderer, gegen die man sich wehren kann.«

»So wie jener Haufen, der dich und deine Familie heimgesucht hat?«

Burkhard nickte: »Vermutlich derselbe.«

»Warum, glaubst du?«

»Wegen der Spuren, die wir gesehen haben.« In Burkhard schien ein innerer Kampf stattzufinden, und Herilo glaubte, den Grund zu kennen.

»Du redest nicht gern über das, was dir, deinem Weib und deinen Kindern widerfahren ist.«

»Warum glaubst du das?«

»Du bist sehr verschlossen, wenn es um dieses Unglück geht. Sagst du mir, was der Grund ist?«

Burkhard blickte auf den Bach. Dann brach es aus ihm heraus: »Weil ich zu schwach war. Natürlich habe ich mich gewehrt, ich wollte kämpfen und Frau und Kinder mit meinem Leben beschützen. Aber dann traf mich ein Schlag und ich verlor das

Bewusstsein. Sie haben mein Weib geschändet, und ich lag da und konnte nichts tun. Dafür schäme ich mich.«

»Sagtest du nicht, es waren zwei Dutzend Männer? Wie könnte man gegen eine solche Übermacht bestehen? Jeder andere wäre davongerannt. Du hast gekämpft. Du musst dich für gar nichts schämen.«

Burkhard starrte vor sich hin. Die Schafe, die am Karren festgebunden waren, blökten. »Wäre ich im Kampf gestorben, müsste ich jetzt nicht mit dieser Schande leben.«

»Wenn sie dich erschlagen hätten, wären dein Weib und deine Kinder auch tot. Du weißt so gut wie ich, dass sie alleine nicht überleben könnten. Also ist es gut, so wie es ist. Daran musst du immer denken.«

Burkhard warf Herilo einen Seitenblick zu. »Du hältst mich also nicht für einen Feigling?«

»Niemals. Niemand tut das. Du hast um das Leben der deinen gekämpft. Für diesen Mut bewundere ich dich.«

»Wirklich?«

»Ja. Das kannst du mir ruhig glauben.«

Burkhard ließ sich keine Regung anmerken, doch Herilo spürte, dass ihm seine Worte guttaten. Natürlich waren die Selbstvorwürfe des Schmieds ungerechtfertigt, aber er konnte sie verstehen. Fühlte er nicht selbst manchmal so, wenn er mit Fenyas ungewissem Schicksal haderte? Hätte er nicht wissen müssen, welches schreckliche Vorhaben in den besoffenen Köpfen dieser Krieger hauste? Hätte er das nicht alles vorhersehen und irgendwie verhindern müssen?

Er versuchte, diese Gedanken zu verscheuchen. Alle Vorwürfe, egal welcher Art, halfen jetzt niemandem mehr. Es galt, nicht in der Vergangenheit zu wühlen, sondern vorauszublicken. Er sagte zu Burkhard:

»Trotzdem bereitet es mir Sorgen, was wir gesehen haben und was du über diesen plündernden Haufen berichtest.«

Burkhards Miene wurde finster: »Das ist mehr als nur ein plündernder Haufen.«

»Wie meinst du das? Du sagst doch, sie plündern und brandschatzen.«

»Ja. Aber sie tun das nicht planlos. Sie überfallen nicht irgendeine Hütte oder ein Dorf aus einer betrunkenen Laune heraus. Sie sind wohlorganisiert, mit einer Rangordnung und einer Strategie wie eine richtige Truppe. Ich habe es nicht selbst gesehen, aber man erzählt, sie führen Wagen für die Versorgung und für die Beute mit und inzwischen folgen ihnen sogar schon die Huren, wie einem richtigen Heer. Selbst ein Waffenschmied gehört zu ihren Reihen.« Burkhard fügte mit einem bitteren Lachen hinzu: »Und der hat sogar noch beide Hände.«

»Das klingt nicht gut, was du da sagst.« Herilo erhob sich. »Man kann nur hoffen, dass sie nicht bis in unsere Gegend vordringen. Lass uns jetzt weitergehen. Wir haben noch ein ganzes Stück vor uns und an manchen Stellen ist der Wald dicht, der Pfad verschwindet darin und wir müssen den Karren tragen.

Sie erreichten die Abtei, kurz bevor die Sonne hinter den Bergen am Horizont verschwand. Sie schoben den Karren zwischen den Bäumen hindurch auf einen breiten Weg, der zum Kloster führte. Dort hatte man ihre Ankunft bereits bemerkt. Zwei Mönche kamen ihnen entgegen, hießen sie willkommen und führten sie in den Klosterhof. Einer der beiden begleitete sie ins Refektorium, wo ihnen ein anderer Bruder Schalen mit Hirsebrei und zwei Becher Wasser reichte und ihnen erklärte, sie müssten alleine essen, da sich alle anderen Brüder beim Abendgebet befänden. Später kam derselbe Mönch mit zwei Strohsäcken zurück und legte sie mit den Worten in eine Ecke, der Schlafsaal der Brüder sei zu klein für Gäste und das Hospiz der Abtei sei zwar geplant, aber noch nicht gebaut, und sie könnten diese Annehmlichkeit frühestens im nächsten Herbst in Anspruch nehmen.

Am nächsten Morgen empfing Abt Erchanbert Herilo in seiner Zelle. Herilo überlegte, wie lange es her war, dass er den Abt zuletzt gesehen hatte, denn er war seitdem sichtbar gealtert. Er stand gebeugt und zittrig auf einen Stock gestützt, das Haar war silbergrau geworden, tiefe Furchen durchzogen sein Gesicht. Aus dem vor Kurzem noch rüstigen Mann war ein Greis geworden. Doch seine Stimme war klar und fest und er begrüßte Herilo mit den Worten:

»Gott segne dich, mein Sohn. Man berichtet Gutes über dich und was du geschaffen hast.«

Herilo stand verlegen da. Lob war ihm fremd. Er hatte es noch nie erhalten.

»So wie es aussieht, ist das Land, das du für die Abtei bewirtschaftest, ertragreich.«

Herilo verstand, dass ihm der Abt damit eine Frage gestellt hatte. Er hielt den Kopf gesenkt und antwortete unsicher: »Es ist gutes Land.«

»So scheint es. Mit Gottes Gnade wurde dir eine gute Ernte beschert.«

»Ich danke dem Herrn jeden Tag.«

»So ist es recht, mein Sohn.« Das Zittern des Abtes wurde stärker. Das Stehen bereitete ihm sichtlich Schwierigkeiten. Doch es gab nichts in der Zelle, auf dem er hätte Platz nehmen können. Nun stellte er fest: »Man hat mir berichtet, deine Zelle ist zu einem richtigen Dorf gewachsen.«

»Manche Menschen, die vorbeikamen, sind geblieben. Wir haben Häuser für sie gebaut und alle sind fromme Christen.«

»Gut.« Der Abt versuchte, sich aufzurichten, doch es gelang nicht, er blieb gebückt. »Du möchtest noch etwas vortragen?«

Herilo zögerte mit seinem Hauptanliegen und wich zunächst aus: »Ein Mann mit Weib und Kindern ist zu uns gekommen. Er ist Schmied, aber ihm fehlt das Werkzeug.«

»Er wird es von unserer Abtei erhalten. Aber dies ist nicht der alleinige Grund für deinen Besuch, habe ich recht?«

Herilo nickte und nahm seinen Mut zusammen: »Ich möchte eine Kirche bauen.«

Für einen Moment schwieg Abt Erchanbert. Dann sagte er: »Das ist ein löbliches Ansinnen. Ein Gotteshaus für unseren Herrn. Doch du weißt, dass es allein damit nicht getan ist.«

Herilo wusste es nicht und blickte den Abt fragend an. Dieser erklärte: »Eine Kirche braucht auch einen Priester.«

»Könnte nicht einer eurer Mönche –?«

»Nun, gut. Wir machen Folgendes.« Der Abt hob den Kopf. »Du baust die Kirche. Ich werde sehen, ob ich dann dafür auch einen Priester auftreiben kann.«

Marie hielt das Buch auf dem Schoß und blickte durch die zerbrochene Scheibe. Das Mädchen saß im Hof auf dem Boden und war in das Spiel mit der Puppe versunken.

Marie hatte eigentlich geplant, gleich wieder zurück nach München zu fahren. Dann überlegte sie es sich doch anders. Ein Grund war die Ansage ihres Chefs gewesen, sie solle die Sache einfach mal *über den Daumen peilen*. Sie hatte darüber nachgedacht, ob er manchmal nicht vielleicht doch recht hatte, wenn er über die typisch deutschen Eigenschaften herzog. *Ihr Deutschen wollt immer alles bis ins kleinste Detail planen, alles so exakt wie möglich ausmessen, jede Sekunde mit einbeziehen und alles ein dutzend Mal hin und her drehen. Natürlich muss es stimmen und richtig sein, was man macht. Aber manchmal kann man einen Haufen Geld und Zeit sparen, wenn man eine Entscheidung ganz einfach selbstständig und ohne die Expertise von fünf verschiedenen Fachleuten trifft. Marie, du bist eine Frau. Lass dein Bauchgefühl sprechen. Dann liegst du bestimmt richtig.*

Also war sie ein paar Mal um das alte Gasthaus herumgegangen und hatte auch innen noch einmal alles genau unter die Lupe genommen. Und nun hatte sie noch einmal in der ehemaligen Wirtsstube Platz genommen, wobei sie, ehrlich gesagt, nicht allzu viel auf dieses berühmte Bauchgefühl gab. Sie war studierte Architektin, und nur mit Bauchgefühl konstruierte man bestimmt keine Gebäude, die Jahre und Jahrhunderte überdauerten. Außerdem war sie sich inzwischen nach ihren verschiedenen Rundgängen sicher: Eine Renovierung würde sich hier für einen Investor nicht lohnen. Wertvoll war nicht das baufällige Haus, sondern der Boden, auf dem es stand. Ihre Expertise würde vermutlich den Rat enthalten, die *Sonne* abzureißen und auf dem Grund ein modernes mehrstöckiges Gebäude zu errichten, mit Tiefgarage und fünfzehn bis zwanzig Parteien. Durch die Mieteinnahmen würden sich die Ausgaben schon nach wenigen Jahren amortisieren. Aber noch ein anderer Gedanke kam ihr, als ihr die Flüchtlinge im Haus gegenüber einfielen: Wäre nicht das Einbeziehen öffentlicher Gelder die beste Möglichkeit, dies alles hier kostengünstig und profitabel neu zu gestalten? Darüber sollte sie sich schleunigst kundig machen! Angenommen, ein entsprechender Bauantrag würde die Aussicht auf Unterbringung von, sagen wir, einhundertfünfzig bis zweihundert Flüchtlingen enthalten. Würde das nicht eine erhebliche Summe von staatlichen und kommunalen Mitteln in eine Investorenkasse spülen? Ganz zu schweigen von den sicheren Mieteinnahmen, die sich daraus ergeben würden. Gab es überhaupt bessere Mieter als Staat oder Kommune?

Das Mädchen im Hof hatte für ihre Puppe ein Bett aus Gräsern und Blättern gebaut. Sein Spiel bestand darin, die Puppe aus diesem Bett zu heben, mit strenger Miene auf sie einzureden, dann wieder zurückzulegen und diesen Vorgang zu wiederholen. Bestimmt war das ein Abbild vom abendlichen Zu-Bett-Geh-Zeremoniell des Mädchens und seiner Mutter.

Marie musste lächeln. Aber nicht nur wegen der Kleinen. Ihre Idee mit der Flüchtlingsunterkunft anstelle der Wirtschaft hier an diesem Ort konnte besser nicht sein. Sie nahm ihr alle Sorgen, die sie sich wegen des von ihrem Chef geforderten *Bauchgefühls* gemacht hatte. Wenn die zu erwartenden Zuschüsse und Mieteinnahmen auch nur annähernd dem entsprachen, was sie dabei im Hinterkopf hatte, dann müsste sie gar nichts mehr über den Daumen peilen. Als Architektin wusste sie, mit geradliniger Planung konnte da bestimmt viel Wohnraum geschaffen werden. Sie war sich sicher, eine entsprechende Expertise würde Investoren anlocken wie die sprichwörtlichen Fliegen. Und könnte sie sich dann nicht zudem noch in dem Gefühl sonnen, etwas Gutes getan zu haben? Schließlich ging es dann vordergründig gar nicht mehr um Gewinn und Rendite. Es ging darum, dass man einer Menge hilfsbedürftiger Menschen, die vor Krieg, Tod und Elend geflohen waren, ein neues Zuhause gab.

Beinahe musste sie den Impuls unterdrücken, ihren Chef sofort anzurufen, um ihm ihren genialen Gedankenblitz mitzuteilen. Erst wenn sie genauere Zahlen hatte, bekam das Ganze Hand und Fuß. Ein Blick auf die Uhr bestätigte ihr allerdings, dass sie in den entsprechenden Behörden heute niemanden mehr erreichen würde. Für solcherlei Auskünfte musste sie sich bis morgen gedulden. Vielleicht wäre es sogar am besten, noch einen Tag hierzubleiben, um die Dinge vor Ort mit den zuständigen Personen zu klären. Ja, beschloss sie. Das war eine weitere gute Idee.

Also wandte sie ihre Aufmerksamkeit dem Buch zu, das auf ihrem Schoß lag. Der Name auf dem Ledereinband sagte ihr nichts: *Crescentia Graf*. Es war eher der Fundort des Buches, der sie neugierig gemacht hatte, die Truhe dort unten im Gewölbe, in der ansonsten nur noch diese Puppe aufbewahrt wurde. Für einen Moment war sie dennoch im Zwiespalt, ob sie überhaupt ein Recht auf das Buch hatte. Doch dann siegte ihre Neugierde. Und überhaupt, wen sollte es kümmern, wenn sie es in Augenschein nahm? Den Besitzer der *Sonne* ganz gewiss nicht. Was interessierte eine Brauerei ein altes Buch? Aber womöglich fand sie etwas Interessantes, etwas, das ihr Wissen über den alten Gasthof bereichern konnte. Bei allen zukünftigen Vorhaben konnte es bestimmt nicht schaden, über die verschiedensten Dinge gut informiert zu sein, was auch immer sie sein mochten. Außerdem war ihre Großmutter aus Hirschzell, wie sie inzwischen wusste. Womöglich handelte es sich bei der Verfasserin des Buchs um eine verwandte Person?

Sie klappte das Buch auf. Alles war in einer sehr gleichmäßigen altdeutschen Schrift verfasst, die sie nur schwer entziffern konnte. Auf den ersten Blick sah es beim Durchblättern so aus wie eine Art Tagebuch, teils mit Dialogen und Zeichnungen, die zum größten Teil die Gaststätte von innen und außen darstellten und so präzise waren, dass sie beinahe wie Schwarz-Weiß-Fotografien wirkten.

Einzig die Jahreszahlen konnte Marie gut lesen. Sie verweilte bei *1806*, da sie hinter dieser Zahl das Wort lesen konnte, das die Überschrift dieser Seite darstellte: *Krieg*. Marie hatte aufgrund ihres Studiums natürlich profundes Wissen über Baugeschichtliches, doch ihre Kenntnisse, was politische Ereignisse der Vergangenheit betraf, waren sehr gering und beschränkten sich auf die wenigen Erinnerungen aus dem Geschichtsunterricht. Beinahe schämte sie sich, dass ihr nun nichts anderes übrig blieb, als ihr Handy hervorzuholen, um die Jahreszahl zu googlen. Überraschenderweise hatte sie dieses Mal sogar Empfang, und so konnte sie sich von Wikipedia belehren lassen. Bei dem Tagebucheintrag ging es wohl um die Zeit der Napoleonischen Kriege von 1800 bis 1814. Marie war überrascht, als sie las, dass Bayern im Jahr 1806 zum Königreich erhoben wurde und zu den Verbündeten Napoleons zählte. Vierzehn Jahre Krieg.

Wie behütet bin ich aufgewachsen, dachte sie. Ihr Blick wanderte zum Fenster und sie sah, wie Dr. Heinrich über den Hof ging, bei dem spielenden Mädchen stehen blieb, sich kurz mit ihm unterhielt und dann auf das Gasthaus zusteuerte. Der hat mir gerade noch gefehlt, dachte sie, als sie schon die Tür hörte und ihn hereinkommen sah. Er baute sich vor ihr auf, deutete auf das Buch und legte ohne Einleitung los:

»Hat Ihnen irgendjemand die Erlaubnis erteilt, dieses Buch an sich zu nehmen?«

»Ihnen auch ein herzliches Guten Tag«, erwiderte Marie schnippisch.

»Das ist historisches Gut, mit dem man vorsichtig umgehen muss. Und außerdem dringen Sie unerlaubt in eine Privatsphäre ein. Ist das wohl eine Ihrer netten Angewohnheiten, in fremden Tagebüchern herumzuschnüffeln?«

Marie ignorierte Dr. Heinrichs harschen Ton und antwortete mit einem feinen Lächeln: »Es ist eine mindestens genauso nette Angewohnheit wie Ihre offensichtliche Neigung zu Unhöflichkeit. Außerdem – sollte Ihr Interesse nicht eigentlich darin bestehen, alles Menschenmögliche zu tun, um mich zu einem Gutachten über das Gasthaus in Ihrem Sinne zu bewegen?«

»Sie haben recht, die *Sonne* liegt mir sehr am Herzen und ich werde mit allen Mitteln um ihren Erhalt kämpfen.« Er korrigierte sich: »Nein, nicht mit allen Mitteln. Zum Beispiel ganz gewiss nicht damit, dass ich Ihnen in den Hintern krieche.«

»Dafür bedanke ich mich recht herzlich bei Ihnen.« Marie musste insgeheim zugeben, dass er nicht ganz Unrecht hatte. Sie hätte das Tagebuch nicht einfach aus der Truhe nehmen sollen. Andererseits gab es darin vielleicht wirklich etwas Wissenswertes über diese Gaststätte zu finden. Zum Beispiel sollte sie vor Abgabe einer Expertise unbedingt in der Lage sein, die Möglichkeit auszuschließen, dass die *Sonne* zum historischen Gebäude erklärt werden könnte, denn damit wäre ein Abriss natürlich vom Tisch. Wie dumm würde sie dann mit ihrem Gutachten dastehen, das den Neubau eines Flüchtlingsheimes auf diesem Grund und Boden empfahl.

»Haben Sie sonst noch etwas zu sagen?«, unterbrach Dr. Heinrich ihren Gedankenfluss.

»Wie bitte? Ach so, ja –« Marie hatte gelernt, dass Menschen mit großem Wissen dies gerne auch loswurden. Um den Herrn Doktor abzulenken, wählte sie deshalb ihre Frage strategisch: »Meinen Sie nicht, es könnte etwas in dem Tagebuch stehen, das mich davon abhält, das Grundstück hier Investoren mit dem Bau eines Flüchtlingsheims schmackhaft zu machen?«

»Ein Flüchtlingsheim?« Dr. Heinrich wirkte nun tatsächlich bestürzt.

»Ja. Meiner Meinung nach wäre das am profitabelsten.«

»Das können Sie nicht tun!«

»Doch, kann ich. Aber Sie können mir vielleicht bei einer geschichtlichen Frage helfen, die mich sehr interessiert.«

Dr. Heinrich öffnete den Mund und schloss ihn wieder.

»Ich habe im Tagebuch gerade das Jahr 1806 und das Wort *Krieg* gelesen.«

»Und?«

»Ich habe gegoogelt. In diesem Jahr wurde Bayern, damals wohl noch mit *i* geschrieben, zum Königreich erhoben. Und mit *Krieg* sind wohl die Napoleonischen Kriege in dieser Zeit gemeint.«

»Wenn Sie schon alles wissen, warum fragen Sie dann?«

»Das hier ist doch eine sehr ländliche Gegend. Ich kann mir nur schwer vorstellen, dass die Leute hier von diesem Krieg betroffen waren.«

»Da irren Sie sich aber gewaltig. Hirschzell war sogar sehr betroffen.«

»Tatsächlich? Wie denn?« Marie spürte, dass ihre Taktik aufging. Dr. Heinrich geriet mehr und mehr in den Doziermodus und vergaß darüber das Tagebuch.

»Das neue Königreich Baiern war ein Verbündeter Napoleons. Im Jahr 1800 verschanzten sich hier auf dem Schlossberg französische Soldaten, und kaiserliche Soldaten versuchten zu stürmen, was ihnen aber nicht gelang. Hirschzell war definitiv Kriegsschauplatz. In diesen Jahren wurden hier abwechselnd kaiserliche und französische Soldaten einquartiert. Dazu kamen Mediatisierung und Säkularisierung –«

»Säkularisierung verstehe ich. Aber Medi –«

»Mediatisierung. Das heißt, reichsunmittelbare Gebiete wurden aufgehoben. Also nicht irgendein Fürst hatte von diesem Zeitpunkt an die Landeshoheit. Die Landkarte Mitteleuropas wurde dadurch vollkommen neu gestaltet. Und Hirschzell war plötzlich kein geistliches Territorium mehr, sondern gehörte von da an direkt zum Königreich Baiern.«

»Aha –«

»Das Problem war, der Ort musste auch Soldaten für das neue Heer stellen. Aus Hirschzell wurden sieben junge Männer eingezogen. Die allesamt fielen.«

»Das ist ja schrecklich.«

»Nun ja. Der Erste und der Zweite Weltkrieg forderten wesentlich mehr Opfer.«

Marie legte vorsichtig das Tagebuch zur Seite, in der Hoffnung, er hätte es nicht gesehen. Doch Dr. Heinrichs Blick war ihrer Bewegung gefolgt und er sagte: »Vielleicht haben Sie recht. Vielleicht sollten Sie es wirklich lesen.«

»Woher dieser plötzliche Sinneswandel?«

Dr. Heinrich grinste: »Wie gesagt. Ich kämpfe mit allen Mitteln. Und wenn Sie erfahren, was dieser schöne alte Kasten schon alles mitgemacht, welche Zeiten er durchlebt hat – wer weiß. Vielleicht überdenken Sie nach der Lektüre Ihre Pläne noch einmal.«

»Die Hoffnung stirbt zuletzt. Aber wie Sie wünschen.« Marie schnappte sich das Buch und stand auf. »Schönen Tag noch, Herr Professor.«

»Doktor –«, verbesserte Dr. Heinrich und fügte hinzu: »Vielleicht sollten Sie noch wissen, dass die Autorin des Tagebuchs mit ziemlicher Sicherheit die Mutter Ihrer Großmutter ist.«

Marie schien das nicht mehr gehört zu haben. Dr. Heinrich setzte noch einmal an, aber er brach wieder ab und sah ihr nach, wie sie durch den alten Gastraum schritt und mit dem Buch unter dem Arm verschwand.

HERILESCELLA
Herbst 848

Herilo sollte zufrieden sein. Mehr als das. Sie hatten die Pacht abgeliefert. Abt und Landvogt waren voll des Lobes gewesen. Sie hatten neues Saatgut erhalten. Besseres und mehr sogar als im Jahr zuvor. Und Herilo hatte die Erlaubnis zum Bau einer Kirche erhalten.

Burkhard, der Schmied, schwieg zunächst lange. Er hatte das vom Kloster geliehene Werkzeug wie einen Schatz auf dem Karren festgezurrt. Nun, da sie sich auf dem Rückweg befanden, fragte er schließlich doch:

»Sag mir, was treibt dich um? Schließlich könnte es nicht besser sein, als es ist.«

Herilo schüttelte den Kopf. Er wusste es selbst nicht.

Sie gingen schweigend weiter. Herilo kannte inzwischen jede Windung des Pfades durch den Wald und er wusste, dass sie die Siedlung noch vor Sonnenuntergang erreichen würden. Tatsächlich kamen sie gut voran. Am Nachmittag passierten sie den Reichshof Tingau und sie beschleunigten ihre Schritte in Vorfreude auf die Heimkehr. Da hob Burkhard plötzlich die Hand und witterte wie ein Tier. Herilo setzte die Stangen des Karrens auf den Boden.

»Rauch«, flüsterte Burkhard, als sollte niemand dieses Wort hören.

Herilo nickte langsam. Natürlich war Rauchgeruch in der Nähe des Dorfes ganz normal. Doch in diesem Moment wussten sie beide, dass sie nicht den Rauch der Koch- und anderen Feuer rochen, die jeder Haushalt unterhielt. Für einen Moment standen sie wie gelähmt da. Dann griffen sie beide wie auf ein geheimes Kommando gleichzeitig in die Wagenräder und rannten los.

Ihre schlimmsten Vorahnungen wurden noch übertroffen. Schon vom Ufer aus sahen sie, dass ihre Siedlung nur noch aus rauchenden Trümmern bestand. Alles war zerstört, verbrannt, die Felder verwüstet. Herilo stürmte los. Erst in der Mitte dessen, was gestern noch sein Dorf gewesen war, blieb er wieder stehen. Verzweifelt beugte er sich zum blutüberströmten Leichnam Gerolds hinab. Er legte die Hand auf die Brust seines Freundes, dorthin, wo das Herz aufgehört hatte zu schlagen. Burkhard kam keuchend heran. Er hatte Tränen in den Augen und schrie seine Verzweiflung hinauf in den grauen Herbsthimmel. Wie Besessene wühlten sie dann in den qualmenden Trümmern, doch sie fanden weder Mensch noch Vieh, bis Burkhard plötzlich innehielt und zum Waldrand auf dem Hügelkamm deutete. Gestalten lösten sich aus den Schemen der Bäume und kamen zögernd herunter.

Bis auf Gerold waren alle vor den Angreifern geflohen und hatten sich im Wald versteckt. Doch Herilo blieb das Herz stehen, als er die Frau mit dem Kind an der Hand sah, die nun zusammen mit den übrigen Dorfbewohnern völlig verängstigt zurückkehrte.

»Das ist nicht möglich«, murmelte er aufgewühlt vor sich hin. An ihren weit aufgerissenen Augen sah er, dass auch sie ihn wiedererkannte.

Alle redeten durcheinander. Der Schock über das Erlebte stand jedem Einzelnen ins Gesicht geschrieben. Es gab keinen Zweifel, dass die Siedlung von jener Bande heimgesucht worden war, von der Burkhard berichtet hatte und die auch Grund für seine Flucht gewesen war. Die gut zwei Dutzend Plünderer und Mörder waren wohlorganisiert, mit Anführern, bestem Kriegsgerät, Pferden und Wagen für Versorgung und Beute und sogar ihren eigenen Huren. Fenya, die Herilo verloren geglaubt hatte, seit ihn die Krieger verschleppt hatten, war gezwungen gewesen, mit ihnen zu ziehen. Sie hatte das Chaos des Überfalls genutzt und war zusammen mit ihrem Kind und den anderen Dorfbewohnern in den Wald geflohen, um endlich wieder frei zu sein und im Schutz einer richtigen Gemeinschaft ein normales Leben führen zu können.

Die Flucht war allen gelungen, weil Gerold sich den Angreifern entgegengestellt und sein Leben für alle anderen geopfert hatte.

Herilo hatte also erneut alles verloren. Doch trotz der Trauer hatte er dieses Mal dabei das Wichtigste wiedergewonnen. Er stand zwischen den Trümmern seines Dorfes, schloss seine Arme um Weib und Kind und verkündete mit fester Stimme:

»Helfen wir zusammen. Lasst uns alles wiederaufbauen. Größer und schöner als zuvor. Mit sicheren Häusern für uns, mit Ställen für das Vieh. Und einer Kirche aus Stein.«

2. Teil

Crescentia
(1806 – 1886)

Marie hatte ihr Handy auf den Stuhl neben sich gelegt und laut gestellt. Sie saß in einer dieser typischen Endlosschleifen fest, in der sich irgendein Gedudel mit der stoischen Ansage *Bitte haben Sie einen Moment Geduld. Unser nächster freier Mitarbeiter* … abwechselte. Wobei *irgendein Gedudel* in diesem Fall nicht ganz zutraf, denn Marie war ziemlich beeindruckt von den sphärischen Walgesängen aus der Konserve der Behörde. Bei Mitarbeitern städtischer Ämter waren ihrer Erfahrung nach bisher jedenfalls noch keine esoterischen Ansätze zu erkennen gewesen. Aber vielleicht war das hier in der Provinz ja anders. Als sie endlich durchkam, wurde ihr von einer fröhlichen Frauenstimme mitgeteilt, für Bauzuschüsse sei eine Kollegin zuständig und ja, sie könne verbinden, einen Moment, bitte. Marie war ziemlich genervt, als sie nach der dritten Runde nach exakt demselben Schema – Bandansage, Walgesänge, Moment ich verbinde – schließlich die Auskunft erhielt, der zuständige Sachbearbeiter befinde sich im Urlaub, schließlich sei ja gerade Ferienzeit.

Marie seufzte und beendete den Anruf. Dann schickte sie ihrem Chef eine Sprachnachricht. Überraschenderweise rief er sie sofort zurück. Wie immer sprach er viel zu laut, was seinen amerikanischen Akzent noch verstärkte:

»Marie, das ist interessant, was du sagst, diese Idee mit den Flüchtlingen ist hervorragend, aber dann brauchen wir genaue Information über die Förderung. Ich liebe dieses Land – für alles und jeden *shit* habt ihr Förderung. Das ist fantastisch. Ich wundere mich nur, warum ihr noch nicht pleite seid.« Er lachte dröhnend.

Marie hielt das Handy ein wenig weiter weg und lief in der Gaststube herum. »John, das wollte ich dir gerade mit der Sprachnachricht sagen, eine Förderung ist in unserem Fall in erster Linie eine kommunale Sache. Hier erreiche ich aber niemanden. Der zuständige Sachbearbeiter ist im Urlaub.«

John schimpfte: »Ich sag schon immer, das ist das Problem, ihr

Deutschen seid immer nur im Urlaub oder steckt im Stau auf der Autobahn oder beides – wie kann so eine vernünftige Wirtschaft funktionieren? Wenn man jemanden braucht, steht man dumm da. Wir müssen uns aber irgendwie die Information beschaffen. Und natürlich auch, wie es mit staatlicher Förderung aussieht.«

»Soweit ich weiß, gibt es vom Staat in erster Linie Gelder für Baumaßnahmen, die –«

»Hör zu, Marie, wir machen es so: Du bist die Architektin, also schickst du mir die Pläne für das neue Gebäude. Ich kümmere mich um das Geld. *Money*. Ja, so machen wir es. Ich brauche die Pläne bis Ende der Woche.«

»John, du weißt schon –«

»Yes, weiß ich. Aber du sollst ja keine Kathedrale entwerfen. Du hast bestimmt irgendetwas Passendes in der Schublade.«

»John, ich –«

»Bye, Marie.«

Marie behielt den Hörer noch ein paar Sekunden am Ohr, dann legte sie das Handy zu Seite. Irgendwie mochte sie es, wie er ihren Namen amerikanisch aussprach, *Mary,* aber seine viel zu laute und zu schnelle Art ging ihr manchmal auch gehörig auf die Nerven.

Sie suchte die Fotos, die sie von der Gaststätte gemacht hatte, fand sie aber nicht in ihrer Tasche, sondern im Tagebuch neben sich auf dem Tisch. Sie hatte ganz vergessen, dass sie die Bilder wie ein Lesezeichen in das Buch gelegt hatte. Sie legte die Fotografien neben das aufgeschlagene Buch und betrachtete sie eine Weile. Dann holte sie ihr Tablet aus der Tasche, schaltete es ein und suchte in den Ordnern, die John ihre *Schublade* genannt hatte, nach passenden Grundrissen, mit denen sie nach einem Baukastensystem arbeiten konnte.

Aus den Augenwinkeln sah sie, wie der kleine schwarze Kater durch den Schankraum auf sie zu trottete, seine Krallen an einem Holzbein ihres Stuhls schärfte und dann auf ihren Schoß sprang, ohne Rücksicht darauf zu nehmen, dass er dabei auf ihrem Tablet landete.

»Hey«, protestierte sie lahm, aber er rollte sich schon zusammen und begann zu schnurren. Marie zog das Tablet unter ihm hervor, legte es auf den Tisch neben sich und versuchte so, einhändig Pläne zu zeichnen, denn die andere Hand brauchte sie, um den Kater zu streicheln. Bald musste sie jedoch einsehen, dass sie so nicht arbeiten konnte. Sie schob das Tablet wieder weg und blätterte stattdessen in dem Tagebuch. Als der Kater den Kopf hob, folgte sie seinem Blick und sah Dr. Heinrich in der Tür stehen. Der rief fröhlich:

»Hier ist ja unser Ausreißer, Gott sei Dank! Und meine Lieblingsfeindin mit dazu! Es ist ziemlich offensichtlich, dass es unsere *Sonne* Ihnen angetan hat. Sie gehen ja gar nicht mehr fort.«

Marie wollte etwas erwidern, aber Dr. Heinrich redete schon weiter:

»Ich habe mir nämlich Sorgen um Peterle gemacht, weil hier in der Nähe eine schwarze Katze überfahren wurde, und man hat mich gefragt, ob das nicht meine ist.« Er kam jetzt heran und kraulte den Kater hinter den Ohren. Marie zuckte zurück. Die Nähe seiner Hand war ihr unangenehm. Sie sagte:

»So etwas nennt man Floriansprinzip.«

Dr. Heinrich kraulte weiter den Kater. »Wie bitte?«

»Heiliger Sankt Florian, behüt mein Haus, zünd andere an. So heißt das doch? Sie sind froh, dass eine andere Katze überfahren wurde. Nicht Ihre.«

»Ach so. Ja, natürlich bin ich froh, dass es nicht Peterle ist. Ein paar Mal hätte es ihn nämlich tatsächlich schon beinahe erwischt. Er ist offensichtlich der Meinung, dass die Straßen hier alleine ihm gehören. Darüber sind die meisten Autofahrer allerdings anderer Meinung. Aber wie ich sehe, beschäftigen Sie sich mit Crescentias Tagebuch. Sehr gut. Je mehr Sie über die Geschichte der *Sonne* wissen, desto besser.« Er fügte hinzu: »Und über Ihre Wurzeln.«

»Sie geben die Hoffnung wohl erst auf, wenn Sie vor vollendeten Tatsachen stehen?«

Dr. Heinrich zog die Hand zurück. »Und Sie? Das Bewahren von altem Kulturgut und Umweltschutz gehören wohl nicht gerade zu Ihren Kernkompetenzen.«

Irgendwie schaffte er es immer, sie zu verärgern. »Aber zu Ihrer Kernkompetenz scheint es zu gehören, Vorurteile über andere Menschen zu haben. Ist Ihnen eigentlich schon mal aufgefallen, dass alte Gebäude energetisch nicht unbedingt das Optimum sind? So viel zum Thema Umweltschutz.«

»Ich spreche nicht vom Gebäude.«

»Wovon dann?«

»Kommen Sie, dann zeige ich es Ihnen.«

Sophie deutete gespielt lächelnd auf das schwarze Bündel, das auf ihr schlief. »Ich kann gerade leider nicht aufstehen.«

Dr. Heinrich pflückte den Kater von ihrem Schoß und setzte ihn auf den Boden. »Sie müssen nur zum Fenster kommen.« Er wedelte ungeduldig mit der Hand.

Marie verdrehte die Augen, erhob sich aber und folgte ihm zum Fenster.

Dr. Heinrich deutete nach draußen: »Das meine ich mit Umweltschutz. Wenn Sie hier alles abreißen, müssen wohl auch diese wunderschönen Kastanien sterben.«

Einen Hang zu Dramatik hat er auch noch, dachte Marie, musste aber zugeben, dass er recht hatte. Das waren wirklich wunderbare hohe, alte Bäume, um die es schade wäre. Aber das ließ sich wohl nicht vermeiden. Für das Gebäude, dass ihr vorschwebte, müssten die Kastanien tatsächlich weichen. Den Platz würde man brauchen.

»Sehen Sie, jetzt schweigen Sie.«

Natürlich schwieg sie. Warum sollte sie sich auch vor diesem Gutmenschen rechtfertigen, der offensichtlich irgendwo in der Vergangenheit stecken geblieben war. So funktionierte die moderne Welt nun einmal nicht. Dinge, die nicht mehr gebraucht wurden, musste man entweder verändern, erneuern oder entsorgen. Bei einer Weltbevölkerung, die an der Acht-Milliarden-Grenze kratzte, war Platz eine der wertvollsten Ressourcen. Mit sentimentalen Erinnerungen löste man dieses Problem ganz gewiss nicht. Sie ging zurück zu ihren Sachen und steckte das Tablet in ihre Tasche.

Dr. Heinrich war ihr gefolgt und deutete auf das Tagebuch: »Packen Sie das ruhig ein. Wenn Sie versprechen, es wiederzubringen.«

»Natürlich.« Marie langte nach dem Buch.

»Die Bilder sprechen ja eine klare Sprache. Aber können Sie diese Schrift auch lesen?«, fragte er.

Nicht wirklich, dachte Marie, aber sie nickte geflissentlich und fragte stattdessen: »Wer war diese Crescentia Graf?«

Dr. Heinrich sah sie an, dann antwortete er nachdenklich: »Eine sehr interessante Frau, die in einer sehr interessanten Zeit lebte. Mit einer sehr interessanten Geschichte.«

HIRSCHZELL
Frühjahr 1806

»Crescentia!« Der Ruf der Großmutter, der mehr klang wie ein Krächzen, hallte über den Hof. Sie stand auf der ausgetretenen Stufe vor der offenen Tür und kramte in ihrer Schürze nach einem Heller. Die Schürze trug sie über ihren drei Unterröcken, dem Stallrock und der blaue Stalljacke. Ein dunkles Kopftuch verdeckte ihre dünnen weißen Haare. Sie hatte ein faltiges, mit Altersflecken übersätes Gesicht, aus dem ein graues Augenpaar wie drohend hervorstach.

Crescentia ging zu ihr. Sie war achtzehn, mit einem auffallend hübschen Gesicht, strahlenden Augen und dunklen, fast schwarzen Locken. Ihre hochgewachsene schmale Gestalt trug ihr oft den Spott ein, ein Kuhschwanz würde sie leichter davonwedeln als eine der zahlreichen Stallfliegen. Doch das stimmte nicht, sie war zäh, ausdauernd und konnte anpacken wie ein Stallknecht.

»Geh mein Bier holen. Der Krug steht auf dem Tisch.« Die Großmutter war eine ungeduldige Frau, die viel schimpfte und nie lobte. Sie war über neunzig und ihr bissiges Mundwerk war im ganzen Ort gefürchtet. Man sagte, sie sei so verbittert, weil sie ihren Mann im Krieg verloren hatte und ihre einzige Tochter im Kindbett gestorben war.

Crescentia gehorchte. Sie ging ins Haus, holte den Krug von der Ablage im Herrgottswinkel, nahm den Heller für das Bier entgegen und wartete geduldig auf die Schimpftirade ihrer Grußmutter, die so sicher kam wie das Amen in der Kirche.

»Pass ja auf, dass der Krug dieses Mal voll ist und nicht nur Schaum drin ist! Diese Halsabschneider betrügen, wo immer es geht! Und wehe, du verschüttest wieder die Hälfte! Dann kannst du was erleben!«

Crescentia kannte den Sermon, denn es war jeden Tag derselbe. Noch nie hatte sie etwas verschüttet, und da das dunkle Bier kaum schäumte, war auch nie zu viel Schaum im Krug. Außerdem schimpfte die Großmutter wie ein Fuhrknecht, wenn er nicht randvoll war, obwohl sie mit dem Heller nur drei Halbe bezahlte, das Gefäß aber vier Halbe fasste. Trotzdem nahm Crescentia wie an jedem Nachmittag den Heller und den Krug entgegen, sagte geduldig *»jawohl, Großmutter«* und machte sich auf den Weg zum *Wirt.*

Ganz und gar nicht ungern ging sie zum Wirt. Im Gegenteil, sie fieberte jedes Mal danach, von ihrer Großmutter endlich den Auftrag zum Bierholen zu bekommen. Der Grund hieß Ludwig, hatte dunkle Locken, sanfte braune Augen, ein Grübchen am Kinn, und verdrehte der gesamten weiblichen Dorfgemeinschaft den Kopf. Crescentia und Ludwig waren seit drei Monaten verlobt und es hieß, sie seien das schönste Paar im ganzen Dorf. Die Hochzeit war für den Sommer geplant.

Ludwig war der Sohn von Leopold Graf, dem Wirt, der die Dorfgaststätte vor fünf Jahren übernommen hatte. Anfangs war Leopold gegen die Verbindung seines Sohns mit dem vaterlosen Bauernmädel gewesen, doch die Grafs waren selbst auch Bauern, ihnen gehörte der Hof neben der Wirtschaft. Der Grund seiner zunächst ablehnenden Haltung war jedoch ein anderer: Leopold Graf war seit zwei Jahren Witwer. Seine Frau war im Kindbett gestorben, zusammen mit dem kleinen Mädchen, das keinen Atemzug tun wollte, als es auf die Welt kam. Zuerst trauerte der Wirt um die Frau und das verlorene Kind, doch dann beschloss er, sich ein neues Weib zu suchen. Die Schönheit Crescentias, die jeden Nachmittag Bier für ihre Großmutter holte, entging ihm weder, noch ließ sie ihn schließlich kalt. Gerade, als er begann, um sie zu werben, musste er feststellen, dass er dabei nicht alleine war. Sein eigener Sohn war der Konkurrent. Bald konnte er nur zusehen, wie er von Ludwig ausgestochen wurde, und dies führte dazu, dass er der Verlobung und anstehenden Hochzeit erst seinen widerwilligen Segen gab, als Ludwig damit drohte, sich als Freiwilliger zur neu gegründeten königlich-baierischen Infanterie zu melden, die gegen die Preußen in den Krieg zog.

Doch kaum hatte Ludwig nach der zähneknirschenden Zustimmung seines Vaters die Drohung zurückgenommen, trat das Schicksal in Gestalt des Postboten in die Schankstube. Dieser stolzierte in seiner nagelneuen königlich-baierischen Uniformjacke herein, zwirbelte theatralisch seinen Schnurrbart und legte dann einen braunen Umschlag mit dem baierischen Siegel so demonstrativ auf den Tresen, dass sich sämtliche Anwesende von ihren Stühlen erhoben und sich in einem Kreis um das Schreiben aufstellten. Der Wirt verscheuchte sie wie lästige Fliegen und brach an Ort und Stelle das Siegel auf, obwohl jeder Gast, der lesen konnte, gesehen hatte, dass der Brief nicht an ihn, sondern an seinen Sohn gerichtet war. Es war der Bescheid, dass Ludwig Graf zur königlich-baierischen Infanterie eingezogen wurde.

»Den gleichen Brief haben noch sechs andere bekommen«, erklärte der Postbote bedeutungsvoll, nahm seine bereitgestellte Halbe vom Tresen und kippte sie hinunter, ohne einmal abzusetzen.

Crescentia hielt den Krug im Arm wie ein Kind. Sollte der zerbrechen, war mit ihrer Großmutter nicht zu spaßen. Sie wich einem Fuhrwerk aus, bog nach rechts ab und erreichte den *Wirt*. Ihr Herz schlug schneller. Seit Ludwig zur Infanterie eingezogen worden war, hatten sie sich noch kein einziges Mal gesehen. Sie hatte ihm Briefe geschrieben, aber nur einmal Antwort erhalten. Seine Schrift war so ungelenk, dass sie sie kaum entziffern konnte, auch weil er nur kurz in der Schule gewesen war und das Schreiben nie richtig gelernt hatte. In dem Brief stand, dass er an diesem Sonntag für einen Tag heimkommen würde.

Sie betrat den Schankraum und mied die Blicke der Männer, die sich sofort unverhohlen auf sie richteten. Ein ganz anderer Blick hielt sie gefangen, seit sie die Tür geöffnet hatte. Ludwig stand hinter der Theke und seine dunklen Augen glühten. Ihr Herz schlug so heftig, dass sie meinte, es klopfe gegen den Krug, den sie an ihre Brust presste, damit sie ihn nicht fallen ließ. In seinem blauen Uniformrock sah er einfach schneidig aus. Jetzt zog ein breites Grinsen über sein Gesicht, er schlug die Hacken zusammen, dass es knallte, hob die Hand zum militärischen Gruß und rief durch den Schankraum:

»Crescentia Bechteler, zukünftige Gemahlin von Ludwig Graf – Gemeiner Jäger Graf meldet sich zur Stelle!«

In der Schankstube brach Gelächter aus und Crescentia spürte, wie ihr die Röte ins Gesicht schoss. Trotzdem stellte sie den

Krug auf den Tresen, legte den Heller daneben und bestellte wie ein normaler Gast:

»Den Krug bitte vollmachen. Und zwar bis zum Rand.«

Ludwig ging auf das Spiel ein, das sich so schon oft wiederholt hatte: »Ganz vollmachen kostet aber mehr als einen Heller. Dafür bekommst du drei Halbe in den Krug. Es passen aber vier hinein.«

»Für Großmutter kosten schon immer vier Halbe einen Heller. Das ist seit Urzeiten so.«

»So, so. Seit Urzeiten ist das so? Warum weiß ich dann davon nichts?«

»Weil du keine Ahnung hast, frag deinen Vater, der weiß es.«

Ludwig schnitt gespielt eine Grimasse: »Wenn ich randvoll mache, verschüttest du unterwegs die Hälfte und dann ist es schade um das gute Bier.«

»Ich habe noch nie etwas verschüttet. Großmutter würde mir den Kopf abreißen.«

»Das wäre aber schade um den hübschen Kopf. Aber dann musst du wohl mitkommen. Hier oben reicht es nur noch für drei Halbe. Wenn du unbedingt vier willst, müssen wir hinuntergehen, wo unsere Fässer lagern.«

Crescentia war erst einmal im Kellergewölbe unter der Gaststätte gewesen, aber sie erinnerte sich noch deutlich an das klamme Gefühl, das sie in der feuchten Kälte dort unten verspürt hatte. Dankbar ergriff sie Ludwigs Hand, die er ihr reichte, um sie über die schmalen Stufen hinunterzuführen.

Ludwig stellte die Kerze, die er in der anderen Hand gehalten hatte, auf ein Fass, zog Crescentia an sich und küsste sie ungestüm. Sie versuchte, ihn wegzuschieben, spürte aber, wie sehr sie sich selbst nach ihm sehnte. Halbherzig mahnte sie:

»Hör auf, wir dürfen das nicht.«

»Doch, natürlich dürfen wir das.« Er küsste sie wieder, und zwischen seinen Küssen warf er sich in die Brust: »Ich werde in den Krieg ziehen und für unser Baiernland kämpfen. Zu unserer Hochzeit bin ich wieder da. Versprochen.«

»Erst zu unserer Hochzeit? Vorher nicht?«

»Vorher wird es nicht gehen. Wir ziehen ja gegen die Preußen.« Er hielt kurz inne. »Oder gegen die Tiroler. Das weiß ich jetzt nicht so genau. Ist ja auch egal. Ich werde ein Held sein, und bestimmt trage ich zu unserer Hochzeit einen Orden auf der Brust.«

Crescentia wehrte sich, als er sie auf ein Bündel leerer Hafersäcke zog und sich an ihrem Rock zu schaffen machte. »Hör auf. Wenn du mir ein Kind machst?«

»Übernächsten Monat sind wir verheiratet. Glaubst du, auch nur ein Hirschzeller wird auf den Tag genau rechnen?«

Großmutter wird es bestimmt tun, dachte Crescentia. Aber sie schwieg und ließ es schließlich geschehen, als er ihre schwache Gegenwehr mit seinen Küssen erstickte.

Sie lief über den Hof und die Straße entlang, hielt mit einer Hand den Krug, der randvoll mit Bier gefüllt war, und versuchte mit der anderen, ihre Kleider und ihr Haar zu glätten. Da geschah das Unglück: Der Krug entglitt ihr, fiel zu Boden, zerbrach in tausend Stücke, und das Bier floss in den Staub der Straße.

»Und das steht alles so in dem Tagebuch?« Marie lächelte mitleidig und traf Anstalten, ihre Sachen zusammenzupacken.

»Haben Sie nie das Bedürfnis, Ihrer Fantasie links und rechts ein paar Flügel an die Schulterblätter zu heften, und sie einfach losfliegen zu lassen?«

»Ehrlich gesagt, nein.«

»Dann verpassen Sie aber eine Menge.«

»Da bin ich anderer Meinung. Ich habe es weniger mit Träumereien und mehr mit Fakten. Und die liegen nun mal auf dem Tisch und besagen klar und deutlich, dass die Zeit dieses alten Kastens gekommen ist. Er muss abgerissen werden, daran führt kein Weg vorbei.«

»Sie verwechseln Fakten mit Geld. Seien Sie ehrlich. Etwas anderes interessiert Sie nicht.«

»Mich interessiert meine Arbeit. Und es ist mein Job, den Zustand dieses Hauses und des Grundstücks zu analysieren und daraus die richtigen Schlüsse zu ziehen.«

»Und ein Flüchtlingsheim mit hundertfünfzig Menschen hier mitten im Dorf ist der richtige Schluss?«

»Ja.«

»Und da sind Sie sich sicher?«

»Absolut.«

Dr. Heinrich hob den kleinen Kater, der um seine Beine strich, auf den Schoß und kraulte ihn. Er schwieg lange und schien dabei etwas abzuwägen. Schließlich sprach er es aus:

»Tun Sie es nicht.«

Marie glaubte, nicht richtig gehört zu haben. »Wie bitte?«

»Ich sagte, tun Sie es nicht. Reden wir doch mal Klartext: Sie spazieren hier rein, die feine Dame aus München, tun zuerst so, als ob Sie das alles interessiert, das Gebäude und die ganze Geschichte, aber es interessiert Sie nicht im Geringsten, denn alles, was Sie interessiert, ist nur, möglichst viel Geld damit zu machen. Dass dann hier aber alles kaputtgeht, ist Ihnen dabei egal.«

Marie schnappte zuerst nach Luft, dann setzte sie ein spöttisches Lächeln auf: »Jetzt sind Sie aber mal wieder ganz schön angriffslustig.« Sie machte eine ausladende Bewegung. »Was kann man denn hier noch kaputt machen, was nicht schon kaputt ist? Das Mauerwerk ist brüchig, die Wände schimmeln, das Dach stürzt bald ein, das ganze Gebäude ist nicht viel mehr als eine Ruine. Da ist nichts mehr zu retten. Wie heißt es so schön: Einen faulen Zahn muss man ausreißen.«

»Sie haben keine Ahnung, wovon ich rede. Aber mir ist schon klar, dass Sie das als moderne Großstadtbewohnerin nicht verstehen können. Hirschzell ist eine wunderbare traditionelle Dorfgemeinschaft. Jeder kennt jeden, die Menschen grüßen einander, und wenn sie sich begegnen, bleiben sie stehen und reden miteinander. Die meisten von ihnen sind hier geboren und ihre Familien leben seit Generationen hier. Gleich dort drüben ist die Kirche, zusammen mit dem Wirtshaus stellt sie seit Menschengedenken den Dorfmittelpunkt dar. Bei uns auf dem Land hat außerdem die Gaststätte einen ganz anderen Stellenwert als in der Stadt, wo man vielleicht einmal in der Woche schön essen geht. Hier ist das Wirtshaus ein richtiges Gemeindezentrum, ein Ort des Zusammentreffens.«

»Ich weiß«, erwiderte Marie spöttisch, »man geht schon sonntags nach der Kirche in die Wirtschaft und trinkt Bier, nach dem Motto: Wir sind keine Alkoholiker, wir sind Bayern.«

»Machen Sie sich nur lustig. Dieses Gebäude abzureißen, bedeutet, den Dorfkern zu zerstören. Ein Kulturgut!«

»Und den Bierdümpeln ihre Quelle versiegen zu lassen. Hören Sie, das ist doch alles längst Geschichte. Wie lange ist hier bereits geschlossen, sagten Sie – zehn Jahre? Und niemand wollte den alten Kasten kaufen. So viel zum Thema *Kulturgut.«*

Dr. Heinrich beugte sich vor und sprach eindringlich. »Ich wollte das alles wiederaufbauen. Sie sehen, wie viel Platz hier ist. Das ganze obere Stockwerk könnte von der Gemeinde genutzt werden, die Blasmusik hätte einen Proberaum, die Schützen könnten unterkommen, der Pfarrgemeinderat würde hier Sitzungen halten und so weiter und so fort.«

Marie traf Anstalten, aufzustehen. »Dr. Heinrich, Sie leben in der Vergangenheit. Ich persönlich glaube, Sie wollen in eine Welt zurück, die es nicht mehr gibt. Auch nicht in Ihrem Dorf hier.«

»Und ob es die noch gibt! Die Kinder werden noch Ministranten und gehen später zur Feuerwehr. Die Menschen gehen sonntags zur Messe. Wissen Sie, was passiert, wenn Sie hier hundert oder hundertfünfzig Fremde einquartieren? Bei einer Gesamteinwohnerzahl von circa zweitausendeinhundert Menschen?«

»Das wären fünf bis sechs Prozent. Ich denke, das ist zu verkraften. Sie sind nicht zufällig ein wenig fremdenfeindlich?«

»Sie haben kein Wort von dem verstanden, was ich gesagt habe.«

»Ich denke, es ist eher andersherum. Sie wollen nicht verstehen, was ich sage, nämlich dass sich die Zeiten geändert haben. Natürlich ist es eine schöne heile Welt, die Sie da beschreiben. Aber die Welt ist nun mal leider nicht mehr heil.«

Dr. Heinrich brauste auf: »Sie werfen mir Fremdenfeindlichkeit vor, nur weil ich glaube, dass Hirschzell nicht der richtige Ort für so viele Flüchtlinge ist?«

»Nun ja, Sie kommen mir jedenfalls ein bisschen so vor wie die Leute, die erklären, natürlich bin ich für Klimaschutz, aber wenn es dann darum geht, dass in der Nähe Windräder aufgestellt werden, schreien sie lauthals, doch nicht hier, das verschandelt die Landschaft und davon werde ich krank!«

Dr. Heinrich schüttelte resignierend den Kopf. »Ich habe überhaupt nichts gegen Flüchtlinge und bin ganz bestimmt der Meinung, dass diesen Menschen geholfen werden muss.«

»Aber nicht in Ihrem Dorf.«

»Sie behaupten, ich sei nur an diesem Grundstück und nicht an den armen hilfsbedürftigen Menschen interessiert, die hier unterkommen könnten. Aber diejenige, die ausschließlich die eigenen Interessen verfolgt, sind ja wohl Sie! Ihre scheinbare Fürsorge für die Flüchtlinge ist reines Profitdenken. Ihr Ziel ist es nicht zu helfen, sondern Geld zu machen. So sieht es nämlich aus.«

Marie erhob sich und hängte sich ihre Tasche um. »Ich habe jetzt gleich noch einen Termin bei der Bank. Haben Sie mir sonst noch etwas zu sagen?«

»Ja.« Dr. Heinrich setzte den Kater auf den Boden und stand

ebenfalls auf. »Mein erster Impuls auf Ihre Anschuldigung war Verärgerung und ich habe mir überlegt, überhaupt nicht mehr mit Ihnen zu reden. Aber das wäre erstens kindisch und zweitens ist damit ja nichts gewonnen. Denn eine Sache möchte ich Ihnen noch erklären. Ich bin Historiker. Meine Dissertation habe ich über das Thema *Dorf* geschrieben. Sie haben vollkommen recht damit, dass man die Zeit nicht zurückdrehen kann. So traurig es auch ist, immer mehr Dörfer oder Gemeinden verlieren ihre traditionellen Strukturen, genauso wie die Menschen, die dort wohnen. Früher bestand das Zentrum aus Kirche, Marktplatz, Schule und Wirtshaus, und die Menschen lebten zusammen in Großfamilien von Urgroßeltern bis hinab zum Urenkel. So war für alle gesorgt, Kinder, Alte, jeder hatte seinen Platz und seine Aufgabe. Heute verschwinden die Dorfzentren, und die Bauern verkaufen ihren Grund und Boden, damit darauf Gewerbegebiete gebaut werden. Das sind dann die neuen Dorfzentren, Supermärkte und andere Konsumtempel außerhalb der Dörfer –«

»Hören Sie –«, versuchte Marie, Dr. Heinrichs Redefluss zu unterbrechen, doch der sprach ungerührt weiter:

»Was ich sagen will, ist: Viele Menschen verlieren sich heutzutage in unserer so wunderbaren globalisierten und digitalisierten Welt. Sie verlieren sich, weil das, woran sie sich festhalten könnten – nämlich die traditionellen Werte –, verloren geht. Die Menschen verlieren ihre Wurzeln. Ohne Wurzeln kann aber nichts gedeihen. Genau *das* ist es, was ich hier bewahren möchte! Dieses Gebäude hier könnte das althergebrachte Dorfzentrum wieder komplettieren. Es könnte der Gemeinde einen Ort der Zusammenkunft bieten –«

»Entschuldigen Sie, dass ich Ihren Vortrag schon wieder unterbreche.« Marie schickte sich zum Gehen an. »Aber soweit ich weiß, hat die Brauerei doch jahrelang einen Käufer gesucht, ohne jemals einen zu finden. Ist das nicht allein schon der Beweis, dass es sich nicht lohnt, in dieses Gebäude zu investieren? Und, wenn Ihnen so viel daran liegt, warum haben Sie es dann nicht selbst gekauft?«

»Warum wohl? Über solche Summen verfüge ich einfach nicht.«

»Tja. Also ich gehe jetzt wirklich, sonst verpasse ich meinen Termin.«

»Warten Sie.« Dr. Heinrich ging zum Tisch, an dem Marie zuvor gesessen hatte und reichte ihr das Tagebuch. »Wenn Sie mir schon nicht zuhören wollen, nehmen Sie wenigstens das Tagebuch mit. Lesen Sie noch ein bisschen darin. An die alte Schrift werden Sie sich gewöhnen.«

Marie fand die Bank mit Hilfe ihres Handys in einer Passage, die ansonsten vornehmlich aus kleineren Läden bestand. Sie betrat den Schalterraum, der in kühlen, klaren Linien gehalten war. Hier hatte man wohl erst kürzlich alles neu gemacht, mit viel Glas, wenig Personal, Bankautomaten und Stehtischen mit Flyern, die wie Inseln in den großzügigen Raum gesetzt waren. Es befanden sich momentan offensichtlich nur zwei Kunden in der Halle, und eine Weile suchte sie vergeblich nach Mitarbeitern. Schließlich tauchte wie aus dem Nichts doch noch ein junger Mann in Designeranzug mit gegelter Kurzhaarfrisur auf und steuerte auf sie zu. Allerdings erschien er ihr viel zu jung für einen Banker, er hätte genauso gut ein Schüler oder Student sein können. Bestimmt war er Azubi und beauftragt, sie zu ihrem Ansprechpartner zu bringen. Aber sie irrte sich. Auf seinem Namensschild las sie *Jakob Bertl*, so stellte er sich auch vor: »Mein Name ist Herr Bertl, Sie müssen Frau Fischer sein. Darf ich Sie zu meinem Office begleiten?«

Marie empfand es etwas befremdlich, dass er *Office* sagte, obwohl sie das von John gewohnt war. Aber John war Amerikaner und außerdem kein junger Schnösel, der gerade einmal den ersten Flaum auf dem Kinn hatte. Sie folgte ihm, leicht misstrauisch, einem noch nicht einmal richtig dem Jungenalter Entwachsenen in finanziellen Belangen ausgeliefert zu sein. Andererseits musste er ja nichts anderes tun, als ihr die Sparbücher und Kontovollmacht ihrer Großmutter auszuhändigen. Das würde er ja wohl hinbekommen.

Allerdings täuschte sie sich. Der junge Mann entpuppte sich als genauso professionell wie sein überaus modernes und geschmackvolles Büro. Ein schmales Notebook zierte einen gläsernen Schreibtisch, eine schwarze Ledermappe lag daneben. Er wies ihr galant, aber keineswegs übertrieben, einen freien Ledersessel zu und nahm ihr gegenüber Platz.

Er ließ sich ihren Ausweis und die nötigen Papiere zeigen, öffnete die Mappe und legte zwei Sparbücher, einen Ausdruck mit Kontodaten und zwei weitere Dokumente, die bereits ausgefüllt waren, vor sie hin. Mit einem Kugelschreiber mit Banklogo wies er auf die Stellen für ihre Unterschriften. Nachdem sie diese getätigt hatte, erklärte er ihr unaufdringlich, die Bank könne sie gerne beraten, wie sie die nicht ganz unerheblichen Summen sinnvoll anlegen könne. Sie stimmte mit ihm überein, dass Sparbücher und gut ausgestattete Konten für zeitgemäße Geldanlagen nicht unbedingt das Maß aller Dinge waren.

Dann warf sie einen Blick auf die Kontoauszüge und in die Sparbücher. Sie erschrak, als sie erkannte, welche Summe ihre Großmutter ihr vererbt hatte.

HIRSCHZELL
Sommer 1806

Crescentia hatte das feine Kleid, ihren Sonntagsstaat, seit dem Kirchgang schon zweimal unten in der Wertach gewaschen. Jetzt war endlich alles sauber und trocken, aber sie war immer noch nicht zufrieden. Das Kleid war widerspenstig. Die richtigen Stellen wollten einfach nicht glatt werden, es war zum Verzweifeln. Sie nahm ein feuchtes Tuch, öffnete damit die Klappe des Kasteneisens, zog die eiserne Platte heraus, legte sie auf den Herd und wartete, damit sie wieder richtig heiß wurde. Der Herd war etwas Besonderes und der einzige seiner Art im ganzen Dorf. Niemand sonst hatte eine dieser neumodischen Erfindungen, mit gusseiserner Platte und Wänden aus Eisen. Selbst die Hauserin des Pfarrers musste noch auf dem offenen Herdfeuer kochen. Großvater hatte das teure Stück aus einem der napoleonischen Kriege auf dem Handkarren nach Hirschzell gebracht und nie ein Wort darüber verloren, woher er es hatte. Alle Dorfbewohner mutmaßten, der Herd sei Beutegut. Marie hatte nur wenige Erinnerungen an ihren Großvater, der aus einem der Kriege, in die er ziehen musste, nicht mehr zurückgekehrt war. Sie wusste aber, dass sie ihn als Kind sehr geliebt hatte, ihn bewundert hatte, wenn er in seiner schicken Uniform am Tisch saß und sie auf seinen Schoß kletterte und ihre Wange an seinen Bartstoppeln rieb, bis ihr Gesicht brannte.

Nun gemahnte sie sich selbst zur Ruhe. Aber sie war einfach zu aufgeregt. Noch heute würde Ludwig aus München zurückkommen. Sie konnte es kaum erwarten, ihn endlich wiederzusehen. Zwar hatte er keinen ihrer Briefe beantwortet, obwohl sie ihm zuletzt auch geschrieben hatte, dass sie vielleicht ein Kind von ihm erwartete. Sie hatte gehofft, er würde antworten, wie sehr er sich darauf freute. Aber natürlich hatte er zum Schreiben weder die Zeit noch die Gelegenheit.

Übermorgen ist die Hochzeit. Wenn sie daran dachte, klopfte ihr Herz so laut, dass sie es hören konnte.

Sie holte die Platte aus dem Feuer und schob sie zurück ins

Kasteneisen. Das feine Kleid lag auf dem Tisch, sie rückte es zurecht und schob das heiße Kasteneisen über den Stellen hin und her, die noch nicht glatt geworden waren. Es qualmte und zischte. Rasch befeuchtete sie das Tuch erneut und legte es auf den Stoff. Sie wollte bloß kein Loch hineinbrennen. Das würde nicht nur das schöne Kleid ruinieren. Es bedeutete auch Unglück.

»Crescentia!«

Crescentia seufzte und setzte das Platteneisen zurück auf den Herd. Sie war dankbar, dass es die Großmutter gab. Sie war ihre Familie, denn außer ihr und dem tumben Knecht hatte sie niemanden mehr. Allerdings konnte die alte Frau eine ziemliche Plage sein, ständig kommandierte sie einen herum und es war sehr schwer, wenn nicht gar unmöglich, ihr etwas recht zu machen.

»Crescentia!« Der schrille Ruf erklang zum zweiten Mal. Er kam vom Schuppen, in dem die Ziegen gehalten wurden.

Sie warf einen skeptischen Blick auf ihr feines Kleid und ging dann nach draußen, um die Ungeduld ihrer Großmutter zu besänftigen. Sie stand vor dem Hühnerstall und klopfte mit ihrem Gehstock gegen ein loses Holzbrett. Als sie Crescentia sah, schimpfte sie sofort los:

»Muss man dir denn alles erst auftragen? Du hast doch selbst Augen im Kopf und kannst sehen, dass das Brett wieder festgemacht werden muss.«

»Nein, Großmutter. Ich habe es nicht gesehen. Es ist auch die Aufgabe vom Johann, sich um diese Sachen zu kümmern.«

Die Großmutter schnaubte verächtlich: »Der ist dümmer als Bohnenstroh. Selbst, wenn der Hühnerstall schon auseinandergefallen ist, merkt er es erst, wenn du ihn herführst und mit der Nase draufstößt.«

Crescentia schob das Brett zurück in die Schuppenwand. Sofort schimpfte die Großmutter wieder los:

»So stellst du dir das also vor! Nichts kannst du gescheit machen! Kommt ein Windhauch und alles ist wieder so wie vorher.«

»Großmutter, ich kümmere mich ein andermal um das Brett. Ludwig wird jeden Augenblick kommen. Übermorgen ist doch die Hochzeit. Das hast du aber nicht vergessen?«

»Meine Knochen sind alt, aber mein Gedächtnis nicht. Und du weißt, dass ich dagegen bin. Wenn wir einen Vormund hätten, würde er dir diese Heirat verbieten.«

»Großmutter, nur Witwen haben einen Vormund.«

Die Großmutter schwieg einen Moment mit zusammengekniffenen Lippen, als wüsste sie es besser. Dann stützte sie sich auf ihren Stock, bedachte ihre Enkelin mit einem misstrauischen Blick und krächzte: »Ich weiß. Du bist noch keine Witwe. Du bist eine Jungfrau. Oder etwa nicht?«

Nun war es Crescentia, die zunächst schwieg, bis es schließlich aus ihr herausbrach: »Ich habe nie verstanden, warum du gegen die Hochzeit bist. Du solltest froh sein. Ludwig ist aus einer angesehenen Familie, und endlich ist dann wieder ein richtiger Mann hier auf dem Hof. Johann ist ein lieber Kerl, aber er ist zu vielem einfach nicht zu gebrauchen.«

»Ein richtiger Mann.« Die Großmutter sagte dies verächtlich. »Natürlich sind die Grafs auf unseren Hof scharf. Es ist einer der besten Höfe im ganzen Ort und durch die Heirat mit dir wird er ihnen gehören.«

Crescentia versuchte, vernünftig zu klingen: »Werden nicht alle Ehebande aus diesem Grund geschlossen? Dass sich nicht nur Mann und Frau, sondern auch Haus, Hof und Äcker vereinen?«

Die alte Frau hörte ihr gar nicht richtig zu. »Weißt du, was seit Generationen in unserer Familie mit den *richtigen Männern* stets geschehen ist? Sie zogen in den Krieg, wollten Helden sein und kamen nicht mehr heim. Meine Mutter, ihre Mutter und deren Mutter – alle wurden durch die Kriege zu Witwen gemacht. Das ist der Fluch unserer Familie.«

Crescentia wollte etwas erwidern, als sie wieder eine Welle der Übelkeit überkam. Ihr Leib krampfte, und von einem Moment auf den anderen wurde ihr speiübel. Rasch hastete sie hinter den Hühnerstall, wo sie sich würgend übergab.

Am nächsten Morgen überkam sie die Übelkeit in der Stube und sie schaffte es gerade noch nach draußen hinter das Haus. Als sie zurückkam, spürte sie den Blick der Großmutter. Das wissende

Schweigen der alten Frau wog schwerer als ihre sonstigen Vorwürfe oder Schelten.

Heute, am Tag vor der Hochzeit, wusste Crescentia kaum, wie sie ihre Aufregung zügeln konnte, und sie zweifelte, ob ihre seit zwei Wochen immer wiederkehrende Übelkeit nicht vielleicht davon kam. Immer wieder kehrte sie nach dem Verrichten der täglichen Arbeiten im Stall und im Haus zu ihrer Aussteuertruhe zurück und sortierte Geschirr, Töpfe und Kleidungsstücke um. Ihre Nervosität stieg mit jeder verstreichenden Stunde. Ludwig hätte bereits am Abend zuvor aus München zurückkehren sollen. Und jetzt ging es auf den Mittag zu und er war immer noch nicht da.

»Der kommt nicht mehr«, krächzte die Großmutter, und es klang so, als wollte sie sagen, ich habe es ja schon immer gewusst.

Als das gemeinsame Mittagsmahl zu Ende war, verwandelte sich Crescentias Aufregung in Verzweiflung. »Und wenn ihm unterwegs etwas zugestoßen ist?«, sprach sie mit zittriger Stimme mehr zu sich selbst als zur Großmutter. »Oder wenn sie ihn einfach nicht gehen lassen, weil er in den Krieg ziehen muss?«

»Der will sich bloß ums Brautgeld drücken, das er mir bezahlen müsste«, schimpfte die alte Frau. »Ein Wirtssohn, der nichts hat und nichts taugt. Das ist er.«

»Großmutter, die Grafs sind Bauern wie wir. Sie haben eben noch eine Wirtschaft dazu. Ludwig taugt ganz viel. Das weiß ich viel besser als du.«

»Und wozu taugt er? Dich vor der Hochzeit zu schwängern?«

»Großmutter!« Crescentia hob erschrocken die Hand vor den Mund. »Was sagst du da?«

»Ich hab doch Augen im Kopf! Mir kannst du nichts vormachen. Spuckst hinter den Stall und das Haus. Was soll das wohl sein?«

»Es ist bestimmt die Aufregung.«

»Unsinn. Aufregung. Und jetzt hat er sich davongemacht. Dich lässt er in Schande zurück. Du wirst schon sehen.

Crescentia erwiderte nichts darauf. Stattdessen lief sie nach draußen, weil sie Wagenräder gehört hatte. Vielleicht kam Ludwig mit dem Karren wie einst ihr Großvater? Enttäuscht musste sie feststellen, dass sie zwar ihre Ohren nicht getäuscht hatten, aber es war nicht Ludwig, der den Karren vor sich herschob und nun ächzend abstellte, sondern Johann, ihr tumber Knecht.

»Ach, du bist es bloß«, murmelte Crescentia enttäuscht.

Johann versuchte, etwas zu erwidern, aber er war so gut wie stumm und statt Worten kamen nur unverständliche, gepresste Laute hervor, die klangen, als hätte er einen Knebel im Mund.

Den Knebel hat er im Kopf, hatte die Großmutter dazu immer gesagt.

»Danke, dass du den Karren gebracht hast.« Crescentia zeigte aufs Haus. »Jetzt musst du mir noch helfen, die Brauttruhe aufzuladen. Sie steht in der Stube.«

Der Knecht folgte ihr stumm ins Haus. Gemeinsam hoben sie die Truhe hoch, trugen sie nach draußen und hievten sie auf den Wagen. Crescentia bedankte sich bei ihm und beschloss, zum *Wirt* zu laufen. Eine winzige Hoffnung hatte sich in ihr geregt: Bestimmt ist Ludwig schon nach Hause gekommen, aber er muss noch in der Wirtsstube helfen und hat deshalb noch keine Zeit gefunden, zu mir zu kommen.

»Entschuldigen Sie bitte, ist hier noch frei?«

Marie fuhr erschrocken hoch. War sie eingenickt? Das Tagebuch lag geöffnet auf ihrem Schoß. Sie klappte es zu. Ihre Stimme klang belegt: »Ja, natürlich, bitte, kommen Sie herein.«

»Vielen Dank.« Die alte Dame kämpfte mit ihrem Rollkoffer, der sich zwischen ihr und der gläsernen Schiebetür verkeilt hatte.

»Warten Sie, ich helfe Ihnen.« Marie legte das Tagebuch zur Seite, stand auf, befreite den Koffer und wuchtete ihn auf die Ablage.

»Haben Sie vielen Dank.« Die alte Dame trat ins Abteil und schob die Tür hinter sich zu. Sie zog ihren hellbraunen Mantel aus, hängte ihn an einen Haken unter der Gepäckablage und nahm gegenüber von Marie Platz. Sie war recht korpulent, mit einem rundlichen Gesicht und klugen Augen. Mit einem Taschentuch tupfte sie sich den Schweiß von der Stirn.

»Ist das eine Hitze heute! Und die Klimaanlage im Zug funktioniert auch wieder nicht. Vorgestern, als ich zu meiner Tochter fuhr, hat sie nicht gekühlt, sondern geheizt. Können Sie sich das vorstellen?«

Marie lächelte höflich. »Die Klimaanlagen der Deutschen Bahn sind nicht unbedingt für ihre Verlässlichkeit bekannt, das stimmt.«

Die alte Dame stöhnte: »Bei der Hitze sind meine Beine besonders empfindlich. Sie schwellen an und fangen an zu schmerzen.«

Marie nickte mitfühlend. Sie musste an einen Artikel denken, den sie über Gesprächsthemen gelesen hatte, die unterschiedliche Nationalitäten in Zügen führten. Angeblich unterhielten sich Amerikaner über ihren Verdienst und Besitz. Mein Haus, mein Auto, meine Jacht. Franzosen sprachen über das Essen und Italiener über Frauen. Von den Deutschen hieß es, bereits nach fünf Minuten wüsste jeder im Abteil alles über die Wehwehchen und Krankheiten, nicht nur aller Mitreisenden, sondern auch die ihrer Kinder, Ehegatten, Großeltern, Nichten und Neffen.

»Fahren Sie auch nach München?«

»Ja. Sie wohl auch?«

»Ich wohne in Obersendling. Mein Mann war bei Siemens, deshalb sind wir dahingezogen. Er ist ja schon vor acht Jahren gestorben und eigentlich ist mir das Haus mit dem Garten alleine zu groß. Aber man hängt doch sehr an so etwas, mit all den Erinnerungen. Und in München eine bezahlbare Wohnung zu finden, ist außerdem fast unmöglich.«

»Es ist schwierig, ja.«

»Wo wohnen Sie, wenn ich fragen darf?«

»Ziemlich zentral, in der Nähe der Isar.«

»Oh, wie schön. Da können Sie wunderbar spazieren gehen. Obwohl da ja manchmal richtige Völkerwanderungen unterwegs sind.«

»Da haben Sie recht. Ich jogge regelmäßig auf dem Uferweg. Es kann schon vorkommen, dass man in einen Stau aus Fußgängern und Radfahrern gerät.«

»Darf ich Ihnen sagen, dass Sie sehr nett sind?« Die alte Dame lächelte dankbar. »Wissen Sie, es gibt nicht viele Menschen, die sich gern mit einer alten Frau unterhalten. Ich rede ja auch viel zu viel. Sie müssen mir schon sagen, wenn Sie ihre Ruhe haben wollen.« Sie deutete auf das Tagebuch. »Sie haben gelesen?«

Marie nahm das Buch vom Sitz, legte es zurück auf ihren Schoß und strich mit der Hand über den Lederumschlag. »Ja, ich habe darin gelesen, auch wenn es mir schwerfällt, die Worte zu entziffern. Sie sind mit der Hand geschrieben und die Schrift ist Altdeutsch. Es ist ein altes Tagebuch.«

»Von Ihrer Mutter oder Großmutter?«

»Es ist älter. Vieles ist um das Jahr 1806 datiert. Und ob die Frau, die es geschrieben hat, mit mir verwandt ist, kann ich nicht sagen. Es ist möglich, aber ich weiß es nicht. Vielleicht finde ich es noch heraus. Aber eine Verwandtschaft wäre schon ein großer Zufall. Die Autorin ist einfach nur aus demselben Dorf wie meine Großmutter.«

»Nun ja, auf dem Land war früher ja nahezu jeder mit jedem verwandt. Ich stamme auch aus einem kleinen Dorf in der Nähe von Erlangen. Mehr als die Hälfte der Leute dort hörte auf den

Nachnamen *Neundorfer*. Die Ahnentafeln dort lesen sich recht eintönig.«

»Man hört, dass sie Fränkin sind.«

»Ja, bei uns Alten hört man es noch. Die Jungen betrachten es ja als rückständig oder sogar dumm, wenn jemand Dialekt spricht. Das ist schade, denn ich finde, damit geht ein großes Stück Kulturgut verloren. Ich finde, man sollte zu seinem Ursprung stehen und es auch zeigen. Ich persönlich tue das gerne.«

Die alte Dame ist sehr gebildet, dachte Marie. Allerdings war sie nun schon die zweite Person innerhalb kürzester Zeit, die vom Verlust von Kulturgut sprach, und mit dem Wort *Ursprung* streute sie Salz in eine offene Wunde Maries.

»Sie sind auch keine gebürtige Münchnerin«, stellte die alte Dame jetzt fest. »Aber Sie sprechen Hochsprache und verbergen damit Ihre Herkunft. Ihren Ursprung. Genauso gut könnten Sie aus Hamburg oder Berlin sein.«

Marie wollte darauf nichts zu erwidern. Und eigentlich wusste sie auch gar nicht, was sie dazu hätte sagen sollen. Was war denn ihre Herkunft? Ihre Eltern, von denen sie inzwischen herausgefunden hatte, dass es gar nicht ihre leiblichen Eltern waren? Sie war ein weggegebenes Kind. Man hatte sie mitsamt ihren Wurzeln aus dem Boden gerissen und den kläglichen Versuch unternommen, sie an einem anderen Ort wieder einzupflanzen. Musste sie jetzt gerade feststellen, dass dabei ihre Wurzeln verfault waren? Genetisch gesehen, war möglicherweise dieses Kaff, von dem sie gerade kam, ihr Ursprung. Das Dorf mit dieser heruntergekommenen Wirtschaft, die ihr mit ihrem Arbeitsauftrag nicht nur Kopfzerbrechen bereitete, sondern mehr und mehr auch ein schlechtes Gewissen.

»Jetzt habe ich Sie in Grübeln gebracht. Darf ich fragen warum? Die Frage, woher man ursprünglich kommt, ist doch normalerweise sehr einfach zu beantworten.«

Normalerweise, dachte Marie. Aber ganz bestimmt war sie nicht bereit, vor einer Wildfremden ihr Seelenleben auszubreiten, sei diese auch noch so nett und freundlich. Also wählte sie die Version, die sie bis vor Kurzem noch für die gültige Wahrheit gehalten hatte.

»Nein, Sie haben mich nicht ins Grübeln gebracht«, log sie. »Aber ich wurde tatsächlich in München geboren, auch wenn man mir das nicht anhört. Vielleicht liegt das an meinen Eltern. Sie stammten ursprünglich aus einem kleinen Allgäuer Dorf, zogen von dort in die Großstadt. Zumindest meine Mutter wollte wohl nicht als Bauernmädchen abgestempelt werden, also trainierte sie sich Hochdeutsch an. Bis sie merkte, dass das bei richtigen Münchnern noch weniger ankommt, war es schon zu spät, und ich war sozusagen hochdeutsch aufgewachsen.«

»Jetzt haben Sie einmal in der Vergangenheit und einmal in der Gegenwart gesprochen. Daraus schließe ich, dass Ihre Eltern nicht mehr leben, in Ihrer Erinnerung aber noch sehr lebendig sind.«

Marie musste schlucken. Das lange Siechtum der Stiefmutter drängte sich in ihr Bewusstsein, ebenso wie die Frage, ob es der Inhalt dieses Briefes war, den sie ihr hatte offenbaren wollen. Sie sagte: »Sie haben recht. Meine Eltern sind beide vor fünf Jahren gestorben. Aber natürlich sind sie in meiner Erinnerung ständig gegenwärtig.«

»Das tut mir leid. Wobei, ist es nicht schön, wenn zwei Menschen, die ihr Leben zusammen gelebt haben, sozusagen auch zusammen sterben?« Die alte Dame seufzte. »Das habe ich mir immer erträumt, aber Hans wollte wohl früher gehen.« Sie fügte hinzu: »Hans ist der Name meines Mannes.«

Marie nickte. Die alte Dame und sie waren wohl nicht die typischen Deutschen, die über ihre Krankheiten sprachen. Sie sprachen über die Toten.

»Sie grübeln schon wieder.« Die alte Dame deutete auf das Tagebuch. »Ist es das, was Sie so sehr beschäftigt?«

Wieder war Marie im Zwiespalt, ob sie die Wahrheit oder das, was möglicherweise die Wahrheit war, mitteilen sollte. Und erneut entschied sie sich dagegen. »Das meiste in diesem Tagebuch kann ich nicht lesen. Diese altdeutsche Schrift ist beinahe wie Chinesisch für mich.«

»Darf ich mal?« Der Zeigefinger der alten Dame wies auf das Buch. »Ich kann altdeutsche Schrift gut lesen.«

Marie zögerte. Doch dann nickte sie und reichte der alten Dame das Tagebuch.

HIRSCHZELL
1806

Crescentia hatte den ganzen Tag lang im Brautkleid auf ihren Bräutigam gewartet. Doch er kam nicht.

Das halbe Dorf war Zeuge ihrer Schmach, der sitzengelassenen Braut, geworden, denn alle Hochzeitsgäste hatten nicht nur in und vor der Kirche gewartet, sondern waren danach auch noch zum *Wirt* gezogen, wo im Garten unter den alten Kastanien die Feier stattfinden sollte. Bis zuletzt hatte sie gehofft, gleich würde er auftauchen, in seiner schicken Uniform, im Laufschritt, außer Atem, weil er wusste, dass alle auf ihn warteten, oder gar auf einem Pferd in vollem Galopp.

Warum war der Bräutigam nicht erschienen? Niemand schien etwas zu wissen, weder der Brautvater noch Verwandte oder Freunde. Aber alle redeten hinter vorgehaltener Hand, und bald gab es im Dorf jede Menge Gerüchte, von denen Crescentia aber nichts wissen wollte.

Sie war verzweifelt. In ihrer schlimmsten Vorstellung war Ludwig in den Krieg gezogen. Hatte er nicht damit geprahlt, er wollte ein Held sein und mit einem Orden an der Brust zurückkehren?

Die Großmutter war keine Hilfe. Im Gegenteil, sie schürte Crescentias Verzweiflung noch mit Vorwürfen und Behauptungen, sie hätte es schon immer gewusst, Ludwig Graf sei ein Blender und Weiberheld, der nichts Besseres im Sinn habe, als sie zu schwängern und sie dann sitzenzulassen. Überhaupt sei die Graf-Sippe eine Schande für das ganze Dorf, und sie würde überall die Wahrheit verbreiten, nämlich, dass der Vater ein Säufer war und der Sohn ein wertloser Lügner und Betrüger.

Crescentia konnte bald nicht mehr zuhören, in Tränen aufgelöst rannte sie vom Hof. Erst, als sie vor dem *Wirt* stand, erkannte sie, wohin sie gelaufen war. Eine Weile stand sie einfach da und dachte, während sie auf den Eingang starrte, *ich gehe da jetzt hinein, Ludwig steht hinter der Theke und alles wird gut.*

Aber nicht Ludwig war es, der mit einem Tuch einen Bierkrug bearbeitete, sondern sein Vater, der alte Graf. Als sie vor ihm stand und ihn erneut fragte, ob er nicht irgendetwas über den Verbleib seines Sohnes wisse, schien er ihrem Blick auszuweichen. Wieder stiegen Crescentia die Tränen in die Augen. Sie schluchzte:

»Ihr müsst es mir sagen! Ist er in den Krieg gezogen und gefallen? Ist er tot?«

Der alte Graf schüttelte den Kopf, ohne ein Wort zu sagen. Crescentia verspürte den Drang, ihn am Kragen zu packen und durchzuschütteln, damit er endlich zu ihr sprach, ihr die Wahrheit sagte. Sein Schweigen bestärkte sie nur in ihrer Befürchtung, Ludwig sei in einer Schlacht, in die er gezogen war, getötet worden. Verzweifelt rief sie:

»Ihr steht nur da und sagt nichts und wisst es doch genau, dass Ludwig nicht kommen kann, weil er im Krieg gefallen ist! Aber Ihr müsst es mir doch sagen!«

Der alte Graf stellte den Krug ab und kniff die Augen zusammen. Sein Ton war abweisend: »Ich weiß genauso wenig wie du. Nämlich gar nichts. Ludwig ist nicht zur Hochzeit gekommen. Er wird seine Gründe haben.«

»Gründe? Was denn für Gründe?«

Der alte Graf griff nach einem neuen Krug und wischte darauf herum: »Gründe halt. Tu nicht so. Du weißt doch ganz genau, was für welche.«

»Nein, weiß ich nicht!« Crescentias Ruf hallte durch die leere Gaststube. »Was wollt Ihr damit sagen?«

»Nichts.« Der alte Graf drehte sich abrupt weg. Für ihn war das Gespräch beendet.

Crescentia stand wie erstarrt da. Ihr Mund öffnete sich und schloss sich wieder. Doch sie brachte kein Wort heraus. Schließlich stolperte sie, blind vor Tränen, aus dem Schankraum und rannte zurück.

Die Großmutter stand, auf ihren Stock gestützt, auf dem Hof und streute Küchenabfälle zwischen die Hühner, die aufgeregt danach pickten. Sie hatte Crescentias Verzweiflung, ihre Tränen und ihr ständiges Fragen von sich abgeschüttelt wie ein nasser Hund und nur einmal mit bitterer Stimme ihre Vorwürfe gegen sie und die Familie Graf gekrächzt. Crescentia musste ihre Frage mehrmals wiederholen, bevor die Großmutter schließlich, ohne sich von den Hühnern abzuwenden, mit einer Gegenfrage antwortete:

»Warum willst du wissen, wer die anderen sind, die eingezogen wurden? Was soll das bringen?«

Crescentia versuchte, ihr Schluchzen zu unterdrücken: »Weil mir vielleicht einer von denen sagen kann, was mit Ludwig passiert ist.«

»Was soll mit ihm passiert sein? Er hat dich sitzenlassen, weil du ihm ein Kind anhängst. Er nimmt sich eine andere, die nicht so blöd ist wie du.«

»Großmutter, ich hänge ihm kein Kind an! So kannst du das doch nicht sagen! Wer sagt denn überhaupt, dass ich schwanger bin?«

»Ich sage es. Und du weißt es auch. Du warst mit Ludwig zusammen und dann hast du den guten Krug zerbrochen. Dein schlechtes Gewissen hat ihn fallen lassen. Und jetzt speist du dir jeden Morgen die Seele aus dem Leib. Warum wohl?«

»Großmutter! Ludwig ist doch kein Mensch, der einfach ohne ein Wort verschwindet. Du kennst ihn nicht. Aber ich!«

»Die ganze Graf-Sippschaft taugt nichts. Das habe ich dir schon immer gesagt. Ich habe dich gewarnt. Aber du wolltest ja nicht auf mich hören. Stattdessen lässt du dich von diesem Taugenichts schwängern.«

Crescentia schnappte nach Luft und für einen Moment wusste sie überhaupt nicht, was sie sagen sollte. Was die Großmutter da behauptete, war doch nur bösartiges Geschwätz. *Sie wird immer mehr zu einer bösen alten Hexe.* Kaum war ihr dieser Gedanke durch den Kopf gegangen, hob sie erschrocken die Hand vor den Mund. So etwas durfte sie nicht einmal denken. Sie ließ die Hand wieder sinken und murmelte:

»Bitte, hör auf zu schimpfen und sage mir lieber, wer die anderen sind.«

»Was?« Die Großmutter hörte auf, die Hühner zu füttern, tat aber so, als hätte sie nichts verstanden.

Crescentia verscheuchte ein Huhn, das ihr in den Fuß pickte, und wiederholte: »Bitte, sage mir die Namen der anderen aus Hirschzell, die eingezogen wurden. Du weißt doch immer alles, was es im Dorf zu wissen gibt.«

Die alte Frau wandte sich wieder den Hühnern zu, verstreute weiter die Essensreste und murmelte dabei, als spräche sie nicht zu Crescentia, sondern zum Federvieh. Dabei machte sie Pausen, wie zum Gedenken von Toten:

»Arnold Andreas.
Betz Johann und Simon.
Kuile Thomas.
Reitemann Joseph.
Rösele Sebastian und Josef.«

»Danke, Großmutter.«

Crescentia hatte beschlossen, sie würde nicht aufgeben, bis ihr irgendjemand etwas über den Verbleib ihres Verlobten sagen konnte. Also machte sie sich auf, um jede einzelne Familie der Genannten zu befragen.

Sie ging auf die Felder, in die Ställe und Häuser der Familien und befragte alle, die sie finden konnte, aber niemand war in der Lage, Auskunft über Ludwigs Schicksal zu geben, oder wollte dies tun. Die Bäuerin Arnold erzählte ihr stolz, dass ihr Sohn Andreas im Husarenregiment diente, Vater Betz gab Auskunft, sein Sohn sei im 3. Infanterieregiment, und Thomas Kuile im 5. Jägerregiment. Joseph, der eine Sohn vom Bauer Rösele, war bei der Artillerie, und Bastl, sein Bruder, bei einer anderen Einheit, aber der Vater, der nur noch einen Arm hatte und gerade im Stall arbeitete, sagte verbittert:

»Der Krieg holt sie alle, schau mich an. Er holt sie sich ganz oder in Stücken. Einen Leib, eine Seele, ein Arm, ein Bein.«

»Ludwig war voller Stolz, dass er unserem Baiernland dienen kann«, erwiderte Crescentia, »er wollte mit einem Orden an der Brust zu unserer Hochzeit kommen, doch jetzt ist er gar nicht gekommen und ich weiß nicht, was mit ihm ist.«

»Ich wollte Bastl und Josef nicht ziehen lassen«, antwortete der alte Bauer und lud Kuhmist in einen Karren, »aber sie sind einfach gegen meinen Willen gegangen, ich konnte sie nicht aufhalten. Aber ich war ja genauso, hab geglaubt, eine Schlacht ist etwas Heldenhaftes. Weißt du, was eine Schlacht in Wahrheit ist?«

Crescentia stiegen Tränen in die Augen, als sie den Kopf schüttelte.

»Eine Schlacht, ein ganzer Krieg, ist nichts weiter als sinnloses Gemetzel, Blut, Tod und Verderben. Wofür? Für den Ruhm irgendeines Königs oder Kaisers, der noch mehr Land erobern will, obwohl er schon genug hat? Ich sag dir, wer den Orden bekommt – nicht dein Ludwig. Napoleon bekommt ihn! Und an diesem Orden hängt mein rechter Arm, und daran klebt das Blut meiner Söhne und aller anderen.«

»Du meinst, Ludwig ist nicht zu unserer Hochzeit gekommen, weil er gefallen ist?«, rief Crescentia verzweifelt.

Der alte Bauer warf ihr einen mitleidigen Blick zu: »Vielleicht kommt er noch. Vielleicht kommen auch Bastl und Josef wieder. Aber dann sind sie anders.«

»Was meinst du damit? Anders?«

»Mir fehlt ein Arm. Irgendetwas fehlt jedem, der aus dem Krieg zurückkehrt.« Mit diesen Worten wandte sich der alte Bauer ab und begann wieder, Mist auf den Karren zu laden.

Als Crescentia am Abend erschöpft und ohne Hoffnung zurückkehrte, fand sie die Großmutter nicht wie gewohnt am Tisch in der Stube, sondern im Schlafgemach im Bett. Sie hatte die Augen geschlossen und es sah aus, als schliefe sie. Doch als Crescentia gerade wieder kehrtmachen wollte, um nicht zu stören, hielt sie die Stimme der alten Frau zurück:

»Crescentia, bleib hier, setz dich zu mir ans Bett.«

Sie wunderte sich über den milden Ton, tat aber, wie ihr geheißen, und fragte besorgt: »Geht es dir nicht gut?«

»Ich bin dreiundneunzig Jahre alt. Da wird der Herrgott wohl bald ein Einsehen haben und mich endlich heimholen.«

Crescentia erschrak. Sprach die Großmutter vom Sterben? Es stimmte, die alte Frau konnte einem das Leben richtig schwermachen, aber sie war schließlich ihre Großmutter! Und was würde sie tun, wenn sie allein auf dem Hof wäre, mit einem tumben Knecht, der zwar in der Seele gut war, aber leider auch dumm wie die Nacht und begriffsstutzig ohne Ende? Sie hatte doch sonst niemanden!

Die alte Frau sah sie jetzt an, ihr Blick war trüb. »Kind, ich weiß, ich bin ein verbittertes altes Weib. Und du hast es nicht leicht mit mir. Aber, seit alle außer dir tot sind, kann ich dem Leben nichts mehr abgewinnen. Fast alle Lieben sind gegangen und alles ist nur noch eine elendige Plackerei.«

»Großmutter, so darfst du doch nicht reden. Du wirst noch über hundert, und wo ich dir helfen kann, helfe ich dir –«

Die Stimme der alten Frau war nur ein heiseres Flüstern. »Kind, ich habe mich oft gefragt, was wir getan haben, dass der Herrgott uns in all den Jahren so schwer gestraft hat. Immer wieder gab es diese Unglücke. Der Tod liegt wie ein Fluch über unserer Familie.«

Crescentia neigte sich zu ihrer Großmutter, damit sie das leise Krächzen besser verstand.

»Ich muss dir viel erklären. Als Erstes muss ich dir sagen, warum ich gegen deine Hochzeit war. Es tut mir leid, dass ich so harsch sein musste, aber du wirst es verstehen. Mir blieb keine Wahl.«

Crescentia schüttelte energisch den Kopf: »Ludwig ist ein wertvoller, herzensguter Mensch. Er wird zurückkommen und dann werde ich seine Frau. Ich weiß auch nicht, was du damit meinst, dass immer nur Unglück über unsere Familie kommt. Wir haben doch ein gutes Leben. Unser Vieh gedeiht und alles wächst, wie es wachsen soll. Schon lange hat kein Unwetter mehr unsere Ernte vernichtet. Uns geht es gut –«

»Kind, hör mir zu. Ich habe es dir nie erzählt, damit du dir keine Gedanken machst. Ich wollte dich beschützen. Aber jetzt musst du alles erfahren. Am Anfang steht immer die Sünde. Du weißt, dass ich nie etwas auf das Pfaffengeschwätz gegeben habe, denn ein Pfaffe weiß am wenigsten etwas über das wahre Leben. Fest steht aber, dass, soweit ich denken kann, alle Frauen unserer Familie gesündigt haben und dafür bestraft wurden. Du hast gesündigt –«

»Großmutter –«

»Still. Du hast gesündigt. Auch du bist ein Kind der Sünde. Deine Mutter starb bei deiner Geburt und dein Vater ging sieben Tage vor der Hochzeit in den Krieg und kam nicht mehr zurück. Ich habe damals gesündigt, genauso wie meine Mutter und ihre Mutter davor. Das war unsere einzige Schwäche. Wir alle haben Mädchen geboren, und soweit ich zurückblicken kann, kam in unserer Familie nie ein Junge zur Welt, immer nur Mädchen. Starke Frauen gebären Mädchen, sagt man. Wir alle hatten gute Männer, die aber schwach waren. Träumer, die wie Schmetterlinge in unser Leben taumelten und von einem Windhauch wieder davongetragen wurden. Eine Ausnahme war vielleicht dein Großvater, aber auch er ist viel zu früh von uns gegangen. Crescentia, der Fluch unserer Familie ist es, dass alle unsere Männer sterben, kaum, dass sie in unserem Leben angekommen sind.

Und jetzt ist dasselbe auch mit dir geschehen. Komm näher zu mir, damit ich dir alles erzählen kann. Deine Mutter hieß Agnes –«

Marie hatte die letzten Tage abwechselnd am Rechner und am Telefon verbracht, um am Bildschirm ein neues Gebäude zu entwerfen und mit verschiedenen Baufirmen über die Abriss- und Baukosten zu sprechen. Nun waren ihre Arbeiten abgeschlossen. Sie schickte eine Datei mit den Plänen und der Kostenrechnung zu John, woraufhin dieser anrief und sie ins Büro zitierte. Anfangs hatte sie sein befehlsgewohnter Ton ziemlich verunsichert, weil sie dachte, er sei mit ihrer Arbeit nicht zufrieden. Doch sie merkte sehr rasch, dass er sehr schätzte, was sie tat, und seine Kommandostimme war wohl immer noch der Nachhall seiner Karriere bei der Army.

Sie druckte ihre favorisierte Version aus, rollte sie zusammen und steckte sie in eine Versandrolle. Dann verließ sie ihr Appartement und fuhr mit S-Bahn ins Büro, wo ihr Chef sie schon ungeduldig erwartete.

»Drei Stockwerke à fünfundzwanzig Räume, das macht nach Adam Riese fünfundsiebzig Wohneinheiten.« John liebte die Redewendungen der deutschen Sprache und ließ keine Gelegenheit aus, seinen wachsenden Fundus unters Volk zu streuen. Das ging manchmal allerdings schief, wenn er zum Beispiel Eulen nach Rom trug oder sich einen Geier statt eines Storchs briet, aber immerhin löste er damit des Öfteren allgemeine Heiterkeit aus.

Er pinnte Maries Plan mit Magneten an der Stellwand fest, strich ihn glatt und brummte zufrieden: »*Let's do it.* Ich denke, das wird dieser Brauerei auch gefallen. Ich schicke es gleich los. Hast du die ungefähren Gesamtkosten mit Abriss und Neubau auch schon überschlagen?«

»Der Kostenvoranschlag ist im zweiten Anhang der Mail, die ich dir vor einer halben Stunde geschickt habe.«

»Oh, dann habe ich das übersehen.« John machte sich an seinem Laptop zu schaffen. »Stimmt, hier ist es. Sieht ganz vernünftig aus. Guter Job, Marie, ich ernenne dich zur Mitarbeiterin des Monats. Jetzt hast du dir deinen Urlaub wirklich verdient.«

»Urlaub?« Marie war für einen Moment verwirrt.

»Ja, Urlaub. Auch wenn diese typisch deutsche Erfindung an sich meiner Arbeitsmoral widerspricht. Du hast ihn im März für die kommenden zwei Wochen eingereicht. Schon vergessen?«

»Natürlich nicht«, log Marie. Aber sie hatte tatsächlich überhaupt nicht mehr daran gedacht. Was ist los mit dir, Marie, dachte sie. Wie kann man so etwas vergessen?«

»Wohin geht es?«

»Balkonien.«

»Du hast zwei Wochen frei und willst zuhause herumsitzen?« John schüttelte gespielt ungläubig den Kopf.

Marie wollte gerade etwas erwidern, als Johns Telefon klingelte. Er ging hin und reichte dann den Hörer Marie.

»Für dich. Ein Dr. Heimlich oder so ähnlich.«

Marie verdrehte die Augen und langte nach dem Telefon. Was wollte diese Nervensäge schon wieder von ihr? Wobei *Heimlich* natürlich gut war. Sie meldete sich mit abweisendem Ton:

»Fischer.«

»Heinrich, hier.«

»Woher haben Sie denn unsere Nummer?«

»Von der Brauerei. Die wusste selbstverständlich, welchem Büro sie den Auftrag gegeben haben.«

»Aha. Und was wollen Sie jetzt von mir?«

»Ich muss Ihnen unbedingt etwas zeigen.«

»Hier am Telefon?«

Er lachte. »Nein. In Hirschzell. In der *Sonne*.

»Herr Dr. Heinrich! Das Projekt *Sonne* ist abgeschlossen. Ab jetzt hat mein Büro nichts mehr damit zu tun.«

Für einen Moment herrschte Schweigen am anderen Ende. Gerade, als Marie dachte, er hätte aufgelegt, sprach er weiter: »Sie müssen aber unbedingt kommen. Was ich entdeckt habe, ist einfach sensationell! Es tut mir natürlich leid für Sie, aber meine Entdeckung könnte ihre gesamten Abrisspläne über den Haufen werfen.«

Marie seufzte: »Und was, bitte, ist es Großartiges, was sie entdeckt haben?«

»Das sage ich Ihnen nicht am Telefon. Sie müssen schon herkommen.«

»Kein Interesse. Auf Wiederhören.« Marie legte auf.

Schlesien
1745

Agnes rutschte unruhig auf der Kirchenbank umher. Der Priester wollte mit seiner Predigt einfach nicht zum Ende kommen. Wiederholt spürte sie den mahnenden Blick der Mutter, aber es gelang ihr einfach nicht mehr, stillzusitzen.

»Das meinte ich, wenn ich gesagt habe, dass Gott dem Pharao zeigt, was er vorhat.« Die Predigt des Pfarrers erreichte gerade ihren dramatischen Höhepunkt, doch Agnes mit ihren fünf Jahren verstand kaum etwas von dem, was er sagte.

»Siehe, sieben reiche Jahre werden kommen in ganz Ägyptenland. Und nach ihnen werden sieben Jahre des Hungers kommen, so dass man vergessen wird alle Fülle in Ägyptenland. Und der Hunger wird das Land verzehren, dass man nichts wissen wird von der Fülle im Lande vor der Hungersnot, die danach kommt; denn sie wird sehr schwer sein. Dass aber dem Pharao zweimal geträumt hat, bedeutet, dass Gott solches gewiss und eilends tun wird.«

»Mama, was ist Ägypten?«, fragte sie, doch die Mutter wies sie flüsternd zurecht, sie solle bloß still sein und die schöne Predigt des Herrn Pfarrers nicht stören. Sie selbst lauschte gebannt den Worten, die nun immer lauter und drängender von der Kanzel herabschollen. Sie hieß Magda, war eine stämmige, zähe Frau mit dichtem dunklem Haar, einem energischen Kinn und festem Blick aus grauen Augen. Zum sonntäglichen Kirchgang trug sie ihr Feldgewand, weil sie nichts anderes mehr hatte.

War es nicht genauso gewesen, wie es der Pfarrer gerade predigte und wie es in dem Buch Mose geschrieben stand? Sieben reiche Jahre und darauffolgend sieben Jahre des Hungers?

Sie waren leibeigene Bauern auf einem einst großen Hof gewesen, der nicht weit vom Dorf am Rand einer Hügelkette lag. Es gab fruchtbares Weide- und Ackerland, das Vieh gedieh prächtig und die Ernten fielen so gut aus, dass ihnen trotz aller Abgaben an den Grundherrn und des Kirchzehnten immer noch mehr als genug zum Leben blieb. Die Leibeigenschaft und die

Schollenpflicht aber waren der Stachel im Fleisch ihres Mannes Gerolf. Bald schloss er sich heimlich einer Gruppe Gleichgesinnter an, die sich die Befreiung der Bauern auf die Fahnen geschrieben hatten.

»Was willst du denn erreichen?«, hatte Magda ihn wiederholt gefragt. »Man darf sich doch nicht gegen den Gutsherrn auflehnen!«

»Ich erkenne nur einen Herrn an und das ist unser allmächtiger Herrgott. Ich will frei sein und kein Sklave. Dafür muss ich kämpfen!«

»Du bringst uns nur Unglück! Uns geht es doch gut! Wir haben alles, was wir zum Leben brauchen, sogar mehr als genug! Wie viel Freiheit willst du denn noch?«

»Das verstehst du nicht«, hatte Gerolf geknurrt. »Uns geht es gut, ja, aber vielen anderen nicht. Die Bauern nagen am Hungertuch und verbluten an den Abgaben. Das darf man nicht länger hinnehmen!«

Eines Nachts bewaffneten sie sich mit Mistgabeln und Dreschflegeln und zogen gegen den Gutsherrn. Es kam, wie es kommen musste. Die sieben fetten Jahre, in denen auch Agnes geboren wurde und sie nie Hunger leiden mussten, waren vorüber. Gerolf wurde gefasst und in den Kerker geworfen. Sie verloren alles und Magda musste mit Agnes fortan in einem Verschlag leben, die niedrigsten Arbeiten verrichten und ihr Essen täglich erbetteln.

Dann kam der Krieg zurück. Sieben reiche Jahre, sieben Jahre Krieg. Magda verstand nicht, worum es ging, sie sah nur, wie die Bauern ihr Vieh an den Krieg verloren; und dann gab es bei Liegnitz eine große Schlacht, und dort verlor sie Gerolf, ihren Mann. Sie hatten die Kerker geleert und die Sträflinge als Kanonenfutter in die Schlacht geschickt.

»Sieben reiche Jahre, sieben Jahre Hunger!«, predigte der Priester von der Kanzel herab und begann ohne Übergang, vom Paradies zu schwadronieren und darüber, wie Eva Adam den Apfel reichte und damit die Vertreibung aus dem Garten Eden besiegelte.

So hast du uns aus dem Paradies vertrieben, murmelte Magda in Gedanken an ihren Mann Gerolf. *Der Apfel, in den wir gebissen haben, war dein Wunsch, frei zu sein.* In diesem Moment im Gottesdienst zerbrach endgültig etwas in ihr und sie fasste einen Entschluss.

»Mama, ich habe Hunger«, flüsterte die Kleine.

»Komm«, sagte Magda mit fester Stimme. Sie nahm Agnes' Hand und führte sie unter den Blicken und dem Gemurmel der Kirchgänger hinaus.

Magda stand mit Agnes an der Hand vor dem Gotteshaus. Sie verspürte die unbändige Sehnsucht, all dies hinter sich zu lassen, die Armut, den Hunger, den Tod des geliebten Mannes, genauso wie die guten Jahre, die sie gehabt hatten, da sie schon lange vorüber waren und die Erinnerungen daran nur noch Wehmut in ihr hervorbrachten.

Sie blickte nach Norden, dort türmten sich dunkle Wolken und die Rauchfahnen des Krieges stiegen in den Himmel.

»Komm«, sagte sie erneut zu Agnes. Sie wandten sich nach Süden.

Es war eine gefährliche Reise. Sie folgten zunächst der Handelsstraße, auf der auch die Postkutschen fuhren, aber natürlich konnten sie sich eine Kutschfahrt nicht leisten. Bald musste Magda einsehen, dass sie abseits der großen Straße besser aufgehoben waren, zu oft waren sie Gesindel begegnet, das wer weiß was von ihr denken und mit ihr anstellen konnte. Hunger war ihr ständiger Begleiter, die Beeren und wilden Früchte, die sie im Wald neben der Straße fanden, konnten sie kaum satt machen.

Magdas Ziel waren die großen Höfe, auf denen sie hoffte, für sich und Agnes eine Bleibe zu finden. Sie war bereit, hart für ihr tägliches Brot zu arbeiten. Es war Sommer, und Arbeit gab es auf den Feldern doch immer genug. Aber die zwei Höfe, die sie unterwegs in den ersten Tagen fand, waren von Soldaten besetzt. Sie traute sich nicht in deren Nähe und zog mit Agnes weiter. Im Laufe der darauffolgenden Woche sah sie drei gebrandschatzte Höfe, auch hier hatte der Krieg seine Spuren hinterlassen.

Sie schliefen im Wald, Magda bereitete Agnes ein Lager aus Blättern und deckte sie mit der Pferdedecke, die sie noch hatten, zu. Sie selbst schlief meist im Sitzen, an einen Baum gelehnt. Oft raubte ihr die Furcht vor Räubern und wilden Tieren den Schlaf.

Eines Abends roch sie mitten im Wald Rauch, und wenig später sah sie zwischen den Bäumen Feuerschein. Sie gebot Agnes, sich nicht vom Fleck zu rühren und schlich näher. In einer Mulde saßen am Feuer ein Mann und eine Frau, zwei Kinder schliefen daneben auf dem blanken Waldboden. Eine Ziege war an einen Baum gebunden, Hühner gackerten in einem Korb. Bestimmt handelte es sich um Bauern, die mit ihrem letzten Hab und Gut vor dem Krieg geflohen waren. Wahrscheinlich stammten sie von einem der gebrandschatzten Höfe, an denen sie vorbeigekommen waren. Sie lief zurück und holte Agnes, die wie befohlen noch am selben Ort stand, an dem sie sie zurückgelassen hatte.

Als sie mit Agnes am Rand der kleinen Mulde stand, fuhren die beiden Erwachsenen erschrocken hoch. Magda sah die Furcht in ihren Augen. Der Mann hielt einen Knüppel schlagbereit erhoben, ließ ihn aber wieder sinken, als er erkannte, dass es nur Frau und Kind waren, die vor ihm standen. Trotzdem bebte seine Stimme, als er fragte:

»Seid ihr allein?«

Magda bejahte und trat mit Agnes an der Hand näher. Der Mann war klein und hager, mit tiefen Falten in seinem schmutzigen Gesicht. Er wirkte schwächlich, mit einem verhärmten Ausdruck in den grauen Augen. Die Frau schien das genaue Gegenteil, sie war groß und kräftig und hatte einen kämpferischen, trotzigen Zug um den Mund.

»Wo ist dein Mann?«, fragte sie barsch.

Magda erwiderte den argwöhnischen Blick der Frau ruhig.

»Er ist tot. Sie haben ihn in den Krieg geschickt und er ist nicht mehr zurückgekommen.«

»Und was willst du hier, allein mit dem Kind?«

Agnes begann zu weinen. Magda legte den Arm um ihre Schulter und zog sie näher zu sich. Sie ging auf den feindseligen Ton der Frau nicht ein und antwortete stattdessen freundlich: »Wir haben alles verloren und sind nun auf der Suche nach einem Ort, an dem wir bleiben können.«

»Den wirst du hier aber nicht finden.«

Ihr Mann schüttelte missbilligend den Kopf: »Weib, rede doch nicht so mit diesen armen Menschen. Das Kind heult ja schon. Siehst du nicht, dass sie Hilfe brauchen?« Er wandte sich an Magda: »Kommt zu uns ans Feuer. Zu essen haben wir leider selbst nichts, aber dein Mädchen kann bei unseren Kindern schlafen. Und du bist für diese Nacht nicht allein im Wald.«

Magda murmelte müde, sie wolle nicht zur Last fallen, nahm aber doch dankend an, trotz der bösen Blicke der Frau. In den Nächten zuvor hatte sie es nicht gewagt, ein Feuer zu machen, zu leicht konnte man damit Gefahr anlocken. Agnes hatte Angst vor den Fremden, sie war müde und hungrig, und in Magda bohrte das schlechte Gewissen, weil sie ihrem Kind nicht genug zu essen und kein Dach über dem Kopf geben konnte. Wieder waren sie den ganzen Tag gelaufen und hier, an der Wärme des Feuers und mit dem Kopf im Schoß der Mutter, schlief die Kleine sofort ein, trotz des Hungers, der an ihren Eingeweiden nagte.

Die Frau warf ihr noch einen finsteren Blick zu und legte sich dann zu ihren Kindern. Der Mann hockte sich zu Magda ans Feuer. Eine Weile schwieg er, dann murmelte er:

»Ich heiße Karl.«

Magda nannte ihren Namen.

»Anna hat nur Angst.«

Magda brauchte eine Weile, bis sie verstand, dass er die Frau meinte.

»Es ist der Krieg. Sieben Jahre dauert er schon und alles ist verloren, das Land und die Leute. Wir waren Bauern auf gutem Boden. Immer zahlte ich pünktlich die Pacht und den Zehnt. Aber dann holten sie das Vieh. Zuerst unsere zwei Zugpferde für ihre Kriegskarren und Kanonen. Dann das Fleischvieh und zuletzt die ganze Ernte. Ohne sich darum zu scheren, dass wir so verhungern. Am Ende kamen andere Soldaten, um gegen die zu kämpfen, die sich alles von uns geholt hatten. Sie brannten den Hof und die Felder nieder und jagten uns davon. Wir konnten von Glück reden, dass sie uns nicht auch noch das Leben nahmen.«

Magda betrachtete ihr schlafendes Kind. Es bewegte sich unruhig und seufzte, wie in einem schönen Traum. Sie fragte Karl:

»Und jetzt, was wollt ihr tun? Zieht ihr auch umher, in der Hoffnung, etwas Neues zu finden?«

»Wir wollen nach Baiern. Es heißt, dort ist seit dem Frühjahr Frieden. Viele Bauern sind frei, und es gibt auch gutes Land, das man bewirtschaften kann.«

»Also ist dort kein Krieg?«

Karl kratzte sich an seinem schmutzigen Bart. »Ich bin nur ein Bauer und weiß es nicht genau. Aber ich habe gehört, dass der Kaiser, der im Krieg mit Habsburgern und Ungarn war, gestorben ist. Sein Sohn hat mit ihnen Frieden geschlossen und jetzt herrscht Ruhe in Baiern.«

»Baiern«, wiederholte Magda leise. Es klang wie ein verheißungsvolles Land.

»Schließ dich uns an«, sagte der Bauer. »Das ist das Beste für dich und dein Kind.«

Marie saß auf ihrem kleinen Balkon unter dem Sonnenschirm und blickte auf die grauen Häuserreihen gegenüber. Das Wenige, das sie in dem Tagebuch lesen konnte, erzählte von Krieg und Vertreibung. Wie es schien, waren die Menschen wohl nicht in der Lage, aus der Geschichte zu lernen. Immer noch waren die Nachrichten voll mit genau diesen Themen und gerade jetzt waren die Flüchtlingsströme aus den Kriegsgebieten der Welt so groß wie noch nie.

War nicht auch sie eine Vertriebene? Natürlich mochte sie ihr Schicksal als verkauftes Kind nicht mit dem vergleichen, das Menschen zwang, vor Folter und Tod zu fliehen. Dennoch spürte sie, dass das Gefühl der Verlorenheit, das sich in ihr mehr und mehr ausbreitete, auch einer Art Vertreibung entstammte. Das Testament mit dem Brief ihrer Großmutter hatte sie einer heilen Welt entrissen, in die es kein Zurück mehr gab.

Es klingelte an der Tür. Als sie die Gegensprechanlage betätigte, hörte sie die Stimme des Briefträgers: »Ein Umschlag für Sie.«

Marie sah in Gedanken den pickeligen Postboten vor sich, der sie immer so anhimmelte. Sie erwiderte: »Stecken Sie ihn doch einfach in den Briefkasten.«

»Der Umschlag ist zu groß, ich müsste ihn knicken. Vielleicht ist ja was drin, was nicht geknickt werden soll.«

»Bestimmt nicht. Ich erwarte keine Post, die nicht geknickt werden sollte.« Eigentlich erwartete sie überhaupt keine Post und wenn, dann waren es sowieso nur Rechnungen. Sie rollte die Augen: »Aber gut, ich komme hinunter.«

Wie erwartet, stand er unten neben der Briefkastenreihe und hielt ihr erwartungsvoll einen Umschlag entgegen. Die Akne brannte feuerrot auf seinen Wangen, er wirkte noch nervöser als sonst und stotterte:

»Hier, Ihre Post.«

»Vielen Dank. Sie hätten sie ruhig knicken können, da ist bestimmt nur eine Rechnung drin.«

»Das wäre aber eine große Rechnung.« Er stand da, rührte sich nicht vom Fleck und versuchte wohl gerade, eine längere Unterhaltung mit ihr in Gang zu bringen.

Rasch erwiderte sie deshalb: »Allerdings. Trotzdem, vielen Dank. Auf Wiedersehen.« Sie ließ ihn stehen und fuhr mit dem Aufzug zurück in ihre Wohnung. Auf dem Umschlag stand neben ihrer Adresse der Absender: *Dr. Heinrich – Sonne – Hirschzell.* Skeptisch öffnete sie ihn. Neben einem umfangreichen Manuskript fiel ihr ein handgeschriebener Zettel entgegen. Darauf war gekritzelt: Informationen zu Ihren Wurzeln. Und noch einmal in schriftlicher Form: Sie müssen unbedingt nach Hirschzell kommen, damit ich Ihnen etwas sehr Wichtiges zeigen kann.

Marie seufzte. Er ließ wohl nichts unversucht, um sie von ihrem Vorhaben abzubringen. Hatte er immer noch nicht begriffen, dass die Sache aus ihrer Sicht erledigt war? Sie ging zurück auf den Balkon und legte das Manuskript auf das Tischchen neben sich. Allerdings siegte dann doch die Neugier. Sie nahm die gebundenen Seiten und blätterte sie durch. Rasch wurde ihr klar, dass Dr. Heinrich ihr ein wissenschaftliches Manuskript geschickt hatte, das sich akribisch an historische Fakten hielt.

Der Titel *Hirschzell – Geschichte* zierte das Titelblatt, darunter stand als Verfasser sein Name. Ein Inhaltsverzeichnis unterteilte in *Dorf, Eingliederung, Kirche, Sonne*, wobei Ersteres im Jahr 1852 begann und aufzählte, wie viele Seelen (so bezeichnete man damals wohl Personen) es gab, dass sich die einundvierzig Familien aus neunundsechzig Frauen und fünfzig Männern, fünfundzwanzig Mädchen und zwanzig Knaben zusammensetzten, die allesamt dem katholischen Glauben angehörten, und dass es insgesamt drei uneheliche Kinder gab. Das Dorf war beinahe ausnahmslos von der Landwirtschaft geprägt, bestand aus vierundsiebzig Gebäuden, von denen weniger als die Hälfte Wohnzwecken diente und alle Ziegel- oder Schindeldächer hatten und kein einziges mehr mit Stroh gedeckt war.

Marie war nicht sonderlich an Dorfstatistiken interessiert und sie überlegte, dass Historiker wohl ein ziemlich trockener Beruf war, wenn die Tätigkeit vorwiegend darin bestand, die Demographie eines solchen Kuhkaffs zu analysieren und niederzuschreiben.

Wen interessierte so etwas? Sie wollte das Manuskript schon weglegen, als sie auf den Namen Graf stieß. In dem Kapitel ging es um Gewerbesteuerpflichten, und Leonhard Graf nahm in diesem illustren Kreis die Spitzenposition ein. Er hatte insgesamt siebzehn Gulden zu entrichten, da er seine Tätigkeiten als Bäcker, Metzger, Branntweinbrenner, Brauer und Tafernwirt versteuern musste. Marie googelte, wie viel siebzehn Gulden waren, und fand schnell heraus, dass sich die Summe auf ungefähr acht Euro belief. War das viel oder wenig? Auf Rang zwei, mit großem Abstand, folgte der Hufschmied, dahinter der Schneider, gefolgt vom Schuster. Diese vier waren also wohl die Großverdiener von Hirschzell im 19. Jahrhundert.

Glaubte man dem Manuskript von Dr. Heinrich, dann gehörte die Familie Graf zu den Angesehensten im Dorf und Leonhard Graf war weder ein Säufer, noch stellte er der Braut seines Sohnes nach. War der Grund für die negative Darstellung im Tagebuch der Großmutter persönlich? Hatte es Streit zwischen den Familien gegeben oder gab es andere Gründe für die Diffamierung? Und was war mit Ludwig, dem verhinderten Bräutigam, geschehen? Musste er in den Krieg ziehen und war auf dem Schlachtfeld gefallen? Oder hatte er die schwangere Crescentia tatsächlich kurz vor der Hochzeit einfach sitzengelassen? Marie blätterte durch das Manuskript, konnte aber nirgendwo einen Hinweis auf Ludwigs Schicksal finden. Stattdessen erfuhr sie mehr über den Vater. Sie las, dass er die *Sonne* am fünften Februar 1801 gekauft und 17 Jahre später für 4800 Gulden dazu noch große Teile des Wirtsgutes erworben hatte, das als ursprünglicher Widumskomplex einer der großen Urhöfe des Dorfes gewesen war. Erneut musste sie Google bemühen, um zu erfahren, dass mit Widum das unbewegliche Vermögen der Pfarrpfründe und insbesondere des Pfarrhauses gemeint war.

Marie dachte über den Begriff *unbewegliches Vermögen* nach und daran, dass es hieß, der Glaube könne Berge versetzen. Sollte es in einer Kirche mit einem solchen Leitspruch dann das Wort *unbeweglich* überhaupt geben?

Der Himmel bezog sich und es sah nach Regen aus. Sie klappte den Sonnenschirm zu und betrachtete noch eine Weile die gegenüberliegenden Häuser, die ohne Sonnenschein noch grauer und beinahe trostlos wirkten. Im Hintergrund rauschte der niemals versiegende Verkehrsstrom, und obwohl es von hier aus nicht weit zu den Grünflächen links und rechts der Isar war, spürte sie die Hektik und die Enge der Stadt, die einen erdrücken konnte, wenn man allzu genau hinsah und -hörte.

Nach einer Weile stand sie auf, nahm das Manuskript und ging nach drinnen. Sie setzte sich aufs Sofa. Das Bild an der Wand gegenüber zeigte auf einer großformatigen Schwarz-Weiß-Fotografie Bäume im Nebel. Sie hatte es vor ein paar Wochen gekauft, weil ihr die verschwommenen Grautöne mystisch vorgekommen waren. Doch jetzt konnte sie darauf keinerlei Mystik mehr erkennen, im Gegenteil, es war beinahe wie eine farblose Kopie der Häuserreihen, auf die sie vom Balkon aus gestarrt hatte. Deshalb wirkte das Bild nun irgendwie düster auf sie. Es machte ihr Wohnzimmer dunkel und die Wände schienen enger zusammenzurücken.

So verbringst du also deinen Urlaub, die schönsten zwei Wochen im ganzen Jahr, dachte sie. Zuerst starrst du auf graue Häuser und jetzt auf ein graues Bild, anstatt an einem schönen Strand an einem blauen Meer unter einem blauen Himmel zu liegen. Oder auf einen Berg zu steigen. Das wolltest du doch schon immer tun. Ja, das war eine gute Idee, jedenfalls besser, als hier herumzusitzen. Und zwar nicht erst in ein paar Tagen, sondern gleich jetzt. Sie würde den Zug nach Oberstdorf nehmen, sich dort ein schönes Hotelzimmer suchen und Bergtouren unternehmen. Plötzlich war sie durch diese Eingebung wie ausgewechselt. Sie stand auf, ging ins Schlafzimmer, holte die Reisetasche vom Schrank und packte die Sachen, die sie für einen Urlaub in den Bergen brauchte.

Im Zug hatte sie überraschenderweise ein ganzes Abteil für sich allein. Sie zog die Tür zu und stellte die Reisetasche auf den freien Sitz neben sich. Kaum hatte der Zug Fahrt aufgenommen, klingelte ihr Handy und John war am anderen Ende. Wie immer war seine befehlsgewohnte Stimme viel zu laut und Marie war froh, dass sich keine Mitreisenden im Abteil befanden, die sicher das ganze Gespräch mitgehört hätten.

»Marie«, schrie es aus dem Hörer, »wir haben ein Problem!«

Marie hielt das Handy weiter weg. »Dir auch guten Tag, John, und ja, mir geht es gut, danke der Nachfrage. Wie geht es dir?«

»Marie, wo bist du? Es ist so laut?«

»Das bist du John. Du bist laut. Du schreist, wie immer. Ich bin auf dem Weg in den Urlaub.«

»Urlaub? Wer hat dir denn Urlaub gegeben?«

»Du, John.«

»Ja, ich weiß. War ein Joke.«

»Gut. Worum geht es?«

»Um dein Projekt, das wir bei der Brauerei eingereicht haben.«

»Sie finden es bestimmt gut.«

»Im Prinzip schon.«

»Im Prinzip?«

»Sie haben mir gesagt, es gibt folgendes Problem: Wenn dieses Gasthaus abgerissen wird und sie auf dem Grundstück ein Flüchtlingsheim bauen, dann gehen die Hirschzeller auf die Barrikaden.«

»Sollen sie doch. Heutzutage gibt es immer jemanden, der gegen irgendetwas ist. Die einen protestieren gegen Windräder, weil sie die schöne Berglandschaft verschandeln, die anderen gehen für Windenergie auf die Straße, wollen aber einen anderen Standort. Die nächsten demonstrieren gegen den Verkehr, der durch ihr Dorf führt, wieder andere wollen wegen der Natur auf keinen Fall eine Umgehungstraße. Wie gesagt, John, egal, was man tut: Irgendjemand wird immer dagegen sein. Man kann es nicht allen recht machen.«

»Stimmt schon. Aber hier sitzt das Problem tiefer. Dein Dr. Heimlich hat offensichtlich mit der Brauerei geredet und gedroht, die Leute aus der ganzen Gegend würden das Bier boykottieren, wenn ihr Gasthof abgerissen wird. Und dann haben wir den Käse.«

»Den Salat.«

»Was?«

»Es heißt: und dann haben wir den Salat. Nicht den Käse. Und er ist nicht *mein* Dr. Heinrich. Und so heißt er auch: Heinrich. Nicht Heimlich.«

»Es geht noch weiter. Er sagt, die Leute würden einen Shitstorm gegen die Brauerei beginnen, weil nur aus Profitgier gehandelt wird, ohne Rücksicht auf wertvolles Kulturgut und so weiter und so fort, und das sei eine Negativwerbung, die eine Traditionsbrauerei nicht unbedingt brauchen kann.«

»Aha. Und was sollen wir jetzt tun? Das ganze Projekt auf den Müll werfen?«

»Nein. Aber sie meinen, es wäre schön, wenn wir noch eine Alternative präsentieren könnten. Etwas, was dem Charakter des Ortes besser entspricht als ein Flüchtlingsheim. Sonst sind wir raus aus dem Geschäft.«

»Soll das heißen, ich –«

»Naja –«

»John, ich bin auf dem Weg in den Urlaub. Ich fahre in die Berge.«

»Schön, Marie. Aber, was spricht dagegen, wenn dir abends nach deiner Bergtour langweilig wird –«

»Mir wird nicht langweilig –«

»– wenn du da noch ein bisschen deinen Laptop anwirfst und mal guckst, was man sonst noch mit so einem Gebäude machen könnte?«

»John, ich –«

»Mach dir einfach ein paar Gedanken – und vergiss nicht, sie abzuspeichern.«

»John, nein –«

»Vergiss nicht, mir die Sachen zu schicken, wenn du etwas hast. Sagen wir, bis Ende der Woche? Einen schönen Urlaub, Marie.«

Weg war er. Marie legte kopfschüttelnd auf. Das war typisch John. Und noch typischer, dieser vermaledeite Dr. Heinrich. Was hatte sie sich nur dabei gedacht, ihm von ihren Plänen zu erzählen. Sie hätte doch wissen müssen, dass er irgendetwas auskochen würde.

Aber jetzt steckte der Karren schon in der Wand, wie John einmal zur allgemeinen Heiterkeit formuliert hatte. Vielleicht wäre es doch eine gute Idee, einen Zwischenstopp in Kaufbeuren einzulegen, um sich das Dorf Hirschzell noch einmal ganz genau und in Ruhe anzusehen, damit sie etwas planen konnte, was dem

Charakter des Ortes besser entsprach als ein Flüchtlingsheim.

Sie blickte aus dem Zugfenster. Die Landschaft, die vorbeizog, war eine Mischung aus Feldern, Waldstücken, Kleinstädten, Dörfern und Höfen. In der Ferne lag das gezackte Band der Alpen. Ihr Ziel. Auf keinen Fall würde sie sich die Vorfreude auf ihre Bergtouren durch Johns Nachricht vermiesen lassen. Sie hatte ihren Job nach bestem Wissen und Gewissen erledigt, und wenn sich die Brauerei jetzt gegen ihren Vorschlag entschied, war das nicht ihr Problem. Bezahlen müssten sie so oder so. Es war also kein finanzieller Schaden für die Firma.

Trotzdem musste sie sich eingestehen, dass die drohende Absage der Brauerei sie nicht gänzlich kalt ließ. Am meisten ärgerte sie aber die Rolle Dr. Heinrichs, obwohl er seine Interessen zweifelsfrei sehr geschickt vertrat. An die kulturellen Verpflichtungen einer alteingesessenen bayerischen Brauerei zu appellieren, war clever, und die Bewohner des Dorfs vor den Karren zu spannen, war gewiss auch kein schlechter Schachzug. Natürlich war seine Strategie populistisch, aber auch äußerst zielführend. Welche Gemeinde im Land riss sich schon um die Unterbringung von Flüchtlingen? Eigentlich hätte sie es wissen müssen.

Und sie wollte er auch noch ködern – mit einer angeblichen Entdeckung, die sie sich keinesfalls entgehen lassen durfte!

Es würde nicht schaden, auf der Hut sein.

Sie nahm das Manuskript vom Sitz, blätterte es lustlos durch, blieb aber bei der Überschrift *Leute* hängen. Bald stellte sich die Frage, ob man unbedingt wissen musste, dass die Zahl der Wirtshausschlägereien im neunzehnten Jahrhundert sich von Dorf zu Dorf wenig unterschied. Darauf konnte man auch ohne die Expertise eines Historikers selbst kommen. Eine hohe Konzentration an männlichen Hormonen war ja bestimmt nicht ortsgebunden. Schon interessanter war die Abhandlung über die Sozialstruktur in den Dörfern, die in einer Art bayerischer Apartheid in der Kirche Männer und Frauen voneinander trennte und insgesamt die Dörfler in eine strenge soziale Hierarchie einband. In der Kirche gab es, genauso wie im Wirtshaus, feste Plätze, die sich ganz einfach nach Besitz und Reichtum richteten, wobei in erster Linie die Grundstücksgröße ausschlaggebend war. Der größte Bauer nahm in der Gaststube am besten Tisch Platz, saß in der Kirche ganz vorn, und so ging es hinunter bis zu den Söldnern und Häuslern mit wenig bis gar keinem Grundbesitz. Auch auf den Bauernhöfen galt die Rangordnung. Betrachtete man die Tischordnung, wusste man Bescheid über Status und Verdienst, vom Oberknecht über den Drittknecht und die Anderdirn bis hinunter zum Stallburschen.

Über den Lautsprecher ertönte die Ansage: *Nächster Halt, Kaufbeuren.* Marie klappte das Manuskript zu und verstaute es in ihrer Reisetasche. Sie blieb bei ihrem Entschluss, sich Hirschzell noch einmal genauer anzusehen, um sich ein Bild zu machen, wie man eine Alternative zu ihrem Abrissplan gestalten könnte, die ins Dorfbild passte. Erst nach diesem Zwischenstopp würde sie weiter nach Oberstdorf in ihren verdienten Urlaub fahren.

BAIERN
1745

Magda, Agnes und Karls Familie waren vierzig Tage unterwegs. Überall hatte der Krieg seine Spuren hinterlassen. Der Hunger war ein ständiger Begleiter, aber die Hoffnung auf einen Ort, an dem sie in Frieden leben und arbeiten könnten, trieb sie immer weiter. Kamen sie in die Nähe eines Dorfs oder Gehöfts, schickten sie die Kinder vor, damit sie einen Becher Milch und einen Kanten Brot erbettelten. Auch wenn sie sich abseits von Straßen und Wegen hielten, mussten sie sich mehrmals vor vorbeiziehenden Truppen verstecken. Dies geschah aus Vorsicht, denn Karl wurde nicht müde, Schauergeschichten über die Schandtaten der Soldaten zu erzählen.

Anfangs fragten sie auf den vom Krieg verschonten Höfen nach Arbeit, doch jedes Mal ließ der Bauer die Hunde los, und sie mussten davonrennen. Niemand wollte etwas mit Flüchtlingen zu tun haben. Vielleicht, weil es zu viele davon gab.

Anna, Karls Frau, hatte nach und nach begonnen, ihre zunächst offen gezeigte Abneigung gegen Magda aufzugeben. Was nicht hieß, dass sie freundlicher und zugänglicher wurde. Sie war ein grobes, wortkarges Weib, eine Frau, deren Stärken in ihrer Härte und ausdauernden Kraft bestanden. Aufmunternde Worte oder ein Lächeln waren ihr fremd. Unbeirrt setzte sie auf der langen Reise einen Fuß vor den anderen, oft trug sie dabei eines ihrer Kinder, manchmal auch beide, während Karl das wenige Hab und Gut schleppte.

Agnes musste nie getragen werden. Sie war ein starkes Kind und ließ alle Mühsal ohne Klagen über sich ergehen. Nie jammerte sie über den ständigen Hunger. Nur ihre Furcht vor Anna blieb und sie vermied es, in der Nähe von Karls Weib zu sein.

Als sie Baiern erreichten, erklärte Karl, sie müssten nun die Nähe anderer Menschen nicht mehr fürchten, da hier ja Frieden herrschte. Trotzdem blieben sie vorsichtig, vor allem, weil sie bald das Misstrauen spürten, das ihnen als Fremden überall entgegenschlug. Sie kannten die Sprache nicht, mussten sich mit

Händen und Füßen verständlich machen und wurden überall nur abgewiesen.

Kurz vor München trafen sie auf einen Landsmann, der ihnen riet, einen großen Bogen um die große Stadt zu machen.

»Überall erzählt man, hier herrscht Frieden«, sagte Karl, »und jetzt kommst du und behauptest das Gegenteil.«

Der Landsmann, ein stämmiger Bursche mit langsamen Bewegungen, schüttelte bedächtig den Kopf. »Das tue ich nicht. Es ist nur so, dass der Frieden vielleicht ein bisschen wackelig ist. Erst im letzten Jahr sind die Habsburger in Baiern eingerückt und hätten dabei beinahe den Kaiser gefangen genommen. Zwar haben die Baiern ihr Hauptstadt München zurückerobert, aber der Kaiser hatte nichts mehr davon, denn kurz darauf ist er gestorben. Es stimmt schon, sein Sohn Maximilian hat mit den Habsburgern bei Füssen Frieden geschlossen, aber auch nur, weil er nicht anders konnte. Seine Armee war nach der Schlacht von Pfaffenhofen nämlich nur noch ein armseliger Haufen, mit dem er rein gar nichts mehr gewinnen konnte. Und seit München nacheinander von Franzosen, Ungarn und Österreichern besetzt war, ist man dort auf Fremde nicht besonders gut zu sprechen. Das habe ich am eigenen Leib erfahren. Also, wenn ihr auf meinen Rat hören wollt, geht da nicht hin.«

»Wir sind Bauern«, antwortete Karl. »Wir wollen gar nicht in die Stadt. Wir suchen ein Stück Land, auf dem wir arbeiten können.«

Der Stämmige lächelte mitleidig. »Du kannst dich vielleicht irgendwo als Stallknecht verdingen. Und die Frauen als Drittmagd. Ein freier Bauer wirst du hier jedenfalls nie.«

Karl wechselte den Korb mit den Hühnern in die andere Hand. »Aber wohin sollen wir denn gehen?«

Der Stämmige zuckte mit der Schulter. »Vielleicht versucht ihr euer Glück weiter südlich von hier. Ihr könntet dem Lech folgen, der führt euch in diese Richtung.«

»Der Lech?« Karl hob, etwas ratlos, die Brauen.

»So heißt der Fluss, auf den ihr stoßt, wenn ihr hier weitergeht.«

»Du scheinst dich gut auszukennen. Was ist denn dein Ziel?«

»Ich bin Soldat. Ich gehe dahin, wo der Krieg ist.«

Karl nickte zunächst verstehend. Das erklärte, warum der Mann sich so gut auskannte. Er als Bauer wusste, wie viel Vieh er hatte, welche Abgaben zu leisten waren und wie sein Landvogt hieß. Er wusste, dass die Mächtigen stets Krieg führten, weil sie nie genug bekamen, oder weil ein Herrscher gestorben war und seine Nachkommen sich um das Erbe stritten. Aber darüber hinaus konnte er nicht sagen, wer wo in der Welt regierte und schon gar nicht, worum genau es in all den Kriegen ging. Alles, was er über Krieg gelernt hatte, war, dass deswegen viele Menschen starben und genauso viele alles verloren, was sie besaßen. Doch der Stämmige konnte nicht nur die Namen der Mächtigen benennen, sondern sogar die Orte, an denen sie ihre Schlachten schlugen und ihre Verhandlungen führten.

Trotzdem blickte Karl nun misstrauisch. »Du siehst aber gar nicht aus wie ein Soldat. Wo sind deine Waffen und wo ist dein Waffenrock? Und für wen kämpfst du überhaupt?«

»Waffen und Rock sind in einem sicheren Versteck. Der Rock hat im Augenblick die falsche Farbe, wenn du verstehst, was ich meine. Ich werde mir erst einen neuen besorgen, wenn ich weiß, wer mein neuer Herr ist.«

»Warum weißt du das jetzt noch nicht?«

»Weil ich jetzt nicht weiß, wer einen Söldner wie mich am besten bezahlt. Die Baiern sind es derzeit jedenfalls nicht. Deren Kriegskasse ist so leer wie euer Magen. So viel steht fest.«

»Das heißt, du tust es für Geld?«

Wieder hoben sich die Schultern des Stämmigen. »Mein Geschäft ist eben der Krieg. Jeder muss sehen, wo er bleibt.«

Karl wandte sich ab. Mit einem Söldner wollte er nichts zu tun haben. Zu oft hatte er gesehen, wozu solche Menschen fähig waren.

»Kommt«, sagte er zu den beiden Frauen. »Wir haben noch ein Stück Wegs vor uns, bevor es dunkel wird.«

Trotzdem hielten sie sich an den Rat des Söldners. Ein Fluss versprach fruchtbares Land. Sie wandten sich südwestlich und folgten dabei dem Lauf des Flusses, der Lech hieß.

Nach ein paar Tagen kamen sie wieder in die Nähe einer Stadt, von der sie sich aber auch wieder lieber fernhielten. Und weiterhin blieb ihre Suche nach einem geeigneten Ort erfolglos. Niemand wollte etwas mit Fremden zu tun haben, überall wurden sie abgewiesen und sie konnten von Glück reden, wenn ihnen dabei nicht auch noch die Hunde auf den Hals gehetzt wurden.

Nach regnerischen Tagen und Nebel, der den nahenden Herbst ankündigte, schien endlich wieder die Sonne und sie konnten in die Ferne blicken. Doch was sie sahen, war kein Grund für große Hoffnungen. Am Horizont türmte sich eine mächtige, furchteinflößende Bergkette. Diese würden sie nie und nimmer überwinden können. Karl wies mit einer verzweifelten Geste darauf: »Seht ihr, dort geht es nicht weiter. Das ist das Ende der Welt.«

Als sie schon alle Hoffnung aufgeben wollten, trafen sie nicht weit von einer Ortschaft einen Mann mit einem störrischen Ziegenbock im Schlepptau. Die Berge waren so nah gerückt, dass man glaubte, sie greifen zu können. Der Bock stemmte sofort die Beine in den Boden, als er Karls Ziege sah und roch. Der Mann war mittelgroß und hager, mit dunklen Haaren und klaren Augen. Er sagte in schönstem Schlesisch:

»Landsleute erkennen einander, stimmt‘s?«

»Ist das so? Du bist nicht zufällig ein Söldner?«, fragte Karl in Erinnerung an den anderen Schlesier skeptisch.

Der Mann lachte. »Wie kommst du denn darauf? Ich komme vom Markt, wo ich mir dieses störrische Mistvieh eingehandelt habe, das sich mehr für eure Ziege zu interessieren scheint, als dafür, mir zu folgen.«

»Also bist du ein Bauer?«, fragte Karl, mit einem Mal hoffnungsvoll.

»Schön wär's. Nein, ich bin nur ein Knecht. Aber ihr? Ihr wollt euch nicht zufällig auch als Knecht und Mägde verdingen?«

Karl spitzte die Ohren. »Warum fragst du?«

»Weil ich einen Bauern kenne, der gerade Knecht und Magd davongejagt hat.«

»Davongejagt?«, wiederholte Karl.

»Davongejagt«, bestätigte der Hagere und lachte. »Die haben nur noch miteinander geturtelt und darüber ihre Arbeit vergessen.«

»Also braucht dieser Bauer jetzt neue Leute.«

»Nun ja«, sagte der Hagere. »Scheint so, ohne eure Ziege geht mein Bock sowieso nirgendwo mehr hin. Also wäre es vielleicht keine schlechte Idee, ihr kommt erst mal mit mir. Und wenn ihr dann schon da seid, könnt ihr gleich mit dem Bauern reden. Fragen kostet ja nichts.«

HIRSCHZELL
1746

Magda richtete sich für einen Moment auf und streckte den schmerzenden Rücken. So schön das blaue Flachsfeld im Sommer anzusehen war, so mühselig war jetzt im Herbst das Ernten. Nur einer der gut zwei Dutzend Höfe der Ortschaft betrieb, neben der Viehzucht und dem Hafer-, auch den Flachsanbau. Der Lein war für den Bauern eine Möglichkeit, sich etwas dazuzuverdienen. Wenn er genug ernten konnte, belieferte er damit die Färber oder verkaufte die im Winter gewebten Leintücher auf dem Markt. Für die Herstellung der Tücher gab es einen kühlen, feuchten Raum, in dem der Webstuhl stand, der von der Magd und Kindern bedient wurde.

Anfang Juli blühte der Lein für ein paar Tage und färbte Teile der Landschaft wundervoll blau. Von der Aussaat bis zur Ernte hatte Magdas und Agnes' Aufgabe darin bestanden, die Felder siebenmal auszujäten, damit das Unkraut nicht in die Leinpflanzen wuchs und ihnen wichtige Nährstoffe entzog. Jetzt, Mitte September, war Erntezeit.

Magda beugte sich wieder hinab, packte das nächste Büschel knapp über dem Boden, riss es aus, schüttelte die Erde ab und legte es vorsichtig in den Sammelkorb. Sie arbeitete rasch, doch die achtjährige Agnes war noch flinker als sie, und bald war der Korb mit Leinbüscheln gefüllt bis zum Rand. Magda trug alles an den Rand des Feldes und blickte zum Himmel, ob es nach Regen aussah. Doch es zeigten sich nur wenige weiße Wolken, das Wetter würde schön bleiben. Das war gut und wichtig, denn die Leinbüschel, die sie nun über die Heinzen legten, mussten vollständig austrocknen, bevor die Samenkapseln abgetrennt werden konnten.

Sie hatten sich in der Zwischenzeit in Hirschzell eingelebt. Die Bauern waren freundliche, arbeitsame Leute. Sie hatten die Neuankömmlinge ohne viele Worte aufgenommen. Man war an Fremde gewöhnt, in der Vergangenheit hatte es immer wieder Menschen gegeben, die vor Krieg und Elend fliehen mussten und als Arbeitskräfte willkommen waren. Magda und Agnes hatten

Unterkunft im zweistöckigen Gemeindehaus gefunden, wo unten die Wirtsstube mit der Garküche lag und es im Stockwerk darüber Platz für Menschen wie sie gab, die - aus welchen Gründen auch immer - nicht fest auf einem der Höfe unterkommen konnten. Über den Winter hatten in den Räumen neben ihnen noch baierische Husaren gehaust. Magda war froh, als sie im Frühjahr endlich abgezogen wurden. Agnes und sie hatten oft ein ungutes Gefühl gehabt, besonders, wenn die Soldaten nächtelang durchzechten und dabei Lieder grölten, deren Bedeutung sie nicht einmal erahnen mochte. Sie erfuhr, dass zuvor hier sogar ein Trupp Franzosen Kost und Logis bezogen hatte, und war heilfroh, dass ihre jetzigen Nachbarn ruhig und arbeitsam waren und es mit ihnen ein gutes Auskommen gab.

Karl war mit Weib und Kindern noch besser versorgt. Sein Traum vom eigenen Stück Pachtland war Wirklichkeit geworden. Magda und Agnes hatten im Frühjahr bei der Aussaat der Samen mit der Flachsvioline geholfen und auch später, wann immer die Zeit es zuließ, auf Karls Feld gearbeitet.

Nun zog sie das nächste Flachsbüschel aus dem Boden, schüttelte die Erde ab und legte es in den Korb. Dabei betrachtete sie ihre Tochter. Agnes arbeitete mit großem Ernst, ihr Gesichtsausdruck glich eher dem einer jungen Frau. Sie schaffte auch beinahe schon das Tagwerk einer Erwachsenen, das hatte sie bereits den Winter über am Webstuhl bewiesen. Magda strich ihr liebevoll über den Blondschopf. Agnes schüttelte sich kurz wie eine Katze, sie lachten beide und arbeiteten weiter.

Nach der langen, entbehrungsreichen Flucht aus der Heimat, nach all dem Unglück und den Schicksalsschlägen, die es zu erdulden gab, hatte Magda das Gefühl, endlich auch einmal auf der Sonnenseite des Lebens angelangt zu sein. Zwar war die Arbeit hart. Und sie hatte in der alten Heimat alles verloren, den Mann, das Land. Aber nun hatte sie beinahe alles, was sie brauchte – Arbeit, Essen, einen Ort zum Schlafen, ihr Kind.

Sie dankte Gott dem Herrn, der sie an diesen Ort geführt hatte.

Marie wanderte durch den Ort und wurde von Menschen gegrüßt, die sie noch nie in ihrem Leben gesehen hatte. Verunsichert grüßte sie zurück. Offensichtlich war es auf dem Land so üblich. In München grüßte man, wenn man miteinander enger bekannt oder befreundet war, aber doch nicht jemand Wildfremden. Selbst wenn man im selben Häuserblock wohnte, grüßte man nur die Leute, zu denen man auch tatsächlich Kontakt hatte. Vielleicht lag es daran, dass man sonst nicht mehr aus dem Grüßen herauskäme, Marie musste nur an die Menschenmengen denken, die in der S-Bahn aneinander vorbeihasteten. Aber schließlich wich nach der dritten Begegnung im Dorf ihre Verunsicherung und sie spürte, dass ihr ein freundliches Grußwort guttat. Es gab ihr das Gefühl, willkommen zu sein, obwohl sie fremd war.

Im Zug hatte sie weiter in Dr. Heinrichs Manuskript gelesen. Der Pfarrer, der Lehrer und der größte Bauer: die unantastbaren Autoritäten im Dorf. So stand es da. Die Kirche, die Schule, das Wirtshaus. Die Eckpfeiler und das Zentrum einer funktionierenden Dorfgemeinschaft. Marie wusste natürlich, wo das Wirtshaus lag, schließlich war die *Sonne* der Grund ihres Hierseins. Ein Schulhaus hatte sie bisher noch nicht gefunden. Nicht zu übersehen war allerdings die Kirche, vor der sie nun stand. Es war ein weißes Gebäude mit typischem Langhaus und zwei Seitenschiffen, einem markanten Einzelturm und steilem Ziegeldach, flankiert von den Grabstätten des Dorffriedhofs. Sie fand die Eingangstür unverschlossen, trat ein und setzte sich in die vorletzte Bankreihe.

Ihr Verhältnis zur Kirche war nicht nur seit Bekanntwerden des Missbrauchsskandals gespalten. Katholisch erzogen und aufgewachsen, war sie sogar Ministrantin gewesen. Aber wie so vielen modernen Menschen war es auch ihr ergangen, sie hatte es nicht geschafft, die Naivität des kindlichen Glaubens zu überwinden, ohne ihn dabei zu verlieren. Vielleicht lag es daran, dass sie sich nicht ausreichend darum bemüht hatte. Zu Studienzeiten gab es in ihrem Bekanntenkreis einen Theologiestudenten, der ihr immer wieder erklärte, der Glaube sei mit der Liebe vergleichbar, ja sogar mit ihr identisch. »Den Glauben muss man suchen, man muss sich um ihn bemühen und ihn pflegen wie ein zartes Pflänzchen, damit er wachsen und gedeihen kann. Er kommt nicht von selbst und bleibt auch nicht einfach so, ohne dass wir erhebliche Anstrengungen unternehmen.« Sie hatte geantwortet, dass es ihr zumindest in der Liebe gerade entgegengesetzt ging. Je intensiver sie danach suche, je mehr sie sich um sie bemühe, desto unerreichbarer werde sie.

Marie schrak auf, als neben ihr plötzlich jemand sagte:

»Sie habe ich hier noch nie gesehen. Sie müssen eine Touristin sein. Aber entschuldigen Sie, jetzt habe ich Sie erschreckt. Sie waren ganz ins Gebet versunken.«

Sie blickte zu dem Geistlichen hoch, der er zweifelsfrei war. Er trug ein schwarzes Jackett mit einem kleinen silbernen Ansteckkreuz auf dem Revers, ein dunkles Hemd und einen weißen Priesterkragen. Er sah sie freundlich an.

»Ich habe nicht gebetet«, hörte sie sich sagen. »Und ich bin auch keine Touristin.«

»Wie dem auch sei. Im Haus Gottes ist jeder willkommen. Aber darf ich dennoch fragen, wenn Sie keine Touristin sind, was führt Sie dann hierher? Und bitte entschuldigen Sie meine Neugier.«

Auch so einer, der sich ständig für irgendetwas entschuldigte, dachte Marie. Gleichzeitig ertappte sie sich bei der stillen Frage, ob dieser Priester hinter seiner freundlichen Fassade nicht vielleicht ebenfalls einer war, der die ihm anvertrauten Schützlinge missbrauchte. Sie erschrak ein wenig über sich selbst. So schnell ging es also, dass man alle Menschen einer Gruppe über denselben Kamm scherte. Sie hatte sich immer für vorurteilsfrei gehalten. Rasch antwortete sie:

»Ich bin aus beruflichen Gründen im Ort und wollte mich deshalb ein wenig umsehen. Also bin ich auch hier in Ihrer Kirche gelandet. Sind Sie der Dorfpfarrer?«

Der Priester lächelte: »Einen eigenen Dorfpfarrer gibt es in Hirschzell schon lange nicht mehr. St. Thomas wurde in die

Pfarreiengemeinschaft Kaufbeuren eingegliedert. Sie interessieren sich also für Kirchen aus beruflichen Gründen?«

»Ich bin Architektin.«

Der Priester wies auf das Kirchenschiff: »Dann muss ich Ihnen wohl nichts über den Baustil von St. Thomas erzählen?«

Marie überlegte kurz, ob er sie auf den Wahrheitsgehalt ihrer Berufsauskunft hin überprüfen wollte. Diesen Test wollte sie auf jeden Fall bestehen. Sie antwortete: »Die Kirchenbauer haben mit schlichter Gotik begonnen und später für die Innenausstattung Barockelemente hinzugefügt.«

»Ganz genau. Sichere Daten über St. Thomas und die Pfarrei sind uns zwar erst ab dem 15. Jahrhundert bekannt. Man darf aber annehmen, dass es Vorgängerkirchen gab, die aus Holz erbaut waren. Die Geschichte Hirschzells geht ja möglicherweise bis ins 9. Jahrhundert zurück, als dieser Ort aus einer Zelle entstand, die der Christianisierung förderlich sein sollte.«

»Das weiß ich. Ein gewisser Herilo wurde mit dieser Zelle beauftragt, so heißt es jedenfalls. Daher der Name Hirschzell. Herilos Zelle.«

Der Priester nickte anerkennend: »Sie sind sehr gut informiert. Allerdings wird vermutet, dass sich diese Zelle nicht hier an diesem Ort befand, sondern dort, wo jetzt der Gasthof *Sonne* steht. Die *Sonne* ist wohl das älteste Gebäude Hirschzells, sie steht auf einem alten Gewölbe, das durchaus bis in die Zeit Herilos zurückdatiert werden kann.« Der Priester blickte auf seine Armbanduhr. »Dorthin muss ich jetzt übrigens in ein paar Minuten. Also nicht ins Gewölbe, sondern in den Gasthof. Es findet eine Informationsveranstaltung statt, an der ich teilnehmen möchte. Der Gasthof steht seit Jahren leer, und das ist für die Besitzer natürlich mehr als unrentabel. Ein Käufer oder Investor hat sich bisher nicht finden lassen und nun hat ein Gutachten den Abriss des Gasthofs und den Neubau einer Flüchtlingsunterkunft empfohlen. Wie man hört, ist man von Besitzerseite solchen Plänen nicht gänzlich abgeneigt. Die Bewohner Hirschzells sind aber definitiv dagegen, was verständlich ist, denn wie soll so ein kleiner Ort mit weit über hundert Fremden zurechtkommen, die von einem Tag auf den anderen hier sein würden? Natürlich ist eine Hilfe für Bedürftige allererste Christenpflicht, aber sie darf natürlich auch niemanden überfordern.«

Der Priester hielt inne und hob die Schultern: »Entschuldigen Sie, jetzt habe ich Ihnen aber eine richtige Predigt gehalten. Berufskrankheit.«

»Schon in Ordnung«, sagte Marie. »Es ist ja interessant, was Sie erzählen.«

Der Priester strahlte: »Warum kommen Sie nicht einfach mit? Eine neutrale Zuhörerin kann bestimmt nicht schaden!«

Marie war nach anfänglichem Zögern dem Priester zur *Sonne* gefolgt. Sie wunderte sich, dass dieses Zusammentreffen der Dorfbewohner stattfand, obwohl nach Johns Aussage ihr Plan vom Bau einer Flüchtlingsunterkunft auf Eis gelegt worden war. Was gab es da jetzt noch zu diskutieren?

Allerdings hatte sie ja ihre Fahrt in den Urlaub unterbrochen, um neue Eindrücke zu sammeln. Die Brauerei wollte weitere Vorschläge, und vielleicht war es deshalb wirklich keine schlechte Idee, den Argumenten der Dorfbewohner zuzuhören. Vorausgesetzt, es kam etwas Brauchbares dabei heraus.

Sie betrat die Wirtschaft hinter dem Priester. Sofort wurden ihr neugierige Blicke zugeworfen und jemand merkte an, die Anwesenheit der Presse könne ja nur von Vorteil sein. Der Priester wurde mit Applaus begrüßt.

Der Raum wirkte aufgeräumt, mit ordentlich aufgestellten Stuhlreihen, die beinahe bis auf den letzten Platz besetzt waren. Sie fanden gerade noch zwei Stühle in der letzten Reihe. Vorne war ein Rednerpult aufgebaut, an dem sie eigentlich Dr. Heinrich als Wortführer erwartet hatte, aber sie konnte ihn nirgendwo entdecken. Das empfand sie als seltsam, wo er sich in Sachen *Sonne* vor ihr doch immer als Chefunterhändler dargestellt hatte.

Ein ihr unbekannter Mann trat ans Rednerpult, und das Gemurmel, das im Raum geherrscht hatte, verstummte. Er mochte um die fünfzig sein, ein kleiner, rundlicher Typ mit Hornbrille und kunstvoll arrangiertem Haar über einer trotzdem deutlich sichtbaren Glatze. Er begrüßte alle Anwesenden, ohne sich vorzustellen. Natürlich, hier kannte jeder jeden.

»Liebe Hirschzeller, es freut mich, dass ihr alle so zahlreich erschienen seid.«

Es war offensichtlich, dass er es nicht gewohnt war, vor Menschen zu sprechen. Auf seiner Stirn bildeten sich Schweißperlen, er war sichtlich nervös und verhaspelte sich ständig, als er erklärte:

»Eigentlich sollte Dr. Heinrich hier, ich meine – stehen.« Er hielt sein Handy hoch. »Aber er hat angerufen, er kann nicht kommen, er muss seine Mutter holen. Sie ist krank. Ich bitte jetzt die verschiedenen –«, er schien nach dem richtigen Wort zu suchen, »äh – die, die vortragen wollen –, das jetzt zu tun. Pfarrgemeinderätin – komm‘ her, du fängst an.« Er trat zur Seite und stellte sich neben den Ausgang.

Eine ältere grauhaarige Dame mit freundlichem Gesicht kämpfte sich durch die Stuhlreihen nach vorne. Auch sie wurde mit Applaus empfangen. Sie war wesentlich redegewandter als ihr Vorgänger.

»Ihr kennt mich ja, ich brauche mich nicht lang vorzustellen, aber für die Dame von der Presse vielleicht – also ich bin die Vorsitzende des Pfarrgemeinderats und ich will nicht lange herumreden, bin ja kein Freund von langen Reden.«

Wieder applaudierten die Zuhörer, die meisten drehten sich kurz zu Marie um, und ein weiblicher Zwischenruf merkte zum allgemeinen Gelächter an, dass sie sehr wohl ein Freund von langen Reden sei. Als es wieder still wurde, fühlte Marie sich zu der Erklärung bemüßigt, dass sie nicht von der Presse sei.

»Aha.« Die alte Dame lächelte ihr freundlich zu. »Warum haben Sie sich dann zu uns verirrt? Wir kennen Sie nicht.«

Zustimmendes Gemurmel erhob sich und alle Anwesenden drehten sich erneut zu ihr.

Der Priester kam Marie zu Hilfe. Er erhob sich und erklärte: »Die Dame hat unsere schöne St. Thomas-Kirche besucht, wo ich sie getroffen habe. Sie interessiert sich für Baugeschichte. Da es in der *Sonne* ja auch gewissermaßen um Baugeschichte geht, habe ich sie eingeladen, mich hierher zu begleiten.«

»Solange Sie nicht als Spionin der anderen Seite hier sind, heißen wir Sie willkommen. Wobei das auch nicht schlecht wäre, dann könnten Sie wenigstens unsere Sorgen und Nöte bezüglich der *Sonne* an die Herrschaften weitergeben.«

Marie spürte, wie ihr die Hitze ins Gesicht stieg, denn in gewisser Weise war sie ja genau das: eine Spionin der anderen Seite. Zum Glück hatten sich bereits alle wieder der Rednerin zugewandt und niemand bekam mit, wie sie rot wurde. Die alte Dame fuhr fort:

»Wir vom Pfarrgemeinderat haben zwei Probleme. Erstens, dass wir im Dorf keinen festen Platz haben, an dem wir unsere Sitzungen abhalten können. Wie ihr wisst, gehen wir dafür manchmal in die Schule in ein Klassenzimmer oder in die Sakristei der Kirche oder zu einer von uns ins Wohnzimmer. Es wäre aber schön, wenn wir einen eigenen Ort hätten und nicht wie die Zigeuner herumziehen müssten. Die *Sonne* hier ist ein geeigneter Ort. Sie könnte zum Gemeindehaus ausgebaut und renoviert werden. Das heißt, wenn sich jemand fände, der das alles richtig plant –«

»Und finanziert!« Der Zwischenrufer, ein korpulenter Mittvierziger, erhob sich aus der ersten Reihe und drehte sich zum Saal. Er trug Jeans und Feuerwehrjacke und wollte gerade weitersprechen, als er von der Pfarrgemeinderätin mit einem Haifischlächeln unterbrochen wurde:

»Alois, wir haben ausgemacht, dass wir einander ausreden lassen.«

»Entschuldigung, du hast recht«, murmelte der Feuerwehrmann und setzte sich wieder.

»Du kannst auch gleich reden«, beschwichtigte die Pfarrgemeinderätin. »Aber mein zweiter Punkt ist der Entscheidende. Natürlich könnten wir Pfarrgemeindefrauen uns jede Woche woanders treffen und trotzdem unsere Arbeit ordentlich machen. Es wäre zwar schön, einen festen Platz zu haben, aber wir Frauen sind auch ganz gut im Improvisieren, keine Sorge.«

Marie interessierte sich nicht sonderlich für die Struktur von Pfarrgemeinschaften, fand es aber interessant, dass deren Organisation in Hirschzell offensichtlich ausschließlich in Frauenhand lag. Hier hatte sich also noch niemand um eine Quote bemüht.

Die alte Dame fuhr fort: »Der Wunsch nach einem festen Ort

für uns ist natürlich ein Luxusproblem. Wie gesagt, wir kämen auch so zurecht. Unser wirkliches Anliegen bei der *Sonne* ist aber viel ernster. Uns geht es um die Erhaltung unserer Dorfstruktur. Wir sind der Meinung, eine Flüchtlingsunterkunft anstelle der *Sonne* wäre eine Katastrophe für unsere Dorfgemeinschaft. Einhundertfünfzig Menschen mit einem völlig fremden kulturellen Hintergrund in einem kleinen Ort von gerade einmal zweitausendeinhundert einheimischen Seelen – und das wären vorwiegend junge Männer –«

Erneut wurde sie unterbrochen: »Entschuldige, aber du bezeichnest meine Landsleute als Katastrophe! Hast du überhaupt eine Ahnung, warum wir flüchten müssen? Wir werden von Bomben getötet, Männer, Frauen, Kinder! Und wenn uns der Krieg nicht umbringt, dann foltert uns der eigene Staat.«

Marie erkannte Halim, den jungen Syrer, der bei seiner erbosten Rede mit den Armen fuchtelte, als gelte es auch hier, Feinde zu verjagen.

»Halim, darum geht es doch nicht –«, versuchte die Gemeinderätin zu beschwichtigen. »Es geht darum, dass in unserem Dorf einhundertfünfzig junge Männer, die hier keine Arbeit hätten und den ganzen Tag nur herumlungern –«

Doch der junge Syrer ließ sich nicht bremsen und rief aufgebracht: »Ich bin ein junger Mann! Und ich lungere nicht herum! Haben ich oder meine Familie euch je Probleme bereitet? Ich mache ehrliche Arbeit, zahle Steuern, bin Christ und gehe am Sonntag in die Kirche! Was du sagst, ist fremdenfeindlich. Du als Vorsteherin des Pfarrgemeinderats? Du bist aber überhaupt nicht christlich! Wir wollen keine Ausländer – das ist doch rechtsradikal!«

Jetzt wird es wirklich interessant, dachte Marie und die Unruhe, die im Saal entstand, bestätigte sie. Eine Zeitlang redeten alle durcheinander und die Gemeinderätin am Rednerpult versuchte zunächst erfolglos, wieder zu Wort zu kommen. Selbst der Pfarrer hatte sich erhoben und beteiligte sich an der Diskussion, die zu Maries Überraschung zwar emotional, aber durchaus sachlich geführt wurde.

»Halim, das ist doch kein persönlicher Angriff auf dich und

deine Familie. Oder auf Flüchtlinge generell.« Der Feuerwehrmann hatte sich mit seiner tragenden Stimme durchgesetzt. »Wir wissen genau, dass wir in einer Zwickmühle sind. Natürlich ist es unsere Christenpflicht, verfolgte Menschen nicht abzuweisen, sondern ihnen zu helfen. Aber auch Hilfe muss mit Bedacht erfolgen und sie darf nicht andere Dinge zerstören, die ebenfalls sehr wichtig sind!«

»Was denn zerstören?«, rief Halim.

»Eine bestehende und sehr gut funktionierende Gemeinschaft.«

»Hilfsbedürftige Menschen zerstören also Gemeinschaften?«

»Das meine ich nicht. Aber wenn man hundertfünfzig vorwiegend junge Männer, die auf längere Sicht keine Arbeit haben werden, hier in der *Sonne* unterbringt, dann sind Konflikte vorprogrammiert. Und das hat überhaupt nichts damit zu tun, ob jemand aus Syrien kommt oder meinetwegen aus Buxtehude oder sonst woher. Wenn man junge Burschen quasi einsperrt und ihnen nichts zu tun gibt, dann kommen die über kurz oder lang auf dumme Ideen. Das ist eine Tatsache und hat mit Nationalismus absolut nichts zu tun.«

»Dann muss man ihnen Arbeit geben. Ich arbeite ja auch!«

»Halim, du kennst die deutschen Asylgesetze. Bleiberecht und Arbeitsgenehmigung zu bekommen ist ein langwieriger Prozess. Wir haben dich und deine Familie hier bei uns aufgenommen und euch in unserer Gemeinde eine neue Zukunft geschenkt. In einem solchen begrenzten Rahmen funktioniert Hilfe und Integration. Aber doch nicht, indem man ein kleines Dorf mit alten Traditionen und großem Kulturbewusstsein in ein Flüchtlingslager mit Hunderten Menschen verwandelt. Selbst große Städte scheitern an einer solchen Aufgabe.«

Der Feuerwehrmann bekam zustimmendes Gemurmel. Marie sah, wie Halim resigniert die Schultern hob und sich wieder setzte. Wer hatte in der Sache recht? Sie tendierte zu Halim. Waren nicht an den Rändern der EU Lager mit Abertausenden Flüchtlingen, die unter unmenschlichen Bedingungen lebten, weil im restlichen Europa genau diese Mentalität herrschte: helfen, ja natürlich, aber doch nicht direkt vor meiner Haustür. John, ihr amerikanischer

Chef, hatte dafür einen Begriff, der, wie er meinte, ein typisch deutsches Phänomen erklärte: *nimby*, die Abkürzung für *not in my backyard*, was so viel bedeutete wie: nicht in meinem Garten.

Lag nicht genau hier das Problem? Zu wenige fühlten sich verantwortlich oder waren bereit zu helfen, und so konnte die Last nicht in erträglichem Maße auf viele Schultern verteilt werden. Stattdessen brachen die wenigen, die sich bereit erklärten, unter ihr zusammen.

Während sie darüber nachdachte, sah sie, wie ein großgewachsener Mann mit randloser Brille ans Rednerpult trat. Im dunklen Anzug wirkte er wie ein Geschäftsmann oder Rechtsanwalt und nicht wie der Vorsitzende des Schützenvereins, als der er sich nun vorstellte. Der Zwischenruf aus dem Publikum, *Josef, wir wissen, wer du bist, fang schon an*, wurde mit Gelächter quittiert. Offensichtlich war er dafür bekannt, dass er nicht unbedingt immer sofort zum Punkt kam, was er auch sogleich bestätigte. Er holte weit aus:

»Wie ihr alle wisst, hat unser Schützenverein hier im Ort, wie in allen geschichtsbewussten bayerischen Orten, eine lange und wichtige Tradition. Wir, als Prinz-Alfons-Schützen, sehen uns als Erben des geehrten Wittelsbachers Alfons Maria Franz Clemens Maximilian von Bayern, Enkel von König Ludwig I. und einstiger General der Kavallerie. Er hat sogar sein Haus und Wappen bei den Feierlichkeiten zur Seligsprechung der heiligen Crescentia vertreten. Wir sind der zweitälteste Hirschzeller Verein und blicken auf das Gründungsjahr 1912 zurück! Hier im Gasthof wurde bis 1974 mit Luftgewehr und Zimmerstutzen geschossen, kurz zuvor haben unsere Vereinsmitglieder den Dachboden der *Sonne* zuerst um fünf und kurz darauf noch einmal um vier Schießstände erweitert, bevor wir dann in die ehemaligen Büroräume des V-Marktes in Hirschzell umziehen mussten.«

Ein älterer Herr erhob sich von seinem Platz in der ersten Stuhlreihe und nickte dem Redner freundlich zu:

»Josef, sei mir nicht böse, dass ich dich an dieser Stelle unterbreche, aber das muss ich jetzt selbst erzählen. Ich war ja als gelernter Maurer bei den Umbauten dabei.« Er wandte sich an die Zuhörerschaft und deutete mit dem Zeigefinger über sich:

»Das da, über uns, war nämlich früher ein Tanzsaal. Ja, wir jungen Leute wollten am Wochenende tanzen. Es gab zwar noch das alte Schützenheim, wo übrigens kein Schießstand war, sondern nur eine größere Wirtsstube – aber wir Jungen wollten einen richtigen Tanzsaal. Hier in der Sonne war dafür aus unserer Sicht genau der richtige Ort. Aber die Alten waren anderer Meinung. Vor allem der Pfarrer wollte das Tanzen generell verbieten. Er sagte, wer Samstag abends tanzt, schläft am Sonntag in der Kirche ein.«

Marie musste schmunzeln und auch das Publikum lachte.

»Wir haben trotzdem bis in den frühen Morgen getanzt und waren geschlossen in der Sonntagsmesse. Das nächste Problem war der Wirt. Der ist zum Bürgermeister gelaufen und hat behauptet, die Decke in der *Sonne* ist nicht stark genug und wird einstürzen. Bei uns ging ja wirklich die Post ab, wir sind gesprungen, dass alles gewackelt hat. Jedenfalls wollten wir ein Tanzverbot nicht hinnehmen. Wir haben uns zusammengetan und abends nach der Arbeit die Decke von unten mit Stützen abgesichert.«

Der Vorstand des Schützenvereins legte dem alten Herrn eine Hand auf die Schulter. »Das sind schöne Geschichten, die du erzählst. Man kann gut heraushören, dass du kein Kind von Traurigkeit warst.«

»Nein, das waren wir damals wirklich nicht.«

»Lass mich jetzt trotzdem das Anliegen meiner Prinz-Alfons-Schützen vortragen. Unser Verein hat fünfzig Mitglieder, die alle von hier aus dem Ort stammen. Ich persönlich habe unsere jetzigen Schießstände stets nur als Notlösung gesehen und trage mich schon lange mit dem Gedanken, dass so ein traditionsreicher Verein wie der unsere einen Platz in der Ortsmitte verdient hat.« Er wies mit einer ausladenden Bewegung um sich. »Hier, in der *Sonne*. Genauer gesagt, über uns, im ehemaligen Tanzsaal. Dort oben könnten wir neue, moderne, computergesteuerte Schießstände aufbauen –«

»Computergesteuert?« Marie konnte den weißhaarigen älteren Zwischenrufer erst lokalisieren, als dieser weiterredete: »So etwas haben wir früher nicht gebraucht. Wir haben einfach dort oben im Wald geschossen. Wenn wir dabei nicht nur die Scheiben getroffen haben, war das auch kein Problem. Im Gegenteil, dann gab's Fleisch zum Mittagessen.«

»Ja, früher.« Der Vorstand der Schützen lächelte gequält. »Wie dem auch sei – unser Anliegen ist es natürlich, die *Sonne* nicht abzureißen, und schon gar nicht, an ihrer Stelle ein Heim für Flüchtlinge zu bauen. Die *Sonne* sollte gründlich renoviert und zum Nutzen der ganzen Gemeinde ausgebaut werden.«

Dafür erhielt er Beifall, bis der Feuerwehrmann beschwichtigend die Hände hob, um das Klatschen zu beenden. »Ich kann mich dem nur anschließen. Dieses Gebäude ist viel zu schade, um einfach abgerissen zu werden. Die Bausubstanz ist größtenteils solide. Soweit ich mich erinnern kann, hat es hier auch nie gebrannt.» Er grinste. »Leider Gottes.«

»Ihr Feuerwehrleute habt hier sowieso kaum etwas zu tun«, stichelte der Schützenvorstand. »Eigentlich erinnere ich mich nur noch an diesen Brand mit dem Fesselballon. Allerdings habe ich vergessen, wann das war.«

»Das war 1963. Unser spektakulärster Einsatz. Wir spielten damals alle auf dem alten Sportplatz Fußball. Ein Ballon, der aus der Schweiz kam, wollte landen und war schon fast unten, aber im Wind trieb er immer wieder ab. Wir rannten natürlich sofort los und versuchten, den Ballon am abgeworfenen Seil zu halten, aber der Wind war zu stark und drückte ihn gegen das Wohnhaus und die Schreinerei Herb. Das ausströmende Gas sammelte sich unter dem Dach, entzündete sich an einem Funken, es gab eine große Explosion, und Wohnhaus und Schreinerei brannten ab. Zum Glück gab es nur Sachschaden.« Wieder grinste er: »Damals hatte die Hirschzeller Feuerwehr noch nicht mal eine Sirene. Wenn Feuer ausbrach, rannte der Kögl Schorsch durch den Ort und blies mit der Trompete den Feueralarm.«

Auch dieser Beitrag löste allgemeine Heiterkeit aus und brachte neue Redner ans Pult.

»Das ist ein gutes Stichwort«, ergriff ein drahtiger Senior im Trachtenjanker das Wort. »Da sieht man mal wieder, wie wichtig die Musik ist. Ohne sie wäre damals vielleicht das halbe Dorf abgebrannt. Aber Spaß beiseite, auch unsere Musikkapelle hat hier in Hirschzell schon immer eine wichtige Rolle gespielt. Zwar ist der Musikverein nicht ganz so alt wie die Schützen, aber wir sind vielleicht noch mehr mit der *Sonne* verbunden als alle anderen Hirschzeller Vereine. Was die wenigsten wissen, ist, dass hier draußen, wo früher der Biergarten war, immer der Maibaum aufgestellt wurde, und dazu spielte die Blaskapelle 1939 zum ersten Mal und dann noch einmal an Fronleichnam. Danach war Schluss, weil alle Spieler in den Krieg mussten. Erst nach dem Krieg ging es wieder langsam los, damals versuchten Heimatvertriebene, eine Kapelle zusammenzustellen, aber ausreichend Musiker gab es erst wieder in den siebziger Jahren. Ihr erinnert euch vielleicht, Cornelia Wiblishauser wurde im Alter von nur siebzehn Jahren Bayerns jüngste Dirigentin. Die Musik zog ins Verwaltungsgebäude der Familie Kaes, und der Musikverein wurde immer größer. Inzwischen würde uns ein schöner neuer Proberaum guttun, und hier wäre Platz genug. Wir von der Musik haben uns umgesehen – man könnte das Dachgeschoss ausbauen. Was ich sagen will – hier in der *Sonne* als Gemeindehaus könnten viele unserer Vereine und Gemeinschaften ein neues Zuhause an einem zentralen Ort in Hirschzell finden. Es wäre eine Schande, das Gebäude abzureißen. Und wenn ich daran denke, dass es, wenn es nach dem Willen der Brauerei geht, hier bald einen dieser Wohnkästen geben soll, dann blutet mir das Herz. Ganz davon abgesehen, dass ich einer Meinung mit euch bin – natürlich muss man den armen Menschen helfen. Aber dies hier ist der falsche Ort. Viele von uns haben noch jede Menge Erinnerungen an die *Sonne* und einer von uns wurde sogar noch genau hier an diesem Ort geboren –«

Wieder wurde es ziemlich laut im Saal, mit Zwischenrufen und Beifall. Marie beschloss, dass es bald an der Zeit war, die Veranstaltung zu verlassen. Vor ihr war beinahe die komplette Reihe aufgestanden und diskutiert heftig. Sie konnte das Rednerpult kaum mehr sehen. Aber sie hörte, wie ein anderer Mann erzählte, ja, er sei hier geboren worden, als eines von vier Kindern; der Vater musste in den Krieg und kam nicht mehr heim, die Mutter konnte von der kargen Witwenrente die Kinder kaum ernähren, und oft gingen sie mit einem Kanten Brot zur Käserei gegenüber, wo man ihnen ein Stück Romadur gab. Im Krieg mussten sie bei Fliegeralarm in den Keller der Käserei, das war fast immer nachts. Sie als Kinder wurden aus dem Schlaf gerissen und von der

Mutter wie Vieh nach drüben in den provisorischen Luftschutzkeller unter der Käserei getrieben, und das waren schlimme, angstvolle Stunden. Nach dem Krieg hockten sie oft am Fenster der Wohnung auf der Stirnseite der *Sonne* an der Hauptstraße, die natürlich nur ein breiter, ungeteerter Weg war, und sahen zu, wie die Bauern die Milch für die Käserei anlieferten.

»Die Käserei ist ein gutes Stichwort!« Eine junge Frau, etwa in Maries Alter, hatte die Aufmerksamkeit der Zuhörer gewonnen. Sie trug Tracht, die wohl dem Musikverein zuzuordnen war, und hatte ein rundes, fröhliches Gesicht. »Meine Großmutter hat in der Käserei gearbeitet. Aber sie war auch oft hier in der *Sonne*, um auszuhelfen. Sie hat mir eine Geschichte erzählt, die mich immer zum Schmunzeln bringt. Am Kriegsende kamen die Amerikaner. Sie fuhren mit ihren Jeeps überall herum und durchsuchten alle Häuser, auch hier in Hirschzell. Als sie zur *Sonne* kamen, war Großmutter gerade mit einem Stück Romadur für die Wirtschaft aus der Käserei gekommen. Die Amis klopften an der Tür, Großmutter öffnete und erschrak furchtbar. Sie hatte noch nie in ihrem Leben einen Schwarzen gesehen und dachte, der Leibhaftige steht vor der Tür. Sie schlug ein Kreuzzeichen, langte nach dem Käse und gab ihn dem Soldaten mit den Worten: *Nimm und verschwind', sonst hol' ich den Pfarrer.* Der Ami war so verdutzt, dass er tatsächlich auf dem Absatz kehrtmachte und verschwand.«

Das Gelächter verebbte erst langsam wieder. Marie stand auf und kämpfte sich durch die Stuhlreihen. Sie hatte genug Erinnerungen aus der sogenannten guten alten Zeit gehört. Sie war schon an der Tür, als ihr jemand zurief: »Warten Sie!«

Sie blieb stehen. Die alte Dame, die sich zu Beginn des Treffens als Pfarrgemeinderätin vorgestellt hatte, wollte sie zurückhalten.

»Wir möchten Sie bitten, dass Sie das alles so in Ihrer Zeitung schreiben. Die *Sonne* darf nicht abgerissen werden. Wir sind nicht gegen Flüchtlinge und haben nichts gegen ein paar, aber man darf sie nicht alle hierherschicken. Am besten, Sie schreiben, dass die Brauerei die *Sonne* an jemand verkaufen soll, der sie schön renoviert und in den Dienst der Gemeinde stellt.«

»Ich sagte Ihnen doch schon, dass ich nicht von der Presse bin. Ich bin rein privat –«

Die Gemeinderätin ließ sie nicht ausreden. »Schreiben Sie, die *Sonne* muss ein Gemeindehaus für Hirschzell werden.«

HIRSCHZELL
1756

Agnes war auf dem Rückweg vom Kloster. Magda, ihre Mutter, war im Winter krank geworden, sie hatte einen schlimmen Husten mit blutigem Auswurf bekommen und wurde zusehends schwächer. Agnes machte sich große Sorgen, zumal die Mutter, störrisch wie ein Esel, jede Hilfe verweigerte und nur zwischen zwei Hustenanfällen ausrief: »Wenn man einen dieser Quacksalber zu sich lässt, kann man sich gleich ins Grab legen.«

Ins Kloster war sie gelaufen, um Ratschläge, aber auch Mittel für die Heilung der Mutter zu erhalten.

Eigentlich hätten ihre Mutter und sie es nach der Flucht vor dem Krieg kaum besser treffen können. Eine Magd ohne Mann mit einem Kind fand nur schwer einen Platz. Die Bauern, die Arbeit hatten, dachten meist, so ein Balg wäre nur ein Klotz am Bein und die Mutter würde sich mehr um das Kind kümmern als um die Arbeit. Aber hier in Hirschzell waren sie beim Flachsbauern untergekommen. Er wurde so genannt, weil er der Einzige war, der noch Lein anbaute. Eigentlich hieß er Magnus, ein Baum von einem Mann mit breiten Schultern und Händen wie ein Schmied. Als er Magda einstellte, war sein Weib guter Hoffnung. Sie hatte bereits zwei Kinder bei der Geburt verloren, nach Meinung der Wehmutter war die Bäuerin unten viel zu schmal, um Kinder zu gebären, und sie sollte eine weitere Schwangerschaft verhindern, damit das nächste Kind sie nicht umbrachte. Doch genau das geschah. Das dritte Kind überlebte, aber Magnus' Weib starb kurze Zeit nach der Geburt. Magda wurde neben der Feldarbeit noch zur Ersatzmutter, wobei meist Agnes die Aufgabe übernahm, auf den Säugling aufzupassen. Das Trauerjahr ging vorüber und Magnus, den der Tod der Ehefrau nicht zu seinem Besten verändert hatte, machte Magda zu seinem neuen Weib. Damit war sie zur Bäuerin eines der größten Höfe Hirschzells aufgestiegen.

Doch in diesem Winter war sie krank geworden. Die heilkundige Nonne, die Agnes im Kloster besuchte, hatte nicht einmal die Klosterbibliothek zu Rate gezogen, sondern nach Agnes'

Beschreibung ihr Urteil über Magdas Krankheit gleich gefällt:

»Deine Mutter leidet an *Phthise*.«

»An was?«, fragte Agnes.

»Man nennt es auch die weiße Pest oder Schwindsucht.«

Agnes erschrak bei dem Wort Pest. Sie wusste, dass der schwarze Tod in vergangenen Zeiten eine unermesslich große Zahl von Menschen dahingerafft hatte. Ängstlich fragte sie: »Ist das schlimm?«

Die Nonne blickte nur streng und ließ die Frage unbeantwortet. Stattdessen sagte sie: »Komm mit.«

Agnes folgte ihr zuerst in ein kühles Kellergewölbe, aus dem die Nonne ein kleines Tongefäß holte. Dann ging sie in den Klostergarten voraus, der an einem Hang gelegen war. Dort sammelte sie verschiedene Kräuter und band sie zusammen. Sie reichte alles Agnes und erklärte ihr genau, was damit zu tun war:

»In diesem Tiegel ist eine Tinktur aus abgeschäumtem Honig, weißem Pfeffer, Petersilie, Liebstöckel, Wiesenkümmel, Knorpelmöhre und Fenchelsamen. Gib deiner Mutter jeden Morgen einen Löffel davon auf nüchternen Magen. Diese Salbe muss acht Tage in der Sonne reifen. Wenn du also merkst, dein Vorrat geht zu Ende, komm rechtzeitig wieder, damit ich eine neue ansetzen kann.«

Agnes nahm das Tongefäß entgegen.

»Hier sind noch Schilfrohr, Speichenähre, Süßholz, Hanf und Ackerkraut. Du zerstampfst alles und rührst es in Honig. Das streichst du der Kranken einmal täglich auf die Brust. Es wird den Husten lindern. Hast du das verstanden?«

Agnes nickte.

»Weiterhin hilft der Speck einer Sau, die mit Steinlinsen gemästet wurde.«

»Steinlinsen? Unsere Sauen bekommen nur die Abfälle.«

»Steinlinsen wären besser. Sei's drum. Du kochst also drei Unzen Fett in drei Schoppen Wein und gibst das deiner Mutter zum Trinken.«

»Wir haben keinen Wein. Bei uns gibt es nur Bier.«

Die Nonne hob die Brauen. »Dann probiere es mit Bier. Wein wäre besser. Wichtig ist, dass sie auch das mit Honig schluckt.«

Agnes schwirrte der Kopf. Das sollte sie sich alles merken? Die Nonne fuhr unerbittlich fort:

»Noch zwei Dinge: Du musst eine Eidechse fangen.«

»Eine Eidechse?«

»Wiederhole nicht alles, was ich sage. Es sollte eine grüne Eidechse sein. Sie lieben die Sonne und sitzen, wenn sie scheint, auf hellen warmen Steinen. Halte also danach Ausschau. Wenn du sie fängst, pass auf, dass du sie nicht nur am Schwanz erwischst, sonst hast du nämlich nur den in der Hand. Eidechsen werfen ihn ab, wenn man sie so fangen will. Dann musst du sie kochen. Auch dafür bräuchtest du eigentlich Wein, aber den hast du ja nicht, also nimm wieder Bier. Wenn alles fertig ist, gibst du deiner Mutter täglich drei Löffel, bis zur Genesung.«

Agnes schauderte bei dem Gedanken, ein solches Gebräu trinken zu müssen.

»Guck nicht so«, sagte die Nonne streng. »Arznei muss bitter schmecken. Sonst hilft sie nicht. Zuletzt: Habt ihr Ziegen oder Esel?«

»Ziegen und einen Esel, ja.«

»Gut. Dann gib ihr auch täglich von der Milch der Tiere zu trinken.«

»Unser Esel ist ein Mann.«

Die Nonne hob die Augen zum Himmel. »Dann nur die Ziegenmilch. Ich hoffe, du kannst dir alles merken.«

Agnes blickte auf die Kräuter und den kleinen Tonkrug. Sie nickte: »Ja, kann ich.«

»Dann geh jetzt. Und vergiss nicht, rechtzeitig wiederzukommen, wenn dein Vorrat zur Neige geht.«

»Wie lange muss ich Mutter das alles geben?«

»Bis der Husten und das Blutspucken aufhört und sie wieder bei Kräften ist.«

»Sie wird doch wieder gesund«, flehte Agnes.

Die Nonne blickte an Agnes vorbei. »Das liegt allein in den Händen Gottes des Allmächtigen.«

Auf dem Heimweg musste Agnes zurück auf die andere Flussseite. Sie lief am Ufer entlang, um die flache Stelle mit den Steinen wiederzufinden. Die Furt lag ein gutes Stück weiter oberhalb auf Höhe der Stadt und das hätte einen großen Umweg bedeutet. An den Tagen zuvor hatte es geregnet und der Fluss führte viel Wasser.

Sie spürte den Tiegel und die Kräuter in der Leinentasche, die sie sich umgehängt hatte. Beim Laufen sagte sie sich vor, was damit zu tun war, damit sie nichts vergaß: »Von der Tinktur aus dem Töpfchen einen Löffel für die Mutter auf nüchternen Magen. Die Kräuter zerstampfen, mit Honig verrühren und der Mutter auf die Brust schmieren. Saufett in Bier kochen und ihr zum Trinken geben.« Agnes überlegte. War noch Fett im Krug in der Kammer? Sie bezweifelte es. Die Sau würde erst im Herbst geschlachtet werden, aber der Herbst kam noch lange nicht. Vor den vergangenen Regentagen war gerade erst zögernd der Sommer eingezogen. Vielleicht konnte sie sich vom Nachbarn etwas borgen. Bier bekam sie in der Wirtschaft, die schräg gegenüber lag.

Eine grüne Eidechse in Bier kochen. Wie man Eidechsen fing, wusste sie wahrscheinlich besser als die Nonne. Als Kinder waren sie im Sommer oft oben in der Ruine des alten Schlosses auf den Mauern herumgeklettert und hatten um die Wette geeifert, wer die meisten der flinken Tierchen erwischen konnte. Eine Eidechse, die dabei ihren Schwanz abgeworfen hatte, zählte nur halb. Allerdings wurden die Tiere danach wieder freigelassen und nicht gekocht. Immer noch schauderte Agnes bei dem Gedanken, vor allem, weil sie vergessen hatte, die Nonne zu fragen, wie die Eidechse gekocht werden sollte. Musste man sie lebend und im Ganzen in den Topf werfen, oder wie die Kräuter vorher zerstampfen? Am besten, sie sagte der Mutter gar nicht, was sie da trinken sollte, sonst würde sie sich am Ende noch dagegen sträuben.

Agnes erinnerte sich an die beiden schief gewachsenen Erlen, deren Zweige mit den hellgrünen Frühjahrstrieben wie ein Torbogen den Weg zu der seichten Stelle wiesen. Sie schlüpfte aus den Sandalen, raffte den Rock hoch und stieg vorsichtig ins flache Wasser. Der Untergrund war glitschig und sie musste achtgeben, dass sie nicht ausrutschte. Gleich neben den Steinen wurde das Wasser tief, und nach den Regenfällen war die Strömung so stark, dass sie einen mühelos davonreißen konnte. Agnes konnte nicht schwimmen und sie erinnerte sich daran, dass immer wieder Vieh, aber auch unachtsame Menschen im Fluss ertranken, wenn er Hochwasser führte.

Sie schaffte es wohlbehalten zur anderen Seite und nur ihr Rocksaum wurde etwas nass. Sie zog die Sandalen wieder an und kletterte die Uferböschung hoch. Von hier aus waren bereits der Kirchturm und die Dächer der Hirschzeller Höfe zu sehen. Sie rückte den Beutel mit den Zutaten für die Heilmittel zurecht, bog in den Weg ein, der zum Dorf führte, und beschleunigte ihre Schritte. Der Mutter ging es von Tag zu Tag schlechter. Es durfte keine weitere Zeit mehr verloren werden.

Als sie den Hof erreichte, hörte sie laute Worte aus dem Stall. Zuerst glaubte sie, der Bauer schimpfe mit dem Knecht, was nicht selten vorkam. Mittlerweile hatten ihre Mutter und sie aber auch feststellen müssen, dass dies der Preis war, den vor allem Agnes für das Dach über dem Kopf und das Sattwerden zahlen musste: dem Bauern konnte man es nicht recht machen. Egal, was man tat, stets gab es etwas auszusetzen, so hart man auch arbeitete, nie war es genug. Sehr schnell war ihnen beiden der wahre und einzige Grund für die Heirat klar geworden. Mit Weib und Stieftochter hatte er gleich zwei Arbeitskräfte, für die er keinen Lohn brauchte.

Das Schimpfen wurde lauter, doch Agnes erinnerte sich nun daran, dass sie den Knecht auf dem Feld gesehen hatte. Der konnte also nicht der Grund für den Zorn des Bauern sein. Sie lief zum Stall, wo sie zuerst Magnus sah, der mit hochrotem Kopf dastand und schrie:

»Du bist mein Weib, also hast du zu tun, was ich dir sage!«

Nun sah sie auch die Mutter. Sie war kreidebleich, hockte hustend und blutspuckend da und zitterte am ganzen Leib. Sofort lief sie zu ihr und legte schützend den Arm um sie. »Sie ist doch krank, kümmert dich das gar nicht?«, rief sie dem Bauern zu.

»Ich habe sie nicht zum Weib genommen, damit sie krank wird!«, schrie dieser zurück. »Die Arbeit muss getan werden! Und du hältst dich raus! Dein Platz ist in der Küche und auf dem Feld. Also verschwinde hier!«

Agnes fürchtete den Bauern und seine rohe Gewalt, die er rücksichtslos ausübte. Trotzdem zog sie die Mutter nun hoch und führte sie, ungeachtet seiner Drohungen, aus dem Stall über den Hof in ihre Kammer. Magda war so schwach, dass sie sich nicht einmal dagegen wehren konnte. Der Bauer war ihnen schimpfend mit der Mistgabel gefolgt, aber Agnes' Entschlossenheit, die Mutter zu schützen, schien ihn zurückzuhalten. Er wagte es nicht, die Mistgabel gegen sie zu erheben und zog sich schimpfend zurück. Agnes redete beruhigend auf ihre Mutter ein:

»Ich war bei den Nonnen im Kloster und sie haben mir Heilmittel gegeben, damit du bald wieder gesund wirst.«

Die Mutter hustete und schwieg.

»Ich muss noch ein oder zwei Dinge besorgen, um die Arzneien fertigzustellen. Bitte bleib hier und ruh dich aus. Lass dich von ihm nicht zur Arbeit zwingen. Du bist krank, das muss er doch verstehen.«

»Ich bringe allen nur Unglück«, keuchte Magda und musste innehalten, weil der Husten sie immer wieder schüttelte. »Nichts als Unglück.«

Agnes hatte ein ungutes Gefühl, die Mutter alleine zu lassen. Seit dem Tod seines ersten Eheweibs ging der Bauer mit Menschen um wie mit seinem Vieh, das nur zum Nutzen da war. Bei ihm bekam ein Gaul, der als Zugtier zu klapprig geworden war, kein Gnadenbrot. Er neigte immer mehr zu Jähzorn, und wenn ihm etwas nicht passte, war man besser nicht in seiner Nähe.

Sie trat vor die Tür und spähte nach ihm, konnte ihn aber nirgends entdecken. Vielleicht war er aufs Feld gegangen, um seinen Zorn am Knecht auszulassen. Rasch beschloss sie, zum Schlossberg zu laufen. Die Sonne stand schon tief, und wenn sie noch eine Eidechse erwischen wollte, musste sie sich beeilen.

Das Schloss war einst eigentlich eine Burg gewesen, aber jetzt war es nur noch eine Ruine. Der Pfarrer, der sich mit Geschichte auskannte, erzählte von Kemnater Burgherren aus dem Benzenauer Rittergeschlecht und davon, dass sie ihren Besitz in Hirschzell veräußert hatten, aber danach dies alles wiederum an einen Augsburger Domherren verkauft wurde. Für Agnes war es unbegreiflich, wie viel Reichtum es gab, um Burgen und ganze Ortschaften zu kaufen oder zu verkaufen. Aber über den Reichtum der Kirche ließ sich der Pfarrer nicht so gern aus und auch nicht darüber, dass mit dem Wechsel der Besitzer nicht nur Land und Hof unter neue Herrschaft kamen, sondern auch Mensch und Tier.

Agnes kletterte über lose Steine und niedrige Mauerreste. Als Kind hatte ihr die Mutter in der alten Heimat oft von Burgen und Rittern erzählt. »Schlaf ein jetzt und sei immer brav. Vielleicht kommt dann einmal ein stolzer Ritter auf seinem weißen Ross und nimmt dich mit auf sein Schloss, wo du wohnen darfst.« Die Erinnerung versetzte ihr einen Stich. Ritter gab es längst nicht mehr, sie waren zu Soldaten geworden, die wie ihr Vater in den Krieg zogen und dort starben. Außerdem mochte sie keine Schimmel, denn die waren meist gar nicht weiß, sondern sahen eher grau und schmutzig aus.

Agnes blickte sich um. Außer den losen, verfallenen Mauerresten und einem Steinhaufen in der Mitte war von der Burg nichts mehr übrig. Trotzdem waren sie als Kinder hierher zum Spielen gekommen, sie fochten mit Haselnussstöcken wie mit Schwertern und warfen mit Steinen nach Eindringlingen, die ihre Burg erobern wollten und die sie sich natürlich nur ausgedacht hatten.

Inzwischen stand die Sonne so tief, dass ein Großteil der Mauerreste im Schatten lag. Sie lief zur Rückseite der Ruine, an den Überresten der alten Burgmauern entlang. Hier hinten war sie noch nie gewesen, und auch als Kinder hatten sie diesen Teil der alten Burg gemieden, weil die Erwachsenen Schauermärchen von Geistern erzählten, die herumspukten, Kinder in bodenlose Löcher hinabzogen und nie wieder herausließen. Inzwischen wusste sie natürlich, dass die Spukgeschichten dazu dienten, sie von diesem gefährlichen Bereich fernzuhalten. Es gab tatsächlich einige verdeckte Löcher und es hieß, ein Kind sei hier oben einmal beim Spielen in einen alten Brunnenschacht gefallen und darin elendiglich umgekommen. Danach habe man zwar alle offenen Stellen mit Steinen und Erde zugeschüttet, aber es war nicht auszuschließen, dass es noch mehr davon gab.

Agnes suchte die Mauerreste ab, die noch nicht im Schatten lagen und entdeckte schließlich tatsächlich eine Eidechse, die sich auf einem Stein sonnte. Vorsichtig näherte sie sich, doch das flinke Tier schien sie zu bemerken und verschwand unter den Steinen. Agnes wollte sich schon abwenden, als die Eidechse ein Stück weiter entfernt wieder auftauchte. Sie folgte ihr einen kleinen Abhang hinab und blieb überrascht stehen. Dort, wo das Tier nun erneut verschwunden war, tat sich ein breiter Spalt auf. Agnes nahm ihn genauer in Augenschein. Sie räumte ein paar Steine zur Seite und erkannte, dass es sich offensichtlich nicht nur um ein Loch in der Erde handelte. Soweit sie sehen konnte, war da eine Art Gang, durch den ein Kind wohl mühelos krabbeln konnte. Ein Ende dieses Ganges war nicht zu erkennen, irgendwo weit hinten verlor er sich in schwarzer Dunkelheit.

Sie erschauderte und zögerte einen Moment. Aber die Neugierde siegte. Sie holte tief Luft, ging auf alle viere und kroch in den dunklen Gang.

Beim Verlassen der *Sonne* lief Marie Dr. Heinrich direkt in die Arme, und zwar buchstäblich. Sie hatte sich am Ausgang noch einmal umgedreht, um klarzustellen, dass sie wirklich keine Journalistin war, doch die Aufmerksamkeit in der Wirtsstube hatte sich bereits auf den nächsten Redner gerichtet. Bei ihrem nächsten Schritt stolperte sie über die Türschwelle und wäre wohl gestürzt, doch genau in diesem Augenblick kam Dr. Heinrich um die Ecke, fing sie auf und kommentierte:

»Hoppla!«

Marie war es unendlich peinlich, vor allem, als sie sah, was sie angerichtet hatte, als er sie wieder losließ. Um Halt zu finden, wollte sie sich an irgendetwas festklammern und hatte dabei offensichtlich die Brusttasche aus seinem Hemd gerissen.

»Ich bitte vielmals um Entschuldigung«, stammelte sie und wollte zunächst das Stoffstück hinter ihrem Rücken verstecken.

»Das können Sie gern behalten«, grinste Dr. Heinrich, »diese Tasche war sowieso vollkommen überflüssig und hat das schöne Hemd eigentlich nur verschandelt.«

Marie starrte auf den klaffenden Riss, den ihre Schusseligkeit verursacht hatte.

»Nun schauen Sie nicht so«, versuchte Dr. Heinrich, sie zu beruhigen. »Das Hemd ist uralt und gehört eigentlich schon lange in die Altkleidersammlung. Normalerweise habe ich es nur noch zum Arbeiten an.«

»Es tut mir leid.« Marie war bis unter die Haarwurzeln rot geworden. Sie stotterte, während sie Dr. Heinrich linkisch das abgerissene Stück Stoff reichte: »Das … gehört … Ihnen.«

»Vielen Dank.« Er nahm den Stofffetzen, betrachtete ihn nachdenklich und deutete dann auf den Eingang: »Sind die da drin schon fertig?«

»Nein. Ich bin nur schon gegangen.«

»Es freut mich, dass Sie überhaupt da waren. Das heißt ja, dass nicht alles hoffnungslos ist. Eigentlich sollte ich ja der

Hauptredner sein und die Diskussion sozusagen leiten. Aber mir ist leider etwas dazwischengekommen.«

»Ihre Mutter«, sagte Marie vorsichtig.

»Sie wissen Bescheid? Ja. Sie ist gestürzt und hat sich wohl den Oberschenkelhals gebrochen. Eigentlich wollte ich sie in München in die Klinik bringen, aber sie wollte unbedingt hierher nach Kaufbeuren. Sie sagt, hier wurde sie geboren und hier will sie sterben.«

»Sie haben sie aber doch wohl nicht mit einem Oberschenkelhalsbruch in Ihrer Klapperkiste –«

»Aber nein.« Dr. Heinrich lachte. »Natürlich nicht. Ich bin dem Krankenwagen hinterhergefahren.«

»Warum denkt Ihre Mutter, sie wird sterben?«

»Sie ist über neunzig und hat wohl einmal gehört, dass bei vielen alten Menschen ein solcher Bruch dazu führt, dass man nicht mehr auf die Beine kommt, und dass dies der Anfang vom Ende ist. Ich habe ihr natürlich erklärt, dass es Unsinn ist, und auch, dass man in einer Universitätsklinik bestimmt besser aufgehoben ist als in einem Provinzkrankenhaus. Aber das wollte sie nicht hören.«

»Alte Menschen sind eben manchmal nicht mehr sehr –« Marie suchte nach dem richtigen Wort.

»Flexibel«, half Dr. Heinrich.

»Nun ja, sie haben viel erlebt, und wissen, was sie wollen.«

»Hauptsächlich Letzteres. Sie kennen das wohl von Ihrer eigenen Mutter?«

»Meine Mutter lag ein dreiviertel Jahr im Wachkoma, bevor sie endlich sterben durfte.« Marie überlegte, ob sie tatsächlich den ganzen Krankheitsverlauf ihrer Stiefmutter erzählen sollte.

»Wie ist das passiert?«, kam ihr Dr. Heinrich zuvor.

»Sie hatte einen –«, wieder zögerte sie.

»– Oberschenkelhalsbruch?«

»Ja. Sie war in der Wohnung auf der Treppe gestürzt, obwohl ich sie immer gewarnt habe, sie soll die Treppe nicht mehr benutzen. Ich wollte ihr einen Treppenlift einbauen lassen, aber das hat sie vehement abgelehnt. Ein paar Tage nach der Operation ist sie ins Wachkoma gefallen.«

Dr. Heinrich wollte gerade etwas erwidern, als die Tür der alten Gaststätte aufging und die Leute herausströmten. Einige blieben stehen, berichteten von der Versammlung und baten Dr. Heinrich, bei den Verhandlungen um die Zukunft der *Sonne* bloß nicht klein beizugehen. Als sie gegangen waren, ertappte Marie sich dabei, wie sie einen Anflug von Mitleid verspürte. Sie konnte seine Sorge um die alte Frau gut verstehen.

»Und Sie fahren jetzt wieder zurück nach München?«

»Wie bitte?« Marie war noch so bei diesem Gedanken, dass sie erst nach einer Weile verstand. »Ach so. Nein. Ich habe jetzt ein paar Tage Urlaub und fahre weg.«

»Aha. Darf ich fragen, wohin es geht?«

»Nach Oberstdorf. In die Berge.«

»Alleine? Haben Sie denn Erfahrung?«

»Mit den Bergen? Feste Schuhe, den Wetterbericht und Google Maps. Mehr wird es wohl nicht brauchen.«

»Meinen Sie? Haben Sie sich schon eine Tour ausgesucht?«

»Das mache ich, wenn ich vor Ort bin. Ich gucke morgens aus dem Fenster, sehe mir die Berge an und steige auf den, der mir am besten gefällt.«

Dr. Heinrich streifte sie mit einem skeptischen Blick. »Klingt ein wenig improvisiert. Das kann sehr schnell gefährlich werden.«

»Das lassen Sie mal meine Sorge sein.«

»Ich kenne übrigens eine sehr schöne Einsteigertour.«

Marie hob die Brauen. »Einsteigertour? Sie meinen, so etwas wie einen kleinen Spaziergang, bei dem es einmal ein ganz kurzes Stück einen Hügel hinaufgeht und wo an jeder Ecke jemand von der Bergwacht steht, um die Blasen zu verarzten, die man sich in seinen neuen Sandalen gelaufen hat? Und mich vor Dehydrierung bewahrt, die mir natürlich nach dem zehnminütigen Gewaltmarsch droht?«

Er lachte laut. »Sie haben wirklich eine spitze Zunge. Ich mache mir nur Sorgen um Ihre Sicherheit. Die Gefahr in den Bergen wird von Großstädtern immer wieder unterschätzt und dann kommt es zu schweren Unfällen. Aber die Tour, von der ich spreche, ist nicht in Sandalen zu empfehlen und es geht auch nicht nur einen kleinen Hügel hinauf. Drei Stunden Aufstieg verlangen schon eine ganz gute Grundkondition. Aber das ist nur ein Angebot, das Sie natürlich nicht annehmen müssen.«

»Sollten Sie jetzt nicht bei Ihrer Mutter sein?«

Dr. Heinrich runzelte die Stirn. »Doch, natürlich. Ich verstehe nicht ganz –«

»Ihre Mutter liegt mit Oberschenkelhalsbruch im Krankenhaus und Sie wollen mit mir auf Bergtour gehen? Sollten Sie sich nicht lieber um sie kümmern als um mich?«

»Ach so.« Der Doktor schüttelte den Kopf. »Da haben Sie mich jetzt falsch verstanden. Ich will Sie nicht begleiten, sondern Ihnen die GPS-Daten der Tour aufs Handy schicken.«

Marie war ihr Irrtum ungeheuer peinlich. Gerade hatte sie Dr. Heinrich indirekt beschuldigt, ein schlechter Sohn zu sein, einer, den das Schicksal seiner Mutter vor einer schweren Operation nicht kümmert. »Ach so«, stotterte sie, »ja, natürlich wollen Sie mich nicht begleiten – die Daten können Sie mir gerne schicken.«

Dr. Heinrich sah sie freundlich an und schien auf etwas zu warten.

»Tja, ich werde mich dann mal auf den Weg machen.« Marie schickte sich an zu gehen, wurde aber von Dr. Heinrichs Stimme aufgehalten:

»Moment.«

Sie hielt inne. »Ja?«

»Ich brauche die Nummer.«

»Die Nummer?«

»Ja, die Nummer. Sonst kann ich Ihnen die Daten nicht schicken.«

»Ach, *die* Nummer.« Marie kam sich wie ein stotternder Teenager vor. Dr. Heinrichs nachsichtiger Blick machte die Sache auch nicht besser. Sie fummelte ihr Handy aus der Tasche, wischte hektisch über das Display und lachte dabei künstlich:

»Ich kann mir hundert Nummern merken, bloß die eigene nicht.«

»Das liegt daran, dass man sich selbst so selten anruft. Geht mir genauso.«

»Hier – jetzt habe ich sie.« Marie nannte ihm die Nummer und sah zu, wie er sie eintippte.

»Gut. Vielen Dank. Ich schicke Ihnen gleich die Daten.« Dr. Heinrich nickte ihr freundlich zu. »Die Tour wird Ihnen gefallen, glauben Sie mir. Wenn Sie oben sind, werden Sie hingerissen sein von der Aussicht. Das Wetter spielt ja auch mit.«

Marie bedankte sich. Sie steckte ihr Handy weg und sah sich um. Sie wollte jetzt keinen Gedanken mehr an dieses unsägliche Projekt verschwenden. Sie musste es so schnell wie möglich aus ihrem Kopf bekommen. Sie hatte Urlaub. Ihr Ziel waren jetzt die Berge. Sie wandte sich erneut zum Gehen.

»Moment.«

Marie seufzte: »Noch etwas?«

Dr. Heinrich nickte: »Ja. Erinnern Sie sich nicht, was ich Ihnen gesagt habe?«

»Natürlich erinnere ich mich an die Dinge, die Sie mir gesagt haben. Was, konkret, meinen Sie jetzt?«

»Ich wollte Ihnen doch etwas zeigen. Ich habe etwas sehr Wichtiges entdeckt.«

»Und das müssen Sie mir unbedingt jetzt zeigen?«

»Ja. Kommen Sie mit.«

»Wohin denn?«

Dr. Heinrich rollte bedeutungsvoll die Augen: »In das Gewölbe unter der *Sonne*.«

HIRSCHZELL
1756

Agnes hatte seit ihrer Kindheit Angst vor der Dunkelheit. Natürlich wusste sie, dass diese Angst von dem Dachsbau herrührte, in dem sie sich immer verstecken musste, wenn die Auswüchse des Krieges auf den Hof übergriffen. Der verlassene Dachsbau war ihr immer ein Ort der Sicherheit und Geborgenheit gewesen, bis zu dem Zeitpunkt, als sie Gesellschaft von einem neuen Dachs bekam. Der wollte die Höhle für sich und verbiss sich so lange in ihrem Fuß, bis der Knecht ihn mitsamt ihr aus dem Bau zog und mit einem Knüppel erschlug. Die Narbe des Bisses zeichnete ihren Fuß noch heute.

Und nun steckte sie wieder kopfüber in einem dunklen Loch, in das sie auch noch freiwillig und ohne Not gekrochen war. Sie krabbelte auf allen vieren im immer schwächer werdenden Lichtschein des Eingangs, der hinter ihr lag. Der Geruch von feuchter Erde umgab sie. Inzwischen war es beinahe vollkommen dunkel und sie hielt inne. Sie zitterte vor Angst und Aufregung. Wenn sie umkehren wollte, müsste sie rückwärts kriechen. Allerdings spürte sie mehr als sie sah, dass der Gang vor ihr höher wurde. Ihre Neugier war größer als die Furcht vor der Dunkelheit und dem Ungewissen. Sie tastete sich mit den Händen an den feuchten Wänden entlang und stellte erstaunt fest, dass diese nun aus der groben Oberfläche von Steinen bestanden. Irgendjemand hatte diesen Teil des Gangs gemauert. Vorsichtig richtete sie sich auf, bis sie gegen die Decke stieß, nach ein paar Schritten in gebückter Haltung konnte sie aber beinahe vollkommen aufrecht gehen. Inzwischen war sie von vollkommener Schwärze umgeben. Wieder überlegte sie, umzukehren, doch sie war schon so weit gegangen und wollte unbedingt wissen, wohin der Gang führte. Also tastete sie sich weiter. Nun wurde es wieder enger und niedriger. Sie duckte sich, und als sie wieder kriechen musste, bereute sie, dass sie nicht schon längst umgekehrt war. Doch dann sah sie vor sich etwas wie einen fahlen Strich, sehr schwach zunächst, so dass sie schon glaubte, sie hätte sich geirrt. Aber der Strich wurde stetig heller, und bald erkannte sie, dass es sich tatsächlich um einen Lichtstreifen handelte. Sie sah auch, warum der Gang wieder niedriger geworden war, ein Teil der Decke war wohl eingestürzt und bildete ein Hindernis, über das sie klettern musste.

Der Lichtstreifen wurde immer heller und bald hatte sie das Ende des Gangs erreicht. Eine niedrige Rampe aus Erde und losen Steinen führte zu einer hölzernen Wand. Sie begann, die Umrisse abzutasten. Konnte es sein, dass das schmale Stück Holz hinter dem Schutt so etwas wie eine Tür oder Klappe war? Sie drückte dagegen und spürte Widerstand. Sie grub mit den Händen und räumte Erdreich und lose Steine zur Seite. Wieder drückte sie gegen das Holz, musste aber erkennen, dass noch wenigstens die Hälfte des Holzes vom Erdreich und den Steinen zugeschüttet war. Wieder hielt sie inne. War es nicht gefährlich, was sie hier tat? Was lag hinter diesem hölzernen Hindernis? War es der Zugang zu etwas, das verschlossen sein sollte? War es überhaupt ein Zugang? Fest stand nur, dass dahinter etwas war, etwas, in dem es Licht gab, das durch den Spalt schien.

Sie klopfte gegen das Holz und vernahm ihre eigene Stimme, die den schwachen und unsicheren Versuch unternahm, etwas zu rufen: »Hallo? Ist da jemand?« Sie lauschte, hörte aber nichts und grub nach kurzer Stille weiter. Oder hörte sie jetzt doch etwas? Wieder hielt sie inne und lauschte. Ein dumpfes Geräusch von der anderen Seite? Oder eine Sinnestäuschung, hier in der Dunkelheit?«

»Hallo, ist da jemand?«

»Hallo!«

Sie erschrak fürchterlich. Da war tatsächlich jemand hinter dieser schmalen, niedrigen Tür, und dieser jemand hatte ein dumpfes *Hallo* gerufen! Jetzt klopfte etwas gegen das Holz. Sie hob die Hand, zögerte und klopfte dann ebenfalls.

»Hallo!«

Ein Rütteln an dem Holzbrett. Sie schaufelte mit den Händen mehr Erdreich zur Seite, und mit einem Krachen landete das Brett auf ihrer Stirn. Sie stieß einen spitzen, ängstlichen Schrei aus. Sterne tanzten vor ihren Augen, Licht blendete sie.

Ein erstauntes Jungengesicht schien vor ihr auf und ab zu tanzen. Sie stieß den angehaltenen Atem aus:

»Max?«

»Agnes. Woher kommst du denn?«

Beinahe hätte sie vor Erleichterung losgeheult, aber nun kicherte sie. »Ich komme von droben. Vom Schloss.«

»Vom Schloss?«

»Schau nicht so. Ja, vom Schloss.«

Max, der Sohn des Sonnenwirts, schüttelte ungläubig den Kopf. »Also gibt es ihn doch.«

»Gibt es wen?« Agnes versuchte, ihre Schultern durch den schmalen Spalt zu drängen, der sich vor ihr aufgetan hatte, seit Max das Brett weggestemmt hatte.

»Den Geheimgang. Davon wurde immer wieder erzählt, aber niemand hat daran geglaubt.«

»Hilf mir lieber.« Agnes wollte erst aus ihrer unbequemen Lage gelangen, bevor sie sich über Geheimgänge unterhielt.

»Was?«

»Ich stecke fest. Du musst mir heraushelfen.« Agnes zwängte ihre Arme durch den Spalt und streckte Max die Hände entgegen. »Du musst ziehen.«

Max war ein kräftiger Bursche und er zog so fest, dass Agnes aufschrie, als er sie mit einem gewaltigen Ruck aus dem Loch zerrte und sie an seiner breiten Brust landete. Er grinste sie kurz an, war aber mehr an dem Spalt in der Wand interessiert, den er nun inspizierte. Währenddessen klopfte Agnes sich den Dreck von der Kleidung, sah sich in dem Kellergewölbe um und fragte:

»Wo bin ich hier gelandet?«

»Hm?« Max hatte den Kopf in den Spalt gesteckt. »In der *Sonne*. Und du sagst, du bist wirklich vom Schlossberg gekommen? Also dort oben bist du in ein Loch gestiegen und jetzt hier unten rausgekommen? Warum nur habe ich diesen Spalt in der Wand nie bemerkt?«

»Ich wollte eine Eidechse fangen. Die ist in dem Loch verschwunden und ich bin hinterhergekrochen.«

»Eine Eidechse.«

Max sah über die Schulter zurück und hob seine buschigen

Augenbrauen: »Eine Eidechse? Bist du nicht aus dem Alter heraus, in dem man Eidechsen fängt? Das macht man doch als Kind.«

Agnes schüttelte den Kopf. »Ich fang sie ja nicht zum Spaß. Du weißt doch, Mutter ist sehr krank. Ich war im Kloster bei einer heilkundigen Nonne. Die hat gesagt, Mutter muss etwas trinken, in dem eine Eidechse gekocht wurde. Dafür brauche ich sie.«

»Igitt!« Max drehte sich um und richtete sich wieder auf. »So etwas willst du im Ernst deiner Mutter zum Trinken geben? Da wird einem ja schon bei der Vorstellung schlecht.«

»Die Nonne sagt, es hilft. Außerdem brauche ich noch Bier. Deshalb ist es gut, dass ich hier bin. Da kannst du mir gleich welches geben.«

»Das musst du aber bezahlen.«

»Natürlich. Ich will es ja nicht geschenkt.«

»Vielleicht schenke ich es dir doch. Wenn du mir oben am Schlossberg zeigst, wo dieser Gang beginnt.«

Marie streifte ihn mit einem prüfenden Blick: »Ich glaube, du würdest stecken bleiben. An manchen Stellen bin ich kaum durchgekommen. Außerdem wird es jetzt bald dunkel und ich muss noch in den Stall.«

»Dann eben morgen.«

»Bekomme ich das Bier trotzdem?«

Max zuckte mit den Schultern: »Warum nicht.«

Marie rannte mit dem geliehenen Krug voll Bier über den Hof. Die Sonne ging gerade unter und sie hörte das Vieh im Stall brüllen. Sie wusste, was das bedeutete: Sie war zu spät und konnte von Glück sagen, wenn ihr Stiefvater sie nicht grün und blau schlug. Warum nur war sie in dieses Loch geklettert und durch den Gang gekrochen? Sie war doch kein Kind mehr, das unbedingt die Neugier und den Entdeckergeist befriedigen musste? Sie durfte doch wegen so einer Spielerei ihre Pflichten nicht vernachlässigen! Normalerweise trieben der Knecht und sie zusammen das Vieh jeden Abend zum Melken von der Weide in den Stall. Heute hatte er es wohl alleine getan. Das dauerte aber länger als zu zweit. Nun schmerzten den Kühen die prallen Euter, sie waren ungeduldig und schrien.

Als sie sich dem Stall näherte, erschrak sie. Was wollten all die Leute hier? Für einen Moment dachte sie, der Bauer hätte wegen ihr das halbe Dorf zusammengerufen, aber das war natürlich Unsinn. Er wird einfach einen Stock nehmen und damit auf mich einschlagen, bis sein Zorn verraucht ist. Aber jetzt ist nur Mutter wichtig! Dass sie wieder gesund wird! Alles andere werde ich schon irgendwie aushalten. Und die Viecher auch, wenn sie mal ein bisschen später gemolken werden.

Trotzdem, es war seltsam. Niemand schien zu bemerken, dass sie hier war. Alle starrten nur in den Stall. Oder waren hineingegangen. Mutter stand auch da. Sie hielt die Hand vor den Mund, und eigentlich sah es so aus, als ob sie lachte. Aber in Wirklichkeit hustete sie sich die Seele aus dem Leib.

Agnes ging zu ihrer Mutter, legte ihr die Hand auf die Schulter und fragte:

»Was will das halbe Dorf hier?«

Die Mutter nickte unbestimmt in Richtung Stall und brachte zwischen zwei Hustenanfällen heraus: »Magnus.«

Agnes warf ihr einen fragenden Blick zu, aber mehr als den Namen des Bauern brachte die Mutter nicht heraus. Also drängte sie sich an zwei gaffenden Buben vorbei, um nachzusehen, was der Grund für all die Aufregung im Stall war, in dem das blanke Chaos herrschte. Die Kühe brüllten, Knechte und Bauern aus dem ganzen Ort liefen durcheinander, sogar der Pfarrer war hier und starrte in die Ecke, aus der die Aufregung offensichtlich kam. Dort stand die Kuh, die vor drei Tagen gekalbt hatte, besser gesagt, sie wurde von drei Knechten festgehalten, gegen die Stallwand gedrückt, und einer von ihnen versuchte, sie mit einem Strick irgendwo festzubinden.

Als Agnes sich zwischen die Bauern, Mägde und Knechte drängte, die ihr die Sicht versperrten, sah sie Magnus zusammengekrümmt auf dem Boden liegen. Um seinen Leib herum hatte sich das Stroh auf dem Stallboden dunkel gefärbt, neben ihm knieten der Wirt und nun auch der Pfarrer, der irgendetwas auf Latein brabbelte, das niemand verstand. Jetzt stand der Wirt auf, schüttelte den Kopf und erklärte:

»Da hilft auch kein Beten mehr. Die hat ihn auf die Hörner genommen. Wollte wohl ihr Kälbchen verteidigen. Ein Horn ist ihm direkt ins Herz gefahren.«

»Ist er tot?«, rief Agnes mit aufgerissenen Augen.

Der Wirt nickte bestätigend. »Mausetot.«

Am Tag der Beerdigung fiel kalter Regen. Das ganze Dorf war auf den Beinen, um Magnus auf dem letzten Weg zum Kirchhof zu begleiten. Während Agnes weinte, blieben die Augen ihrer Mutter trocken. Magnus, dessen Hof bei der Kirche und gegenüber der alten Tafernwirtschaft lag, war der größte Bauer im Dorf gewesen. Magda, die Witwe und Erbin, würde nach dem Trauerjahr ebenso wie die Tochter Agnes eine begehrte Partie sein, und schon jetzt, zwei Tage nach Magnus' Tod, gab es zwei Bauern, die sich auffallend oft um die Nähe der Witwe bemühten. Sie hatten beide selbst im Vorjahr ihre Frauen verloren, und eine neue Heirat ergab natürlich dann am meisten Sinn, wenn sich nicht nur Mann und Frau, sondern auch deren Besitz vermählten, was sich in diesem Fall besonders lohnen würde.

Agnes stand neben Magda auf dem Kirchhof. Sie hatte die Hand unter den Arm der Mutter geschoben, um sie notfalls zu stützen. Doch Magda stand fest und sicher im strömenden Regen und Agnes fiel vor allem auf, dass die Hustenanfälle ihrer Mutter seit dem gestrigen Tag immer seltener geworden waren.

»Der Tod ist gewiss, ungewiss nur die Stunde,« rezitierte der Pfarrer, der in seinem schwarzen Umhang aussah wie eine nasse Krähe.

Agnes spürte den Blick von Max, dem Wirtssohn, der neben seinem Vater stand. Auch dieser blickte auffallend oft in ihre Richtung, wobei dessen Interesse wohl mehr der Witwe galt. Es war ein offenes Geheimnis, dass die Tafernwirtschaft nicht besonders gut lief; der Krieg war weit weg von Hirschzell, zwar gab es zechende Soldaten, aber die hatten meist kein Geld, da sie ihren Sold nicht bekamen. Reisende, die eine Mahlzeit und ein Nachtlager benötigten, waren noch seltener, und die Bauern hatten weder Zeit noch Geld, um es sich in einer Wirtschaft gut gehen zu lassen.

Agnes hatte das absurde Verlangen zu lachen, als der Pfarrer im peitschenden Regen versuchte, Weihwasser auf den Sarg zu stäuben.

»Das Sichtbare vergeht und das Unsichtbare bleibt ewig. Haltet mich nicht auf, denn der Herr hat Gnade zu meiner Reise gegeben. Lasst mich, dass ich zu meinem Herrn ziehe.«

Während der Sarg in die Grube abgelassen wurde und die Erdklumpen und der Regen auf das Holz prasselten, als gelte es, den Leichnam des Bauern im Grab wieder wachzurütteln, dachte Agnes nach. Sie und ihre kranke Mutter würden den Hof mit dem tumben Knecht niemals alleine bewirtschaften können. Der Wirt und sein Sohn waren kräftige, gesunde Männer. Vielleicht wäre eine Vermählung mit der Tafernwirtschaft, die ja nur auf der anderen Seite des Hofs lag, nicht die schlechteste Lösung für die Probleme, die nun anstanden. Da sie selbst keine Witwe war, musste sie auch kein ganzes Jahr um den Toten trauern. Trauer für den gewalttätigen Mann, der mehr mit Stock und Fäusten gesprochen hatte als mit dem Mund, verspürte sie sowieso nicht.

Erneut drehte sie den Kopf in Max' Richtung. Er sah immer noch zu ihr herüber. Leicht hob sie die Mundwinkel und erwiderte seinen Blick.

Marie wollte es nicht glauben. Hatte sie sich tatsächlich von Dr. Heinrich überreden lassen, die Fahrt in ihren Urlaub noch einmal zu unterbrechen, nur um jetzt in einem alten Keller auf ein Loch in der Wand zu starren, hinter dem sich - weiß der Himmel was - verbarg? Sie war verärgert, aber mehr über sich selbst als über den Doktor.

»Das wollen Sie mir jetzt als Ihre sensationelle Entdeckung verkaufen? Dieses Loch in der Kellerwand?«

»Dies ist kein Keller, sondern ein historisches Gewölbe. Und das, was Sie als *dieses Loch* bezeichnen, ist wirklich eine Sensation. Ich bin mir nämlich sicher, dass der dahinterliegende Gang direkt zum Schlossberg führt.«

»Ich sehe aber keinen Gang, sondern nur ein schwarzes Loch. Die armselige Glühbirne, die dort hinten von der Decke baumelt, ist hier hinten nicht wirklich eine Hilfe.«

»Gehen Sie mal ein Stück zur Seite.«

Ein Lichtkegel tanzte neben Maries Kopf, flackerte und erlosch wieder. Sie hörte ein Klopfen und sah dann, wie Dr. Heinrich an der Taschenlampe herummachte, und hörte, wie er murmelte: »Verdammtes Ding, musst du gerade jetzt den Geist aufgeben?«

»Schimpfen hilft da wohl auch nicht. Vielleicht hätten Sie vorher mal die Batterien wechseln sollen? Oder wie jeder normale Mensch die Handytaschenlampe genommen.«

»Hat mein Handy nicht. Gerade ist sie noch gegangen. Aber so können Sie natürlich nichts sehen. Ich will den Spalt auch nicht eigenmächtig vergrößern, damit ich nichts beschädige, was vielleicht von Bedeutung ist.«

»Was kann denn an diesen alten Steinen von Bedeutung sein?«

»Eben genau dieser Umstand. Dass sie alt sind. Wie zum Beispiel der Stein hier direkt unter ihnen. Sie haben ja schon die Sonne darauf gesehen und festgestellt, dass Ihr Tattoo ein exaktes Abbild davon ist. Ich wundere mich immer noch, dass Sie dieser Übereinstimmung keine Bedeutung zumessen.«

»Die Bedeutung ist, dass meine Sonne ein gängiges Motiv ist. Das finden Sie überall.«

»Aber ausgerechnet hier auf einem uralten Stein? Das würde mir an Ihrer Stelle schon zu denken geben.«

»Dazu fehlt mir vermutlich Ihr Hang zu übersinnlichen Erklärungen. Ich halte es mehr mit den Tatsachen. Die besagen, dass es Tausende solcher Sonnen gibt und man absolut nichts Mystisches darin sehen muss. Ebenso wenig wie in diesem Loch in der Mauer.« Marie reckte wieder den Kopf vor. »Selbst wenn dahinter mehr wäre als irgendein Hohlraum, den man mal zugemauert hat, was würde das denn bedeuten?«

Dr. Heinrich fummelte immer noch an der Taschenlampe herum, ohne sie jedoch zum Leuchten zu bringen. »Wenn es tatsächlich der geheime Gang zum Schlossberg ist, dann stehen die Chancen sehr gut, dass ein nächster Antrag für die Anerkennung der *Sonne* als historisches Gebäude erfolgreich sein wird. Dieser Geheimgang ist Legende und es ranken sich viele Geschichten darum.«

Marie zog den Kopf wieder zurück. Mochten sich noch so viele Geschichten um was auch immer ranken, außer einem schwarzen Loch sah sie nichts, und Dr. Heinrichs Begeisterung über seine angeblich so sensationelle Entdeckung wollte sie auch nicht teilen. Eigentlich wollte sie jetzt nur eins: endlich in ihren wohlverdienten Urlaub fahren. Sie sagte:

»Mag ja sein, dass es wunderbare Geschichten über Schlösser, Burgen und geheimnisvolle Gänge gibt. Aber die gibt es doch überall und ich weiß wirklich nicht, warum Sie damit jetzt noch ausgerechnet zu mir kommen.«

Dr. Heinrich legte die Taschenlampe zur Seite. »Nach meiner Information arbeitet die Brauerei nach wie vor mit Ihrem Büro zusammen. Da dachte ich, es wäre fair, wenn Sie Bescheid wüssten. Ich kann mir schon vorstellen, dass es einen Unterschied macht, ob ein Gebäude, mit dem Sie beauftragt sind, den Status historisch bekommt oder nicht.«

»Dann bedanke ich mich für diese Information.« Marie hatte den Eindruck, dass Dr. Heinrich nicht ganz so selbstlos handelte, wie er vorgab. Die Art und Weise, wie er sie in letzter Zeit ansah, gefiel ihr außerdem gar nicht. Was drückte dieser Blick aus? Nachdenklichkeit, oder versuchte er herauszufinden, was in ihrem Kopf vorging? Oder war es etwas ganz anderes?

»Gern. Sie wissen schon, dass der Schlossberg hier nicht von ungefähr so genannt wird?»

»Natürlich weiß ich das. Da oben war wohl mal ein Schloss.«

»Waren Sie schon dort?«

»Nein, war ich nicht. Warum fragen Sie?«

»Geschichte ist ein komplexes Thema. Man muss viel wissen, um die Zusammenhänge zu verstehen. In diesem Fall geht es um den Zusammenhang Schlossberg und *Sonne*.«

»Aha. Und für welches historische Großereignis muss man Experte sein, um den Zusammenhang zwischen einer heruntergekommenen Wirtschaft und ein paar verfallenen Mauerresten zu verstehen?«

»Das da oben sind weit mehr als nur ein paar verfallene, zugewachsene Mauerreste. Wenn Sie die Schlossbergstraße hinaufgehen, können Sie bereits vor dem Ende sehen, wie die Hochebene zu dem sogenannten Spitz zusammenläuft, und man kann den Außenwall und den großen Graben der Burg Hirschzell erahnen. Die Burg war eine der typischen Spornburgen, die es hier bei uns im hügeligen Allgäu ziemlich oft gibt.«

Marie war nicht unbedingt scharf auf einen weiteren Vortrag des Historikers, aber sie wollte auch nicht unhöflich sein und deshalb antwortete sie:

»Ich habe gelesen, es ist nicht einmal sicher, ob diese Burg überhaupt jemals fertiggestellt wurde, weil außer den Mauern und Wällen nichts nachgewiesen werden kann.«

Dr. Heinrich nickte nachdenklich: »Das Problem ist, dass wir Historiker in solchen Dingen auf Urkunden oder archäologische Untersuchungen angewiesen sind. Beides ist im Falle der Hirschzeller Burg nur sehr dürftig vorhanden. Was den möglichen Baubeginn der Burg betrifft, so sprechen wir vom elften oder zwölften Jahrhundert. Zu dieser Zeit wurden Lehensverträge mündlich abgeschlossen, deshalb haben wir kaum Schriftliches. Es gab in Hirschzell um 1150 ein Herrengeschlecht, das mit einem gewissen Erlwin und seinem Sohn Rüdiger von Hirschzell in ihrer Funktion als welfische Dienstmannen in einer Schenkungsurkunde an das Kloster Polling erwähnt wird. Fraglich ist allerdings, ob Erlwin oder sein Sohn die Bauherren der Burg waren. Das beginnt schon mit der Frage, ob diese Herren von Hirschzell oder ihre Nachfolger überhaupt vermögend genug waren. In den Urkunden tauchen sie jedenfalls auf der Zeugenliste ganz weit hinten auf. Das heißt ja, dass sie in der Dienstmannenhierarchie eher im unteren Bereich anzusiedeln sind. Natürlich war die Errichtung einer Burganlage zum Schutz und zur Verwaltung von Herrschafts- und Besitzansprüchen im Mittelalter üblich. Doch, wie gesagt, es stellt sich die Frage, wie der Bau auf dem Schlossberg über dem Dorf finanziert werden konnte. Eine Theorie ist auch, dass die Staufer den Burgbau angeregt und unterstützt haben, aber Beweise gibt es dafür nicht –«

Marie hatte gerade beschlossen, Dr. Heinrichs Vortrag über mittelalterliche Urkunden, Herrengeschlechter und Dienstmannenhierarchien zu unterbrechen, als ihr das Klingeln seines Handys zuvorkam. Er angelte es aus der Hosentasche, machte eine entschuldigende Geste und nahm das Gespräch an. Nachdem er es in männertypisch knapper Art geführt und beendet hatte, stand er eine Weile nachdenklich da.

»Schlechte Nachrichten?«, fragte Marie.

Er wandte sich wieder zu ihr: »Im Gegenteil. Sehr gute. Meine Mutter muss nicht operiert werden. Die Röntgenaufnahmen haben ergeben, dass der Oberschenkelhals nur einen Haarriss hat. Sie muss nicht einmal im Krankenhaus bleiben. Ich kann sie sofort abholen und wieder nach Hause bringen.«

»Das freut mich.« Marie musste ihr Lächeln nicht vorspielen. Dr. Heinrichs Sorge um seine Mutter und seine spürbare Erleichterung, dass ihr nichts Ernstes passiert war, ließ ihn in einem neuen Licht erscheinen und machte ihn auf jeden Fall sympathischer als zuvor.

Er verabschiedete sich rasch und hastete aus dem Kellergewölbe. Marie blickte noch einmal zu dem Spalt in der Wand, dann folgte sie ihm. Jetzt endlich würde sie für ein paar Tage in den Urlaub fahren.

HIRSCHZELL
1757

Agnes saß am Webstuhl und wickelte die Kettfäden vom Kettbaum ab. Ein kalter Herbst mit erstem Frost, der sich nachts über die Felder legte, hatte Einzug gehalten. Früher als üblich hatte der Knecht die Teile des Webstuhls aus der Kammer geholt und zusammengebaut. Agnes' Aufgabe war es nun, neben der Arbeit in der Schankstube, den Herbst und Winter über die Fäden des im Sommer geernteten Flachses zu Leinen zu verweben.

Die Doppelhochzeit hatte an einem viel zu kalten, verregneten Augusttag stattgefunden. Der Himmel war wolkenverhangen und ein stürmischer Wind peitschte den Regen schräg über den geduckten Trupp der Hochzeitsgäste und die Musikkapelle, die gegen den Regen gebückt zuerst in die Kirche und nach der Trauung in die Wirtschaft zogen. Agnes dachte, dass sich die letztjährige Beerdigung des Bauern, ihre Hochzeit und die der Mutter, bis auf das Zeremoniell in der Kirche, nicht allzu sehr unterschieden. Die Musikkapelle spielte dieselben schrägen Töne, der Zug der Gäste bewegte sich langsam und träge, die Gespräche gingen um die gleichen Themen, in der Wirtschaft schlug man sich mit dem kostenlosen Festessen die Bäuche voll und die Männer tranken zu viel.

Die Vermählung ihrer Mutter nach dem Trauerjahr mit dem Tafernwirt und ihre eigene mit dessen Sohn waren für beide Seiten ein materieller Gewinn. Im Dorf erzählte man, ursprünglich hätten ihr Hof und der Grund und Boden, auf dem die Wirtschaft stand, sowieso zusammengehört. Auch in Hirschzell hatte es in den Jahrhunderten zuvor Fronhöfe gegeben, die eine zweigeteilte Wirtschaft betrieben. Diese bestand einerseits aus Eigenwirtschaft mit unfreiem Hofgesinde und andererseits aus hörigen Hufenbauern, die gepachtetes Land bewirtschafteten und dafür Frondienst auf dem Herrschaftshof leisteten. Der Meier beaufsichtigte die Hörigen und zog die Abgaben ein. Das Haus, in dem sie wohnten, der Stall und der Schuppen, all dies war wohl der ehemalige Meierhof von Hirschzell gewesen.

Eigentlich ging es ihnen gut. Agnes' Mutter war wie durch ein Wunder wieder gesund geworden. Niemand hatte das auch nur zu hoffen gewagt. Vor dem tödlichen Unfall des Bauern war es ihr so schlecht gegangen, dass Agnes schon den Pfarrer für die letzte Ölung einbestellt hatte. Doch bereits kurz nach der Beerdigung wurde ihr Zustand von Tag zu Tag besser, so als sei die schlimme Krankheit nur ein Spiegel ihrer Seele gewesen, der aufzeigte, wie groß die Herzlosigkeit und Grobheit des Bauern gewesen war – und mit ihrem Bluthusten hatte sie nur all das Leid ausgespuckt, das er ihr zugefügt hatte. Agnes bezweifelte zumindest, dass die Genesung der Mutter durch die Kräuter der Nonne und die gekochte Eidechse erfolgt war, die sie doch noch gefangen hatte.

Der neue Ehemann, der Tafernwirt, war nur wenig besser als der Verstorbene. Schon bald nach der Hochzeit zeigte er sein wahres Gesicht, nämlich das eines Despoten, der alles beherrschen und überwachen wollte, der den erheirateten Hof regierte, als hätte er nie jemand anderem gehört, und der durch seine Herrschsucht, sein Misstrauen und die Eifersucht Magda und Agnes schier die Luft zum Atmen raubte. Und Agnes ging es nur wenig besser als ihrer Mutter. Max hatte die Maske des netten jungen Mannes, der so viel wusste, nur bis zur Hochzeit getragen. Davor war Agnes fasziniert von seiner Fürsorge gewesen und vor allem davon, wie er ihr viele Dinge erklärte.

»Weißt du eigentlich, was in der Welt passiert?«, fragte er sie zum Beispiel.

Sie antwortete: »Ich weiß, dass ständig Krieg herrscht. Ich habe dir ja erzählt, dass wir fliehen mussten, aber da war ich noch so klein, dass ich mich an nicht mehr viel erinnere.«

Er grinste: »Hast du zum Beispiel schon einmal von einem Mann mit dem Namen Casanova gehört?

»Nein«, erwiderte sie. »Aber er klingt fremd.«

»Er ist Italiener und es heißt, er hatte schon tausend Frauen und hat von ihnen vielleicht genauso viele Kinder.«

»Er *hatte* Frauen? Tausend? Ein Mann darf doch nur eine heiraten.«

Wieder grinste Max. »Er *hatte* sie, heißt nicht, dass er mit ihnen verheiratet war. Es waren nur Liebschaften.«

»Liebschaften?«

»Ja. Und deshalb hatte er immer wieder ernste Probleme. Anfangs war er sogar Priester, aber das Priesteramt hat er bald wieder aufgegeben. Immer wieder musste er wegen Frauensachen fliehen. Vor zwei Jahren gelang ihm sogar die Flucht aus den berüchtigten Bleikammern von Venedig, aus denen bis dahin noch niemand entkommen war. Seitdem reist er in Europa herum. In Deutschland war er auch schon. Im Augenblick ist er angeblich in Frankreich.«

Agnes sah ihn mit großen Augen an: »Woher weißt du das alles?«

Max machte eine lässige Geste: »In unserer Wirtschaft beherbergen wir ja immer mal wieder Soldaten. Weißt du noch, letztes Jahr hauste ein ganzer Trupp Franzosen oben in den Kammern. Die haben vielleicht gesoffen! Das kannst du dir gar nicht vorstellen.«

»Wir konnten nachts oft nicht schlafen, weil sie so laut gesungen und gegrölt haben.«

»Genau. Und ich habe manchmal bei ihnen gesessen und den einen oder anderen Becher mit ihnen getrunken. Da haben sie mir das erzählt.«

»Mutter und ich haben sie nie verstanden. Sie sprechen ja eine ganz andere Sprache.«

»Ein paar konnten Deutsch. Und zwei von ihnen waren gerade aus Amerika zurückgekehrt!«

Amerika. Für Agnes war dies ein Land, so fremd und fern wie der Mond. Sie erinnerte sich an einen Markttag in Kaufbeuren. Zu den Markttagen ging normalerweise ihre Mutter, um Eier und je nach Jahreszeit Gemüse und Obst zu verkaufen oder einzutauschen. An diesem Tag war Magda zu krank und schwach gewesen. Also machte sich Agnes mit den zwei Körben und dem Schultersack auf den Weg. Am Marktplatz angekommen, sah sie sofort, dass alle sich um einen Mann versammelt hatten, der auf ein paar Holzkisten stand und gestenreich redete. Er trug eine blaue Uniform mit Streifen wie ein Offizier auf den Schultern und zwei Sternen auf dem Schild seiner Mütze. Ein Soldat, der andere Soldaten anwerben will, dachte Agnes, denn so etwas war nicht selten in diesen Zeiten. Soldaten wurden immer gebraucht. Doch dann hörte sie, wie der Mann erzählte, er sei Kapitän auf einem großen Schiff, mit dem er über den Ozean nach Amerika in die Neue Welt fuhr, und wo es alles, was das Herz begehrte, in Hülle und Fülle gab, Land für jeden, Weiden für die Tiere, fruchtbaren Boden für die Bauern. Dies sei das Paradies, aus dem Adam und Eva einst vertrieben wurden – und er würde jeden, der nur wollte, auf seinem Schiff dorthin bringen – für einen gewissen Obolus, versteht sich.

Agnes hatte dem ausschweifenden Seelenfänger eine Weile zugehört und versucht, sich vorzustellen, wie es wäre, im Paradies zu leben. Doch sie war skeptisch. Gab es nicht viele Orte, die das Paradies sein konnten? Und waren es nicht meist die Menschen, die ihre eigene Vertreibung daraus verursachten? Ihr Dorf, der Hof, zum Beispiel, da gab es eigentlich alles, was man zum Leben brauchte. Aber trotzdem war es kein Paradies. Es gab Missernten, Krankheiten, wie die ihrer Mutter, immer wieder Krieg, und all dies begleitet vom allgegenwärtigen Tod. Schwer vorstellbar, dass dies an einem anderen Ort anders sein sollte, selbst wenn er Amerika hieß.

»Hörst du, was ich sage?«

»Ja, natürlich.« Agnes war mit ihren Gedanken abgeschweift, aber sie wollte Max nicht kränken und gab vor, alles genau gehört zu haben. »Du hast von der Neuen Welt erzählt.«

»Stimmt.« Max, der sie zunächst mit einem misstrauischen Blick gestreift hatte, sprach mit großem Eifer weiter: »Einer der beiden Franzosen, die in Amerika waren, hat mir erzählt, sie haben dort zusammen mit den Indianern gegen die Engländer gekämpft und gesiegt, trotz deren Überlegenheit.«

Agnes nickte, mehr zu sich selbst als zu Max. In Gedanken war sie noch bei dem Kapitän, der bis zu ihnen an den Rand der Berge gekommen war, um gegen Geld sein Schiff mit Menschen zu füllen, denen er das Paradies versprach.

Max redete weiter, als gelte es, gute Nachrichten zu verbreiten: »Kriege und Katastrophen regieren die Welt, da muss man gar nicht über einen Ozean fahren! Weißt du, worüber ich mit den Franzosen bis tief in die Nacht diskutiert habe?«

Agnes wusste es nicht, aber sie sah die tiefen Ringe unter seinen Augen und fragte sich, ob diese allein vom Schlafmangel rührten.

»Jedermann hat doch von dem schrecklichen Erdbeben im letzten Jahr gehört – und der anschließenden Flutwelle. Lissabon wurde dabei beinahe vollkommen zerstörte.«

»Lissabon?«

»Die Hauptstadt von Portugal. Die Soldaten haben erzählt, selbst der König von Portugal war nach der Katastrophe grau vor Angst, und seitdem lebt er mit seinem Gefolge in einer Zeltstadt, aus Furcht davor, feste Wände könnten jederzeit einstürzen und ihn unter sich begraben.«

»Darüber hast du mit den Soldaten diskutiert?«

»Auch. Vor allem aber über die Frage, warum unser allmächtiger, gütiger Gott so ein gewaltiges Unglück zulässt. Oder hat er es gar selbst geschickt? Aber warum ausgerechnet am Festtag Allerheiligen und in eine katholische Stadt, die so viel getan hat, um das Christentum in der ganzen Welt zu verbreiten? So viele Gotteshäuser wurden zerstört und nur ein einziges Viertel in ganz Lissabon blieb unversehrt. Stell dir vor, welches!«

»Welches?«

Max lachte triumphierend: »Ausgerechnet das Hurenviertel! Das hat der Allmächtige verschont. Nicht eines dieser Häuser bekam auch nur einen Kratzer. Das muss man sich einmal vorstellen! Natürlich habe ich mit den Franzosen darüber diskutiert, warum Gott das Heilige zerstört und das Sündige verschont. Verstehst du?«

Agnes schüttelte den Kopf. Ihre Mutter sagte immer, stell keine Fragen, die kein Mensch beantworten kann, es gibt zu viele davon. Warum lässt Gott Krieg zu? Warum alles Unglück, Krankheit und Tod? Er ist doch allmächtig und Allmacht bedeutet, dass man alles tun und alles entscheiden kann! Wäre es da nicht ein Leichtes gewesen, die Menschen ohne Sünde zu erschaffen, die Welt ohne Unheil und Not? Musste er Adam und Eva die Freiheit geben zu entscheiden, was gut ist und was böse? Warum ließ er den Teufel gewähren? War der ebenso allmächtig wie er? War all dies nötig, wie der Pfarrer stets predigte, damit der Herr am

Tag des Jüngsten Gerichts das Urteil sprechen konnte, wer in den Himmel kam und wer in die Hölle? Wenn Agnes darüber nachdachte, schwirrte ihr der Kopf und sie war der Verzweiflung nahe.

»Man kann doch nur eins tun«, sagte sie zu Max und spürte, wie ihr die Tränen in die Augen stiegen. »Beten, die Arbeit machen, helfen, wo es geht, und dann hoffen, dass es Gott gefällt.«

»Vier.« Max hielt vier Finger vor ihre Augen.

»Was?« Agnes wusste nicht, was Max meinte.

»Du hast gesagt, man kann nur *eins* tun. Du hast aber vier Dinge genannt: beten, arbeiten, helfen, Gott gefallen. Das sind vier.«

»Du hast recht.« Agnes schämte sich, dass sie nicht so klug war wie er, dass sie gar nichts wusste. Um auch wenigstens irgendetwas beizusteuern, sagte sie: »Die Soldaten, die jetzt hier sind – das sind aber keine Franzosen.«

Max lachte: »Nein. Das sind Sachsen.«

»Redest du mit denen auch die halbe Nacht?«

»Natürlich.« Er beugte sich zu ihr und flüsterte: »Du darfst es niemandem verraten, aber streng genommen sind es Deserteure!«

Agnes hob erschrocken die Hand vor den Mund und flüsterte ebenfalls: »Werden Deserteure nicht erschossen?«

»Doch. Deshalb muss es ja geheim bleiben. Obwohl, hier sucht sie sowieso niemand. Sachsen ist ja weit weg. Man kann auch verstehen, warum sie nicht in der preußischen Armee bleiben wollen.«

Marie verstand nicht. »Sachsen bei den Preußen?«

»Es war so ...« Max genoss es, den Schulmeister zu geben. »Friedrich, also der König von Preußen –«, er beugte sich noch weiter vor und grinste schelmisch, »marschierte in Sachsen ein, und zwar ohne denen vorher den Krieg zu erklären. Die Sachsen drüben in der Taverne haben mir erklärt, er hat das getan, weil sich die Franzosen mit den Habsburgern verbündeten, woraufhin die Engländer sich ihm anschlossen. Vorher war es genau andersherum. Verstehst du?«

Agnes wollte erwidern, dass sie zwar von Preußen und Sachsen gehört hatte und auch wusste, dass Maria Theresia Erzherzogin von Österreich und Königin von Ungarn und Böhmen war. Und dass man übers Meer fahren musste, um zu den Engländern zu gelangen. Doch warum sie einmal miteinander und ein andermal gegeneinander Krieg führten, verstand sie nicht. Überhaupt, der Preußenkönig hatte doch ein riesiges Schloss und dazu eine Menge Land. Genauso wie alle anderen Könige, Kaiser und Erzherzoginnen dieser Erde. Aber das reichte ihnen nicht. Sie wollten mehr, immer mehr und gossen damit Unheil über die Erde, wie schlimmer Hagel, der die Ernte vernichtete.

Max gab sich die Antwort auf seine Frage selbst: »Der Alte Fritz hat Sachsen erobert. Die Österreicher wollten den Sachsen helfen, aber sie kamen zu spät. Die besiegten sächsischen Soldaten sollten von da an bei den Preußen dienen. Das gefiel ihnen natürlich nicht und viele sind desertiert. Ein ganzer Haufen von ihnen ist hier gelandet, weil es weit weg ist von Preußen und Sachsen und man sie deshalb auch nicht erschießen kann.«

Max redete immer weiter und Agnes schwieg. Sie bewunderte sein Wissen und lauschte nur zu gern seinen Geschichten, die klangen, als wäre er schon überall auf der Welt gewesen und wüsste einfach alles. Und mehr und mehr kam sie sich wie ein einfältiger Bauerntrampel vor, der sie ja wohl auch war. Zwar war sie wissbegierig und hätte als Kind nur zu gern öfter die Schule besucht. Doch im Dorf gab es keine Schule und die viele Arbeit auf dem Hof und der lange Weg nach Kaufbeuren oder Oberbeuren hatte einen regelmäßigen Schulbesuch unmöglich gemacht. Oberbeuren war eine Winterschule, oft lag zu viel Schnee, und auch die Furt in der Wertach war unpassierbar. Wenn es das Wetter zuließ und sie es doch ins Mesnerhaus schaffte, das als Schulhaus diente, war sie mit großem Eifer dabei und saugte alles auf, was der Mesner, der die Lehrerstelle versah, ihnen beibrachte. Sie lernte ein wenig lesen und schreiben, doch hauptsächlich gab es Unterricht über Gott, den Vater, den Sohn und den Heiligen Geist, die Gottesmutter Maria und Judas, der Jesus mit einem Kuss verraten hatte.

Agnes führte den nächsten Kettfaden durch die Litze und knüpfte ihn an den Warenbaum. Das Arbeiten am Webstuhl war mühsam. Obwohl sie dick angezogen war, fror sie in der feuchtkalten Webstube. Sie hatte klamme Hände und die Atemluft gefror vor ihrem Gesicht. Die Erinnerung an all die Geschichten, die Max ihr vor der Hochzeit erzählt hatte, ließ sie wehmütig werden. Auch an den Geheimgang dachte sie, denn der hatte sie einst vom Schlossberg zu ihm hinunter in das alte Kellergewölbe geführt. Kurz vor der Hochzeit wollte sie mit Max zusammen noch einmal von der anderen Seite her durchkriechen, doch nur wenige Meter hinter dem Spalt war der Gang plötzlich verschüttet. Inzwischen erschien ihr dies beinahe wie ein Vorzeichen, das sie vor etwas Schlimmen hatte warnen wollen. Wie sehr hatte Max sich nach der Hochzeit verändert. Die bittere Wahrheit war wohl, dass Vater und Sohn mit der Heirat nur eins im Sinn gehabt hatten: nämlich den Hof zu bekommen. Sowohl die Mutter als auch sie wurden seit dem Tag nach der Hochzeit noch schlechter behandelt als die niederste Magd.

Vor allem die Arbeit in der Tafernwirtschaft machte ihnen beiden zu schaffen. Es gab kaum noch Reisende, die hier Station machten, meistens waren im oberen Stockwerk Soldaten untergebracht, die ihren Sold versoffen und von ihr und der Mutter mehr wollten als nur Bier und Schnaps.

Agnes spürte, wie schon tags zuvor, die Welle der Übelkeit. Rasch stand sie auf, lief hinter das Haus und übergab sich in die Büsche. Sie wusste, was das bedeutete. Ihr erstes Kind würde im nächsten Sommer zur Welt kommen.

Der ewige Kreislauf des Lebens setzte sich fort.

Marie saß auf dem Balkon ihres Zimmers und genoss die heiße Sommersonne. Die kleine Pension lag etwas außerhalb der Ortschaft und bot einen fantastischen Ausblick auf die Landschaft. Die grünen Wiesen, die sich bis zu den Bergen hinzogen, wirkten beruhigend, während das gezackte Band der Alpen dahinter schroffe Erhabenheit ausstrahlte. Morgen würde sie auf einen der Gipfel steigen, die im Sonnenlicht glänzten.

Marie hatte das Tagebuch auf ihrem Schoß und blickte zu den Bergen. Sie konnte die Aufzeichnungen wegen der alten Schrift und der bereits verblassenden Buchstaben nur bruchstückhaft lesen. Der letzte Eintrag trug das Datum des 7. November 1757. War Agnes die Großmutter Crescentias, und das ungeborene Kind, das sie im Leib trug, deren Mutter, die dann bei der Geburt starb?

Sie ließ ihre Gedanken schweifen. Magda, Agnes, Crescentia – diese Frauen mit ihren Kindern und verlorenen Männern – ihre Schicksale schienen so eng verwoben, auch mit diesem alten Gebäude, dessen Ende sie eigentlich schon besiegelt hatte. Doch nun war es wohl anders gekommen. Sie sah die Berge, die ihr Blickfeld wie Wächter begrenzten und wirkten, als stellten sie das Ende dar, eine Wand, hinter der nichts mehr war. Aber natürlich setzte sich dahinter die Welt fort. Trotzdem spürte Marie nun eine Art Beklommenheit, die sie nur schwer erklären konnte. Wie sollte sie diese seltsame Verbundenheit mit der *Sonne* und jenen Personen deuten, die dort gelebt hatten? Sie legte ihre Hand auf das Tattoo, das wieder leicht brannte, was normal war, die Stiche mussten ja erst noch richtig verheilen. Aber stimmte es tatsächlich, dass dieser Herilo, mit dem alles angeblich begonnen hatte, dieselbe Sonne, die ihre Schulter zierte, in diesen Stein geritzt hatte? Der ein Teil des Fundaments war, auf dem die *Sonne* ruhte? Marie wollte nicht an Bestimmung glauben, aber ein eigenartiger Zufall war es mit Sicherheit. Auch beschäftigten sie die Geschichten, die sie gehört und gelesen hatte, und sie hatte das Gefühl, als seien diese Personen eine große Familie und sie selbst würde mehr und mehr ein Teil davon werden.

All diese Schicksale waren für sie unvollendet, und doch hatte natürlich jede Geschichte ein Ende. Der Gedanke daran ließ sie nicht los. Was war mit Magda geschehen, was mit Agnes und ihrer Tochter, von der sie nicht einmal den Namen wusste, nur dass diese im Kindbett gestorben war, kurz nachdem sie Crescentia zur Welt gebracht hatte? Crescentia, die Verfasserin des Tagebuches, das sie mit Crescentia Graf gezeichnet hatte. Das damit endete, dass sie am Hochzeitstag vergeblich auf den Bräutigam wartete, dessen Namen sie zu diesem Zeitpunkt noch gar nicht angenommen hatte. War dies der Beweis dafür, dass die beiden doch noch geheiratet hatten und nur die Aufzeichnungen im Tagebuch davor endeten? Oder hatte Crescentia mit *Graf* unterschrieben, weil es ihr Wunschdenken war, der verlorene Bräutigam würde doch noch auftauchen und alles gut werden?

Marie blätterte zum wiederholten Mal zum Ende. Erneut musste sie jedoch feststellen, dass sie bereits alles gelesen hatte. Von den Seiten des Tagebuchs schweifte ihr Blick zurück zu den Bergen, über denen tiefe Wolken aufgezogen waren. Die Luft war mit einem Mal schwül und stand still wie eine schweigende Drohung. Bald würde es ein Gewitter geben.

Welche Erklärungen gab es für das Fernbleiben des Bräutigams von der Hochzeit? Natürlich stand an erster Stelle der Krieg, der zu dieser Zeit vielerorts herrschte, und schließlich war Ludwig zur Infanterie eingezogen worden. So ginge die traurigste Fortsetzung der Geschichte: Ludwig hatte, wie so viele andere, in einem sinnlosen Krieg sein Leben gelassen. Doch Marie wollte das nicht glauben. Vor allem aber auch nicht, dass er ein Taugenichts war, der sich aus dem Staub gemacht hatte, weil er die Verantwortung für ihr Kind nicht übernehmen wollte. In so einen hätte Crescentia sich doch nie verliebt!

Marie überlegte sich eine gefälligere Version. War er vielleicht im Krieg verwundet worden oder in Gefangenschaft geraten und hatte deshalb nicht rechtzeitig kommen können? Beinahe wollte sie hoffen, dass es so gewesen war. Sie stellte sich vor, wie er heimkehrte, vielleicht nach einem Jahr oder zwei. Ja, so musste es gewesen sein! Crescentia ging gerade über den Hof, die einjährige Tochter in einem Tuch auf dem Rücken. Sie war auf dem Weg zum Verschlag, um die Ziegen zu füttern, oder zum Schuppen, um irgendetwas zu holen. Da stand er plötzlich! Sie dachte zunächst, er sei einer der seltenen Reisenden, die in der *Sonne* Station machen wollten, aber das war wohl doch eher ein Soldat, der ein Nachtlager suchte. Da setzte ihr Herz einen Schlag aus. Er war trotz seiner jungen Jahre grau geworden, trug einen wuchernden Bart, und die Uniformjacke schlackerte an ihm wie an einer Vogelscheuche. Ludwig. Er war zurückgekehrt. Jetzt wurde alles wieder gut.

Mit dieser Version war Marie zufrieden und sie stellte sich vor, dass alles tatsächlich so gewesen war. Sie klappte das Tagebuch zu. Eine Menge hatte sie über den Ort Hirschzell und den alten Gasthof erfahren – von den Anfängen mit dem Namensgeber des Dorfes, Herilo, und seiner Zelle, mit der er womöglich den Grundstein für die *Sonne* gelegt hatte, bis ins 18. und 19. Jahrhundert. Doch es fehlte die Zeit dazwischen. Konnte sie darüber auch etwas herausfinden? Sie spürte, dass sie unbedingt mehr erfahren wollte. Aber warum? Warum war aus einem einfachen Arbeitsauftrag etwas geworden, das sie nicht mehr losließ? Sie wusste dafür keine Erklärung, musste sich selbst nur eingestehen, dass sie diese Geschichte mehr interessierte als alles andere. Sie dachte an Dr. Heinrich und an den Spalt in der Wand des Gewölbes, hinter dem sich angeblich ein geheimer Gang verbarg, der die *Sonne* mit einer Burg auf einer Anhöhe über dem Ort verband. Sie versuchte, sich an eine Jahreszahl zu erinnern. Sie stand auf, ging nach innen und holte ihren Laptop.

Hoch über den Bergen rollten die ersten Donner.

3. Teil

Die Burg
(1239 – 1637)

TIROL
1239

Volkmar von Kemnat zog den Filzhut über seinem dichten, rotblonden Haarschopf in die Stirn. Er trug einen dunklen Reisemantel, darunter ebenso dunkle Beinlinge und hohe Lederstiefel. Sein kantiges Kinn und der feste Blick zeigten Entschlossenheit. Er zügelte den Rappen und blickte nach vorn. Über der Baustelle der neuen Burganlage auf dem Hügel im Gaider Graben wehte das Wappen der Grafen von Eppan und Ulten. Ein goldener Löwe in rotem Feld hielt in jeder Pranke eine Lanze mit einer Fahne, die in eine weiße und eine blaue Hälfte geteilt war. Mehr als fünfzig Jahre war es her, dass Haderburger Ritter, die den Grafen von Eppan unterstellt waren, etwas verbrochen hatten, über das jedermann heute nur noch den Kopf schütteln konnte. Anno 1158 hatte der Papst seine beiden vornehmsten Kurienkardinäle mit Ehrengaben für Kaiser Friedrich Barbarossa nach Deutschland geschickt, doch sie wurden in der Salurner Klause von besagten Rittern überfallen und ausgeraubt. Die Kardinäle wurden gefangen und man verlangte Lösegeld für sie. Darauf reagierte Herzog Heinrich der Löwe von Baiern mit einem Feldzug gegen die Eppaner und Ultener, und zerstörte dabei mehrere Burgen der Grafschaft.

Volkmar wusste jetzt schon, dass der gefährliche und entbehrungsreiche Ritt nach Tirol sich auszahlen würde. Für die anstehenden Verhandlungen über Besitz und Land seines Lehnsherrn gab es hinter vorgehaltener Hand zweierlei Gründe. Zum einen hatte der alte Graf keine Erben, er war kinderlos geblieben. Was sollte nach seinem Tod also mit seinen weitläufigen Besitztümern und Lehen geschehen? Darum musste er sich kümmern, solange er noch unter den Lebenden weilte.

Der zweite Grund war ebenso profan wie üblich. Ulrich von Ulten brauchte schlicht Geld für die Heerzüge, zu deren Finanzierung er als Graf verpflichtet war. Die ständigen Fehden und Kriege verschlangen Unsummen, und die Einkommen aus Pacht und Zehntabgaben reichten schon lange nicht mehr aus. Er *musste* etwas verkaufen, um die Kassen wieder zu füllen, und natürlich wusste er genau, dass Volkmar, sein treuer Lehnsmann, ein geeigneter Käufer war, der das Land bestimmt gut verwalten würde. Und vor allem: der es sich auch leisten konnte.

Das war Volkmars größte Sorge auf dem Weg hierher gewesen – das Hacksilber in den Satteltaschen. Hätten Räuber oder anderes Gesindel davon Wind bekommen, dass er mit den Taschen voll Geld durch die Gegend ritt, wären wohl auch mehr als seine zwei Mann Geleitschutz nicht ausreichend gewesen, um sich gegen eine ganze Bande zu verteidigen.

Er winkte seinen beiden Begleitern zu und ließ den Rappen wieder antraben. Als er die vielen Bauern sah, die für den Wiederaufbau der Burg zur Fronarbeit herangezogen worden waren und Steine und anderes Baumaterial in den Hof trugen, zog er die Stirn in Falten. Er selbst würde seine Bauern kurz vor der Erntezeit bestimmt nicht davon abhalten, sich um die Felder zu kümmern. Mauern hatten keine Jahreszeiten und konnten jederzeit hochgezogen werden. Korn und Früchte musste man pflegen und einsammeln, wenn sie reif waren.

Sie ritten über die heruntergelassene Zugbrücke in den Hof, ohne dass sie von Wachen kontrolliert oder anderweitig aufgehalten wurden. Auch Volkmars Begleiter warfen sich fragende Blicke zu. War die Gegend hier wirklich so sicher, dass man Wachen für unnötig hielt, als Erstes die Wohngebäude baute, und stabile Mauern wohl auch als nicht besonders wichtig erachtete? Man hatte anderes gehört …

Sie saßen ab und wuchteten die schweren Satteltaschen von Volkmars Rappen. Es dauerte eine Weile, bis ein Knecht herbeieilte, um sich um die Pferde zu kümmern. Endlich erschien auch der Burgherr, um die Ankömmlinge zu begrüßen. Seine bunte, teure Kleidung stach auf der Baustelle besonders hervor, und Volkmar bemerkte, dass der Graf seit ihrem letzten Treffen sichtbar gealtert war. Tiefe Falten hatten sich in sein bartloses Gesicht gegraben, das Haupthaar war weiß und schütter, die Bewegungen unsicher und gebückt, wie von jemandem, der Angst hat zu stürzen. Auch schien er keinen einzigen Zahn mehr im Mund zu haben und Volkmar hatte große Mühe, sein Nuscheln zu verstehen.

»Willkommen auf dem, was einmal meine neue Burg werden soll.« Er warf einen kritischen Blick auf die Begleiter seines Lehnsmanns. »Ist das alles an Geleitschutz, was du dir leisten kannst?«

Volkmar verkniff sich die Bemerkung, dass seine beiden stämmigen Begleiter bestimmt mehr Schutz boten als die schmächtigen Fronarbeiter des Grafen und das kümmerliche und löchrige Mauerprovisorium seiner Burg. Stattdessen lächelte er höflich und erwiderte: »Ehrwürdiger Graf, ich dachte mir, es ist unauffälliger und deshalb sicherer, so zu reisen als mit großem Gefolge.«

Der Blick des Grafen blieb skeptisch. »Na gut, immerhin gibt dir der Erfolg recht und du bist ja wohlbehalten angekommen.« Er deutete auf die Satteltaschen: »Das Geld auch, wie ich anneh-me?«

»Das Silber auch«, bestätigte Volkmar nickend.

»Gut. Dann folge mir. Du wirst hungrig sein und deine Männer auch. Ich war auf der Jagd erfolgreich. Es gibt Wild.« Bedauernd nuschelte er hinzu: »Für mich zerstampft. Hirsch als Brei.«

Das Fleisch des Hirsches war verbrannt und zäh wie Leder, es handelte sich bestimmt um ein ziemlich betagtes Tier, das Ulrich von Ulten mit Pfeil oder Jagdspeer erlegt hatte. Und die Köchin war wohl auch nicht so begabt. Als der Graf einmal zum Abtritt ging, flüsterte einer der Begleiter Volkmar zu: »Jetzt wird klar, warum er den Brei bevorzugt, selbst ein Wolf würde sich an dem zähen Vieh die Zähne ausbeißen.«

»Das Jagdglück lag wohl auch darin, dass der Hirsch altersschwach war und gar nicht mehr davonlaufen konnte«, grinste der andere.

Volkmar lachte leise, doch als der alte Graf zurückkehrte, lobte er höflich das misslungene Mahl: »Hervorragend, der Hirsch, und Glückwunsch, dass Ihr ein so stolzes Tier erlegen konntet.«

»Hör auf, mir zu schmeicheln, du bekommst schon auch so, was du von mir willst. Nimm noch Wein, zum Runterspülen. Dann redet es sich auch leichter.«

Volkmar hielt dankbar den Becher hin und ließ sich nachschenken. Im Gegensatz zum Fleisch war der Wein hervorragend, süffig, stark und rot wie Blut, und nicht so sauer und dünnflüssig wie das Zeug zu Hause, das man ohne Gewürze und Honig nicht hinunterbekam. Die Tiroler waren wohl bessere Weinbauern als Köche, dachte Volkmar und nahm einen kräftigen Schluck aus dem vollen Becher. Allerdings stieg einem der Wein auch viel schneller in den Kopf, und er musste auf der Hut sein. Nicht, dass der alte Graf bezweckte, ihn betrunken zu machen, um ihn dann leichter über den Tisch ziehen zu können. Allerdings war dieser selbst schon ganz schön angesäuselt und deshalb noch schwerer zu verstehen als schon zuvor. Volkmar musste zweimal nachfragen, aber alles verstand er immer noch nicht.

»Folge mir jetzt in die Burgkap – « Der alte Graf war schwankend aufgestanden.

Volkmar erhob sich ebenfalls. »Wohin, ehrwürdiger Graf?«

»In die Burgkapelle.« Er setzte sich in Bewegung. Volkmar bemerkte, dass nicht allein der Wein Schuld am unsicheren Gang seines Gastgebers trug, sondern wohl auch Altersschwäche.

»Nehmt meinen Arm«, bot er dem Grafen an.

»Danke. Wir wollen Gott um seinen Beistand und Segen bitten, bevor wir –«

»Bevor wir, was?«, fragte Volkmar und spürte den krallenartigen Griff des Grafen, der jetzt eine Fackel aus der Wandhalterung holte und sie gefährlich nahe vor ihren Gesichtern schwenkte. Der Griff wurde noch fester, während sie auf ausgetretenen Steinstufen hinunter in einen Kellerraum stiegen. Als der alte Graf zwei weitere Fackeln angezündet hatte und nun der ganze Raum erhellt war, staunte Volkmar nicht schlecht. Die Ausstattung der Kapelle war überwältigend. Allein das Kruzifix mit dem silbernen Korpus an der hinteren Wand musste ein Vermögen gekostet haben. Das Tuch auf dem steinernen Altar bestand aus mit Goldfäden durchwirkter Seide, Kelch und Hostienschale waren ebenfalls aus Gold. Die Marienstatue aus italienischem Marmor mit dem Christuskind auf dem Arm hatte eine edelsteinbesetzte Krone auf dem Haupt, edle Teppiche hingen an den Wänden, ein Standleuchter trug sieben echte Wachskerzen, die Graf Ulrich nun auch entzündete. In einem in die Wand eingelassenen Schrein mit einer venezianischen Glasscheibe funkelten Juwelen auf den Knochen einer Reliquie. Als der Graf Volkmars Blick dorthin bemerkte, kommentierte er: »Die Gebeine des heiligen Georg. Also ein paar davon. Ihr Preis wurde in Gold aufgewogen, aber ich musste sie unbedingt haben. Einen Drachen im eigenen Land zu haben ist kein Spaß, wie du dir denken kannst. Davor muss man sich ja schützen.«

»Ein Drache?«, fragte Volkmar höflich, obwohl er sich insgeheim wunderte. Machte sich der alte Graf über ihn lustig oder glaubte er tatsächlich an Drachen? Oder sprach er am Ende augenzwinkernd von seinem Eheweib, das bisher allerdings noch nicht in Erscheinung getreten war?

»Man kann nicht vorsichtig genug sein. Hier in der Gegend wurden zwar schon lange keine Drachen mehr gesichtet, aber so etwas ändert sich natürlich sehr schnell. Es sei denn, man kann sich auf den Schutz des heiligen Georg verlassen.«

Volkmar kannte natürlich die Sage, schließlich war der heilige Georg ein überall bekannter und häufig angerufener Schutzpatron und Märtyrer, der einst für seinen Glauben am Kreuz starb. In der Sage rettete der Ritter die Königstochter vor dem Drachen, indem er diesen schwer verwundete. Daraufhin führte die Prinzessin das Untier zahm durch die Stadt, bevor es erschlagen wurde. Trotzdem war der Drache Sinnbild für den Unterdrücker, der jedes Jahr eine Jungfrau fordert oder andernfalls das Land mit Feuer und Vernichtung überzieht.

Volkmar tat solche Geschichten als Aberglauben ab. Allenfalls einfache Leute oder Kinder nahmen das noch für bare Münze. Interessant war jedenfalls, dass der alte Graf offensichtlich einen solch abergläubischen Schutz einem wirklichen Bollwerk von Mauern vorzog. So konnten zwar keine Drachen mehr in die Burg eindringen, wohl aber Feinde in Gestalt von Soldaten und Rittern aus Fleisch und Blut.

Graf Ulrich wies nun auf eine mit teuren Polstern überzogene Kniebank vor dem Altar und ordnete an: »Knie nieder. Ich bleibe lieber stehen, sonst komme ich nicht mehr hoch. Und dann lass uns beten. Du wirst mehr Land bekommen und deshalb auch einen besseren Stand. Also brauchen wir Gottes Segen, und du kannst dem Herrgott jetzt schon einmal dafür danken.«

Volkmar tat, wie ihm geheißen. Diese Burgkapelle war gewiss ein weiterer Grund für die Geldnot des alten Grafen, der offensichtlich an der Gicht oder einer anderen Alterskrankheit litt. Dass er selbst zum Gebet nicht niederknien wollte, war wohl nicht mangelnder Gottesfurcht geschuldet. Wer so viel Geld in die Ausstattung eines Kirchleins steckte und dafür sogar den wehrhaften Ausbau der eigenen Burganlage aufschob, der war ein mehr als eifernder Christ.

Natürlich war auch Volkmar ein gläubiger Mensch, der zu Gott betete, die heilige Messe besuchte, die Beichte ablegte und lieber ein bisschen mehr als zu wenig Ablass zahlte, um einst mit möglichst geringem Aufenthalt vom Fegefeuer ins Himmelreich zu gelangen. Auch glaubte er schon daran, dass sich Gottes Einfluss auf das Geschehen in gewisser Weise in den Reliquien seiner Heiligen manifestierte. Aber nicht in Form von drachenabwehrenden Knochen. Jedermann wusste ja auch, wie betrügerisch der gewinnbringende Reliquienhandel betrieben wurde, und dass es nicht unbedingt die echten Gebeine des Heiligen waren, die für Unsummen angepriesen wurden. Auf den unzähligen Schlachtfeldern der Menschheit konnten sich zwielichtige Gestalten zu Genüge an jedweden Knochen bedienen.

»Vater unser, der du bist im Himmel, geheiligt werde dein Name, dein Reich komme –«, wiederholte Volkmar eine scheinbare Ewigkeit lang das Vaterunser, bis der alte Graf endlich erklärte:

»Genug jetzt. Folge mir jetzt in den großen Saal, damit wir verhandeln, was du von mir bekommst und was du dafür bezahlen musst.« Graf Ulrich griff wieder mit seinen Krallenfingern nach Volkmars Unterarm. »Für die Stufen halte ich mich noch mal ein bisschen fest. Nicht, dass ich mich zu Tode stürze und du unverrichteter Dinge wieder abreisen musst.«

Der *große* Saal war tatsächlich groß, allerdings stapelte sich überall Bauholz. Eine Wand war erst halb fertig, der Mauerdurchlass bot einen Blick auf einen bewaldeten Hang außerhalb der Burg. Durch das löchrige Dach sah Volkmar den wolkenverhangenen Abendhimmel. Sollte es anfangen zu regnen, würden sie nass werden oder den Ort wechseln müssen. In zwei gegenüberliegenden Ecken des Saals qualmten Kohlebecken und draußen war der Lärm zu hören, den die Bauern bei der Fronarbeit veranstalteten. Mitten im Saal ruhte eine Tischplatte auf groben Stützen. Volkmar lehnte dankend ab, als ein Diener kam und ihm ein Holzbrett mit dem kalten Hirschbraten unter die Nase hielt. Dankend nickte er kurz darauf aber, als derselbe Diener wenig später mit dem Weinschlauch zurückkehrte.

»Wie du weißt«, begann der alte Graf, »bin ich leider in ziemlicher Geldnot.«

Volkmar, überrascht von der unverblümten Offenheit, brachte ein bedauerndes Nicken zustande.

»Diese ganzen Heerzüge fressen meine Kassen kahl wie ein Schwarm biblischer Heuschrecken die Felder der Bauern.«

Zusammen mit der Ausstattung deiner Kapelle, dachte Volkmar, ohne es auszusprechen. Allerdings war der Vergleich mit einer Heuschreckenplage nachvollziehbar. Auch er selbst hatte als Lehensmann schon viele schmerzhafte Abgaben sowohl an Mensch, Tier und Material für Heerzüge leisten müssen. Trotzdem wandte er ein: »Wir können nur von Glück sagen, dass wir nicht zu Zeiten der Kreuzzüge geboren wurden.«

»Solltest du in diesem Zusammenhang nicht eher damit hadern, dass es dir nicht gewährt war, für deinen Glauben auf dem Schlachtfeld zu sterben?« Der alte Graf zwinkerte dabei, so dass Volkmar nicht ganz sicher war, ob die Aussage eine Rüge oder ein Scherz war. Oder ob er etwas im Auge hatte. Doch nun machte er eine schroffe Handbewegung, die wohl besagen sollte: zurück zum Thema. Er nahm einen Schluck aus dem Weinbecher, rülpste und nuschelte dann ungeduldig: »Deshalb fühle ich mich jedenfalls leider gezwungen, Land zu verkaufen.«

Volkmar betrachtete, wie der Graf die Finger mit den Gichtknoten verschränkte. Er blickte so mitfühlend wie es ging. Ein Schreiber mit einem Stapel Pergament unter dem Arm kam herein und setzte sich ans andere Tischende.

»Da du ein treuer Vasall bist und ich weiß, dass du mein Land gut bewirtschaften und pflegen wirst, bin ich zu dem Schluss gekommen, dass du der richtige Mann bist.«

Volkmar straffte den Rücken: »Ich bedanke mich für das Vertrauen, ehrwürdiger Graf.«

»Du wirst ein paar neue Dienstmannen brauchen, da du ja nicht alles selbst erledigen kannst. Ich hoffe, du hast Männer, die dafür infrage kommen.«

»Gewiss habe ich solche Männer.« Volkmar nickte. Sein eigener Vater, Marquard, ein Spross der Apfeltranger Ritter, hatte als Dienstmann Teile der weitläufigen Besitztümer der Markgrafen von Ronsberg verwaltet. Diese wiederum verdankten Stand und Besitz den familiären Beziehungen zu den Welfen. Drei Brüder aus dem Geschlecht der Herren von Ursin hatten oberhalb des Ortes Ronsberg eine Burg errichtet, nach der sie sich auch benannten. Einer der drei, Gottfried, wurde in den Grafenstand erhoben, wodurch ihm die Verwaltung des Augstgaus zufiel. Er nahm an den Landtagen des bairischen Herzogs Heinrich des Löwen teil und gewann dessen Vertrauen durch die Bezeugung einiger Urkunden. Gottfrieds Weib, Kunigunde, war eine von Heinrichs Schwestern.

Volkmar selbst hatte einen Sohn, Markwart. Die Gedanken an den Tunichtgut waren neue Nahrung für seine Sorgenfalten. Aber vielleicht wäre ja eine neue Aufgabe für den verweichlichten Kerl eine Lösung? Neues Land bedurfte einer neuen Herrschaft.

Der alte Graf seufzte: »Natürlich weißt du, dass es noch einen anderen Grund dafür gibt, dass ich einen Teil meiner Besitztümer veräußern will.« Nun lachte er bitter. »Mich hat genau das Schicksal ereilt, das meiner Familie einst das Kemnater Land, um das es jetzt vorwiegend geht, bescherte.«

»Der Fluch der Kinderlosigkeit.« In Gedanken resümierte Volkmar den Aufstieg der Ronsberger. Heinrich I. von Ronsberg war von Kaiser Barbarossa in den Stand des Markgrafen und damit in den Hochadel erhoben worden und hatte später sogar an der Wahl Philipps von Schwaben zum König teilgenommen.

Graf Ulrich von Ulten fuhr wie ein Lehrmeister mit erhobenem Zeigefinger fort: »Wie du weißt, vererbte Markgraf Heinrich I. von Ronsberg nach seinem Tod die Grafenwürde an seinen Sohn Gottfried II. Dann starb Kaiser Heinrich während der Eroberung von Sizilien im Feldlager vor Neapel an einer Seuche. Dadurch erlangte Gottfried noch mehr Lehen. Er schied jedoch selbst bald aus dem Leben und vererbte alles seinem Bruder Berthold, der kinderlos starb.«

Im Hintergrund gähnte der Schreiber, der natürlich ausschließlich geschäftliche Dinge protokollieren sollte. Die Zeugen, deren Namen er am Ende der Urkunden aufführen sollte, trudelten nun auch einer nach dem anderen ein und nahmen am Tisch Platz. In Volkmars Fall handelte es sich dabei um seine beiden Vasallen Hermann und Konradin, die ihn hierher begleitet hatten. Konradin hatte die Satteltaschen mit dem Hacksilber dabei und machte mit seinem kriegerischen Blick kein Hehl daraus, dass er den Inhalt mit seinem Leben verteidigen würde. Ulrichs drei Zeugen kannte Volkmar nur flüchtig von einem vergangenen Treffen. Bei ihnen handelte es sich um Lehnsmänner, die im Dienst des alten Grafen standen.

Volkmar wusste selbstverständlich, was nach Bertholds Tod geschehen war. Wie so oft hatte man das Erbe zerstückelt. Die Markgrafenwürde ging an die Herren von Burgau. Damit verbunden war der Besitz und die Verwaltung des Kemnater Landes. Über den Vater Graf Ulrichs von Ulten, Graf Egno von Eppan, übertrug seine Mutter Irmengard das Erbe schließlich an ihren Sohn Ulrich. So war der alte Graf an das Kemnater Land und dessen Besitztümer gelangt.

Und jetzt war er durch die Not dazu gezwungen, einen großen Teil davon zu Geld zu machen.

Volkmar hatte gehofft, die Verhandlungen würden schnell erledigt sein. Bald musste er jedoch einsehen, dass er sich getäuscht hatte, was weniger daran lag, dass es viel zu besprechen gab oder sich die Parteien gar gestritten hätten. Es lag in erster Linie am Wein, der zur Genüge konsumiert wurde, sowie an Graf Ulrichs Neigung, umso gesprächiger zu werden, je mehr er getrunken hatte. Immer wieder schweifte er ab, und meist ging es dabei um seine beiden offensichtlichen Lieblingsthemen: Reliquien und Drachen. Volkmar war ein höflicher und geduldiger Zuhörer, an dem der alte Graf großen Gefallen fand.

Allerdings wurde seine Zunge immer schwerer, was mit seinem Nuscheln eine unglückliche Verbindung einging. Es führte dazu, dass zum einen zwei der Ritter, die als Zeugen geladen waren, bald am Tisch einschliefen, zum anderen Volkmar die Erzählung Ulrichs nur noch bruchstückhaft verstand.

»Ein Händler hat eine Rel-reli –«, so lallte der alte Graf zum Beispiel, »das w-waren die Eieia des Oochsen, auf dem Jesuuu durch Bet-lllhem –«

Volkmar reimte sich die Geschichte zusammen, und einer der Ritter, der noch nicht eingenickt war, gab Folgendes zu bedenken: »Ehrwürdiger Graf, es liegt mir fern, es besser wissen zu wollen, aber haben Ochsen denn überhaupt noch Hoden? Und war es nicht so, dass Jesus auf einem Esel ritt, und zwar durch Jerusalem und nicht durch Bethlehem?«

Volkmar hörte amüsiert zu, wie Ulrich seinem Ritter erklärte, dies sei ja der Grund, warum die Hoden des Ochsen überhaupt als wertvolle Reliquien im Umlauf waren, weil dieser sie eben nicht mehr hatte. Außerdem sei Jesus bestimmt auch einmal auf einem Ochsen durch seinen Geburtsort geritten, da war er wohl noch ein Junge gewesen, und hätten sie sich nicht selbst, als sie noch jung waren, einen Spaß daraus gemacht, auf Ochsen zu reiten?

Eine weitere Geschichte, die der alte Graf zwischen dem Verkauf zweier Lehen an Volkmar zum Besten gab, handelte wieder von Drachen:

»Dda-as Vieh kaam immer um Mitternschdd –« Das faltige Gesicht des alten Grafen war inzwischen kräftig gerötet und aus seinem zahnlosen Mund kamen nicht nur weitgehend unverständliche Worte, sondern auch noch jede Menge Speichel. Auf den fragenden Blick Volkmars erklärte der Ritter, der die Geschichte wohl nicht zum ersten Mal hörte:

»Es geht die Sage, dass es früher einmal tatsächlich hier in der Gegend Drachen gab.«

»Kkeine Saaage – Wahrheit!«

Wieder folgte ein Schwall kaum verständlicher Worte. Offensichtlich aber ging es in dieser Geschichte um den Ursprung des Hügels, auf dem die Burg erbaut war. Wieder übersetzte der Ritter das betrunkene Nuscheln seines Herrn:

»Genau an dieser Stelle stand früher ein Bauernhaus, in dem ein Bauer wohnte, der einen Bettler herzlos abwies. Der drohte, er werde wiederkommen und etwas bringen. Das tat er auch, er kehrte mit einem riesigen Drachen zurück, den er an einer roten Schnur führte. Der Drache schlug mit seinem gewaltigen Schwanz Steine, Geröll und ganze Felsbrocken aus dem Berg über dem Bauernhaus, bis es ganz darunter begraben war. Danach führte der Bettler den Drachen an der Schnur durchs Dorf, und weder er noch der Drache wurden je wieder gesehen.« Der Ritter grinste. »Jetzt wisst Ihr, worauf Ihr gerade sitzt.«

»Eine wahrhaft unglaubliche Geschichte«, erklärte Volkmar.

»Zeig's ihm«, befahl der alte Graf dem Ritter.

Der stand auf, verließ den Saal und schleppte wenig später eine Steinplatte herein. Krachend lud er sie auf den Tisch.

»Der Ddrachenfussss«, lallte Ulrich.

Volkmar beugte sich vor. Tatsächlich sah er einen riesigen Fußabdruck mit drei krallenbestückten Zehen, von der Länge und Stärke eines Oberschenkels.

»Sssisst du?«

»Wirklich unglaublich«, bestätigte Volkmar, der tatsächlich beeindruckt war. Was es auch immer war, zu dem einst dieser Fuß gehört hatte, es musste gewaltig gewesen sein.

»Na bitte. Ssurück sum Geschäft.«

Einigermaßen verständlich, und zu Volkmars Überraschung ohne abzuschweifen, erklärte der alte Graf alsdann, welches Land zu welchem Preis noch verhandelt werden musste. Es war weit nach Mitternacht, als sie zum Ende kamen, und nicht nur die Ritter, sondern inzwischen auch Volkmars Begleiter nickten immer wieder ein. Unmengen Wein waren geflossen und Schreiber und Zeugen mussten geweckt werden, wenn ihnen die Augen zugefallen waren.

»Hasss du alless?«

Der Angesprochene, der Schreiber, rieb sich die Augen und nickte: »Ja, Herr.«

»Gut. Einss hab' ich noch.«

Ulrich grinste besoffen und Volkmar blickte überrascht auf, als er erfuhr, dass der alte Graf ihm zum Abschluss noch ein Lehen einfach schenkte.

Am nächsten Morgen tätschelte Volkmar von Kemnat zufrieden die Satteltasche, in der sich nun statt des Silbers die Urkunden befanden. Darauf hatte der Schreiber seines Lehnsherrn, des Grafen Ulrich von Ulten und Eppan, festgehalten, was verhandelt worden war.

Sie machten sich auf den Rückweg.

Marie hatte verschlafen und ärgerte sich zunächst darüber. Sie wollte doch in die Berge! Galt da nicht die Regel, je früher, desto besser? Sie ging zum Fenster, streckte sich und gähnte. *Was soll's*, dachte sie dann, *ich habe Urlaub und die Berge laufen nicht weg*. Die Sonne schien und sie hatte den ganzen Tag Zeit. Also frühstückte sie erst einmal in aller Ruhe. Dabei wischte sie durch die Nachrichten auf ihrem Handy, das meiste waren Spammails, dann aber eine WhatsApp von John, in der etwas kryptisch stand: *Es gibt neue Entwicklungen, aber genieße deinen Urlaub.*
Die zweite WhatsApp war von Dr. Heinrich, der wissen wollte, ob sie *schon oben* sei. Sie ließ beide Nachrichten unbeantwortet, las stattdessen im Wetterbericht von hoher Gewitterwahrscheinlichkeit am Nachmittag. Sie sollte sich also langsam auf den Weg machen. Gewitter in den Bergen, das war kein Spaß, das wusste sie auch als Großstädterin.

Sie packte etwas Essen und Trinken und ihre Regenjacke in den Rucksack und verließ die Ferienpension. Der Link, den ihr Dr. Heinrich geschickt hatte, enthielt auch die Busverbindung zum Ausgangspunkt ihrer Bergtour. Sie fand die Haltestelle an der Hauptstraße und musste keine fünf Minuten warten, bis der Bus kam. Der Fahrer nickte, als sie ihr Ziel nannte. Sie bezahlte das Ticket und nahm zwei Sitze hinter ihm Platz. Sie war der einzige Fahrgast, und auch an den beiden anderen Haltestellen stieg niemand ein. Bald erreichten sie einen weiträumigen geschotterten Parkplatz mit einer nagelneuen Haltestelle aus Glas und Holz. Marie stieg aus. Schwülheiße Luft schlug ihr entgegen. Am Waldrand stand eine einfache Bank vor einem verwitterten Marterl. Ein einsames Auto parkte weiter rechts. Sie schulterte den Rucksack und lief zu einer Tafel mit einer Karte, auf der ihre Tour mit einer roten Linie markiert war. Weiter vorn zeigte ein hölzerner Wegweiser auf einen geschotterten Weg, der am Waldrand begann.

Unter den Bäumen war es angenehm kühl, aber bald wurde der Wald lichter und die Sonne brannte herab. Marie bedauerte, dass sie keine Kopfbedeckung dabeihatte, und bereits nach einer halben Stunde musste sie die erste Pause einlegen, um etwas zu trinken. Der Weg war inzwischen zum Pfad geworden und sie sah, wie er sich zum Gipfel hochwand. Sie wunderte sich, dass sie trotz Ferienzeit noch keiner Menschenseele begegnet war, nur ein Raubvogel segelte in der Thermik des Berges über ihr, und weiter oben hörte sie das Gebimmel von Kuhglocken. Sie steckte die Trinkflasche zurück in den Rucksack und marschierte weiter. An einer Wegegabelung überlegte sie kurz, wie sie weitergehen sollte. Sie entschied sich für den etwas schmaleren Pfad, der geradeaus nach oben führte.

Der Pfad wurde immer steiler und steiniger, mit Felsbrocken und Stufen, über die sie klettern musste. Marie musste feststellen, dass sie die Tour zunehmend anstrengte. Natürlich hielt sie sich durch regelmäßiges Joggen fit, doch auf einen Berg zu steigen war wohl eine ganz andere Sache. Die neuen Bergschuhe drückten, und so, wie sich ihre Füße anfühlten, hatte sie sich schon Blasen gelaufen. Das Klettern über Geröll und Felsbrocken beanspruchte eine vollkommen andere Muskulatur als das gleichmäßige Laufen in der Ebene. Wieder musste sie eine Pause einlegen. Sie setzte sich schwer atmend auf einen großen Steinblock, um noch einmal einen Schluck zu trinken. Immerhin sah sie von hier aus schon den Gipfel. Sie schätzte, dass sie in einer halben Stunde oben sein könnte. Doch zunächst drehte sie sich talwärts. Die Fernsicht war fantastisch. Tief unten sah sie die Ortschaften mit den Spielzeughäusern und den Straßen, Autos und Menschen dazwischen. Langsam beruhigte sich ihr Atem und sie genoss die Aussicht. Gegenüber lag ein weiterer Gebirgszug, mit hohen, gezackten Gipfeln, die bis in die Wolken reichten, die darüber hingen. Am Anfang der Kette stand ein kegelförmiger Berg mit einem hohen Mast wie ein Wächter am Eingang des Tals.

Marie konnte sich von diesem Ausblick kaum losreißen, doch bestimmt war der Blick vom Gipfel noch um einiges spektakulärer. Sie verstaute die Trinkflasche, schulterte den Rucksack und stieg weiter. Nun wurde das Gelände noch schwieriger, hier waren einige Stellen vom nächtlichen Gewitterregen noch feucht und glitschig. Während sie weiterkletterte, sah sie nach oben zum Gipfel mit dem Kreuz. Da passierte es: auf einer steilen Felsplatte rutschte sie aus, schlitterte nach unten und landete unglücklich. Der Schmerz schoss in ihr Fußgelenk wie ein glühendes Messer. Sie schrie auf und spürte zum Schmerz, wie die Übelkeit in ihr hochstieg. Sie krabbelte auf allen vieren, um sich aufzurichten, aber als sie versuchte, den Fuß zu belasten, tat es so höllisch weh, dass sie erneut aufschrie. Ihr wurde schwindelig und für einen Moment hatte sie Angst, vor Schmerzen das Bewusstsein zu verlieren. Hektisch kramte sie im Rucksack nach ihrem Handy. Endlich fand sie es, nur um - wie in einem schlechten Film - festzustellen, dass der Akku leer war.

Jetzt schrie sie um Hilfe. Tränen schossen ihr dabei in die Augen und sie sah nicht, wie sich oben unter dem Gipfelkreuz eine Gestalt erhob, sich orientierte, woher die Schreie kamen, und sich dann daranmachte, zu ihr herunterzuklettern.

HERILESCELLA
1246

Markwart hatte die dunklen, mitfühlenden Augen seiner Mutter und den dichten rotblonden Schopf des Vaters. Ansonsten hatte er von der Mutter allenfalls den Hang zur Melancholie geerbt, vom Vater, außer den dichten Haaren, so gut wie nichts. Volkmar von Kemnat, sein Erzeuger, hatte sich aufgrund seiner Besonnenheit und klugen Entscheidungen den Beinamen *der Weise* verdient. Von Weisheit war sein Sohn Markwart jedoch so weit entfernt wie vom Mond. Im Vorjahr hatte Volkmar durch geschickte Verhandlungen sowie einen guten Batzen Hacksilber das Herrschaftsgebiet der Herren von Kemnat gewaltig ausgedehnt. Mit den neu erworbenen Lehen und Pachtländereien reichte es jetzt bis hinunter zum Bodensee. Zwar hatte es einen teilweise erbitterten Streit mit den Kaufbeurer Stadtherren um die Nutzungsrechte des Landes zwischen Burg Kemnat und Kaufbeuren gegeben, doch König Konrad hatte zwischen den streitenden Parteien geschlichtet. Einen Teil der zur Debatte stehenden Gebiete, namentlich die *Allmende,* sprach er der gemeinsamen Nutzung zu. Dies wurde urkundlich festgehalten. Da der Streit dennoch weiterschwelte, mussten die Nutzungsrechte und Örtlichkeiten in einer zweiten Urkunde noch genauer geregelt werden.

Derlei Dinge hätten Markwart brennend interessieren sollen, denn eines der Streitobjekte umfasste auch das Land um die Ortschaft Herilescella. Dieses Land hatte der alte Graf Ulrich von Ulten seinem Vater als Dreingabe für die gekauften Lehen geschenkt. Volkmar wiederum war der Meinung gewesen, der Flecken sei genau der richtige Prüfstein für seinen verweichlichten und nichtsnutzigen Sohn Markwart. Der sollte nun endlich beweisen, dass er zu mehr fähig sei, als sich nur abwechselnd der Melancholie hinzugeben, den Mägden an die Wäsche zu gehen, sich zu betrinken oder alle drei Dinge auf einmal. Deshalb setzte er Markwart als Lehnsherrn für das neue Land ein. Und da der alte Graf Ulrich der Meinung gewesen war, ein solches Lehen bedürfe auch einer Burg zum Schutz und der Verwaltung dieser neuen Herrschafts- und Besitzansprüche, hatte er die Schenkung mit der Bedingung zum Bau einer solchen Anlage verknüpft. Und dies leider auch schriftlich festgelegt. Markwart stand nun also nicht nur in der Pflicht, alles ordentlich zu verwalten, sondern er sollte auch noch Bauherr einer eigenen Burg auf dem langgezogenen Hügelkamm oberhalb von Herilescella werden.

Tatsächlich hatte der Bau auch im Frühjahr termingerecht begonnen und anfangs waren die Bauern und Handwerker pünktlich und regelmäßig erschienen. Sehr rasch war ein Teil des Schutzwalls entstanden und auch der untere Teil des Bergfrieds hatte schnell Gestalt angenommen, bis zu dem Zeitpunkt, als die Fronarbeiter erkannten, dass Markwart sich wenig um ihre Beaufsichtigung scherte und stattdessen lieber unten im Ort in der Tafernwirtschaft *Sonne* den Geschichten der Soldaten lauschte, die dort zur Zeit logierten, und sich dabei schon am helllichten Tag betrank. Also gingen sie lieber auf ihre Felder und kümmerten sich um ihr Korn und ihr Vieh. Außerdem gab es ein Problem mit dem Nachschub von Baumaterial. Der Steinbruch, aus dem die Lieferungen kommen sollten, lag genau in einem der Gebiete, um die sich die beiden Parteien stritten, und die Kaufbeurer Stadtherren weigerten sich hartnäckig und erfolgreich, dem Kemnater Rittersöhnchen irgendwelche Rechte einzuräumen. Sie hatten sofort erkannt, dass Markwart kein ebenbürtiger Gegner war, und noch genüsslich den Daumen in die Wunde gelegt, indem sie ihm zwar die Lieferung von Steinen anboten, dafür aber unverschämte Preise verlangten. Markwarts Verhandlungsgeschick hatte sich auf ein gleichgültiges Schulterzucken beschränkt, und er kam nicht einmal auf die Idee, sich nach einem anderen Lieferanten umzusehen. Stattdessen zog er es wie stets vor, sich in der *Sonne* zu den Soldaten zu gesellen und sich mit ihnen einen ordentlichen Rausch anzutrinken.

Seitdem war es mit dem Bau kaum mehr vorangegangen und so war man jetzt, am Ende des Sommers, nicht viel weiter als im Frühjahr. Da die Erntezeit bevorstand und die Bauern deshalb von der Fronarbeit befreit waren, würde sich auch weiter nichts mehr tun. Über dem kümmerlichen Steinwall und den erst etwas mehr als mannshohen Mauern des Bergfrieds flatterte das von Wind und Wetter inzwischen arg mitgenommene Banner mit dem gespaltenen Wappen der Herren von Kemnat: ein silberner Zinnenturm vor einem roten Hintergrund.

All das kümmerte Markwart herzlich wenig, vor allem, weil die Wirtstochter in der *Sonne* weitaus interessanter war als die langweilige Baustelle dort oben, auf dem zugigen Hügel. Da ging nichts voran, die Handwerker nahmen ihn nicht ernst, ebenso wenig wie die Bauern, die nicht zur Fronarbeit erschienen. Dagegen hätte er etwas unternehmen müssen. Er tat es aber nicht.

Kunigunde, die Wirtstochter hingegen, schien ihn ernst zu nehmen. Wenn er oben bei den Soldaten und Kriegsknechten saß und sie den Wein und das Bier brachte, machte sie ihm schöne Augen. Ihr Vater, der Wirt, ein Riese mit Stiernacken und dem Ruf, selbst schon einmal einem bösartigen Stier das Genick gebrochen zu haben, hielt jedes Mal eine Rede, wenn ein neuer Trupp in der *Sonne* Quartier bezog. Darin erklärte er, die Schrecken, die sie auf dem Schlachtfeld erlebt hätten, wären nichts im Vergleich mit dem, was er mit ihnen anstellen würde, wenn sie seine Tochter anrührten. Doch diese Drohungen wären gar nicht nötig gewesen. Kunigunde hatte die kräftige Figur ihres Vaters geerbt und konnte ein Bierfass ganz allein tragen. Trotzdem wirkte sie mit ihren üppigen Rundungen ganz und gar weiblich, und die blonden Zöpfe unter dem Kopftuch und das Blitzen ihrer hellen Augen zogen nicht nur die Soldaten in ihren Bann. Sie war auch keinesfalls auf den Mund gefallen und scheute sich nicht, die derben Sprüche der Soldaten ebenso oder sogar noch derber zu erwidern.

Markwart, für den die Mägde seines Vaters nichts weiter als ein netter Zeitvertreib gewesen waren, hatte sich bis über beide Ohren in sie verliebt. Er ertappte sich dabei, wie er rot anlief und anfing zu stottern, wenn sie in seiner Nähe war. Diese Erfahrung war vollkommen neu für ihn und Himmel und Hölle zugleich.

Sein Zustand blieb weder ihr noch ihrem Vater verborgen. Der Wirt drohte ihm höchstpersönlich mit den Worten:

»Wenn du ihr einen Bankert machst, Grafenbürschchen, dann wirst du hübsch zahlen!« Er zeigte Markwart seine riesigen Pranken: »Und wenn du nicht zahlen willst, breche ich dir damit eigenhändig das Genick.«

Markwart nahm die Drohung ernst, nicht nur, weil er höllische Angst vor dem Riesen hatte. Bekäme die Wirtstochter ein Kind von ihm, würde sein Vater nicht noch einmal die Anerkennung genehmigen, wie bei der Magd, die Markwart im Vorjahr geschwängert hatte. »Reiß dich zusammen!«, hatte Volkmar getobt. »Wehe, das passiert noch einmal! Ein Bastard in der Familie, den ich durchfüttern und für den ich bezahlen muss, reicht vollkommen! Hast du das verstanden?«

Aber gegen seine Gefühle für Kunigunde war er machtlos. Eines Abends, als er wieder mit den Soldaten zechte, kam sie herauf, stellte sich in die Tür, stemmte die Hände in die Hüften und rief mit funkelnden Augen:

»Kann mir mal jemand helfen?«

Sofort sprangen beinahe alle Soldaten auf. Doch Kunigunde deutete auf Markwart: »Du. Du kommst mit.«

Sie führte ihn nach unten und er folgte ihr wie das Lamm zur Schlachtbank. Kichernd zog sie ihn durch die Wirtsstube, wo der Vater mit dem Kopf auf den Armen schnarchte.

»Pst!«, flüsterte er panisch. »Wenn er aufwacht!«

Sie grinste ihn spöttisch an.

»Dann sei halt leise.«

Marie kauerte neben der Felsplatte, von der sie abgerutscht war. Sie wimmerte vor Schmerzen. Mehrmals hatte sie versucht aufzustehen, aber jedes Mal war sie wieder zurückgesunken. Es war unmöglich, den verletzten Knöchel zu belasten. Wieder schrie sie um Hilfe. Wie konnte sie nur so dumm sein, ihr Handy nicht aufzuladen? Und was jetzt? Sie lag hilflos hier oben und hielt es vor Schmerzen kaum aus. Ängstlich blickte sie zum Himmel, wo nun auch noch dunkle Wolken aufzogen. Sie erschrak, als sie Steine poltern hörte und duckte sich näher an die Felsen. Zusätzlich zu ihrer Furcht wurde sie wütend. Auf sich selbst und auf ihre Dummheit, aber auch auf diesen Dr. Heinrich, der ihr die Tour als einsteigerfreundliche Wanderung empfohlen hatte. Für einen Moment kam ihr ganzes Elend hoch und ließ sie sogar kurz die Schmerzen vergessen. Die Wahrheit über ihre Familie, die nicht ihre richtige war, und die Tatsache, dass ihre richtige Familie sie verkauft hatte. Dann dieses Hin und Her um die heruntergekommene Gastwirtschaft, und dass sie sich in ihrem Urlaub darüber Gedanken machen sollte, was daraus werden könnte. Johns Geheimnistuerei – es gäbe *neue Entwicklungen.*

Und jetzt das. Sie hockte mit schlimmen Schmerzen in völlig unwegsamem Gelände, konnte nicht laufen, keine Hilfe holen, und wie es schien, zog auch noch ein Gewitter auf. Wieder bekam sie es mit der Angst zu tun. Sie spürte, wie ihr Atem schneller und unkontrollierter wurde, bekam noch mit, wie die Panikattacke anrollte, die sie sonst nur in engen dunklen Räumen bekam.

»Hilfe!«, versuchte sie zu schreien, aber ihr Puls raste jetzt so schnell und sie hyperventilierte so stark, dass sie keinen richtigen Schrei herausbrachte.

»Ruhig, ganz ruhig«, glaubte sie plötzlich eine Stimme neben sich zu hören. Jemand packte von hinten ihre Arme und zog sie nach oben.

»Versuch gleichmäßig zu atmen. Einatmen, ausatmen. Einatmen, ausatmen. Alles wird gut!«

Alles wird gut? Wie denn? Ich habe mir den Fuß gebrochen und bin am Ersticken!

»Gleichmäßig atmen ... einatmen, ausatmen. Einatmen, ausatmen. Ja, so ist es gut.«

So ist es gut? Tatsächlich spürte sie, wie die Luft wieder in ihre Lungen strömte. Sofort schrie sie wieder: »Hilfe!«

»Hilfe ist doch schon hier. Ich bin's, und natürlich helfe ich dir.«

Maries Atem beruhigte sich mehr und mehr und sie nahm ihre Umgebung wieder wahr. Leider aber auch den Schmerz in ihrem Fuß. »Dr. Heinrich?«, stöhnte sie schließlich. »Was machen Sie –«

»Ich dachte, wir machen wenigstens einen Teil der Tour gemeinsam.« Dr. Heinrich war neben ihr in die Hocke gegangen und sah sie besorgt an. »Was ist denn passiert?«

Trotz ihrer Schmerzen funkelte Marie ihn an. »Was passiert ist? Ich bin gestürzt und habe mir den Knöchel verletzt und zwar so schwer, dass ich nicht mehr laufen kann. Und das ist Ihre Schuld!«

»Aha. Übrigens gibt es in den Bergen ein ungeschriebenes Höflichkeits-Gesetz.«

Marie blieb der Mund offen. Sie konnte es vor Schmerzen kaum aushalten, und diesem Dr. Heinrich fiel nichts Besseres ein, als einen Vortrag über Höflichkeit in den Bergen zu halten. Sie blaffte: »Ich brauche Ihre Hilfe, nicht Ihre Ratschläge!«

»Du«, erwiderte Dr. Heinrich seelenruhig.

»Du?«

»Ja. Dieses Gesetz besagt, dass man sich in den Bergen ab einer Höhe von eintausend Metern duzt.«

»Wie hoch sind wir denn?«, fragte Marie perplex.

»Über fünfzehnhundert auf alle Fälle. Aber lass mich doch mal deinen Fuß sehen. Warte, ich helfe dir, den Schuh auszuziehen. Und dabei erklärst du mir bitte, warum es meine Schuld ist, dass du dich verletzt hast.« Er bückte sich zu ihr und öffnete das Schuhbändel.

Marie schrie auf, als er den Schuh langsam von ihrem Fuß zog.

»Aua! Sie haben mir doch diese Tour empfohlen –«

»Du!«

»Was?«

»Das Berghöflichkeitsgesetz.«

Marie wurde wütend: »*Du* hast mir diese Kletterei mit dem Hinweis empfohlen, es sei eine wunderschöne Einsteigertour! Ich hätte mir den Hals brechen können!«

»Na, Gott sei Dank ist es nur der Knöchel.« Er tastete darüber. »Und ich denke nicht einmal, dass er gebrochen ist. Wenn du Glück hast, ist es nur eine ordentliche Bänderdehnung. Ich habe dir übrigens nicht diese Tour empfohlen. Den Gipfel schon, aber ich frage mich, warum du nicht dem Weg gefolgt bist, der schön gemächlich um den Berg herum nach oben führt. Das ist ein Wanderweg. Du hast doch die Route auf deinem Handy.«

»Es ist leer. Ich habe vergessen, es zu laden.«

»Naja, dann weiß ich, was schiefgegangen ist. Wenn man aus dem Wald herauskommt, gabelt sich der Weg. Dort hättest du dem Weg nach rechts folgen sollen. Du bist aber geradeaus weitergegangen und deshalb hier gelandet. Hättest du auf dein Handy geguckt, wäre dir das nicht passiert.«

»Hätte, hätte –«

»Ich weiß – Fahrradkette. Du hast ja recht, das hilft jetzt auch nicht mehr. Ich mache dir erst mal einen strammen Verband um den Knöchel. Dann schwillt er vielleicht nicht so sehr an.« Er holte ein Verbandspäckchen aus seinem Rucksack, öffnete es und wies sie an: »Kannst du noch die Socke ausziehen?«

Sie tat es mit zusammengebissenen Zähnen.

»Puh, der ist doch schon zu einem ganz schönen Ei angeschwollen. Ich kann mir gut vorstellen, wie weh das tut.« Er legte eine Hand auf den Knöchel und beinahe hätte sie wieder aufgeschrien, aber die Hand war so angenehm kühl, dass sie eher seufzte.

»Der Knöchel glüht ja richtig. Aber Eis zum Kühlen habe ich leider nicht. Die nächste Tour, die ich dir empfehle, wird jedenfalls zu einem Gletscher führen.«

Marie musste trotz ihrer Schmerzen lachen. Seine ruhige Art hatte ihre Panik verjagt, und die Hand auf ihrem Knöchel war wie eine kleine Wohltat. Wieder einmal hatte sie ihm unrecht getan. Er hatte sie nicht in dieses steile Gelände geschickt, das war ihr jetzt auch klar. Sie erinnerte sich an die Wegegabelung, die er

beschrieben hatte. Da war sie wirklich geradeaus gegangen. Als es immer steiler und unwegsamer wurde, hätte sie misstrauisch werden und umkehren müssen. Aber sie war stur immer weiter geklettert.

Wieder musste sie gewaltig die Zähne zusammenbeißen, als er ihr den Verband anlegte. Aber er lenkte sie dabei geschickt ab, erzählte, dass die Verletzung seiner Mutter nur ein Haarriss war und dass sie ihn quasi aus München wieder weggeschickt hatte. Sie könne sich selbst um ihre Belange kümmern, sie sei ja schließlich kein Pflegefall. Außerdem stand wenig später ihre Freundin vor der Tür, und im Vergleich mit deren Fürsorge konnte er sowieso nur den Kürzeren ziehen.

»Das mit Ihrer Mutter freut mich.«

Nun seufzte er und mahnte: »Berggesetz!«

Wieder musste sie lachen. »Also gut, ich gebe auf. Das mit *deiner* Mutter freut mich.«

»Na, geht doch. Ich heiße Peter.«

»Ich weiß. Angenehm, Marie. Kannst du jetzt trotzdem etwas unternehmen, dass ich hier wegkomme? Laufen kann ich jedenfalls nicht.«

»Ja, natürlich, entschuldige.« Er kramte in seinem Rucksack, hielt inne, kramte erneut und ließ dann die Hände sinken.

»Gibt es ein Problem?«

Er sah sie betreten an. »Mein Handy.«

»Was ist damit? Auch vergessen, es zu laden? Oder kein Empfang hier?«

»Es liegt unten im Auto.«

»Und jetzt?«

»Wieviel wiegst du?«

»Das ist doch keine Frage, die man einer Frau stellt!«

»Ich stelle sie auch keiner Frau, sondern einem kapitalen Klumpfuß.«

Maries Lachen klang verzweifelt. »Sechsundfünfzig Kilo. Aber was willst du mit diesem wunderbaren Wissen jetzt anfangen?«

Er deutete mit dem Daumen auf seinen Rücken.

»Huckepack.«

Zuerst hatte sie noch Angst, er würde mit ihr zusammen in dem unwegsamen Gelände fallen oder sie würden gar abstürzen und alles nur noch schlimmer machen. Doch er hatte einen sicheren Tritt, wankte kein einziges Mal. Langsam schwand ihre Furcht vor noch größerem Unglück und auch die Schmerzen im Fußgelenk wurden erträglicher. Sie spürte, wie ihr die Tränen hochstiegen, wusste aber nicht, ob es noch der Schock über den Unfall und die Schmerzen war oder schon die Erleichterung über ihre Rettung. Natürlich hatte sie sich ihren Urlaub anders vorgestellt. Sie wollte das schöne Wetter genießen, ein bisschen in den Bergen wandern und dabei gründlich ausspannen. Und jetzt war sie zum Klischee der naiven Touristin verkommen, der Großstadttussi, die sich einbildete, in der Lage zu sein, mal einfach so, ohne besondere Vorbereitung und passende Ausrüstung, auf zweitausend Meter hohe Berge zu klettern. Um dann auch noch von genau dem Mann gerettet zu werden, der bisher auf ihrer Sympathieskala von eins bis zehn auf null gestanden hatte. *Toll gemacht, Marie! Wirklich super!*

Aber zum einen hatte Dr. Heinrich ja vielleicht recht und ihre Verletzung war gar nicht so schlimm. Und zum anderen musste sie sich eingestehen, dass es sich auf seinem Rücken gut anfühlte. Nachdem sie festgestellt hatte, dass er tatsächlich in der Lage war, sie sicher über ein Gelände zu tragen, das für sie alleine zu schwierig gewesen war, fühlte sie sich aufgehoben und beschützt.

»Dein Fuß muss geröntgt werden«, sagte er, und sie wunderte sich, dass er kaum außer Atem war, obwohl er sie doch nun schon eine ganze Weile den Berg hinunterschleppte.

»Wenn wir unten sind, fahre ich dich gleich nach Sonthofen ins Krankenhaus.« Er drehte leicht den Kopf nach hinten und sie glaubte, ein leichtes Grinsen zu sehen. »Die sind auf so etwas spezialisiert: Im Sommer ramponieren sich die Touristen die Knöchel und im Winter brechen sie sich die Beine.«

Das Gelände wurde jetzt etwas flacher und der Trampelpfad mündete in einen ordentlichen Weg. Marie hatte das Gefühl, dass sie doch langsam etwas schwer für Dr. Heinrich wurde, und da der Schmerz in ihrem Knöchel inzwischen erträglich geworden war, schlug sie vor: »Wenn du mich vorsichtig runterlässt und mich stützt, könnte ich mal probieren, ein Stück zu laufen.«

Sie merkte an ihrem Zögern, dass ihr das Duzen immer noch nicht so leichtfiel.

»Gut, dann stelle ich dich mal ab. Belaste aber vorsichtshalber erst einmal den gesunden Fuß.«

Er ließ sie langsam ab, nahm dann ihren Arm und legte ihn über seine Schulter. Vorsichtig humpelte sie ein paar Schritte.

»Ich kann wieder springen wie ein Reh«, versuchte sie mit schmerzverzerrtem Gesicht einen Scherz.

»Ja, aber wie ein angeschossenes«, grinste Dr. Heinrich.

Sie kamen jetzt zum Waldrand, und wie aus dem Nichts frischte der Wind auf und jagte tiefhängende, dunkle Wolken auf sie zu. Dr. Heinrich deutete nach oben:

»Kannst du ein bisschen schneller humpeln?«

Sie schafften es tatsächlich gerade noch in den Schutz von Dr. Heinrichs Auto. Jetzt trommelte der sintflutartige Regen auf das Dach, beinahe im Sekundentakt zuckten Blitze und rollten Donner. Es herrschte Weltuntergangsstimmung.

»Warten wir, bis dieser Wolkenbruch vorbei ist.«

Dr. Heinrich saß hinter dem Lenkrad, die Scheibenwischer liefen auf Hochtouren, und trotzdem sah man nichts außer den Wassermassen, die herabprasselten. »Es gibt übrigens interessante und gute Neuigkeiten.«

»Das Loch im Gewölbe ist nicht bloß ein Loch, sondern ein geheimer Gang?«

»Das ist es tatsächlich. Leider ist der Gang komplett eingestürzt und man kann ihn nicht begehen. Übrigens, den Gang habe ich gefunden, als ich den Sonnenstein genauer untersuchen wollte.«

»Den Sonnenstein?«

»Das ist der Stein, in den eine Sonne graviert ist – genau wie die Sonne auf deinem Tattoo.«

»War dieser Stein nicht unten, in der Nähe des Bodens?«

»Doch. Aber ich habe versucht, ihn herauszuziehen, und das hat offensichtlich die Steine in der Mauer weiter oben gelockert oder gelöst, so dass ich sie herausziehen konnte.«

»Also so eine Art Türöffner.«

»Genau. Aber ich wollte gar nicht von dem Geheimgang sprechen.«

»Wovon dann?«

»Es gibt einen Käufer –«

»Oh«, brachte Marie lediglich heraus. Ein Käufer bedeutete wohl, dass sie den Auftrag endgültig los waren. War das die Überraschung, die John angekündigt hatte? Eigentlich hatte er am Telefon ja so geklungen, als ob die Überraschung eine positive wäre. Aber bei ihm wusste man oft nicht so recht, ob er etwas ernst meinte oder nur einen Scherz machte. Das lag wohl an ihren unterschiedlichen kulturellen Hintergründen.

»Besser gesagt, zwei Käufer. Ein Ehepaar. Er mit einem Ingenieurs-Doktor-Titel, seit Kurzem im Ruhestand. Und sie wollte schon immer eine Wirtschaft führen. Die beiden haben große Pläne mit der *Sonne*.«

Der Regen ließ etwas nach und Dr. Heinrich startete den Motor. Während er das alte Auto über den Parkplatz lenkte, der nun eher aussah wie ein See, fuhr er fort: »Sie suchen einen Architekten, der mit Herzblut an die Arbeit geht. Also jemanden, der eine enge Verbindung zur *Sonne* hat. Ich habe ihnen gesagt, dass es da nur eine Person gibt, die diese Anforderung erfüllen kann.«

»Aha.« Marie wirkte etwas abwesend. »Und wer ist diese Person?«

Dr. Heinrich bog auf die Hauptstraße ab. »Eine Architektin namens Marie Apolonia Fischer, deren Großmutter, Apolonia Hehrlein – wie der Name mit dem Ursprung *Herilo* schon sagt – eng mit der Geschichte der *Sonne* verwoben ist.«

HERILESCELLA
1247

Markwart hockte auf einem Mauerabsatz und blickte missmutig auf die Burgbaustelle. Sein Vater hatte natürlich mitbekommen, dass es hinten und vorne nicht vorwärtsging. Also hatte er den Sohn zu sich zitiert und nach den Gründen gefragt. Markwart hatte daraufhin die Ursachen genannt, die seiner Meinung nach dafür verantwortlich waren: faule Handwerker, Bauern, die wegen dringender Feldarbeiten den Frondienst nicht leisten konnten, starrsinnige Kaufbeurer Stadtherren, die für weitere Steinlieferungen unverschämte Preise verlangten, die niemand bezahlen konnte. Mit den Kieseln aus der Wertach habe man zwar Teile des Hofs gepflastert, doch für den Mauerbau waren sie ungeeignet.

Die eigentlichen Ursachen wollte er weder vor seinem Vater noch vor sich selbst zugeben, nämlich dass die Kaufbeurer Stadtherren ebenso wie die Bauern und Handwerker sehr schnell erkannt hatten, dass das Grafensöhnchen kein ernst zu nehmender Gegner oder Herr war. Im Prinzip konnten sie tun und lassen, was sie wollten, ohne Konsequenzen fürchten zu müssen. Es geschah ja nichts, wenn sie nicht zur Arbeit erschienen, und was die Besitzrechte an den Steinbrüchen der Umgebung betraf, war Markwart einfach nicht in der Lage, Druck auszuüben oder gar Drohungen auszusprechen, wenn die Verhandlungen nur in eine Richtung gingen.

Volkmar sah die Dinge, wie sie waren, und da er die Schwächen seines Sohnes sehr gut kannte, ergriff er Maßnahmen. Natürlich war ein Burgbau eine sehr langfristige Sache, die sich bis zur endgültigen Fertigstellung über Jahre, ja Jahrzehnte hinziehen konnte. Doch man sollte schon in der Lage sein, in etwas kürzerer Zeit Mauern zum eigenen Schutz hochzuziehen und wenigstens einen anständigen Bergfried in die Mitte der Anlage zu stellen. Zwar gab er die Hoffnung noch nicht ganz auf, sein Sohn möge doch noch zu einem ordentlichen Mann reifen, aber er beschloss, Markwart in zweierlei Hinsicht sozusagen unter die Arme zu greifen. Zum einen beorderte er einen Ritter nach Hirschzell. Ihm gab er den Auftrag, im Hintergrund dafür zu sorgen, dass gearbeitet wurde, sprich, dass Bauern und Handwerker auch tatsächlich auf dem Burgberg erschienen. Er sollte es so tun, dass Markwart nichts mitbekam. Doch der war zwar faul und verträumt, aber nicht dumm. Er beschloss, die Sache zu seinem Vorteil zu nutzen – und dies betraf das zweite Problem, dass Volkmar auf irgendwelchen geheimen Kanälen zugetragen worden war.

Dieses Problem war die Wirtstochter. Volkmar hatte akzeptieren müssen, dass eines der wenigen Talente seines Sohns darin bestand, Weiber zu verführen. Das war ja in Ordnung, solange es sich um die eigenen Mägde handelte und aus diesem Talent nicht ein Bastard nach dem anderen entstand. Schließlich war man selbst einmal jung gewesen. Doch die Verbindung Marktwarts mit der Wirtstochter war weitaus problematischer und musste schlichtweg unterbunden werden. Volkmar kannte den Wirt. Der würde im Falle eines Kindes so viel wie möglich herausholen wollen. Eine Ehe mit einer Standesniederen kam selbstredend niemals in Frage. Also würde die Sache viel Geld kosten, Geld, das Volkmar für anderes viel dringender benötigte als für die Eskapaden seines Sohnes.

Doch auch für dieses Problem glaubte er eine Lösung gefunden zu haben. Er ließ zwischen dem Burgberg und Hirschzell zwei seiner Männer Posten beziehen, die schlicht den Auftrag hatten zu verhindern, dass Markwart die Baustelle verließ, um sein Liebchen in der *Sonne* zu besuchen.

Doch nun kam Markwarts Schläue ins Spiel. Er beauftragte die Fronarbeiter, einen unterirdischen Gang zu graben, der, vom inneren Rand der Mauer ausgehend, den Berg hinunter direkt in das Kellergewölbe unter der *Sonne* führen sollte. Dieses könnte man zukünftig so als Lager- und Vorratsraum für die Waren nutzen, die über die kleine Handelsstraße nach Hirschzell geliefert werden würden. Seine Argumentation, dass man sich mit Hilfe des Gangs im Belagerungsfall der Burg die Möglichkeit erhielt, sich weiterhin zu versorgen oder im Fall der Fälle durch den Tunnel zu fliehen, war schlüssig und entlockte sogar seinem Vater ein ebenso überraschtes wie anerkennendes Nicken.

Für alle überraschend war dennoch, mit welchem Eifer, ja mit welch verbittertem Ehrgeiz der junge Graf den Bau des Tunnels vorantrieb.

Hin und wieder gelang es Markwart, der Bewachung seines Vaters zu entwischen. Er bestach einen der Handwerker und ließ Kunigunde durch ihn ausrichten, wann und wo sie sich treffen sollten. Wenn es so weit war, stieg er auf sein Pferd, hängte den Köcher mit den Jagdpfeilen an den Sattel, legte den schweren Bogen um und gab vor, Gebrauch vom Jagdrecht in den Wäldern der Herren von Kemnat zu machen. Dass er stets ohne Beute zurückkam, verwunderte kaum jemanden. Alle dachten, das Grafensöhnlein wäre nicht einmal in der Lage, die Sehne richtig zu spannen, geschweige denn, mit Pfeil und Bogen etwas zu treffen, das kleiner war als ein Heuschober oder ein Scheunentor, und das sich zudem noch bewegte.

Sie hatten einen geheimen Treffpunkt, den Markwart *Kunigundenruh* nannte. Sein Lateinlehrer, ein Benediktinermönch, hatte ihm von Kaiser Heinrich und seiner Gemahlin Kunigunde erzählt, die zwei Jahrhunderte zuvor regiert hatten – und dass die Kaiserin im Wald bei Babenberg einen Lieblingsort hatte, der so genannt wurde. War das nicht ein Wink des Schicksals oder gar Gottes Fügung? Ein Kaiserort wurde so genannt, und seine Liebste hieß genauso wie die Kaiserin! Kunigunde!

Markwart verließ seinen Beobachtungsposten auf der niedrigen Mauer und versuchte sich daran zu erinnern, wo er sein Pferd angebunden hatte. Er sollte endlich einmal darüber nachdenken, einen Stallknecht zu bestimmen. Allerdings ergäbe das wohl erst Sinn, wenn die Burg auch wirklich einen Stall hätte. Er seufzte. Er musste an so vieles denken, was ihn eigentlich überhaupt nicht interessierte. Und das alles nur, um seinem Vater zu gefallen, der aus seinem Sohn einen Ritter und Burgherren machen wollte. Sein Interesse galt jedoch im Augenblick ausschließlich der drallen Wirtstochter. Kunigunde! Allein ihren Namen leise vor sich hinzuflüstern, brachte ihn in Verzückung.

Jetzt konnte er nur hoffen, dass der begriffsstutzige Bauer seine Nachricht Kunigunde wirklich überbracht hatte. Und dass Kunigunde zum Treffpunkt kommen konnte. Markwart war sich nie sicher, ob das an ihrem Vater lag oder an ihr. Bei ihr wusste er es einfach nicht. Sie konnte launenhaft wie der April sein. Mal umgarnte sie ihn, dass ihm schier schwindelig wurde und er gar nicht mehr klar denken konnte. Dann wieder war ihr Blick wie vor ihm verschlossen, und wenn er sie fragte, an was sie dachte, erwiderte sie, an dich natürlich. Aber sollte er das glauben?

Markwart blickte nach unten, wo der Wachposten seines Vaters gelangweilt herumstand. Dann ging er los, um sein Pferd zu suchen. Das war ein weiterer Dorn im Auge seines Vaters. Es war kein Schlachtross, sondern eine sanftmütige Stute. Sie knabberte lieber auf der Suche nach Futter überall an einem herum, als im Kampfgetümmel Feinde niederzutrampeln. Er fand sie auf der vom Dorf abgewandten Seite, wo sie am Waldrand friedlich graste. Sie begrüßte ihn mit dem vertrauten Schnauben, er stieg auf und ritt zum Treffpunkt. Dort stieg er vom Pferd, setzte sich ins Gras und wartete auf Kunigunde.

Sie ließ nicht lange auf sich warten. Er sah sie bald zwischen den Bäumen und sein Herz schlug schneller. Ihre Wangen waren vom raschen Laufen gerötet und sie lachte fröhlich, als sie ihn unter dem Baum entdeckte. Sofort sprang er auf, und schon lagen sie sich in den Armen.

»Endlich«, murmelte er zwischen ihren Küssen, er hielt sie fest, bis sie sich schließlich lachend befreite und rief:

»Mein Graf! Nicht so stürmisch! Ich muss dir unbedingt ein Geheimnis verraten!«

»Ein Geheimnis?« Markwart gab sie nur unwillig frei. An Kunigundes Geheimnissen war er nicht sonderlich interessiert. Meist ging es dabei um die Soldaten und Kriegsknechte, die in der *Sonne* untergebracht waren. Das wollte er gar nicht wissen. Stattdessen sagte er: »Bald kann ich wieder heimlich in die *Sonne* kommen. Der Gang, der dorthin ins Gewölbe führt, ist so gut wie fertig.«

»Vater ist nicht begeistert von dem Gang.«

»Meinetwegen?«

»Nein. Er denkt, dass dann nicht mehr genug Lagerraum für ihn da sein wird.«

»Das Gewölbe wird doch erweitert –«

»Egal.« Sie küsste ihn rasch auf den Mund. »Hör doch jetzt endlich, was mein Geheimnis ist.« Sie flüsterte ihm ins Ohr:

»*Unser* Geheimnis.«

Er sah, wie sie beide Hände auf ihren Leib legte und ihn dabei anlächelte.

»Gut, ein Geheimnis.« *Frauen und ihre Geheimnisse*, dachte Markwart und schwenkte auf den Burgbau um: »In Zukunft werde ich mich wohl noch mehr um die Baustelle kümmern müssen. Weißt du, ich dachte immer, mit dem eigenen Land und mit dem, was man darauf baut, kann man machen, was man will. Aber Vater hat mich eines anderen belehrt. Er sagt, über allem stehen die Staufer. Kaiser Friedrich. Der will, dass seine Fürsten und Grafen von einer stattlichen Burg aus über ihren Grund und Boden und alles andere herrschen.« Markwart warf sich in die Brust: »Ich bin hier also der rechte Arm des Kaisers. Er wird sogar bald seine Leute schicken, damit sie ihm berichten, wie der Bau voranschreitet.«

Kunigunde nahm seine Hand und legte sie auf ihre. »Siehst du, wo jetzt unsere Hände sind?«

»Ja. Daran merkt man, wie wichtig ich selbst für den Kaiser bin. Denn der hat ja eigentlich im Augenblick ganz andere Probleme. Vater sagt, er muss gleich mit zwei Päpsten um die Macht kämpfen – mit Papst Gregor und Papst Innozenz –«

»Markwart!«

Markwart zuckte zusammen, so laut hatte Kunigunde seinen Redefluss unterbrochen.

»Was ist?«

»Ich bin schwanger. Wir bekommen ein Kind.«

Offensichtlich wurde Maries Verletzung nicht als dringlich eingestuft, denn sie saßen inzwischen schon seit einer Ewigkeit in der Notaufnahme und warteten darauf, dass sie an die Reihe kam.

»Ist hier immer so viel los?« Marie hatte den verletzten Fuß auf einem inzwischen freien Stuhl hochgelegt.

»Das weiß ich, ehrlich gesagt, nicht.« Dr. Heinrich machte ein ernstes Gesicht. »Ich bringe ja nicht jeden Tag abgestürzte Touristinnen ins Krankenhaus.«

Marie spielte die Erstaunte: »Ich dachte, das machen Sie hauptberuflich, Herr Doktor.«

Dr. Heinrich lachte: »Wäre eine Alternative. Aber mal im Ernst, wir könnten uns die Wartezeit damit vertreiben, dass ich dir erkläre, welche Vorstellungen die zukünftigen Besitzer vom Umbau und der Renovierung der *Sonne* haben.«

»Wie sicher ist es denn, dass ich den Auftrag für die Pläne auch tatsächlich bekomme?«

»Soweit ich weiß, wurde dein Büro diesbezüglich bereits kontaktiert und hat auch eine mündliche Zusage bekommen.«

»Dann muss ich mich also bei dir für die Empfehlung bedanken?«

»Auf gar keinen Fall. Die Empfehlung war reiner Egoismus.«

»Muss ich das verstehen?«

»Ich erkläre es dir. Die *Sonne* ist mein Baby.«

»Ziemlich groß für ein Baby.«

»Das stimmt. Aber ich will sagen, es ist mir sehr viel daran gelegen, dass dieser Ort ein Gewinn für alle wird. Für die ganze Gemeinde.«

»Ist das deine Definition von Egoismus?«

Er winkte ab: »Ich habe dir ja schon einmal erklärt, wie ich es mir vorstelle. Die *Sonne* soll ein multifunktionales Gemeindehaus werden. Unten die Gastwirtschaft mit viel Glas und Holz und einer Art großem Wintergarten, den man zum Hof hin vollkommen öffnen kann. Im oberen Stockwerk und unter dem Dach große Räume für die Musikkapelle, die Schützen und für Gemeindeversammlungen. Verstehst du – Hirschzell soll einen Ort der Begegnung erhalten, in dem man zusammenkommt, zusammen musiziert, seine Hobbys betreibt, isst und trinkt, Hochzeiten und Taufen feiert, den traditionellen Leichenschmaus abhält – «

»Das klingt nach einer sehr kostspieligen Angelegenheit.«

»Ja, billig wird es jedenfalls nicht.«

»Sind denn die Käufer so solvent?«

»Sie werden eine Stiftung gründen. In die können dann Privatspenden fließen, und außerdem soll die Stadt Kaufbeuren das Projekt großzügig fördern.«

»Fördergelder von der Stadt, für ein privates Projekt?«

»Durch die Stiftung ist es dann nicht mehr privat. Das Ganze wird ja der Gemeinde zugutekommen. Hirschzell wurde am 1. Juli 1972 eingemeindet, aus diesem Grund steht die Stadt Kaufbeuren in der Pflicht. Ich kenne den Oberbürgermeister sehr gut, er steht dem Projekt sehr wohlwollend gegenüber und hat schon finanzielle Unterstützung zugesagt, vorausgesetzt, die Pläne, die du anfertigen wirst, sind überzeugend.«

»Du willst mich jetzt aber nicht unter Druck setzen – oder?«

Dr. Heinrich lachte: »Durchschaut. Aber noch einmal zurück zu den Kosten. Die sollen auch durch sehr viel Eigenarbeit so niedrig wie möglich gehalten werden. Wir werden sehr viele freiwillige Helfer haben, und zwar sowohl gestandene Handwerker als auch Leute, die einfach nur anpacken, wo Not am Mann ist.«

»Das klingt doch gut.«

»So etwas gemeinsam durchzuziehen wird der Gemeinde ungeheuer guttun. Es gibt nichts, was die Gemeinschaft mehr stärkt und die Menschen näher und besser zusammenbringt als das. Jeder packt an und einer hilft dem anderen.«

Auf dem Gang näherte sich ein Pfleger, der einen Rollstuhl vor sich herschob. Er blieb vor Marie stehen und blickte entschuldigend: »Tut mir leid, dass Sie so lange warten mussten. Aber heute war besonders viel los. Hauptsächlich Gleitschirmpiloten, die sich als Landeplatz unbedingt Bäume aussuchen mussten. So etwas funktioniert meist leider nicht ohne Blessuren.«

»Ist schon in Ordnung.« Marie hievte sich in den Rollstuhl.

»Ihr Ehegatte wartet hier auf Sie?«

»Er ist nicht mein Ehegatte –«

»Natürlich warte ich«, unterbrach Dr. Heinrich sie mit einem feinen Lächeln.

Derselbe Pfleger brachte Marie nach gut einer halben Stunde zurück in den Warteraum. Quer über dem Rollstuhl lagen Krücken.

»Oh«, sagte Dr. Heinrich. »Doch etwas Ernstes?«

»Nein.« Marie stemmte sich mit Hilfe des Pflegers aus dem Rollstuhl und bedankte sich bei ihm. Sie probierte die Krücken aus und humpelte so auf Dr. Heinrich zu. »Glück im Unglück. Nichts gebrochen, nichts gerissen. Nur eine Bänderdehnung.«

»Aber sehr schmerzhaft.«

»Es geht. Ich habe etwas gegen die Schmerzen bekommen.«

»Na, prima.« Dr. Heinrich stand auf. »Dann kannst du ja gleich mit der Arbeit beginnen.«

HERILESCELLA
1247

Graf Volkmar von Kemnat war normalerweise von ruhigem, besonnenem Gemüt. Doch nun gelang es ihm nicht, die Beherrschung zu wahren. Er tobte. Er hatte es ja geahnt, aber einfach nicht wahrhaben wollen. Es war aber auch wirklich alles zusammengekommen. Und nun sah es auch noch so aus, als wäre er daran schuld, dass es mit dem Bau der Burg für das neue Herrschaftsgebiet nicht voranging. Er konnte den beiden Rittern, die Kaiser Friedrich gesandt hatte, um die Fortschritte zu überprüfen, ja schlecht erklären, dass sein Sohn der zukünftige Burgherr sein sollte. Schließlich hatte er ihm den Auftrag zum Burgbau erteilt, damit der Tunichtgut endlich einmal Verantwortung übernehmen musste. Außer Weiber und Saufgelage interessierte ihn rein gar nichts und insbesondere auch nicht Kunst und Kultur, die Volkmar auf Burg Kemnat förderte, indem er immer wieder Minnesänger einlud.

Die Gesandten des Kaisers waren natürlich unangekündigt gekommen. Unauffällig wie gewöhnliche Reisende gaben sie sich erst dem Wachposten an der Zugbrücke zu erkennen, und wie es der Teufel so wollte (der Herrgott konnte es ja wohl nicht gewesen sein), standen sie zusammen mit dem Wirt samt seiner schwangeren Tochter vor der Tür. Der Posten eilte mit dem kaiserlichen Schreiben zu seinem Herrn, woraufhin Volkmar sich persönlich anschickte, Friedrichs Legaten auf Burg Kemnat willkommen zu heißen. Die Wartezeit hatte jedoch der bauernschlaue *Sonnen*wirt genutzt, um den beiden ausführlich zu erklären, dass er und seine Tochter nun bald regelmäßig Unterstützung von Graf Volkmar erhalten würden, da sie ja vom Grafensohn ein Kind im Leib trug. Um die genauen Bedingungen zu verhandeln, sei er zur Burg gekommen.

Die kaiserlichen Gesandten nahmen dies von ihren Rössern herab mit hochgezogenen Brauen und wechselseitigen Blicken zur Kenntnis. Dann trabten sie über die Brücke in den Hof, stiegen von den Pferden und warfen dem Stallburschen die Zügel zu.

Der Größere der beiden, bestimmt auch von hohem Stand und Adel, ging zielstrebig voraus, als sei nicht Volkmar der Burgherr, sondern er. Ohne sich umzudrehen, blaffte er über die Schulter:

»Nach der angemessenen Verköstigung werdet Ihr uns zur neuen Burganlage begleiten und uns über die Baufortschritte informieren.«

Volkmar, der noch unter den Blessuren eines Jagdunfalls litt, humpelte hinterher.

»Bauherr für die neue Burg des neuen Herrschaftsgebietes oberhalb von Herilescella ist eigentlich mein Sohn, Markwart.«

»Eigentlich? Ihr seid Euch also nicht sicher?«

»Doch –«

»Ist er nur ein Bastard?«

»Nein –«

Der Ritter blieb so abrupt stehen, dass Volkmar beinahe auf ihn aufgelaufen wäre.

»Euer Sohn. Der neue Burgherr? Der die Wirtstochter geschwängert hat?«

Volkmar hasste die Überheblichkeit der kaiserlichen Gesandten, die sich wohl für etwas Besseres hielten und mit dem kaiserlichen Schreiben über ihren eigenen Stand erhoben. Doch er musste sich der Urkunde beugen, die den beiden das Recht zur Besichtigung und Prüfung auf seinem Land erteilte.

Zum Glück waren die Befugnisse der kaiserlichen Gesandten nicht mit jenen der kirchlichen Inquisitoren zu vergleichen, von denen man selbst hier, weit abseits vom Nabel der Welt, immer wieder hörte.

Natürlich war es wichtig und richtig, Feinde des wahren Glaubens aufzuspüren und über sie zu richten. Größerer Schaden musste von der Kirche abgewendet werden. Allerdings schienen einige Inquisitoren im Übereifer manch Unschuldigen zum Tod auf dem Scheiterhaufen zu verurteilen. Auch hieß es, Verleumdungen, Neid und Missgunst täten ein Übriges, um vielerorts Feuer zu entfachen und die schwarzen Seelen vermeintlicher Häretiker in den Flammen zu reinigen, obwohl es sich bei vielen um unbescholtene, glaubenstreue Menschen handelte.

»Zeigt uns jetzt die neue Burg.« Die Herren Gesandten hatten sich gut verpflegen lassen und waren nun voller Tatendrang zurückgekommen. »Ist es weit zu reiten?«

Volkmar wunderte sich über die Frage. Gleichzeitig gab er dem Stallburschen einen Wink, damit er die Pferde brachte. Gesandte von Kaiser Friedrich sollten sich eigentlich besser auskennen. Nun gut, sie waren noch nie hier gewesen und wohl auch nicht über die Örtlichkeiten informiert. Herilescella und die Burg lagen nicht viel weiter als einen Steinwurf von Kaufbeuren entfernt. Das gleiche galt für die Burg Kemnat. Kaiser Friedrich II. war ein Förderer Kaufbeurens, natürlich auch, weil er es strategisch als wichtig erachtete. Jedenfalls machte sich in der Stadt schon seit einigen Jahren immer wieder Staufergefolge wichtig. Viele empfanden das so, als ob eine Spinne ihr Netz baute und dabei keine Ecke und keinen noch so kleinen Winkel auf der Erde ausließ. Also auch Kaufbeuren nicht. Aber so sollte man wohl nicht denken. Die Leute des Stauferkaisers brachten eine gute Verwaltung und Ordnung ins Land. Als Herr vieler Ländereien und Güter sollte man so etwas zu schätzen wissen. Vor allem aber waren sie, wie auch er selbst, Förderer der Kunst und Kultur, und Burg Kemnat galt schon lange als ein Ort, an dem die schönen Künste mehr als willkommen waren.

»Es ist nicht weit.« Volkmar hielt Ausschau nach seinem Sohn, der allerdings hoffentlich bereits auf der Baustelle weilte.

Volkmar nickte im Vorbeireiten dem Wachposten zu, der beinahe unmerklich den Kopf schüttelte, was so viel bedeutete, dass Markwart heute noch nicht hier vorbeigekommen war. Volkmar spürte die alte Verzweiflung. Markwart war sein einziger Sohn. Was hatten er und sein Weib Mechthild nicht schon alles besprochen und versucht, um aus dem faulen Tunichtgut eine Person zu machen, die Titel, Land und Besitzgüter einmal als alleiniger Erbe auch tatsächlich in Würde übernehmen konnte. Sie hatten ihn mit den Minnesängern und Künstlern zusammengebracht, die sich auf der Kemnater Burg unter Volkmars Schutzherrschaft regelmäßig versammelten. Markwart hatte nicht nur seine Langeweile bekundet, sondern alle ausgelacht und sich bis zur

Sinnlosigkeit betrunken. Dann hatte Volkmar einen Ritter beauftragt, den Sohn täglich im Schwertkampf zu trainieren und durch Ringkampf abzuhärten. Auch das hatte nichts bewirken können. Markwart hatte eigentlich nur in zwei Dingen Durchhaltevermögen: im Trinken und im Verweigern von Dingen, die er nicht tun wollte. Sogar Kaiser Friedrichs Sohn Konrad, der von Zeit zu Zeit auf der Burg weilte, begegnete Markwart schlicht mit Desinteresse. So viel hatte Volkmar sich vom Umgang seines Sohnes mit dem jungen König erhofft. Allein, der gute Einfluss blieb aus, schlicht, weil er nicht stattfand.

Sie erreichten die Baustelle, die einsam und verlassen dalag. Es war nicht einmal jemand da, der ihnen die Rösser abnehmen konnte, also blieben sie sitzen und begutachteten die Lage vom Sattel aus.

»Hm«, machte einer der Ritter. »Sehr weit seid Ihr noch nicht gekommen. Woran hakt es?«

An meinem Sohn, dachte Volkmar, ohne es auszusprechen. Er hasste Ausflüchte, aber jetzt antwortete er vage: »Unter anderem an dem Streit um die Rechte am Steinbruch mit den Kaufbeurer Stadtherren. Deshalb fehlt Baumaterial.«

»Was ist mit Holz? Habt ihr nicht genug davon in Euren Wäldern?«

»Wir wollen weitgehend mit Stein bauen. Holz ist kein guter Baumeister. Oft steht es im Bund mit Feuer, das zu leicht in eine Burg getragen werden kann, die aus Holz gebaut ist.«

»Das stimmt natürlich.«

»Aber wo sind die Arbeiter?«, fragte der andere Ritter. »Ich sehe niemanden.«

Volkmar beschattete die Augen, so, als suche er etwas: »Die Bauern werden auf ihren Feldern sein.«

»Es ist aber doch noch gar nicht Erntezeit.«

Volkmar zuckte nur noch hilflos mit den Schultern. Was sollte er darauf erwidern? Dass sein Sohn zu nichts taugte und, statt sich um den Bau zu kümmern, lieber soff und Wirtstöchter schwängerte?

»Ihr habt Markwart, Eurem Sohn, die Aufsicht übertragen. Richtig?«

Volkmar brachte nur noch ein grimmiges Nicken zustande. Innerlich kochte er. So konnte es jedenfalls nicht weitergehen. Das war eine Blamage sondergleichen, sozusagen direkt unter den Augen Kaiser Friedrichs.

Auch die Ritter schwiegen eine Weile, bis wieder der erste das Wort ergriff: »Hört zu. Wir wissen, dass Ihr es sehr schwer habt mit Eurem Sohn. Ihr werdet *Volkmar der Weise* genannt, und das bestimmt nicht zu Unrecht. Also ist davon auszugehen, dass Ihr bereits alles versucht habt, einen würdigen Nachfolger Eures Erbes aus ihm zu machen. Doch, wie es scheint, kann Euch das hier nicht gelingen –« Er hielt inne und sah Volkmar erwartungsvoll an, bis dieser schließlich brummte:

»Möglich, dass Ihr recht habt. Ich habe wirklich alles versucht. Ohne Erfolg.«

Die beiden Ritter tauschten einen Blick: »Vielleicht gibt es eine Lösung.«

»Die wäre?«, fragte Volkmar müde.

»Unser Kaiser schlägt vor, dass sein Sohn eine Weile zu Euch auf Burg Kemnat kommt. König Konrad ist noch jung, aber überaus interessiert an Kunst und Minne. Burg Kemnat hat den Ruf, Förderer insbesondere des Minnesangs zu sein. Sind nicht oft Sänger und Künstler auf Eurer Burg?«

»Ihr habt recht. Ich will ein Förderer der schönen Künste sein. Doch was hat das mit meinem Sohn zu tun? Er hat nicht die geringsten Ambitionen in dieser Richtung. Und der junge König Konrad war ja auch schon auf meiner Burg. Doch Markwart ist ihm aus dem Weg gegangen, wo immer es möglich war.«

»Euer Sohn kommt im Austausch für eine Weile an den Kaiserhof.«

»Ist das Euer Ernst?«

»Selbstverständlich. Wie heißt es so schön: Aus den Augen, aus dem Sinn. Ihr konntet ihn hier an diesem Ort nicht zähmen. Also muss es an einem anderen Ort geschehen.«

Marie hatte den verletzten Knöchel hochgelegt. Der Gastraum war auf ihren Wunsch hin als Erstes komplett ausgeräumt worden, sie hatte einen Tisch und Stühle an eines der Fenster stellen lassen und ihren Laptop, Zeichenpapier und Stifte darauf positioniert. John hatte nichts dagegen, dass sie es vorzog, hier und nicht im Münchner Büro zu arbeiten. »Hauptsache, es wird gut«, war sein Kommentar gewesen, als sie ihn gefragt hatte, ob das in Ordnung sei. Nun, da der Erhalt des Kerngebäudes beschlossene Sache war und sie die Pläne für den genauen Ausbau zeichnen sollte, gab es kein Halten mehr. Die Verbundenheit mit dem alten Gebäude durchströmte sie in einer Art und Weise, die ihr selbst beinahe unheimlich war. Woran lag es, dass sie das Gefühl hatte, in ihren Planungen und Ideen eins mit der *Sonne* zu werden?

Sie hatte alles genau vor Augen: den Wintergarten, den man nach allen Seiten öffnen konnte, als Anbau zur Gaststätte zum Hof hin, den Schankraum mit Theke, dahinter die Küche, die Abstellräume und Toiletten. Das obere Stockwerk, das auf der einen Seite den Bedürfnissen des Schützenvereins gerecht werden würde, dazu kleinere Räume für Sitzungen, und auf der anderen Seite einen großen Raum für die Blasmusik. Der Ausbau des Daches, (konnte man die Balken aus dem Jahr 1761 mit einbeziehen oder zog man lieber neue, auf alt gemachte, ein?), der Platz für Fotovoltaik, Strom, Wasser und Speicherbatterien. Das alte, mehrteilige Gewölbe tief unter der *Sonne* mit dem verschütteten Geheimgang und diesem verwunschen wirkenden Kopfstein, der mit seiner eingeritzten Sonne wie eine Blaupause ihres Tattoos wirkte.

Sie arbeitete konzentriert und zielgerichtet und nahm dabei kaum den Lärm und die wuselige Geschäftigkeit wahr, die um sie herum herrschte. Das große Gebäude mit den zwei Stockwerken, den verschiedenen Räumen sowie dem Kellergewölbe und dem Dachboden war eine chaotische Ansammlung all dessen, was Wirte, Gäste und Bewohner in den Jahrzehnten, ja Jahrhunderten, hiergelassen hatten. Zerbrochene Tische, Schränke, Stühle, schimmelige Matratzen und löchrige Kleidungsstücke, vermoderte Balken, Schutthaufen von schimmeligen Wänden und Decken, Müll beinahe jeglicher Art – bei der Begehung des gesamten Gebäudes hatte Marie stets nur einen Gedanken: *Was für eine Mülldeponie in diesen baufälligen Mauern!*

Doch man hatte ihr erklärt, die Bausubstanz sei in Ordnung, da seien sich die Statiker sicher, man müsse das Gebäude lediglich von Schutt und Sperrmüll befreien und danach entkernen. Lediglich! Das sah nach einer Mammutaufgabe aus!

Dr. Heinrich versorgte sie mit allem, was sie brauchte. Kaffee, vor allem, und Informationen, die ihr weiterhalfen.

Dr. Peter Heinrich.

Peter.

Sie verscheuchte den Gedanken, dass sie ihn insgeheim immer noch *Herr Doktor* nannte, obwohl sie nicht leugnen wollte, dass sie sich seit ihrer Rettung aus Bergnot sehr viel nähergekommen waren. Jetzt fand sie ihn doch ziemlich sympathisch, vielleicht sogar ein bisschen mehr. Er sah ja auch nicht unbedingt schlecht aus. Sie grinste, als sie sich bei dem Gedanken ertappte, man müsste ihn bloß von seinen modischen Entgleisungen weg auf die richtige Spur setzen. Dann könnte man schon etwas Ansehnliches aus ihm machen.

Nachdem er sie auf seinem Rücken den Berg hinuntergetragen und im Krankenhaus auf sie gewartet hatte, wollte sie sich bei ihm mit einem Kuss auf die Wange bedanken. Doch im letzten Moment hatte er den Kopf gedreht, so dass sich ihre Lippen trafen. Einem ersten Impuls folgend, hatte sie schon die Hand gehoben, um ihm eine zu knallen. Doch die ließ sie wieder sinken. Vielleicht war es ja wirklich nur Zufall oder Ungeschicklichkeit gewesen – und außerdem musste sie sich eingestehen, dass es ihr gar nicht einmal so unangenehm gewesen war. Im Gegenteil. Wenn sie ehrlich war, hatte es ihr gefallen. Und zwar unabhängig davon, wie dieser Kuss letztlich zustande gekommen war. Jedenfalls ging sie davon aus, dass es ihm auch gefallen hatte, obwohl er sich tausend Mal entschuldigt hatte. Dabei war er sogar bis unter die Haarspitzen rot geworden. Sie aber auch.

Jetzt tauchte er wieder bei ihr auf und legte etwas neben sie, das in Alufolie eingewickelt war.

»Was ist das?«, fragte Marie, ohne die Augen von der 3D-Skizze auf dem Bildschirm zu nehmen.

»Ein Döner«, antwortete Dr. Heinrich.

»Ok.« Marie verschob den Wintergarten auf dem Modell etwas nach links.

»Das ist etwas zum Essen.«

»Weiß ich.«

»Für dich.«

»Danke.«

»Soll ich dir einen Teller und Besteck dafür holen?«

»Teller?« Marie bastelte immer noch an der Position und den Proportionen des Wintergartens.

»Marie! Einen Teller für deinen Döner! Willst du einen? Und möchtest du mit Messer und Gabel essen? Oder Fingerstyle?«

Marie warf noch einen Blick auf den Bildschirm, dann sah sie Dr. Heinrich schulterzuckend an: »Ich habe doch gerade erst etwas gegessen.«

Dr. Heinrich klopfte mit dem Zeigefinger auf das Zifferblatt seiner Uhr. »Das war vor fünf Stunden. Fünfeinhalb, um genau zu sein.«

»Oh, wie spät ist es denn jetzt?«

»Halb acht.

»Wie bitte?«

»Du hörst schon richtig.«

»Dann habe ich total die Zeit vergessen.«

»Du arbeitest wie eine Besessene. Das freut mich natürlich einerseits, weil es zeigt, dass du sozusagen endlich in der *Sonne* angekommen bist. Andererseits ist dies aber kein Wettrennen. Du hast noch jede Menge Zeit. Bis alles ausgeräumt und das Gebäude entkernt ist, dauert es mindestens noch ein halbes Jahr. Eher ein ganzes. Also: Teller oder Finger?«

»Finger.« Marie spürte plötzlich, wie hungrig sie tatsächlich war. Sie krempelte die Alufolie zur Hälfte herunter, biss herzhaft in den Döner und sagte mit vollem Mund: »Ich kann mich am besten konzentrieren, wenn ich dranbleibe. Wenn ich zu viele

Pausen mache, verliere ich den Faden und muss immer wieder von vorn anfangen.« Ein weiterer Biss. »Aber Hunger habe ich wirklich, danke für den Service.«

»Bitte. Du kommst also gut voran?«

»Ich glaube schon. Heute Morgen habe ich lange mit den Käufern gesprochen. Ich kenne jetzt ihre Vorstellungen und Wünsche und kann mich gut daran orientieren. Ein großer Wintergarten, der in die Gaststube integriert wird und sich zum Hof hin komplett öffnen lässt, ist zum Beispiel eine großartige Idee. Er soll, wenn möglich, über die gesamte Breite der Gaststube gehen und von ihr auch abgetrennt werden können.«

Dr. Heinrich deutete auf das Modell auf dem Bildschirm: »Das sieht jetzt schon beeindruckend aus. Glas in Verbindung mit Holz und altem Mauerwerk kann wunderbar wirken.«

»Das stimmt. Wo ich mir noch gar nicht sicher bin, ist allerdings das Gewölbe. Da muss ich auch noch einmal mit den Statikern sprechen. Auf diesem Gewölbe ruht ein sehr schweres, zweistöckiges Gebäude mit seinem ganzen Gewicht. Man sollte schon wissen, was es aushält.«

»Das hält eine Menge aus. Es hat der Last von Jahrhunderten standgehalten, ohne auch nur einen Millimeter in die Knie zu gehen.«

»Dein Gottvertrauen in allen Ehren, auch was die Jahrhunderte betrifft – aber ich hätte da lieber eine Expertise, die nicht vom Glauben abhängt, sondern von fundiertem Fachwissen und exakten Messungen.«

»Die Statiker waren schon einmal hier und haben grünes Licht für die Entkernung des Gebäudes gegeben. Soweit ich weiß, betrifft dies auch die Stabilität des Fundaments. Es steht aber noch ein weiterer Termin an, wenn alles leer geräumt und für die Instandsetzung und Renovierung hergerichtet ist.«

»Das klingt vernünftig.«

»Hier wird sehr sorgfältig und gründlich gearbeitet und geplant. Jeder kann sich auf jeden verlassen.« Während Dr. Heinrich dies sagte, beobachtete er Marie beim Essen. Sie schaffte es tatsächlich, den Döner auf eine zivilisierte, gesittete Weise zu verspeisen, was den meisten Leuten bei Fastfood nicht auch nur annähernd gelang. Bei ihm, zum Beispiel, hatte man eher das Bild einer Hyäne beim Zerreißen der Beute vor Augen, und weder seine Kleidung noch die nähere Umgebung kamen dabei schadlos davon.

»Für das Gewölbe könnte ich jedenfalls etwas Inspiration gebrauchen.« Marie schob den letzten Bissen in den Mund und wischte sich die Finger an der mitgelieferten Serviette ab.

Dr. Heinrich hob erstaunt die Brauen: »Du bist die Architektin. Davon habe ich null Ahnung. Ich bin Historiker. Wie könnte ich dich also inspirieren?«

»Eben genau damit. Mit Geschichten, die es über das Gewölbe gibt. Wenn ich weiß, was es erlebt hat, dann kann ich mit diesen Erlebnissen arbeiten, sie irgendwie in die Architektur einfließen lassen, wenn du verstehst, was ich meine.«

»Nicht wirklich. Ich habe dir doch bereits von Herilo erzählt, dem das Fundament des Gewölbes vielleicht als Behausung diente, und dass dort unten vielleicht auch Kinder gezeugt wurden. Und die Geschichte, wie der Geheimgang möglicherweise entstanden ist.«

»Ja. Aber du weißt doch bestimmt noch mehr.«

Dr. Heinrich fuhr mit dem Zeigefinger über sein Kinn. »Das meiste ist historisch nicht belegt, also eher in den Bereich Spekulation und Fantasie anzusiedeln.«

»Macht doch nichts.«

Wieder überlegte der Doktor. Schließlich sagte er: »Na gut, da müssten wir aber ins 17. Jahrhundert reisen.«

»Zu Kämpfen und Kriegen, wieder einmal?«

»Vor allem zu einem Krieg. Der dauerte allerdings dreißig Jahre. Um genau zu sein, von 1618 bis 1648.«

»Der Dreißigjährige Krieg.«

»Richtig. Wie jedes Kind weiß, begann der mit dem zweiten Prager Fenstersturz.«

»Gab es denn zwei?« Marie kramte vergeblich nach diesbezüglichen Erinnerungs-Überbleibseln aus dem Geschichtsunterricht.

»Ja. Der erste markierte den Beginn der Hussitenkriege anno 1419.«

»Hussiten?«

»Anhänger eines gewissen Jan Hus, der auf dem Konstanzer Konzil vier Jahre zuvor als Ketzer auf dem Scheiterhaufen verbrannt worden war. Die Hussiten stürmten damals das Rathaus auf dem Karlsplatz in Prag, um gefangene Glaubensbrüder zu befreien. Bei dieser Aktion warfen sie auch ein paar der Amtsinhaber, die ihnen unvorsichtigerweise über den Weg liefen, aus dem Fenster. Mir ist allerdings kein auch nur irgendwie gearteter Zusammenhang zwischen Hussiten, Hirschzellern oder der *Sonne* bekannt. Anders verhält es sich beim zweiten Prager Fenstersturz. Auch da warf man Menschen aus einem Prager Fenster. Allerdings nur drei.« Dr. Heinrich malte bei dem Wörtchen *nur* Anführungszeichen in die Luft. »Dabei handelte es sich um die königlichen Statthalter Jaroslaw Borsita Graf von Martinitz und Wilhelm Slawata von Chlum sowie den Kanzleisekretär Philipp Fabricius.«

»Nie gehört«, schüttelte Marie den Kopf.

»Eher wieder vergessen. Kein Geschichtslehrer lässt sich den zweiten Prager Fenstersturz entgehen! Das war nämlich der Auslöser für den Dreißigjährigen Krieg und einer der wichtigsten Wendepunkte in der Geschichte Europas. Es war ein Konflikt um die Vormachtstellung im Heiligen Römischen Reich und in Europa, der als Religionskrieg begann und als Territorialkrieg endete. Dabei ging es einerseits um den Gegensatz Habsburg und Frankreich, andererseits auf Reichsebene um den Streit zwischen Kaiser und Papst, aber auch mit der protestantischen Union. Und Österreich und Spanien trugen ihre Interessenskonflikte mit den Niederlanden, Dänemark und Schweden auf kriegerische Weise aus. Politisch gesehen, ein einziges Chaos!«

»Klingt ja beinahe nach einem Weltkrieg!«

»Zumindest die Europäer waren nahezu komplett dabei.«

»Ich weiß, dass die Schweden bis nach Kaufbeuren kamen.«

»Schon sind wir beim Thema. Sie waren nämlich auch in Hirschzell. Und in diesem Zusammenhang kommt das Gewölbe hier unter uns ins Spiel –«

»Das klingt spannend. Und inspirierend.«

»Ist es auch. Genau wie die Pest, die das Allgäu in drei großen Wellen heimsuchte, nämlich von 1482 bis 1484, im Jahr 1521 und dann noch einmal von 1627 bis 1629. Diese letzte Welle war die schlimmste und raffte zwei Drittel der Kaufbeurer dahin. Das muss man sich einmal vorstellen! Und die zweite Pestilenz war der Krieg! Nach der Pest suchten die Schweden Süddeutschland heim. Aber nicht nur diese verbreiteten Angst und Schrecken! Im Jahr 1634 wechselte die Stadt achtmal die Besitzer. Acht Mal! Und jedes Mal vollzogen die verschiedenen Lager Plünderungen und begingen die schlimmsten Verbrechen! Innerhalb von zehn Jahren schrumpfte die Kaufbeurer Bevölkerung von dreitausenddreihundert auf achthundert Menschen!«

Marie zerknüllte die Alufolie, in die der Döner eingewickelt war, zu einem silbernen Ball. »Erzähle mir von den Schweden, hier in Hirschzell. Das interessiert mich. Waren sie hier unter uns? Im Gewölbe?«

»Bestimmt! Hör zu –«

HERILESCELLA
1647

Die alte Frau war vor drei Jahren ins Dorf gekommen. In ihrem schmalen Bündel trug sie ihren zweiten Rock, eine Scheibe Speck, ein kleines Bildnis der Muttergottes, einen Davidsstern und einen geschnitzten Holzfisch. Sie war in der Tafernwirtschaft oben im zweiten Stock in einer Kammer untergekommen, die zuvor als Aufbewahrungsort für allerlei Gerätschaften gedient hatte. Diese stapelten sich jetzt in einer Ecke, so dass gerade noch Platz für ein Strohlager unter dem Fenster, einen Fleck für das Marienbild, den Fisch und den Davidsstern an der Wand gegenüber und einen Haken zum Aufhängen des guten Rocks war.

Die ganzen drei Jahre lang nach ihrer Ankunft sprach sie kein einziges Wort. Sie wanderte manchmal durchs Dorf, half einmal hier und einmal dort, um sich ihr Brot zu verdienen, hockte aber meist auf dem zusammengeschobenen Strohsack und blickte aus dem Fenster, bis es dunkel wurde.

Doch dann, eines Tages, erschien sie im Gastraum der Taverne, wo sich nach der Sonntagsmesse der Ammann, der Pfarrer, der Mesmer an einem und ein paar Bauern an einem anderen Tisch versammelt hatten. Wegen ihres bisherigen Schweigens hatte jedermann geglaubt, sie sei eine debile Taubstumme, ein tumbes altes Weib, vielleicht vom Altersschwachsinn heimgesucht oder schlicht von Gottes Gnade mit der Gabe des Vergessens nach einem allzu schweren Schicksal beschenkt. Allzu schwere Schicksale gab es in diesen Zeiten ja zuhauf.

Aber an diesem Tag fing sie an zu sprechen, und allen Anwesenden stand der Mund vor Erstaunen offen.

»Mein Name ist Ava und ich bin eine katholisch-protestantische Jüdin«, begann sie. Ihre Stimme klang klar und ihre Wortwahl war für so ein altes Weib höchst ungewöhnlich. Deshalb wurde es im Schankraum mit einem Mal so still, als hätte die Welt aufgehört, sich zu drehen. »Die Sache ist die«, fuhr sie fort, »meine Eltern wurden von den Katholischen davongejagt und sie starben in der Fremde. Meinen Mann erschlug ein protestantischer

Knüppel, meine Söhne verschlang der Krieg zwischen der Liga und der Union, meine Töchter wurden geschändet und alle anderen, die noch übrig waren, holte der Schwarze Tod. Alle, außer mir, wo ich es doch am dringendsten gebraucht hätte. Hört auf meinen Rat. Bringt euer Vieh, eure Kinder, euer Hab und Gut nach oben zum Schlossberg und versteckt sie im Wald. Die Schweden kommen nach Herilescella. Ich habe alles genau gesehen.«

»Wie – gesehen?«, fragte der Ammann.

Die Alte ignorierte das. »Wenn ihr tut, was ich sage, verliert fast niemand etwas, auch nicht das Leben.«

»*Fast* niemand?«

»Tut, was ich sage.« Die alte Frau blickte am Ammann vorbei. »Sonst werdet ihr es bereuen.«

Als sie den Schankraum wieder verlassen hatte, herrschte dort lange bedrückte Stille. Erst nach einiger Zeit begannen die Männer zu reden.

»Dieses alte Weib ist eine gefährliche Hexe«, polterte der Ammann los. »Wir haben sie bisher hier geduldet, weil sie jeder nur für eine arme Irre hielt, ohne Sprache und Verstand. Aber da haben wir uns wohl geirrt. Gut möglich, dass sie eine Hexe ist. Wir müssen über sie zu Gericht sitzen. Sie soll sich der Wasserprobe unterziehen.« Der riesige Brustkorb des Ammanns hob und senkte sich, und er schnaufte schwer beim Reden.

»Sie hat niemandem etwas getan, nur selbst wahrscheinlich Furchtbares erlebt«, erwiderte der Mesmer und verknotete seine knorrigen Finger. »Jetzt warnt sie uns vor den Schweden. Wir hören doch beinahe täglich die Sturmglocke, die die Kaufbeurer Bürger auf die Stadtmauern ruft. Das Schwedenpack plündert und brandschatzt die ganze Gegend. Ich bin der Meinung, wir sollten dem Rat der Alten folgen.«

»Und tage- oder wochenlang dort oben im Wald hocken und vor Angst schlottern – und dann passiert doch nichts?«, schnaubte der Ammann.

»Gott zürnt den Menschen und straft sie mit Pestilenz und Krieg, weil zu viele vom wahren Glauben abgefallen sind.«

Der Pfarrer hatte leise, aber eindringlich gesprochen. Er war kein Herilesceller, denn da gab es keinen eigenen Priester. Er kam von der Pfarrei Frankenried.

»Ihr seid wohl selbst kein Mensch, so wie Ihr es sagt«, feixte der Ammann, der nach außen hin den gottesfürchtigen Katholiken gab, selbst aber auch schon die Fähnchen der protestantischen Union geschwenkt hatte, als er darin einen Vorteil für sich sah.

Der Priester schwieg. Der Ammann verhöhnte ihn wohl. Doch in einem hatte er wahrscheinlich recht: Die Alte war vielleicht tatsächlich eine Hexe, und man sollte das herausfinden. Die Welt war ein Tollhaus, als hätte Gott oder der Teufel tatsächlich ein Füllhorn mit Krieg, Pestilenz und Vernichtung darüber ausgeschüttet. Für den Priester war klar: Das Lamm Gottes hatte vier der sieben Siegel des Buches der Johannesoffenbarung geöffnet. Herausgekommen waren die Reiter der Apokalypse, Vorboten des Weltuntergangs.

Das schwarze Ross hatte bereits vor zwanzig Jahren auf seinem Rücken den Reiter der Pestilenz und des Todes durch das Land getragen. Rasch war ihm der Reiter mit der Waage gefolgt, die versinnbildlichte, wie das Brot auf die Menschheit verteilt wurde. Er brachte eine Hungersnot, die Tausende dahinraffte. Der Reiter auf dem weißen Pferd, bewaffnet mit Pfeil und Bogen, war dabei, die faulen Früchte des Glaubenskrieges einzusammeln, der zwischen Katholiken und Protestanten tobte, auch dessen war sich der Priester sicher. Der Reiter mit dem Schwert auf dem roten Pferd pflanzte auf diesem fruchtbaren Boden den Krieg, der sich über die Länder ausbreitete, und bald würde auf dem Rücken des aschfahlen Rosses der blasse Reiter in Gestalt des Todes die Sense schwingen und zusammen mit seinen Dämonen, die ihm folgten, das Schicksal der Erde besiegeln.

Der Pfarrer hörte nur mit einem Ohr zu, wie die Männer in der Schankstube diskutierten. Es stimmte, die Schweden waren eine schlimme Plage, die viele Orte, auch in der Nähe, geplündert, gebrandschatzt und die Bewohner ermordet hatten. Jahrelang waren sie Besatzungsmacht in Kaufbeuren und ließen sich den sogenannten Schutz der Stadt teuer bezahlen. Zwar hatte dies der Gegend eine Weile tatsächlich ruhigere Zeiten beschert, doch die endeten jäh, als im vorangegangenen Herbst französische Heere herannahten. Die Bauern flohen mit ihrem Vieh hinter die Stadtmauern Kaufbeurens und kamen dadurch vom Regen in die Traufe. Denn zuerst waren sie von den schwedischen Besatzern zu hohen Abgaben gezwungen worden und verloren dann, als die Franzosen die Stadt eingenommen hatten, alles, was sie noch hatten. Die siegreichen Landsknechte zogen tagelang durch die Stadt, nahmen alles Vieh, alle Lebensmittel und Gegenstände von irgendwelchem Wert mit und zerschlugen das, was sie nicht brauchen oder abtransportieren konnten. Sie raubten den Bürgern buchstäblich die Kleider vom Leib. Die Menschen hatten nichts mehr, sie verhungerten. Die Stadt war so gründlich ausgeraubt, dass die Sterbenden die letzte Ölung nur noch mit Wasser erhalten konnten. Gerade einmal zweihundert Menschen überlebten. Es waren die schlimmsten Zeiten, die aber, weiß Gott, noch nicht vorbei waren.

»Wir sollten auf die Alte hören und lieber unser Hab und Gut im Wald verstecken. Und unser Vieh und die Kinder.« Der Flachsbauer stellte seinen Bierhumpen ab. »Bevor wir alles verlieren.«

Der Ammann schüttelte verärgert den Kopf. »Drei Jahre lang sagt die alte Hexe kein Sterbenswort und dann weiß sie, dass morgen die Schweden hier einfallen?« Er tippte sich an die fleischige Stirn: »Entweder sie spinnt oder sie ist eine Hexe, das sage ich. Und als oberster Dienstmann verfüge ich, dass wir das herausfinden.«

»Ihr wollt die arme Alte wirklich der Hexenprobe unterziehen?«, fragte der Mesmer. »Sie tut doch keiner Fliege etwas zuleide.«

»Wenn sie nur irr ist, dann besteht sie die Probe ja. Ist sie aber eine Hexe, so steht sie mit dem Teufel im Bund und bringt nur ein Unheil nach dem anderen über uns.«

»Bislang hat sie doch kein Unheil verursacht.«

»Woher willst du das wissen? Was ist zum Beispiel mit dem Blitz, der letztes Jahr bei dir, Flachsbauer, eingeschlagen hat, woraufhin dein halber Hof abbrannte? Oder die Missernte? Die war genau vor drei Jahren, als die Alte hier ankam, und viele wären beinahe verhungert! Und wer weiß denn, woher sie kommt und was sie da schon alles angerichtet hat!« Zufrieden bemerkte der

Ammann die nachdenklichen Mienen in der Runde. Es war viel Schlimmes in den vergangenen Jahren geschehen. Waren das wirklich alles Strafen Gottes, wie der Pfarrer stets predigte? Der Teufel trieb doch immer sein Unwesen! Und benutzte er als Helfer nicht Hexen?

»Holt sie«, befahl der Ammann.

»Ich weiß nicht«, gab der Mesmer zu bedenken. »Wollt Ihr der Alten einen Strick drehen, nur weil sie jetzt doch sprechen kann und uns vor den Schweden warnt?«

»Keinen Strick, den Ihr dreht und um ihren Hals legt.« Der Ammann faltete die Hände vor dem imposanten Bauch. »Nur einen Strick, mit dem Ihr sie bindet. Dann stoßen wir sie ins Wasser und wir werden sehen, ob sie wieder auftaucht. Wenn nicht, war sie wirklich nur ein altes, verwirrtes Weib. Wenn doch, ist sie eine Hexe und steht mit dem Teufel im Bund. Dann müssen wir sie verbrennen.«

»Gott sei ihrer armen Seele dann gnädig«, betete der Pfarrer und schlug ein Kreuzzeichen.

Außer dem Pfarrer folgte niemand aus dem Dorf dem Ammann, der die alte Frau hinunter zum Fluss führte. Denn diese hatte noch einmal eindringlich davor gewarnt, die Schweden würden Herilescella heimsuchen. Die Bauern glaubten ihr und versteckten Vieh, Kinder und alles, was sie besaßen, auf dem Schlossberg im Wald.

Es hatte viel geregnet, und so fanden sie rasch eine Stelle, die tief genug für die Wasserprobe war. Die Alte stand da, mit gefesselten Händen und Füßen, und tat, als ob sie das alles nichts anginge.

»Bist du bereit?« Der Ammann wirkte ernst und entschlossen.

Die Alte blickte auf den Fluss. »Ich schon. Aber du nicht.«

Der Ammann schnaufte schwer. Er wandte sich zum Pfarrer: »Packt mit an. Wir werfen sie jetzt hinein. Dann wird sich's zeigen.«

Der Pfarrer zögerte. Irgendetwas stimmte nicht. Er hob den Kopf wie ein witterndes Tier und flüsterte: »Hört Ihr das?«

»Was?«

»Hört Ihr es denn nicht?«

Nun hob auch der Ammann den Kopf. Dann stieß er einen Fluch aus.

»Die verdammte Hexe ist schuld. Die Schweden kommen tatsächlich!«

Es klang wie Donnergrollen. Die Erde bebte unter den Hufen der Rösser. Die Bauern duckten sich im Versteck. Als sie das Herannahen des Schwedentrupps bemerkt hatten, war es zu spät gewesen, über die freie Fläche hinauf zum Wald zu rennen. Der Pfarrer murmelte ein Gebet, und endlich hatte der Tafernwirt mit Hilfe zweier Bauern den Zugang zum Gewölbe unter der *Sonne* verbarrikadiert.

»Wenn sie uns hier unten finden, sitzen wir in der Falle«, murmelte der Mesmer.

»Nein. Kommt mit. Aber leise.« Der Tafernwirt ging zur hintersten Wand des Gewölbes und beleuchtete sie mit der Öllampe. »Helft mir mal.« Er hebelte einen kopfgroßen Kiesel aus der Wand. Im flackernden Lichtschein sahen die anderen das Abbild einer Sonne, das in den Flussstein geritzt war. Gemeinsam hoben sie immer mehr Steine aus der Wand, bis eine Öffnung entstand, die groß genug zum Durchkriechen war. Dahinter sah man einen engen Tunnel. Der Tafernwirt leuchtete hinein.

»Der führt hinauf zum Schlossberg. Die Burgherren müssen ihn damals gegraben haben. Ich habe die Öffnung nur verschlossen, weil dadurch ständig irgendwelche Viecher in den Keller gekommen sind und sich über meine Vorräte hergemacht haben. Es ist sehr eng. Wir müssen auf allen vieren kriechen. Los, jetzt. Aber leise.«

Einer nach dem anderen zwängte sich durch das Loch in den Gang. Übrig blieb nur der Ammann, der sofort gesehen hatte, dass er mit seiner Leibesfülle niemals durchpassen würde. Er kannte die Strategie der Schweden. Sie würden jedes Haus, jeden Stall, jedes Loch auf der Suche nach Beute durchkämmen. Fanden sie jemanden, erschlugen sie ihn. Danach setzten sie auf jedes Dach den roten Hahn.

Er konnte hören, wie sie in die Tafernwirtschaft kamen, Tische und Bänke zerschlugen und überall herumwühlten, um brauchbare Dinge zu finden. Und er konnte hören, dass sie immer näher kamen. Zuerst wurde er hektisch und versuchte die Mauer mit bloßen Händen so weit aufzubrechen, dass er doch durch das Loch passte. Das gelang ihm natürlich nicht, da nur die Steine, die der Wirt weggeräumt hatte, lose gewesen waren. Der Rest der Wand war fest vermauert. Als er das erkannte, packte ihn die nackte Angst. Panisch suchte er nach etwas, womit er die Wand aufbrechen konnte. Tatsächlich fand er eine schwere Eisenstange. Damit schlug er so heftig auf die Mauer ein, dass es durch das ganze Gewölbe und bis nach draußen dröhnte. So fanden die Schweden das Versteck.

Der Ammann hatte einen Fehler gemacht, der ihn das Leben kostete.

Marie hatte aufmerksam zugehört. Nun fragte sie nachdenklich: »Was genau ist oder war ein Ammann?«

Dr. Heinrich war in der leer geräumten Gaststube auf und ab gegangen, während er erzählte. Nun blieb er vor einem der Fenster stehen. »Ein Amtmann. Der Ammann war quasi Bürgermeister, Richter, Verwalter und oberster Beamter eines Landherren.«

»Haben die schwedischen Soldaten ihn tatsächlich umgebracht?«

Dr. Heinrich nickte: »So steht es in den Chroniken. Die Schweden überfielen Hirschzell im Jahr 1647, also relativ spät im Vergleich zu vielen anderen Ortschaften oder Höfen, die schon in den dreißiger oder Anfang der vierziger Jahre geplündert und gebrandschatzt wurden. Im Prinzip hatten die Hirschzeller großes Glück, denn bis auf den besagten Ammann konnten sich wirklich alle Bewohner mit ihrem Vieh und vielem anderen Besitz oben im Wald verstecken.«

»Weiß man auch, wie er gestorben ist?«

»Nein. Erstochen, erschlagen, erhängt – damals wie heute gab es viele Möglichkeiten, jemanden vom Leben in den Tod zu befördern. Der Fantasie sind keine Grenzen gesetzt. Eine besondere Art, Menschen um die Ecke zu bringen, hatten die Schweden allerdings bekanntlich ja schon.«

»Den *Schwedentrunk*.«

»Genau. Aber ob dieser dem Ammann damals eingeflößt wurde, ist nicht überliefert.«

»Das Verstecken im Gewölbe und die anschließende Flucht durch den Geheimgang – steht das auch in den Chroniken?«

»Nein. Da steht nur, dass die Bewohner Hirschzells bis auf den Ammann alle in den Wald fliehen konnten. Ich weiß, Historiker sollten sich strikt an die Fakten halten. Aber du wolltest bezüglich des Gewölbes doch Inspiration. Voilà.«

Marie schwieg eine Weile, dann überlegte sie laut: »Ja, vielen Dank für die Geschichte. Ich frage mich gerade nur, wie sich die Schweden damals überhaupt in diese Gegend hier verlaufen haben. Ich meine, welche Motivation hatte so ein Nordmann, in den hintersten Winkel des Allgäus zu kommen und einem armen Ammann Gülle in die Kehle zu schütten?«

Dr. Heinrich lachte, dann zuckte er die Schultern: »Hegemoniale Ansprüche, Wille zur Expansion, Kampf, Krieg – diese Dinge liegen im Wesen des Menschen.«

»Du meinst, des Mannes.«

»Na gut. Jedenfalls zog sich der Dreißigjährige Krieg über ganz Europa. König Gustav Adolf von Schweden wollte seine Vormachtstellung in Nordosteuropa sichern. Dazu eroberte er zunächst Frankfurt an der Oder, um dann gute Argumente zu haben, mit Pommern, Mecklenburg, Brandenburg und Sachsen Bündnisverträge zu schließen. Seine größten Widersacher waren die katholischen Ligatruppen unter dem Heerführer Tilly, die in der sogenannten Magdeburger Hochzeit die Stadt einnahmen und dabei zwanzigtausend Menschen niedermetzelten. Dann gab es entscheidende Schlachten. In Breitenfeld bei Leipzig wurde die katholische Liga vernichtend geschlagen. Damit begann der Vormarsch der Schweden auf Süddeutschland. Die entscheidende Schlacht wurde am Lech geschlagen, und zwar im Jahr 1631 beim heutigen Rain am Lech. Die Schweden gewannen, Tilly wurde schwer verwundet und starb an den Folgen. Die Schweden setzten sich in Süddeutschland fest. Von Augsburg ist es nicht weit nach Kempten, nach Kaufbeuren. Nach Hirschzell.«

Wieder schwieg Marie eine Weile, bevor sie fragte: »Dieser Geheimgang da unter uns – der vielleicht gar kein Geheimgang ist oder war, sondern nur ein Loch in der Wand mit einem Schutthaufen dahinter – du hast gesagt, er könnte seinen Ursprung beim Burgbau oben auf dem Schlossberg gehabt haben?«

Dr. Heinrich nickte. »Das war knapp vierhundert Jahre, bevor die Schweden kamen. Wie gesagt, vielleicht haben die Staufer die Burg in Auftrag gegeben. Burgen bedeuteten Sicherheit und waren ein weit sichtbares Signal, dass da jemand über die Gegend wacht. Damals war es auch durchaus üblich, einen unterirdischen Gang zu graben, der meist zu einem Ort führte, an dem Vorräte verwahrt wurden. Die Anlieferung von Waren war viel einfacher als hinauf zur unzugänglichen Burg, weil solche Orte meist auch in der Nähe der Straßen lagen. Und im Falle einer Belagerung hatte man damit einen Versorgungs- und im Notfall sogar einen Fluchtweg.«

»Das Gewölbe unter uns war also möglicherweise so ein Lagerraum.«

»Da bin ich mir ganz sicher. Es passt einfach alles viel zu gut zusammen, um etwas anderes zu denken.«

»Aber die Burg wurde niemals fertiggebaut.«

»Nein.«

»Kennt man den Grund?«

»Jein.«

HERILESCELLA
1248

Volkmar von Kemnat unterschrieb den Stiftungsbrief und wartete darauf, dass das Wachs mit seinem Signum auf dem Pergament trocknete. Nun musste das Schreiben nach Rom geschickt werden, damit Papst Innozenz die Ordensprivilegien bestätigte. Graf Volkmar hatte viel Geld für die Stiftung des Schönenfelder Beginenklosters ausgegeben.

»Pro remedio et salute animae«, murmelte er nun, in der Hoffnung, die hohen Ausgaben würden sich lohnen und seinem Seelenheil wirklich zugutekommen. Wobei sein Seelenheil weitgehend von den Nachrichten über Markwart, seinen Sohn, abhing, die in unregelmäßigen Abständen vom Stauferhof kamen. Er murmelte den nächsten Ablassspruch: *»Pro animae redemptione et comparatione vitae eternae.«* Es konnte auch nicht schaden, von Zeit zu Zeit eine gewisse Summe in die Vergebung der Sünden und ein ewiges Leben zu investieren. Nun gut, die Stiftung des Beginen-Klosters würde für eine Weile genügen. Seine Förderung von kirchlichen Einrichtungen, von Kunst und Kultur, diente aber nicht ausschließlich dem Ablass, sondern er war der Überzeugung, dass der Glaube und die Beschäftigung mit künstlerischen Dingen die Menschen besser machten. Also tat er damit Gutes, und Gutes kehrte zu ihm und den Seinen zurück, dessen war er sich absolut sicher.

Der Burgbau über Herilescella war erneut ins Stocken geraten. Doch dieses Mal hatte es nichts mit der Unfähigkeit und Faulheit seines Sohnes zu tun. Nachdem Markwart Burg Kemnat verlassen hatte, war aus der Kanzlei der Staufer ein Schreiben mit der Aufforderung gekommen, die Fortschritte beim Bau der Herilesceller Burg zu dokumentieren. Volkmar hatte also den Weiterbau selbst überwacht und auch alles aufschreiben lassen. Allerdings fragte er sich schon, welches Interesse Kaiser Friedrich an einer Burg über diesem Bauernkaff überhaupt hatte. Aber natürlich war es nicht der Kaiser persönlich, der sich um derlei Dinge kümmerte. Dafür hatte er ein Heer von Beamten.

Beinahe das Einzige, das Markwart bewerkstelligt hatte – außer ein paar kniehohen Mauern und die Anfänge eines lächerlichen Bergfrieds – war es, einen Gang graben zu lassen, der hinunter ins Dorf in ein Gewölbe führte. Volkmar wusste inzwischen auch, woher diese plötzliche Arbeitswut seines Sohnes gekommen war. Natürlich war es wieder einmal nur um einen Weiberrock gegangen, worum auch sonst. Einen sehr kostspieligen noch dazu, denn der Tafernwirt hatte sich den Balg, den Markwart gezeugt hatte, teuer bezahlen lassen.

Volkmar schüttelte den Kopf über seinen Sohn und über sich selbst. Markwart hatte natürlich die Wachen entdeckt, die sein Vater hatte aufstellen lassen, um ihn am Verlassen der Baustelle zu hindern. Welch einen Aufwand hatte er betrieben, um sie zu umgehen! Diese Energien seines Sohnes in die richtigen Bahnen zu lenken – warum hatte er als Vater das nie geschafft?

Nun, vielleicht war es ja am Stauferhof gelungen. Man würde sehen. Bald wurde Markwart auf Burg Kemnat zurückerwartet.

Doch vor ihm kam noch einmal ein Schreiben vom kaiserlichen Hof. Stirnrunzelnd las Volkmar darin die Anordnung Kaiser Friedrichs. Der Burgbau über dem Ort Herilescella sei einzustellen, weil es keine Notwendigkeit mehr dafür gab, beziehungsweise weil die Kosten in keinem Verhältnis zum Nutzen standen. Es sei denn, Volkmar II. von Kemnat, genannt der Weise, hätte genügend eigene Mittel und eigenes Interesse zur Fertigstellung. Volkmar schüttelte beim Lesen den Kopf. Nein, hatte er nicht. Und außerdem stellte er sich die Frage, warum der Kaiser extra einen Legaten zum Überbringen dieser Botschaft entsandt hatte, wenn es doch Markwart, seinem Sohn, bestimmt auch möglich gewesen wäre, den Brief in seinem Reisegepäck unterzubringen.

Marie lehnte sich zurück und streckte den Rücken. Sie spürte die zwölf oder dreizehn Stunden am Computerbildschirm und ihre Augen brannten. Es war Herbst geworden, die Blätter der Kastanien draußen auf dem Hof waren bunt gefärbt und es hatte bereits die ersten Frostnächte gegeben.

Das Projekt *Neue Sonne* schritt gut voran. Das Gebäude war inzwischen sozusagen im Rohzustand, also komplett entkernt, und die Statiker konnten genau sagen, wo die alten Mauern und Balken Unterstützung brauchten und wo nicht. Marie war in den letzten Wochen von der Hilfsbereitschaft und dem Einsatz der Dorfgemeinschaft überwältigt gewesen. Jeder, wirklich jeder, ob jung oder alt, Mann oder Frau, Schüler, Berufstätiger oder Rentner – alle hatten mitangepackt, wo immer es ging und notwendig war.

Marie hatte die Gewohnheit, hier im Gastraum der *Sonne* zu arbeiten, beibehalten. Ein paar Mal hatte sie das auch in München im Büro und in ihrer Wohnung versucht, aber sehr bald musste sie erkennen, dass die guten Ideen, die sie in der *Sonne* hatte, dort ausblieben. Zwar wurde sie wegen der laufenden Arbeiten häufig gestört und sie musste ständig den Platz wechseln. Morgens schaute auch oft der kleine schwarze Kater Peterle bei ihr vorbei und legte sich mit Vorliebe über die Computertastatur, was wohl so viel heißen sollte wie: Du wirst dich jetzt um mich kümmern und nicht um dieses Ding da. Aber es ging kein Weg an der Einsicht vorbei: Hier in der *Sonne* konnte sie am besten arbeiten. Dr. Heinrich hatte ihr prompt die Erklärung dafür geliefert:

»Weil dir deine Großmutter dabei über die Schulter schaut.«

An diesem Vormittag war der Vorsitzende des örtlichen Schützenvereins bei ihr gewesen und sie hatten besprochen, was alles für moderne digitale Schießstände erforderlich war. Sie waren übereingekommen, dass wohl der frühere Tanzsaal im oberen Stockwerk sehr gut geeignet wäre, aber natürlich gab es noch Begehrlichkeiten von anderen Gruppen, wie zum Beispiel vom

Musikverein oder vom Pfarrgemeinderat, die beide auch in der *Sonne* unterkommen wollten. Marie versprach jedenfalls, einen Plan zu zeichnen, in dem der alte Tanzsaal für die Schützen vorgesehen sein würde. Für einen Proberaum der Musiker gab es ja eventuell auf der anderen Seite des oberen Stockwerks Platz, dafür müssten aber ein paar Wände der Wohnungen weichen, die dort früher gewesen waren.

Danach war die kleine Ashtar von der irakischen Familie den halben Nachmittag hier gewesen. Sie hatte ihr bei der Arbeit zugesehen und einen Reigen an Fragen gestartet, der natürlich mit dem Klassiker begann:

»Was machst du da?«

Marie antwortete geduldig: »Ich zeichne auf dem Computer, wie die *Sonne* einmal aussehen soll.«

Ashtar runzelte die Stirn. »So? Mit so vielen Strichen und Zahlen?«

Marie lachte. »Die Linien sind eigentlich Wände, Böden und Decken, und die Zahlen erklären, wie lang und dick sie sein müssen. Kannst du dir das vorstellen?«

Die Kleine überlegte angestrengt, dann nickte sie eifrig und deutete auf den Bildschirm.

»Das sind die Fenster.«

»Und die Türen.«

Der Finger der Kleinen wanderte nach oben. Plötzlich wirkte sie bekümmert: »Bekommt das Haus denn kein Dach?«

Marie lächelte. »Auf diesem Bild siehst du nur den unteren Teil der *Sonne*.« Sie scrollte nach unten zu einer Komplettansicht. »Siehst du, hier ist das ganze Haus, und es hat natürlich ein Dach.«

Ashtar schien erleichtert. »Das ist gut. Denn sonst regnet es ja hinein. Und du hast der *Sonne* ein sehr schönes Dach gemalt. So hoch!«

Später kam Halim und holte seine kleine Schwester ab. Marie empfand Ashtar, die ihr häufiger bei der Arbeit zusah, nicht als Störung. Im Gegenteil, ihre Frage, ob die *Sonne* denn kein Dach bekäme, hatte sie sogar daran erinnert, in ihren Modellen die historischen Dachbalken, die ja erhalten bleiben sollten, wo nötig mit neuen, auf alt getrimmten Holzbalken zu unterstützen.

Natürlich tauchte auch Dr. Heinrich regelmäßig bei ihr auf. Er koordinierte die vielen Helfer und Arbeiter und packte auch selbst mit an. Marie stellte zu ihrer Verwunderung fest, dass sie erneut ein Vorurteil über Bord werfen musste. Nicht alle Akademiker waren wohl handwerklich unbegabt. Er schien alles zu können, was momentan anstand: mauern, zementieren, Holz verarbeiten, Leitungen verlegen und so weiter und so fort.

Seit ihrem unfreiwilligen Kuss lag zwischen ihnen etwas in der Luft. Sie wollte das eigentlich gar nicht wahrhaben. Oder doch? Jedenfalls knisterte es gewaltig, wenn sie aufeinandertrafen, obwohl er ihr keinerlei Avancen machte. Im Gegenteil, er schien bewusst um Abstand bemüht, was bei ihm linkisch, beinahe etwas tollpatschig wirkte, und sie an einen Welpen erinnerte. Fehlte nur noch, dass sie wieder anfingen, sich zu siezen.

»Marie, du müsstest mal wieder ein Stück weit umziehen.«

Marie war so in die Pläne versunken, dass sie erschrocken auffuhr, als sie neben sich plötzlich seine Stimme hörte.

»Entschuldigung, ich wollte dich nicht erschrecken.«

Dr. Heinrich winkte zwei stämmige Burschen heran, die freundlich grüßend neben ihrem Schreibtisch Stellung bezogen.

»Nur ein paar Meter weg vom Fenster. Du kannst gleich weiterarbeiten.«

Marie nickte den Männern zu. Sie kannte das Prozedere, ihr Schreibtisch und sie selbst wurden öfters mal hierhin, mal dorthin verfrachtet – je nachdem, wo sie im Weg war.

»Dieses Mal musst du wahrscheinlich komplett umziehen.«

Marie war in Gedanken immer noch bei ihrem ungelösten Problem. Dem Gewölbe. Was sollte daraus werden? Mit gerunzelter Stirn sah sie, wie ihr Schreibtisch mit dem Laptop und allen anderen Unterlagen davonschwebte.

»Wohin –?« Sie stand auf und lief ihrem Schreibtisch hinterher.

Dr. Heinrich folgte ihr mit ihrem Stuhl. »Für eine Weile vielleicht wo ganz anders hin. Hier muss ja die komplette Wand raus.«

»Die Wand?«

»Ja, die zum Hof. Für den Wintergarten.«

»Oh.«

»Marie, kann es sein, dass du ein wenig abwesend bist? Du

hast die Pläne für den großen Wintergarten selbst entworfen.«

Ihr Schreibtisch stand jetzt auf der gegenüberliegenden Seite. Dr. Heinrich stellte den Stuhl davor.

»Ja, kann sein. Ich war in Gedanken mal wieder im Gewölbe.«

»Und was beschäftigt dich da?«

»Was wir damit machen.«

»Wie meinst du das?«

»Ich meine, um damit nichts zu machen, ist das Gewölbe einfach viel zu schade. Allein der Sonnenstein. Stell dir vor, wenn dieser Herilo wirklich die Sonne in den Kiesel geritzt hat! Das wäre vor vielen hundert Jahren gewesen!«

»Vor elfhunderteinundachtzig.«

»Wie bitte?«

»Das ist beinahe zwölfhundert Jahre her.«

Marie fuhr mit dem Zeigefinger über das Tattoo auf ihrer Schulter, das wie eine Kopie der eingeritzten Sonne auf dem Flusskiesel war. »Ich denke, wir sollten möglichst viel so belassen, wie es jetzt ist. Nur einen festen Boden muss das Gewölbe bekommen. Ich kann mir auch eine indirekte Beleuchtung gut vorstellen.«

»Lesungen.«

Marie war nicht unbedingt Freund von Gedankensprüngen, die sie nicht nachvollziehen konnte. »Lesungen?«, fragte sie.

»Ja. Die *Sonne* soll ja in Zukunft auch ein kultureller Ort sein. Im Gewölbe könnten Lesungen und vielleicht sogar Konzerte und Ausstellungen abgehalten werden.« Dr. Heinrich kratzte sich am Kinn. »Je länger ich darüber nachdenke, desto besser gefällt mir der Gedanke. Zu so einem geschichtsträchtigen Ort würde das hervorragend passen. Wenn Volkmar der Weise von Kemnat und sein Sohn tatsächlich am Burgbau und am geheimen Gang zum Gewölbe beteiligt waren, dann wäre der Bezug zu kulturellen Veranstaltungen dort unten umso größer. Schließlich war Volkmar ein großer Förderer der Künste. Seine Burg war damals eines der Zentren des Minnesangs.«

»Weiß man eigentlich, was aus seinem Sohn geworden ist?«

»Markwart? Nein. Es ist nicht wirklich viel von ihm überliefert. Nur dass er später die Burg Kemnat von seinem Vater übernommen hat.«

BURG KEMNAT
1282

»Dies sind die eisigsten Winternächte seit Menschengedenken«, erklärte Volkmar von Kemnat seinem Sohn. »Wie gesegnet wir doch damit sind, dass wir es hier warm haben.«

Markwart unterließ es, seinen Vater darauf hinzuweisen, dass er dies bereits zwei Mal gesagt hatte. So war das nun einmal, wenn man so alt werden durfte wie der Vater. Das Gedächtnis verweigerte einem wohl immer öfter den Dienst.

Markwart lächelte und sagte: »Ja, Vater. Diese Heizung ist ein Segen.«

»Meine alten Knochen würden unter der Kälte einfach zerbrechen.«

Der Bergfried mit seinem ausgeklügelten Beheizungssystem, das man von den alten Römern abgekupfert hatte, war in der kalten Jahreszeit eine große Annehmlichkeit. Hier konnte einem die Kälte nichts anhaben, im Gegenteil, die wohlige Wärme verführte den alten Grafen dazu, die müden Glieder auszustrecken und in der Wiederholung seiner Erinnerungen zu schwelgen:

»Weißt du noch, als du vom Kaiserhof hierher zurückkamst? Da musste ich dir erst einmal die Flausen und das süße Leben austreiben. Du warst ein verweichlichter Jüngling, der nur Weiber und Wein im Kopf hatte. Ich hatte die schwierige Aufgabe, erst wieder einen richtigen Mann aus dir zu machen.«

»Ja, Vater.« Markwart respektierte seinen Vater zu sehr, um ihn zu berichtigen. Es war ja genau andersherum gewesen. Er erinnerte sich noch gut. Als heulendes Elend, geplagt vom Liebeskummer, weil er fortan Kunigunde nicht mehr treffen konnte, war er sozusagen gegen seinen Willen an den Stauferhof verfrachtet worden. Anfangs hatte er zumindest noch gehofft, der Kaiserhof würde ihm schon Ablenkung in Form schöner Frauen und reichlich süßem Wein bieten. Doch dies erwies sich als ebenso falsch wie die Annahme, so oder so würde er bald nach Burg Kemnat zurückkehren. Er wurde mitnichten verwöhnt und gehätschelt. Vom ersten Tag an ging es nur um zwei Dinge: kämpfen und studieren. Das Lehren besorgte ein asketischer Mönch, der Faulheit und Fehler jedweder Art mit harter Hand bestrafte. Die Lehrstunden fanden täglich am späten Nachmittag statt, wenn Markwart schon erschöpft von den körperlichen Anstrengungen des Schwert- und Lanzenkampfes war. Oft drohte er, über den Folianten oder am Schreibpult sogar im Stehen einzuschlafen, doch der hagere Mönch, gemäß dem Leitspruch der Benediktiner *ora et labora*, wusste dies stets zu verhindern, und dies gewiss nicht mit milden oder aufmunternden Worten.

Markwarts Lehrmeister der Waffenkunst war ein stiernackiger Kämpfer, der das schwere Schwert einhändig führen konnte und den großen Jagdspeer bis zum Horizont schleuderte. Kein Tag verging, an dem Markwart nicht mit blutigen Blessuren gezeichnet war, und wenn er vor Schmerzen und Demütigung heulte, drosch der bullige Ritter nur noch heftiger auf ihn ein und lachte ihn dabei aus.

Markwart musste durch diese harte Schule gehen, sowohl mit dem Verstand als auch mit dem Körper. Der Ritter lehrte ihn das Kämpfen und der Mönch Latein, das Wort Gottes und die komplizierte Welt der Politik. Auf der Burg des Vaters war Rom ein Ort, so weit weg wie der Mond, und Städte wie Genua, Pisa oder Parma kannte man überhaupt nicht. Vom jetzigen Kreuzzug hatte man zwar gehört, und natürlich galt es, der tapferen Ritter zu gedenken, die Jerusalem zurückerobern wollten. Aber die politischen Lager waren gespalten und alles viel komplizierter, als man dachte. Das hatte Markwart nie interessiert. Jetzt musste er es lernen. Der asketische Mönch ließ keine Ausflüchte gelten. Sein Schüler sollte die Welt verstehen – und wenn man das Verständnis in ihn hineinprügeln musste!

»Unserem Kaiser, Friedrich II., Sohn des römisch-deutschen Kaisers Heinrich IV. und Enkel von Kaiser Friedrich I., genannt Barbarossa, gelang als Erstem die Vereinigung seines Nord- und Südreiches. Merke dir: *unio regni at imperium!* Papst Gregor berief anno 1241 ein Konzil, um den Kaiser zu exkommunizieren. Kennst du den Grund dafür?«

Markwart kannte ihn nicht.

»Dann höre und merke dir: Friedrichs Sohn Enzio ehelichte Adelasia, die Erbin zweier Kleinkönigreiche des Königsreiches Sardinien, und nannte sich fortan König von Sardinien. Gemäß der Konstantinischen Schenkung sah sich Papst Gregor in seiner Herrschaftsgewalt über die Insel beschränkt. Deshalb die Einberufung des Konzils, das die Absetzung unseres Kaisers beschließen sollte. Genua sollte den Schutz für die Anreise der Konzilsteilnehmer gewährleisten, die darüber abzustimmen hatten. Mit Hilfe der verbündeten Stadt Pisa wurde eine Seeblockade erstellt. Es kam zur siegreichen Seeschlacht von Montecristo. Nur zwei von siebenundzwanzig Schiffen Genuas konnten entkommen. Dann starb Papst Gregor, ihm folgte Coelestin und wenig später Papst Innozenz. – Dies alles musst du wissen.«

Am Ende wusste Markwart das meiste. Und er lernte kämpfen, und zwar in der grausamsten Schule, die es dafür gibt: Kaiser Friedrich lag im Streit mit dem lombardischen Bund und ließ deshalb die Stadt Parma belagern. Dort lernte Markwart den Krieg kennen. Er machte Bekanntschaft mit dem Pfeilregen auf die Sturmleitern, dem glühenden Teer, der von den Zinnen auf die Stürmenden herabgegossen wurde. Der Tod war allgegenwärtig. Der Kaiser hatte vor Parma eine eigene Stadt errichten lassen: Victoria. Doch der Name war kein gutes Omen. Victoria war nicht der Sieg, sondern die Niederlage. Die Belagerungsstadt wurde überrannt und dem Erdboden gleichgemacht. Markwart musste um sein Leben kämpfen. Und darum rennen.

Nun schwelgte der Vater weiter in Erinnerungen: »Während du fort warst, hatte ich hier eine wichtige Erziehungsaufgabe zu erledigen.« Er trank den Becher mit dem Würzwein auf einen Zug leer und winkte den Diener heran, damit er nachschenkte.

»Konradin.« Markwart schob die flache Hand über seinen Becher und schüttelte den Kopf. Er spürte schon die Wirkung des Weins und wollte nicht noch mehr. Auch diese Lektion hatte er am Stauferhof gelernt. »Corradino. Sohn Elisabeths von Wittelsbach und König Konrads IV. Nach dessen Tod der Vormundschaft seiner beiden Oheime Ludwig II. von Baiern und Heinrich XIII. unterstellt. Aufgewachsen am Hof von Ludwig von Baiern. Und auf Burg Kemnat.«

Volkmar nickte. In dieser Hinsicht funktionierte sein Gedächtnis noch gut und außerdem hielt er gerne Vorträge: »Konradin, ja: der letzte legitime männliche Erbe der Staufer. Herzog von Schwaben, König von Jerusalem und von Sizilien. Hingerichtet, enthauptet auf der Piazza del Mercado in Neapel. Wie viele Jahre ist das her?«

»Sechzehn Jahre.«

»Richtig.« Der alte Graf wiegte das Haupt. Dann folgte eine weitere Eigenart, die sich bei ihm mit zunehmendem Alter verstärkte: er machte Gedankensprünge: »Wann kommt die Lieferung?«

Markwart fragte höflich nach: »Von welcher Lieferung sprichst du, Vater?«

»Na, von dieser Lieferung. Das Korn aus unseren Mühlen und die neuen Weinfässer vom Rhein.«

»Vater, jetzt im Winter wird uns weder Korn noch Wein geliefert.«

Volkmar schob starrsinnig das Kinn vor: »Zum Glück habe ich damals den Tunnel graben lassen. Jetzt muss sich niemand durch den Schnee hinunter zu unserem Lagerraum kämpfen und mit einem Fass auf dem Buckel wieder herauf.«

Auch hier vermied es Markwart, seinen Vater zu berichtigen, der offenbar vergessen hatte, was der tatsächliche Grund für den Bau des Ganges gewesen war, der von der Herilesceller Burg hinunter in das Gewölbe unter der Tafernwirtschaft *Sonne* führte. *Kunigunde.* Markwart erinnerte sich allerdings noch genau. Er hatte sie nie wiedergesehen. Nach seiner Rückkehr vom Stauferhof begann er, Erkundigungen einziehen, aber der Sonnenwirt war gestorben und seine Tochter war offensichtlich eines Tages einfach verschwunden. Niemand wusste etwas von einem Kind, das bei ihr gewesen war, als sie noch in der Tafernwirtschaft lebte. Bei solchen Erinnerungen musste Markwart innerlich den Kopf schütteln. Was war er nur für ein fauler, eitler Nichtsnutz gewesen. Wie hatten seine Eltern ihn damals überhaupt ertragen können – der einzige Erbe ein sauflustiger Tagedieb und Weiberheld. Er schämte sich unendlich für diese Zeit und wollte nun alles tun, um für diese Sünden zu büßen.

»Dann muss ich es eben selber tun.« Der alte Graf traf Anstalten, sich aus seinem Sessel zu stemmen.

Markwart sprang rasch auf und schob ihn sanft zurück. »Was musst du selbst tun, Vater?«

»Na, hinuntergehen. Bei diesem Wetter! Aber jemand muss sich schließlich darum kümmern, dass alles ordnungsgemäß abgeladen und eingelagert wird.«

Rasch erwiderte Markwart: »Nein, ich gehe schon. Bleib du ruhig in der Wärme sitzen. Ich kümmere mich.«

Volkmar schien gerührt. »Du bist ein guter Sohn. Das habe ich zu deiner Mutter immer gesagt. Am Stauferhof hätten sie dich beinahe verdorben, aber zum Glück kamst du rechtzeitig zurück und ich konnte doch noch einen guten Ritter aus dir machen.«

»Ja, Vater, dafür bin ich dir sehr dankbar.«

»Das solltest du auch.«

Markwart legte die Hand auf die Schulter seines Vaters. »Ich werde mich jetzt um die Lieferung kümmern.«

»Tu das, mein Sohn.«

Markwart nahm eine Fackel aus der Wandhalterung und verließ den Bergfried. Draußen auf dem Hof verwehte der eisige Wind den Schnee zu Haufen. Hier gefroren Stein und Bein. Er fand den Eingang des Tunnels, klappte die Falltür auf, kletterte die schmale Holzleiter hinunter und lief gebückt durch den niedrigen Gang.

Natürlich war jetzt, mitten im Winter, keine Lieferung von Korn und Wein angekommen. Manchmal spielte seinem Vater das Gedächtnis einen Streich und setzte ihm Bilder und Botschaften in den Kopf, die er dann für wahr hielt. Dann war er nicht mehr in der Lage, davon abzuweichen. In Markwarts Kopf spukten andere Bilder. Wie oft war er als junger Mann durch diesen Tunnel gegangen, um heimlich Kunigunde zu treffen und sie im Gewölbe unter der Tafernwirtschaft zu küssen. So sehr die Erinnerungen an sie auch verblassten, so groß war die Wehmut, die ihn jetzt erfasste, als er den gemauerten Kellerraum erreichte. Sie war die Einzige gewesen, die er je wirklich geliebt hatte.

Er steckte die Fackel in die Wandhalterung und hockte sich auf den Rand eines leeren Fasses. Beinahe konnte er jetzt ihr helles Lachen hören und er erinnerte sich, dass er ihren Mund mit der Hand oder den Lippen bedeckte, weil er fürchtete, ihr Vater könnte es oben in der Wirtschaft hören. Wo mochte Kunigunde jetzt sein? Hatte sie tatsächlich ein Kind von ihm bekommen? Hatte er mit ihr einen Sohn gezeugt? War sie überhaupt noch am Leben? Sein Vater hatte ihm stets die Auskunft darüber verweigert und behauptet, er wüsste es nicht. Unten im Dorf hieß es nur, sie sei eines Tages verschwunden. Mit oder ohne Kind, hatte er gefragt, und als Antwort nur ein Schulterzucken erhalten.

Markwart blickte seinem Atem nach, der in der Kälte gefror. Die Tafernwirtschaft *Sonne* über ihm gab es nicht mehr. Nach dem Tod von Kunigundes Vater hatte sich kein neuer Wirt gefunden, und das Gebäude war zu einem Lagerschuppen des benachbarten Meierhofs verkommen. Er blickte auf den kopfgroßen Stein mit der eingeritzten Sonne, den ihm Kunigunde gezeigt hatte, und fragte sich zum wiederholten Male, welche Geschichte wohl dahintersteckte. Überhaupt schien dieses Gewölbe voller Geschichten zu sein, obwohl es für ihn jetzt nur ein kalter Keller war, vollgestellt mit leblosen Dingen. Es war die von Gott erschaffene Zeit, die stets alles veränderte, die einen Ort der Wärme kalt machte, Liebe in Hass verwandelte, Lachen in Weinen und Leben in Tod.

Markwart erhob sich vom Fass, nahm die Fackel von der Wand und machte sich auf den Weg zurück zur Burg.

Oben angekommen, würde er seinem Vater berichten, dass Korn und Wein gut angekommen und sicher verstaut waren.

Marie blickte im Minutentakt auf die Uhr. Sie wartete ungeduldig auf Dr. Heinrich, der jeden Augenblick von der Stadtratssitzung in Kaufbeuren zurückkehren musste. Dort wurde darüber abgestimmt, ob die Stadt das Projekt *Sonne* finanziell unterstützen würde oder nicht. Die Summe, um die es ging, war beträchtlich und würde einen großen Teil der Kosten abdecken. Und möglicherweise auch darüber entscheiden, ob sie den Umbau mitfinanzieren und welcher der Pläne am besten realisierbar wäre.

Der kleine schwarze Kater sprang so überraschend auf ihren Schoß, dass sie zuerst erschrak und dann laut lachte. Er trappelte kurz auf ihr herum und machte es sich bequem. Sie kraulte ihn und er begann so laut zu schnurren, dass sie es trotz des Lärms, den die Handwerker und Helfer veranstalteten, deutlich hörte.

Sie musste sich eine ganze Weile gedulden, bis Dr. Heinrich auf den Hof fuhr. Allerdings glaubte sie zuerst nicht, was sie sah: Er kam mit dem Fahrrad! Sie wartete, bis er bei ihr im Gastraum war, und stellte fest:

»Deine Klapperkiste hat endlich den Geist aufgegeben.«

»Hoffst du wohl. Nein. Du wirst es nicht glauben, aber ich kann auch Rad fahren und tue es manchmal sogar. Zum Beispiel, wenn das Wetter gut und die Entfernung zu meinem Zielort überschaubar ist, was im Falle des Kaufbeurer Rathauses zutrifft.« Dr. Heinrich sah sie auffordernd an, er brannte wohl darauf, die gute Nachricht endlich zu überbringen. »Willst du es gar nicht wissen?«

Marie lächelte: »Ich weiß es doch schon. Man braucht dich nur anzusehen –«

»Aha. Ich bin also ein offenes Buch für dich.«

»In diesem Fall schon. Der Stadtrat hat die Förderung zugesagt. In vollem Umfang, hab‘ ich recht?«

»Ja.« Dr. Heinrich mimte den Beleidigten. »Es macht bei dir einfach keinen Spaß, der Überbringer guter Botschaften zu sein.«

»Das tut mir aber sehr leid.«

»Tut es nicht. Aber egal. Ich wollte dich zum Essen einladen, damit wir das feiern können.«

»Du kochst?«

»Nein. Aber lass mich raten: Du hättest am liebsten ein blutiges Steak, das mindestens achthundert Gramm auf die Waage bringt. Beilagen nur überflüssiger Ballast.«

»Iiiii!«

Dr. Heinrich grinste: »Doch lieber zum Italiener?«

Sie studierten die Speisekarte und Marie beschloss, Spaghetti arrabiata zu bestellen. Dr. Heinrich wählte Pizza mit Meeresfrüchten mit extra Sardellen.

»Sardellen.« Marie rollte die Augen. »Das ist so ziemlich das Scheußlichste, was ich mir vorstellen kann. Damit kannst du mich jagen.«

»Sardellen sind so ziemlich das Leckerste, was *ich* mir vorstellen kann. Damit kannst du mich fangen! Wollen wir eine schöne Flasche Wein dazu ordern?«

»Du musst danach noch Auto fahren.«

»Ich dachte, das könntest du übernehmen.«

»Mit deinem Auto? Niemals. Außerdem würde ich dann sowieso Wasser trinken und du hättest die ganze Flasche Wein allein. Ich weiß nicht, ob das eine gute Idee wäre.«

»Könnte aber lustig werden.«

»Meiner Erfahrung nach nur für den, der die Flasche geleert hat. Wir machen es so: Du nimmst ein Wasser und ich bestelle mir ein Glas Wein.«

»Wie bist du denn, wenn du einen sitzen hast?«

»Habe ich nach einem Glas Wein nicht. Und mehr werde ich auch nicht trinken, also wirst du es nicht herausfinden.«

Dr. Heinrich zuckte mit den Schultern: »Schade eigentlich. Aber gut, dann stoßen wir eben mit Wasser und Wein auf die Zusage der Stadt an.« Er winkte den Ober heran und gab die Bestellung auf.

Marie fragte: »Wissen die Käufer schon Bescheid? Die freuen sich doch bestimmt auch über die positive Entscheidung des Stadtrats.«

»Die habe ich noch nicht erwischt. Sie sind gerade unterwegs nach New York. Der Mann ist Marathonläufer und erfüllt sich gerade seinen Traum, beim New-York-Marathon mitzulaufen. Er hat einen Startplatz ergattert. Ich habe eine E-Mail mit der frohen Botschaft geschickt, aber vermutlich ist es momentan schwierig für sie zu antworten, weil sie gerade im Flieger sitzen.«

»Weißt du, wie lange sie weg sind? Ich muss nämlich auch noch ein paar Dinge mit ihnen besprechen.«

»Heute ist Mittwoch, soweit ich weiß, findet der Marathon am Sonntag statt, und zwar immer am ersten Sonntag im November. Das wäre also der kommende Sonntag, und da sie mir gesagt haben, dass sie eine Woche weg sein werden, nehme ich an, dass sie am nächsten Mittwoch zurückkommen. Was musst du mit ihnen denn klären?«

»Zum Beispiel, dass der Schützenverein gemeint hat, es wäre perfekt, wenn man den früheren Tanzsaal im Obergeschoss zum Hof hin mit einem Anbau versehen würde, weil dann die Anzahl der Schießstände erweitert werden könnte. Ohne städtische Unterstützung würde das aber den finanziellen Rahmen sprengen, denn so ein Anbau würde sich ja über beide Stockwerke erstrecken. Der wäre dann direkt über dem Wintergarten, so dass dieser ganz anders geplant werden müsste.«

»Das leuchtet ein.«

»Außerdem weiß ich immer noch nicht genau, was mit dem Gewölbe geschehen soll. Historisch ist es ja nur, wenn man es weitgehend im Originalzustand belässt. Einige Baumaßnahmen wären aber trotzdem erforderlich, zum Beispiel kann der Boden so natürlich nicht belassen werden, schon allein aus Sicherheitsgründen.«

Dr. Heinrich wartete mit einer Antwort, bis der Ober die Getränke abgestellt hatte.

»Ein Wasser für die Dame, ein schönes Glas Rotwein für den Herrn.«

»Genau andersherum«, erwiderte Marie. »Der Wein ist für mich, das Wasser für meinen Chauffeur.«

»Sehr wohl, die Dame.«

Dr. Heinrich hatte die Szene zurückgelehnt mit verschränkten Armen verfolgt. Als der Kellner gegangen war, sagte er: »So, so. Dein Chauffeur bin ich also.«

»Natürlich. Was denn sonst? Zum Wohlsein, Herr Chauffeur.« Marie nahm das Weinglas und prostete ihm zu. Dabei wunderte sie sich über die neue Leichtigkeit, mit der sie miteinander umgingen. Nach dem unfreiwilligen Kuss waren sie beide ziemlich verkrampft gewesen. Diese Verkrampfung schien sich jetzt zu lösen. Marie stellte fest, dass sie das Zusammensein mit ihm inzwischen richtiggehend genoss.

»Ich glaube, deine Idee mit dem Gewölbe ist gut.«

»Was?« Marie war von ihren eigenen Gedanken abgelenkt.

»Marie, konzentriere dich. Das hier ist schließlich nicht zu unserem Vergnügen, sondern ein reines Geschäftsessen, bei dem wir wichtige Dinge besprechen. Dabei dienen Essen und Getränke nur dazu, den jeweiligen Verhandlungspartner gefügig zu machen.«

Er hatte es mit solchem Ernst gesagt, dass sie losprustete. »Gefügig? Träum weiter. Das kannst du vergessen. Außerdem kann ich dir sowieso nicht folgen. Von welcher Idee sprichst du?«

»Von deiner Idee, das Gewölbe so zu gestalten, dass man darin zum Beispiel Lesungen oder Konzerte abhalten kann.«

»Lesungen kann ich mir gut vorstellen. Was Konzerte betrifft, bin ich eher skeptisch. Da hängt ja viel von der Akustik ab. Ich kann mir nicht vorstellen, dass die in einem Kellergewölbe besonders gut ist. Als Architektin muss ich mich natürlich auch mit der Akustik von Räumen beschäftigen, und ein gutes Beispiel, wie kompliziert es ist, gute Ergebnisse zu erzielen, ist die Hamburger Elbphilharmonie, die ja mitten im Hafengebiet liegt. Da galt es besonders, den Umgebungslärm abzuschirmen, Signalhörner, Hafengeräusche aller Art und so weiter. Deshalb ist die Konstruktion doppelwandig. Außen ist alles aus Stahlbeton und die Innenschale ist nicht mit der Außenschale verbunden, sondern ruht auf Federelementen. Es können also keine Geräusche nach drinnen dringen und der Konzertgenuss ist absolut ungestört.«

Dr. Heinrich stellte sein Glas ab und grinste: »Kommt für unser Gewölbe wohl nicht in Frage, das würde den finanziellen

Rahmen komplett sprengen. »Aber ich weiß das alles auch. Ich war nämlich schon bei einem Konzert, inklusive Führung davor. Der große Saal ist nach dem Weinberg- der kleine nach dem Schachtel-Prinzip gebaut. Das heißt so, weil im großen Saal die Sitzreihen wie Weinbergterrassen rund um die Bühne angeordnet sind, damit niemand zu weit von der Bühne entfernt ist. Im kleinen Saal spielt die Entfernung keine Rolle, also konnte man ihn wie eine Schachtel bauen.«

»Sehr gut erklärt, Herr Doktor! Viele der berühmtesten Konzertsäle der Welt sind Weinberg-Säle, zum Beispiel die Philharmonie in Berlin oder die Walt Disney Hall in Los Angeles.«

»Unser Gewölbe ist zwar schon ziemlich verschachtelt, aber ich glaube kaum, dass das in diesem Fall der Akustik sehr dienlich ist. Außerdem ist der Vergleich mit der Elbphilharmonie vielleicht ein klein wenig weit hergeholt. Wahrscheinlich wird es besser sein, die Blasmusik spielt im Sommer im Biergarten.«

»Das glaube ich auch.«

Der Kellner brachte die Pizza und die Spaghetti. Marie begann sofort mit großem Appetit zu essen, was sie aber nicht am Reden hinderte: »Die Zukunft und der Ausbau oder die Renovierung des Gewölbes wird wohl davon abhängen, was die Käufer der *Sonne* damit vorhaben.«

Dr. Heinrich sah ihr eine Weile zu, bevor er selbst zu Messer und Gabel griff. »Soweit ich sie bisher kennengelernt habe, sind sie sehr offen für Vorschläge. Schließlich handelt es sich bei dem Projekt *Sonne* inzwischen ja ganz offiziell um eine Stiftung, und damit wird es gewissermaßen auch öffentlich. Nächste Woche findet noch einmal eine Informationsveranstaltung statt, da werden die verschiedenen Pläne bestimmt auch in Bezug auf das Gewölbe diskutiert. Prinzipiell bestünde ja auch die Möglichkeit, ganz normale, moderne Kellerräume daraus zu machen. Soweit ich weiß, wird zum jetzigen Zeitpunkt auf einen Antrag verzichtet, für das Gewölbe den Status *historisch* zu erhalten.«

»Ich fände das schade. Ich meine, wenn man das Gewölbe in einen modernen Keller verwandelte. Du sagst doch selbst, es ist Kulturgut, das so weit wie möglich im Originalzustand belassen werden sollte.«

»Ja, natürlich. Bis auf die notwendigen baulichen Sicherheitsmaßnahmen und eine neue Elektrik würde ich keinerlei Änderungen vornehmen.«

Marie nahm einen weiteren Schluck Wein und sagte dann: »Ich könnte mir dort auch eine Art Museum mit alten Gegenständen, die man in der *Sonne* gefunden hat, vorstellen. Und eine Informationstafel, auf der die Geschichte des Gewölbes und der *Sonne* dokumentiert sind.«

»Du hast recht. Wir haben zum Beispiel ein altes Bierfass mit Inhalt gefunden und viele andere Dinge, die sich für ein Museum eignen würden. Und eine Informationstafel ist auch eine gute Idee. Geschichten gibt es wahrlich genug. Ich stelle mir eine Vitrine vor, in der Tafeln mit Jahreszahlen und den entsprechenden Ereignissen ausgestellt sind, natürlich mit dem Hinweis, dass einiges davon historisch nicht belegt werden kann –«

»– aber durchaus so stattgefunden haben könnte«, vollendete Marie den Satz. Sie hatte fertiggegessen, schob den Teller zur Seite und leerte ihr Weinglas. »Mir gehen all diese Geschichten schon gar nicht mehr aus dem Kopf. Ich kann mir lebhaft vorstellen, wie dieser dicke Ammann verzweifelt auf die Wand eindrischt, um doch noch fliehen zu können. Wie die Schweden ihn finden und ihm den Schwedentrunk einflößen. Wie später die Bauern mit ihren Familien und ihrem Hab und Gut zurückkehren, ihr Dorf in Schutt und Asche sehen, aber darüber nicht verzweifeln, sondern zusammenstehen und alles wiederaufbauen.«

Dr. Heinrich gab dem Kellner einen Wink, Marie noch ein Glas Wein zu bringen. Währenddessen erklärte er: »Die Geschichte der *Sonne*, des ganzen Dorfes, ist für mich exemplarisch für die Botschaft, dass man die Hoffnung nie aufgeben darf. Krieg, Niederlagen, Hass, Tod und Zerstörung hat es immer gegeben und wird es immer geben. Genau wie das Gegenteil, Liebe, Geburt, Zeiten des Friedens, Wiederaufbau und Neubeginn. Herilo, der Urvater Hirschzells und der *Sonne,* hat all dies erlebt und er hat sich nie entmutigen lassen. Er hat viele Rückschläge erlitten, aber stets gekämpft, wenn es notwendig war, und immer weitergemacht.«

Marie betrachtete nachdenklich das neue Glas Wein, das der Kellner vor sie hinstellte. Sie überlegte laut: »Auch die Geschichte von Volkmar von Kemnat zeigt das. Er gab nie die Hoffnung auf, aus seinem Sohn könne doch noch ein vernünftiger Mensch werden. Und am Ende kam es ja auch so. Vieles, was ich gelesen habe oder was du mir erzählt hast, lässt mich nicht mehr los. Was, zum Beispiel, ist aus der alten Frau geworden, die der Ammann der Hexenprobe unterziehen wollte, weil sie den Überfall der Schweden vorhersah? Und was geschah in den Zeiten zwischen Herilo, Volkmar und Markwart, dem Dreißigjährigen Krieg und den Auseinandersetzungen im 17. und 18. Jahrhundert? Wurde die Hoffnung von Crescentia erfüllt, Ludwig Graf sei kein Taugenichts, der vor der Verantwortung für Frau und Kind geflohen war, sondern er werde wohlbehalten aus dem Krieg zu ihr zurückkehren? Ich weiß zum Beispiel, dass eine Crescentia Graf zu dieser Zeit in Hirschzell überliefert ist, und es ist auch bekannt, dass sie viel Geld für kirchliche und klösterliche Zwecke spendete.«

Dr. Heinrich nickte. »Man sieht, wie wichtig es ist, die Geschehnisse zu dokumentieren. Aus der Vergangenheit wissen wir nur das, was auch irgendjemand einmal aufgeschrieben hat. Tut das niemand, geraten die Dinge früher oder später in Vergessenheit, gerade so, als hätten sie niemals stattgefunden.«

Sie redeten die halbe Nacht über die Geschichten, die sich um die *Sonne* und das Dorf rankten. Schließlich erklärte Marie, sie werde sich an der Stiftung der *Sonne* beteiligen. Dafür würde sie einen Großteil des Geldes ihrer Großmutter einsetzen. Vielleicht sei dies ja auch der Sinn des Erbes. Vielleicht hatte die Großmutter beim Verfassen des Testaments gehofft, Marie würde genauso handeln.

Irgendwann räusperte sich der Kellner dezent und merkte vorsichtig an, das Lokal sei bereits seit einer halben Stunde geschlossen, und er würde doch auch gerne nach Hause gehen.

Sie redeten im Auto weiter, bis der neue Tag sich mit einem schwachen Lichtstreifen am Horizont ankündigte. Dann küssten sie sich. Dieses Mal war es kein Versehen.

Marie überquerte den Hof. Es war ein wunderschöner, warmer Herbsttag. Die Blätter der hohen, alten Kastanien leuchteten wie ein Patchwork aus unterschiedlichen Gelb-, Orange- und Rottönen unter dem strahlend blauen Himmel.

Das gute Dutzend Stuhlreihen im Gastraum war bis auf den letzten Platz besetzt. Die Gespräche der Anwesenden summten wie ein Bienenschwarm. Die Wände des großen Saals waren bereits entkernt, die neuen Fenster wirkten noch wie Fremdkörper im groben Mauerwerk. Vorne, an der Stirnseite, baute ein junger Mann mit Brille, in der Tracht der Hirschzeller Musikkapelle, einen Beamer auf. Er schaltete ihn ein und projizierte ein zitterndes Lichtrechteck auf die Leinwand, die ein anderer Helfer aufgestellt hatte. Marie stellte ihren Laptop neben den Beamer und nickte dem jungen Mann zu, damit er beide Geräte verband. Sie war ziemlich aufgeregt, es war das erste Mal, dass sie ihre Entwürfe vor Publikum präsentieren sollte. Die Leute waren fast alle hier geboren und aufgewachsen und würden die Pläne ihres neuen Gast- und Gemeindehauses im Ortszentrum bestimmt ganz genau unter die Lupe nehmen und kritisch beäugen. Was, wenn ihnen die Entwürfe nicht gefielen? Es gab ja immer Menschen, die vollkommen andere Meinungen und Vorstellungen von den Dingen hatten, und auf dem Land waren die Geschmäcker bestimmt wesentlich enger gefasst als in der Stadt, das zumindest war ihr Weltbild.

Dr. Heinrich, der gerade mit einem Mikrofonständer hereinkam, hatte im Vorfeld versucht, sie zu beruhigen, ihre Entwürfe seien ja weder futuristisch noch altbacken und ganz bestimmt auch nicht zu abgehoben. Sie würde damit bestimmt gut ankommen, und die Käufer hätten die Pläne ja bereits sehr bewundert und natürlich auch abgesegnet. Aber das waren natürlich zweierlei Dinge, ein wohlwollender Historiker und ebensolche zukünftigen Besitzer – und eine Meute von Dorfbewohnern, die sich wohl aus Prinzip nicht von einer Städterin vorschreiben lassen wollten, wie ihr neues Gemeindehaus auszusehen hatte. Das ist ganz bestimmt keine *Meute*, hatte Dr. Heinrich erklärt, das sind bodenständige, vernünftige und herzliche Menschen, die sich einfach freuen, dass sie einen Platz bekommen, der eine große Bereicherung für die Gemeinschaft sein wird. Dass es die *Sonne* überhaupt wieder geben wird.

Tief in ihrem Inneren gab sie ihm natürlich recht. Sie hatte ja selbst die Hilfsbereitschaft und den riesengroßen Einsatz der Menschen hier erlebt, die den jetzigen Rohzustand der *Sonne*, das Aussortieren der Tonnen von Sperrmüll, all die Arbeiten zur Entkernung des Gebäudes, aber auch die Vielzahl von handwerklichen Leistungen weitestgehend unentgeltlich und mit dem Einsatz all ihrer Kräfte erbracht hatten. Es gab keinen Zweifel, diese Menschen liebten ihren Heimatort, sie waren hier fest verwurzelt, was Marie beinahe mit Neid erfüllte. Sie wollten einfach nur, dass die *Sonne* ein schöner Ort für die Dorfgemeinschaft wurde. Sie wollten das Beste und unternahmen alle Anstrengungen, um das mit ihrer Hilfe möglich zu machen.

Marie hoffte, dass ihre Entwürfe diesen Ansprüchen genügten. Dr. Heinrich hatte ihr versichert, dass es so war. Gleich würde es sich zeigen.

Leider konnten die Käufer selbst nicht an der Informationsveranstaltung teilnehmen, da sie noch ein paar Tage nach dem New-York-Marathon in den USA bleiben wollten. Das war allerdings verständlich, schließlich flog man nicht alle paar Tag dorthin, und es gab gewiss mehr zu sehen als die Brooklyn Bridge und die fünf Stadteile von Big Apple, durch die die Marathonstrecke führte.

Der junge Musiker schob ein Mikrofon in die Halterung auf dem Stativ und steckte das Kabel ein. Als er es einschaltete, fing es sofort an, schrill zu pfeifen. Die Leute im Saal hielten sich die Ohren zu und protestierten lautstark. Rasch drehte er den Ton etwas herunter, schob mit dem Zeigefinger die Brille hoch und sprach dann kurz ins Mikrofon:

»Eins, zwo, Test – bitte entschuldigt das Pfeifen, aber jetzt müsste es passen.«

Marie ging zu ihrem Platz in der ersten Reihe und blätterte

nervös durch ihr Konzept. Sie wollte ihre Entwürfe mit dem nötigen Selbstbewusstsein, aber vor allem mit Herzlichkeit vortragen, die nicht aufgesetzt wirkte. Sie atmete tief durch und dachte dara,n wie John gerne Sprichwörter durcheinanderwürfelte: *Marie, ich glaub mich tritt ein Storch, jetzt geht es in die Wurst.* John hatte ursprünglich der Präsentation beiwohnen wollen, schließlich war er ihr Chef, doch eine Erkältung hatte ihn abgehalten. *Männerschnupfen*, dachte Marie und musste unwillkürlich grinsen.

Doch zunächst war Dr. Heinrich an der Reihe, der in Vertretung der abwesenden Käufer als eine Art Gastgeber oder Moderator fungierte. Er trat ans Mikrophon, klopfte ein paar Mal mit dem Daumen dagegen, ob es funktionierte, und begann dann:

»Liebe Hirschzellerinnen und Hirschzeller, willkommen zu unserer Informationsveranstaltung. Natürlich auch willkommen alle Nicht-Hirschzeller, wobei, wenn ich mich so umsehe, blicke ich nur in bekannte Gesichter. Wie ihr wisst, komme ich nur von der Ersatzbank, da die zukünftigen Besitzer der *Sonne*, Dr. Thaler und seine Frau, heute aus bekannten Gründen nicht hier sein können. Wir haben uns hier aus purer Neugierde versammelt, denn so ist es doch tatsächlich, wenn wir ehrlich sind: Es interessiert uns brennend, wie unsere *Sonne* hier im Ortszentrum aussehen soll, wenn sie fertig ist.«

An dieser Stelle bekam er Zustimmung und Applaus. Er bedankte sich und fuhr fort: »Wie ihr alle wisst, kann unsere *Sonne* auf eine lange Geschichte und Tradition zurückblicken. Vielleicht begann tatsächlich alles einmal mit dem Namensgeber Hirschzells, Herilo, als er hier an diesem Ort vermutlich im Jahre 839 eine Mönchszelle errichtete, die als Ableger des Stöttwanger Klosters mit der christlichen Missionierung der damals weitgehend heidnischen Gegend beauftragt war. Ich persönlich glaube fest daran, dass das alte Gewölbe hier unter uns als Fundament und Ursprung seiner Zelle diente.

Und bestimmt war auch er es, der ganz allein auf sich gestellt in einer dunklen Winternacht, dem Hungertod nahe, die Hoffnung und den Glauben nicht aufgab, sondern eine Sonne in diesen uralten Stein ritzte, den wir im Gewölbe gefunden haben. Die Sonne, als Symbol der Hoffnung auf den neuen Tag und darauf, dass es immer weitergeht, wie schlimm die Zeiten auch einmal sein mögen.

Im Mittelalter war die *Sonne* vielleicht Teil eines Widumskomplexes oder des Meierhofs, den es hier im Ort gab. Vielleicht hatten auch die Herren von Kemnat in der *Sonne* ihr Vorratslager für die Hirschzeller Burg, die es nachweislich oben auf dem Schlossberg tatsächlich gab, wobei immer unklar bleiben wird, ob die Burg tatsächlich fertiggestellt wurde oder doch ewige Baustelle blieb.«

Dr. Heinrich legte eine kleine Pause ein, die einige im Publikum erneut mit Beifall füllten. Nun redete er weiter:

»*Tradition ist die Weitergabe des Feuers und nicht die Anbetung der Asche.* Angeblich stammt dieses Zitat nicht von Gustav Mahler, wie vielfach behauptet wird, sondern von einem französischen Sozialisten, der am Anfang des zwanzigsten Jahrhunderts im Parlament den konservativen Kräften damit vorwarf, bei ihrem Bemühen um die Bewahrung des Althergebrachten in Unbeweglichkeit zu erstarren.

War es nicht genauso mit der *Sonne*, nämlich ganz zehn Jahre lang? In dieser Zeit wurde einfach nur bewahrt, unsere Gaststätte war ohne Bewirtschaftung, und die Aktienbrauerei, als Besitzer, suchte vergeblich eine Wirtin oder einen Wirt. Für mich galt dies auch immer als deutliche Botschaft: Die Nutzung des Gebäudes auf traditionelle Weise, nämlich mit einer Gaststätte im Erdgeschoss und einer Wohnung für die Wirtsfamilie oder mit Zimmervermietung oben - sei es im Sinne einer Pension oder eines Hotels - ist hier in Hirschzell uninteressant beziehungsweise nicht rentabel. Sonst hätte sie doch irgendjemand in den letzten zehn Jahren gepachtet oder gekauft, um zumindest den Versuch zu unternehmen, etwas Profitables mit der *Sonne* anzustellen. Das hat aber nicht stattgefunden.

Natürlich durften wir nicht einfach abwarten, ob vielleicht nicht doch noch etwas geschieht, nach dem Motto, Wunder gibt es immer wieder. Wie ihr alle mitbekommen habt, gab es auch verschiedene Ansätze, Investoren für das Projekt *Sonne* zu finden. Diese Ansätze reichten von einer teilweisen Gebäuderenovierung und -sanierung bis hin zum Komplettabriss mit Neubau. Im

Gespräch war eine Zeitlang eine Wohnanlage mit Einzelappartements, die sich langfristig über die Mieteinnahmen amortisieren sollten. Wir erinnern uns aber auch alle noch ganz genau an einen Vorschlag, der uns die Sorgenfalten auf die Stirn trieb: Abriss und Neubau einer Flüchtlingsunterkunft mit bis zu einhundertfünfzig Wohneinheiten, für Menschen, die aus ihren Heimatländern fliehen mussten. Uns wurde Ausländerfeindlichkeit vorgeworfen, als wir uns aus verständlichen Gründen überhaupt nicht begeistert zeigten. Wir malten uns zu Recht aus, was mit einem so kleinen Ort wie Hirschzell wohl geschehen würde, wenn plötzlich so viele Menschen mit einem völlig anderen kulturellen Hintergrund hier leben würden, vorwiegend junge Männer mit keinerlei Aussicht auf Arbeit in naher Zukunft. Die Mehrheit von uns ging gegen dieses Projekt auf die Straße, und ich leugne nicht, dass ich dabei in erster Reihe war.«

Wieder ertönte im Saal zustimmendes Gemurmel, und die Zuhörer klatschten. Marie allerdings rutschte unruhig auf ihrem Stuhl hin und her. Schließlich hatten die Pläne und Vorschläge für eine Flüchtlingsunterkunft den Ursprung in ihrem Büro. Bei ihr. Musste sie nun befürchten, dass mit der Erwähnung dieser Option für die *Sonne* die Stimmung umschlug und sich nun alle gegen sie wandten?

»Aber selbstverständlich sind wir ganz bestimmt nicht fremdenfeindlich«, fuhr Dr. Heinrich aber schon fort, »und wir wissen sehr wohl um die Verantwortung, die ein reiches Land und die konkret wir als wohlhabende Gemeinde für solche armen Menschen haben, die oft alles verloren haben. Das lässt sich jetzt leicht sagen, aber so ist es wirklich, und zum Glück wurde uns die schwere Entscheidung abgenommen. Die Flüchtlingsströme versiegten erst einmal weitgehend, und momentan besteht überhaupt kein Bedarf, Flüchtlinge hier aufzunehmen. Es ist ja Aufgabe der Kommunen, die ihnen zugewiesenen Menschen zu verteilen, und so wurde es auch in Kaufbeuren gehandhabt. Eine Unterkunft für hundertfünfzig Menschen hier an diesem Ort würde jetzt schlicht leer stehen. Also haben wir richtig und verantwortungsvoll gehandelt, indem wir uns für eine andere Zukunft der *Sonne* entschieden haben.«

Marie wollte schon aufstehen, weil sie dachte, dies sei die Überleitung, zu ihrer PowerPoint-Präsentation. Aber sie hatte Dr. Heinrichs gelegentlich etwas ausschweifende Art bereits kennengelernt, von der er nun auch nicht abwich. Also sank sie wieder zurück und klammerte sich weiter an die Blätter ihres Konzepts, als sie erkannte, dass es noch etwas dauern würde, bis sie an der Reihe war. Und Dr. Heinrich sprach schon weiter:

»Es steht außer Zweifel, dass dieses Gebäude, in dem wir uns befinden und welches wir beinahe verloren hätten, bewegte Zeiten hinter sich hat. Hier wurde geliebt, vielleicht auch gehasst, gefeiert, getrauert, geboren, gestorben. Ich bin mir sicher, wenn diese Mauern und Wände, die wir so weit wie möglich erhalten wollen, reden könnten, würden sie uns Geschichten erzählen, denen wir gebannt zuhören. Geschichten, die widerspiegeln, was den Lauf der Dinge seit Menschengedenken bestimmt: Zum einen das Leidvolle – Kriege, Niederlagen, Eroberungen, und so viele schreckliche Schicksale. Oder der ewige Streit und Kampf der Religionen. Denken wir nur an die Kreuzzüge oder an den Terror fehlgeleiteter Eiferer. Wobei das natürlich nicht an den Religionen liegt, sondern an den Fanatikern, die sie falsch verstehen. Aber vergessen wir auch nicht die guten Dinge, die geschahen und weiterhin geschehen werden – Familien, die zusammenhalten, Menschen, die einander lieben, Vertrauen und Hoffnung, die von vielem ausgehen. Lang andauernde Perioden des Friedens, Menschen, die gewaltlose Lösungen für die vielen Probleme unserer Welt finden. Diese Aufzählung ließe sich endlos fortsetzen.«

Nun nickte Dr. Heinrich in Richtung Marie, als Zeichen, dass es für sie gleich so weit war. Während sie aufstand und nach vorne kam, fügte er aber noch einen weiteren Gedanken an: »Durch die Geschichte lernen wir, wie wichtig es ist, Orte wie diesen hier zu erbauen, zu erschaffen oder zu bewahren. Um eine Gemeinschaft zu stärken, weil man ihr die Möglichkeit bietet, sich zu treffen und auf gute Weise miteinander umzugehen. Die Pläne und Entwürfe für unsere neue *Sonne* stellt uns nun unsere Architektin Marie Fischer vor, die, wie so viele von uns, an diesem Ort verwurzelt ist. Ihre Großmutter mit dem Namen *Hehrlein*, bei dem es sich ja wohl um eine Ableitung von *Herilo*, dem damaligen Wort für einen *kleinen Herren* handelt, ist hier vor nicht allzu langer Zeit ein- und ausgegangen. Marie, bitte sehr, wir sind gespannt.«

Der Beifall, der nun hoffentlich ihr galt, tat ihren angespannten Nerven gut. Sie setzte ein nicht allzu verkrampftes Lächeln auf und versuchte, in den Gesichtern ihres Publikums zu lesen, ob sie als Freund oder Feind betrachtet wurde. Sie hatte im Vorfeld nach Tipps für den Beginn einer Präsentation gegoogelt und Sätze gefunden wie: *Eine der wirkungsvollsten Möglichkeiten, eine Präsentation zu beginnen, ist, mit einem einflussreichen und vor allem aussagekräftigen Zitat, das gut zum Thema passt, zu beginnen.* Dr. Heinrich hatte es ja gerade vorgemacht. Sie hatte zur Vorbereitung begonnen, einige Zitate in einen Ordner zu kopieren und dabei festgestellt, dass hier offensichtlich nicht vor dem Diebstahl geistigen Eigentums Halt gemacht wurde. *Eine gute Rede sollte wie ein Frauenrock sein. Lang genug, um das Thema zu behandeln, kurz genug, um Interesse zu wecken.* Winston Churchill hatte das gesagt, aber das gleiche Zitat gab es mit *Minirock* von Francois Mitterand und einem gewissen Danny Kaye (sie hatte keine Lust, zu googeln, wer das war) und mit *Bikini* von John F. Kennedy.

Nun, dieses Zitat, in welcher Form auch immer, war wohl nicht der passende Einstieg für die PowerPoint-Präsentation einer Frau. *Glück ist ein Entschluss*, landete ebenso im Ordner wie *Die einzige Konstante im Universum ist die Veränderung* und *Wir staunen über die Schönheit eines Schmetterlings, aber erkennen die Veränderungen so selten an, durch die er gehen musste, um so schön zu werden.* Wer hatte das gesagt? Maya Angelou, US-amerikanische Schriftstellerin, Professorin und Menschenrechtlerin. Nie gehört, hatte Marie gedacht und nach einigen Überlegungen beschlossen, keines der Zitate zu verwenden, sondern ganz einfach die Anwesenden zu begrüßen und ohne Umschweife zu beginnen.

Ihre Aufregung legte sich etwas, als sie das wohlwollende Interesse ihrer Zuhörer spürte. Die ersten Folien der Präsentation beinhalteten alte Schwarz-Weiß-Fotografien der *Sonne* von unterschiedlichen Seiten und Perspektiven. Sie sah, wie einige der Älteren nachdenklich nickten, und klickte weiter zu den Aufnahmen, die sie im Jahr zuvor gemacht hatte.

Marie kommentierte die Bilder:

»Hier können Sie sehen, in welch schlimmem Zustand das Gebäude innen und außen war.«

Sie klickte weiter zu den Bildern, mit denen sie die Fortschritte bei der Entrümpelung des Gewölbes, der beiden Stockwerke und des Dachbodens dokumentiert hatte, nicht ohne darauf hinzuweisen, dass dies alles, ohne die Zusammenarbeit, den Zusammenhalt und die Hilfsbereitschaft, in dieser kurzen Zeit und mit den zur Verfügung stehenden Mitteln unmöglich gewesen wäre. »Gemeinschaftliche Anstrengungen in diesem Ausmaß habe ich noch nie erlebt«, sagte sie. »Wie Sie wissen, bin ich aus München. Bisher hielt ich die Anonymität der Großstadt für normal. Erst jetzt darf ich erfahren, wie wunderbar eine Gemeinschaft wie diese hier in Hirschzell ist. Wo man sich kennt, wo jeder sich auf den anderen verlassen kann. Wo man vieles zusammen macht, erlebt und erschafft. Dafür können Sie sich glücklich schätzen.«

An dieser Stelle konnte sie sicher sein, dass der freundliche Applaus nun ganz allein ihr galt. Sie spürte, wie alle Anspannung von ihr abfiel und sie alles Weitere ganz entspannt moderieren konnte.

»Wir kommen nun zum eigentlichen Punkt meiner Präsentation. Die Stadt Kaufbeuren, die einen großen Beitrag zum finanziellen Gelingen des Projekts leisten wird, hat bereits ihre Zustimmung zu den Entwürfen erteilt, die Sie gleich sehen werden, genauso wie natürlich das Käuferehepaar. Da auch von Ihnen bereits erhebliche Summen in die Stiftung des Projekts eingegangen sind, sollen Sie als Entscheidungsträger eingebunden werden. Sind Sie bereit, ihre Aufmerksamkeit den Plänen für die neue *Sonne* zu schenken?«

Zustimmendes Gemurmel und Nicken veranlassten Marie, die erste Folie ihrer Entwürfe auf die Leinwand zu projizieren. Sie zeigte das Gebäude von der Hofseite her mit dem Anbau eines großen Wintergartens. Sie ließ das Bild eine Zeitlang wirken, dann klickte sie weiter.

»Diese Skizze zeigt Ihnen, wie die Nordseite zu Straße hin geplant ist. Das ursprüngliche Aussehen der *Sonne* wird hier so weit wie möglich erhalten, natürlich mit neuen Fenstern und frischem

Verputz. Allerdings ist diese Wand feucht und muss isoliert werden. Man hat mir erklärt, wie das technisch bewerkstelligt wird: Die Wand wird auf Höhe der Straße abgesägt und in den entstandenen Schlitz Dämmmaterial eingebracht.« Marie klickte zur nächsten Folie. »Auf der Südseite hingegen müssen die Wände nicht gedämmt, sondern unterfangen werden, da sonst Einsturzgefahr besteht.«

Erleichtert bemerkte sie, dass ihr Vortrag mit großer Aufmerksamkeit, teilweise sogar mit Staunen verfolgt wurde. »Kommen wir nun zum Innenbereich.«

Ihre anfängliche Nervosität war komplett verflogen, sie war in ihrem Element, war überzeugend, erklärte auch technische Dinge präzise und beantwortete die Fragen ihrer interessierten Zuhörer. Eine Frage lautete:

»Es wirkt auf Ihren Entwürfen gerade innen alles viel größer, wie bewerkstelligen Sie das?«

»Durch Einreißen von Wänden. Damit können der Gastraum und die Räume für die Schützen und die Musikkapelle größer gemacht werden.« Marie kehrte zu den Innenraumentwürfen zurück und umriss mit dem Pointer die entsprechenden Stellen.

»Zeigen Sie uns auch bitte noch einmal das Treppenhaus und den Toilettenbereich?«

»Gerne. Da können wir leider Altes nicht erhalten, unter anderem wegen der Bauvorschriften. Toiletten müssen behindertengerecht sein und der Treppenaufgang ist, wie Sie sehen, viel breiter und weniger verwinkelt.«

»Also hier wird Komplettabriss notwendig und alles wird neu gemacht?«

Marie nickte. »Ja, das betrifft auch viele Decken und einen Teil des Dachstuhls. Ich habe natürlich mit den Fachleuten gesprochen; auf der Westseite über dem Anbau muss der Dachstuhl aus dem Jahr 1791 vollständig erneuert werden. Auf der Ostseite, die dreißig Jahre älter ist, können wir ihn jedoch erhalten. Da muss einiges repariert werden, und die wunderbaren alten Holzbalken benötigen teilweise Unterstützung durch zusätzliche, auf alt getrimmte Stützen. Wenn das erledigt ist, brauchen wir eine neue Dacheindeckung mit neuen Ziegeln. Und natürlich wird auch alles

Technische innen und außen neu gemacht: Installation von Gas, Wasser, Abwasser, Elektrik, Informationstechnik, Wärmedämmung, Böden - und was so dazugehört.« Marie klickte sich durch die Folien. »So stellen wir uns die Außenanlagen vor, der Biergarten unter den alten Kastanien, der Parkplatz –«

»Klingt nicht gerade billig, das alles«, kam aus einer der hinteren Reihen der erste kritische Einwurf. »Wie sieht es denn mit der Finanzierung aus?«

Dr. Heinrich erhob sich von seinem Platz, kam nach vorne und stellte sich neben Marie:

»Diese Frage kann ich am besten beantworten.« Er machte eine ausladende Bewegung. »Natürlich ist unsere neue *Sonne* ein großes Projekt. Wir wollen ja keine halben Sachen machen. Wenn schon, denn schon. Ich denke, anhand der ausgezeichneten Pläne unserer Architektin, Frau Fischer, können wir jetzt schon erkennen, wie wunderbar das ganze Gebäude, die ganze Anlage wird. Wie hervorragend sie auch ins gesamte Dorfbild passt –«

»Du solltest vielleicht Politiker werden«, unterbrach ihn ein Zwischenruf, der allgemeines Gelächter hervorrief.

»Aha, warum denn?« Dr. Heinrich schien ein wenig aus dem Konzept gebracht.

»Die Frage war, ob die Finanzierung schon steht. Und du schwafelst, wie wunderbar alles wird. Es stimmt ja, Frau Fischers Entwürfe sind sehr schön und es wäre fantastisch, wenn alles so wird wie auf den Plänen. Aber, was sind die Kosten? Wer bezahlt die Rechnungen?«

»Das will ich doch gerade erklären. Ein bisschen Geduld muss schon sein. Also: Die Gesamtkosten werden mit circa zwei Millionen veranschlagt. Zuerst wollten wir eine EU-Förderung, die es für solche Projekte durchaus gibt.«

»Aber?«

»Aber die Bürokratie wäre extrem aufwändig gewesen, alle Gewerke hätten wir EU-weit ausschreiben und einen Zeitraum von zwei Jahren einhalten müssen. Das ergibt für uns natürlich überhaupt keinen Sinn, wir wollen ja vor allem auch mit dem örtlichen Handwerk arbeiten, und Zeitdruck ist immer ein schlechter Bauherr. Deshalb haben wir eine Stiftung gegründet, um alles selbst zu finanzieren. Und wie es aussieht, klappt das hervorragend. Das alte Gebäude wird in die Stiftung eingebracht und die Stadt Kaufbeuren übernimmt dreißig Prozent der Gesamtkosten. Der Löwenanteil von fünfundfünfzig Prozent wird allerdings von einem Großspender gedeckt, der anonym bleiben will. Darüber hinaus haben wir bereits einzelne Spenden aus euren Reihen. Da ist aber noch Luft nach oben. Vielleicht greift nach dieser beeindruckenden Vorstellung der neuen *Sonne* ja der eine oder andere noch in die Tasche und langt in seinen Geldbeutel. Gerne tief. Das wäre sehr schön –«

Marie und Dr. Heinrich saßen nebeneinander in der ersten Stuhlreihe. Ansonsten war der Saal leer, die Zuhörer waren nach Hause gegangen. Vor ihnen auf der Wand flackerte das Standbild, das die neue *Sonne* zeigte.

»Das hast du hervorragend gemacht«, sagte Dr. Heinrich. Er legte seinen Arm um ihre Schultern, aber es fühlte sich noch etwas unbeholfen an. »Dein Publikum hing dir an den Lippen, du hast sie vollkommen von deinen Entwürfen überzeugt. Hast du das gemerkt?«

»Natürlich. Außerdem habe ich das Gefühl, in meinem Leben endlich einmal wirklich angekommen zu sein.« Marie seufzte und fügte hinzu: »Das richtig Gendern musst du allerdings noch lernen.«

Er sah sie fragend an.

»*Ein* anonymer Spender –«

»Ach so.« Er grinste. »Naja, so ist es noch anonymer.«

»Du willst mir jetzt aber nicht erklären, dass es Absicht war.«

»Doch, natürlich. Was denn sonst –«

Marie seufzte leise: »Vielleicht solltest du tatsächlich Politiker werden.«

»Wieso?«

»Weil du wirklich immer ewig brauchst, bis du zur Sache kommst.«

Sein Blick wurde noch fragender.

Marie zog ihn näher zu sich. »Küss mich endlich.«

EPILOG

anno 858

Die Nacht war bitterkalt. Bereits vor Sonnenuntergang war die klirrende Kälte zusammen mit dem Nebel vom Fluss heraufgekrochen, um unter dem riesigen Mond einen Eishauch über die Schneefelder und den Bergkamm oberhalb des Dorfes zu legen. Die Kälte brach Äste von den Bäumen und ließ das Vieh unruhig in den Ställen stampfen.

Auch in der Stube wurde es nach und nach immer kälter. Schließlich erhob sich Herilo vorsichtig vom Lager, um mehr Holz ins Feuer zu legen. Er wollte dabei Frau und Kinder nicht wecken, die friedlich schliefen. Vier Knaben und drei Mädchen hatte Fenya ihm über die Jahre geschenkt und alle gediehen prächtig. Herilo hatte keine Zweifel: Es gab nur einen, der ihm Fenya, die verloren geglaubte Liebe, zurückgebracht hatte: Gott der Allmächtige.

Die Ablage für das Holz neben der Feuerstelle war leer. Herilo musste draußen neues holen. Er zog sich den Wintermantel aus Schafswolle über, verließ die Stube und trat vor das Haus. Eisige Kälte schlug ihm entgegen. Doch er spürte sie kaum. Er hatte schon so viele strenge Winter erlebt.

Der Mond, der die klirrende Kälte gebracht hatte, schien hell über dem Dorf. Immer noch kam ihm alles wie ein Wunder vor. Es schien wie gestern, dass die Horde Kriegsknechte an einem einzigen Tag alles zerstörte und niederbrannte, was sie zuvor in mühevoller Arbeit mit ihrem Schweiß und Blut aufgebaut hatten. Doch sie hatten nicht nur Feuer und Verwüstung gebracht. Fenya. Sie war gekommen und das wog alles auf.

Das war lange her. Die Dorfbewohner hatten zusammengestanden und neue Häuser gebaut, größere, bessere als die zuvor, einige sogar aus Stein, denen Feuer nichts mehr anhaben konnte. Jeder hatten jedem geholfen, so war es gelungen. Und Herilos lang gehegter Traum war in Erfüllung gegangen. Er hatte eine Kirche gebaut und war von Abt Erchanbert zum Priester gesalbt worden.

Nun stand er vor seinem Haus. Er hatte es genau über dem alten Ort errichtet. Über jener mit Flusskieseln befestigten Mulde, aus der er den toten Eremiten getragen und unten am Fluss begraben hatte. Er hatte die runden Steine aus dem Fluss zu einer Feuerstelle aufgeschichtet, um mit der Wärme des Feuers den Winter zu überleben. Er hatte mit dünnen Stämmen und Zweigen Wände und ein Dach gebaut. Er wäre trotzdem beinahe erfroren und verhungert. Aber nur beinahe. Er hatte überlebt, auch dank eines einsamen Wolfes und eines halben Bibers. Und dank guter Menschen, die von den Unbilden der Geschehnisse oder weil sie sich einfach in den Weiten der Welt verlaufen hatten, hierhergekommen waren. Gemeinsam war es ihnen gelungen, allen Gefahren zu trotzen. Sie hatte den Glauben an Gott nie aufgegeben. An das Fortbestehen ihrer Familien. An ihre Träume vom eigenen Land. Und eine Zukunft.

Voller Stolz betrachtete Herilo seine Kirche und das mondbeschienene Dorf. Huschte da ein Schatten vorbei? Nein, er hatte sich wohl getäuscht. Doch dann erklang von der Kirche her Geschrei. Er lauschte kurz, dann nickte er wie zur Bestätigung einer Ahnung. Das war kein Tier. Von der Kirche her erklang hartnäckiges Weinen. Er ging hinüber. Das Kirchentor stand offen. Herilo durchschritt den dunklen Raum. Auf dem Altar lag das plärrende Bündel. Er hob es auf und trug es zu seinem Haus. In der Stube wickelte er den Säugling aus und legte ihn auf Fenyas wärmende Brust.

Dr. Andreas Weileder

Die Geschichte Hirschzells

Hirschzell, das bis 1972 selbstständiges Dorf war und seitdem einen der Stadtteile Kaufbeurens bildet, ist eine Gründung des Frühen Mittelalters. Die früheste Erwähnung des Ortes Hirschzell findet sich in einer Urkunde aus dem Jahre 839. In ihr überlässt Abt Tatto von Kempten dem kaiserlichen Kaplan Ratolf die Zelle, also eine klösterliche Filiale, namens Herilescella auf Lebenszeit. Im Originaltext steht: *„cellulam nuncupatam Herilescella cum omnibus ad se pertinentibus“* (die Herilescella genannte Zelle mit allen Zugehörigkeiten). Diese erste urkundliche Erwähnung sagt natürlich nichts über die tatsächliche Entstehungszeit eines Ortes aus; sie dürfte sich aber bei Hirschzell - abgesehen von vorgeschichtlichen Funden auf Freyberg und Weyherberg (südlich des Schlossberges gelegen) - durchaus gegen Ende des 8. bzw. zu Beginn des 9. Jahrhunderts bewegen.

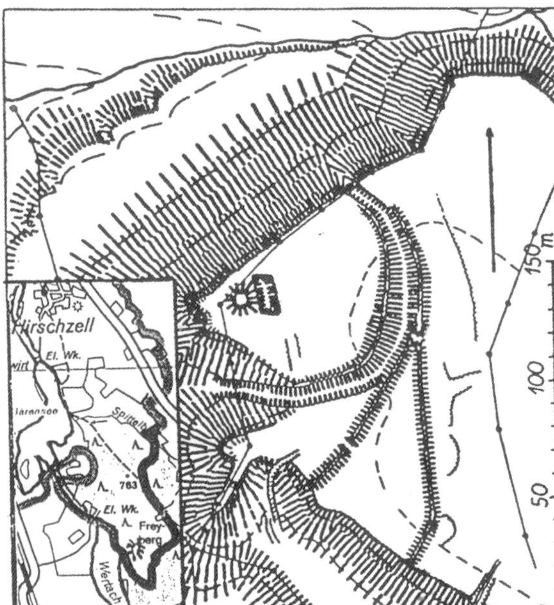

Der Freiberg bei Hirschzell

Der Name Hirschzell stammt dabei vermutlich von dem Gründer einer Zelle: Unter einer ‚Zelle' verstand man damals einen kleinen klösterlichen Wirtschaftshof, der etwas abgelegen war. Dieser Gründer war ein gewisser ‚Herilin'. Obwohl Herilin als Personenname nicht selten vorkommt, könnte es sich in diesem Fall auch um eine Verkleinerungsform von ‚Herr', also ‚Herrlein' handeln, womit der Ortsgeistliche gemeint gewesen sein könnte.

Diese Besiedelung und Ortsgründung von Hirschzell hängt mit der fränkischen Herrschaft zusammen: Die Alamannen, die im Gebiet des heutigen Elsass, Baden-Württembergs, der Schweiz, Vorarlbergs und Bayerisch-Schwabens bis an den Lech siedelten, waren schon ab 536 unter fränkischer Lehenshoheit, doch erst im 8. Jahrhundert übte das Geschlecht der Karolinger machtvoll diese Herrschaft aus: Das Gebiet zwischen Iller und Lech war nun eine wichtige Machtbasis gegen das östlich des Lechs herrschende bairische Stammesherzogtum der Agilolfinger. Die Gründung Hirschzells ist daher im Zusammenhang zu sehen mit der stärkeren Machtdurchdringung des Allgäus, zu der auch die christliche Missionierung gehörte. Dabei wurde Herilescella wohl vom benediktinischen Reichskloster Stöttwang aus gegründet. 831 wurde dann Stöttwang und mit ihm auch Hirschzell dem Kloster Kempten unterstellt - und so kann 839 der Kemptener Abt über die Klosterzelle Herilescella verfügen.

Das Kloster Kempten verlor im Laufe der Jahrhunderte jedoch seine Ansprüche in Hirschzell; der Reichsbesitz im östlichen Schwaben zwischen Wertach und Lech - und somit auch Hirschzell - gelangte als Lehen zu den Welfen. Nach dem Aussterben des süddeutschen Zweigs der Welfen Ende des 12. Jahrhunderts war dieser Reichsbesitz, zu dem auch Hirschzell gehörte, unter verschiedenen Herren, darunter die Herrschaft Kemnat: 1480 verkaufte Otto von Benzenau zu Kemnat das Lehen an den Kaufbeurer Bürger Lorenz Honold; dessen Nachkommen veräußerten es an das Kloster Irsee, welches später die Lehenstücke zu Frankenried und Hirschzell wieder käuflich an Jörg von

Benzenau zu Kemnat (einen Neffen des zuvor genannten Otto) weitergab. Schließlich wurde Hirschzell 1535 mit den anderen, rechts der Wertach gelegenen und zur Herrschaft Kemnat gehörigen Orten von Simprecht von Benzenau an Jakob von Kaltental verkauft und gehörte damit zur neu gebildeten Herrschaft Osterzell / Kaltental, bei der es bis 1699 verblieb; in diesem Jahr wurde es an das Kloster Rottenbuch verkauft. Für Hirschzell änderte sich bis zum Jahr 1803 nichts mehr, als es im Zuge der Säkularisation an das Kurfürstentum Bayern (ab 1806 Königreich) kam.

Auf dem Schlossberg über Hirschzell ist eine Burg belegt; von dieser Burganlage haben sich nur wenige Spuren erhalten, unter ihnen der über zehn Meter breite und ebenso tiefe Halsgraben: Durch ihn wird deutlich, dass es sich bei der Anlage um eine typisch allgäuerische Sporn- bzw. Halsgrabenburg gehandelt hatte, vergleichbar z. B. mit der in Kemnat errichteten Anlage. Oberirdische Reste dieser Burganlage sind nicht erhalten - und somit ist jede Rekonstruktionszeichnung rein fiktiv. Für diese Burg ist von der Mitte des 12. Jahrhunderts mit Erlwein von Hirschzell und seinem Sohn Rüdiger bis zum 14. Jahrhundert ein Dienstmannengeschlecht belegt: 1316 tritt in einer Urkunde des Kaufbeurer Hospitals zum Heiligen Geist ein Rüdiger von Hirschzell als einer der Zeugen auf. Ob diese Herren von Hirschzell ursprünglich welfische oder ursin-ronsbergische Dienstmannen waren, ist auf Grund der dürftigen Quellenlage nicht zweifelsfrei zu klären.

Im 16. Jahrhundert wurde in Hirschzell der Versuch unternommen, ein Frauenkloster zu errichten. Dorothea Rehlinger zu Haldenberg stammte aus einem der bedeutendsten Patriziergeschlechter Augsburgs und war Klosterfrau im Dominikanerinnenkloster St. Katharina zu Augsburg, dem angesehensten Frauenkloster der Stadt. Sie erwirkte von Papst Leo X. und nach dessen Tod von seinem Nachfolger Papst Hadrian II. 1522 die Erlaubnis, aus ihren eigenen Mitteln ein Kloster ihres Ordens mit Kirche in Hirschzell erbauen zu dürfen, das acht Klosterfrauen aufnehmen konnte und dem sie als Pröbstin vorstehen sollte. Dorothea Rehlinger verblieb jedoch in ihrem Augsburger Kloster als

Kustorin bis ins Jahr 1531. Erst in diesem Jahr bezog sie das neue Kloster mit Namen Mariä Opferung, aber das Kloster hatte nicht lange Bestand. Schon am 25. Mai 1535 verkaufte Dorothea die gesamten Besitzungen und alle Rechte um 800 Gulden an Kaspar von Kaltental, einen Domherrn zu Augsburg. Dorothea kehrte nicht nach Augsburg zurück, sondern sicherte sich das lebenslängliche Nutzungsrecht in ihrem Kloster, bis sie 1540 starb. An sie und ihre Mutter erinnern noch zwei Grabplatten in der Kirche und zwei Gedenktafeln im Vorzeichen.

Auch wenn in Hirschzell eine schmucke, dem heiligen Thomas geweihte Kirche steht, deren gotische Bausubstanz großteils auf das 15. Jahrhundert zurückgeht, so war doch die Pfarrei Hirschzell klein und mit wenig Gütern dotiert; daher fehlte für die Bezahlung eines Pfarrers in Hirschzell die wirtschaftliche Grundlage. Die Betreuung der Gläubigen erfolgte in der Regel durch einen Geistlichen der Nachbarpfarreien, so oftmals durch den Pfarrer von Frankenried oder ab der zweiten Hälfte des 18. Jahrhunderts durch den Pfarrer von St. Martin in Kaufbeuren;

Letzterer übernahm aber oftmals nicht selbst die Aufgabe des Pfarrvikars in Hirschzell, sondern ließ die Seelsorge durch Hilfspriester ausüben: Dabei waren folgende Dienste vorgeschrieben: Alle Sonn- und Feiertage und, wenn in einer Woche kein Feiertag ist, auch an einem beliebigen Tag der Woche soll die heilige Messe gelesen werden; weitere Aufgaben waren zwölf bis 15 Predigten, an den Sonntagen die Christenlehren, die üblichen Kreuzgänge, der Kirchweihjahrtag und in der Fronleichnamsoktav dreimal eine Segensandacht. Als Entgelt erhielt der Pfarrer 100 Gulden - ein äußerst dürftiger Betrag, so dass sich Pfarrverweser Spieß im Jahr 1797 nach elf Jahren geringer Bezahlung eine Erhöhung des Entgelts auf 175 Gulden vom Kloster Rottenbuch erstritt. Erst 1854 erhielt Hirschzell einen eigenen Pfarrer, aber schon 1924 wurde es wieder nur Vikarie, zuerst versorgt von den Kaplänen von St. Martin in Kaufbeuren, ab 1963 dann von den Pfarrern von St. Ulrich, bis es dann 2012 Teil der Pfarreiengemeinschaft Kaufbeuren wurde.

Nicht nur die Pfarrei Hirschzell, sondern auch das Dorf an sich war klein und arm. Es bestand ab dem 18. Jahrhundert aus rund 30 Höfen, von denen ungefähr drei Viertel Kleinbauern (Söldner) waren. Dabei lebten die Bauern von Ackerbau; in der ersten Hälfte des 19. Jahrhunderts dominierten dabei verschiedene Getreidearten wie Veesen (eine Dinkelart) oder Hafer und Kraut - Flachs wurde nur noch ganz wenig angebaut. Neben dem Ackerbau wurde auch Viehhaltung betrieben - aber von der Landwirtschaft allein konnten viele Söldner nicht leben, so dass sie im nahe gelegenen Kaufbeuren als Handwerker und Tagelöhner mit ihr Brot verdienten. Ab der Mitte des 19. Jahrhunderts fand im Allgäu ein gewaltiger Umbruch in der Landwirtschaft statt - so auch in Hirschzell: Jetzt wurde nämlich die Grünlandwirtschaft mit Viehzucht das neue wirtschaftliche Standbein der Allgäuer Landwirtschaft. Es entstanden in Hirschzell drei Hauskäsereien; 1890 einigten sich die Hirschzeller Landwirte auf die Gründung einer einzigen Käserei: In der 1891 errichteten Käsküche wurde bis 1970 der Molkereibetrieb durchgeführt.

Im 19. Jahrhundert war die Bevölkerungszahl Hirschzells lange relativ konstant und schwankte um die 160 bis 170 „Seelen" - erst gegen Ende des Jahrhunderts überschritt die Einwohnerzahl die Marke von 200. Von diesen rund 200 Einwohnern fielen im Ersten Weltkrieg sechs, für den Zweiten Weltkrieg finden sich insgesamt die Namen von 46 Gefallenen, Vermissten oder in Gefangenschaft Verstorbenen auf der Gedenktafel der Thomaskirche. Mit dem Zweiten Weltkrieg veränderte sich auch die Bevölkerungszahl Hirschzells rapide, zuerst durch Flüchtlinge während des Krieges: So betrug 1945 die Einwohnerzahl ca. 300; danach kamen noch Vertriebene, sodass 1950 schon 540 Einwohner gezählt wurden. Ab den 50er Jahren des 20. Jahrhunderts wurde dann auch das Gemeindegebiet nördlich der Frankenrieder Straße bis zur Gemeindegrenze mit der Stadt Kaufbeuren bebaut: Die „Siedlung" entstand, durch einen Grüngürtel vom alten Dorf getrennt - aber mit dieser Siedlung stiegen die Einwohnerzahlen, sodass 1972 im Jahr der Eingemeindung 1507 Einwohner gezählt wurden. In den 1990er Jahren wurde noch das Wohndorf Hirschzell gebaut, das durch den Jakob-Schneider-Platz von Althirschzell getrennt ist. In diesen Jahren stieg die Bevölkerungszahl auf über 2000 und befindet sich 2020 bei 2154 Einwohnern.

Josef Bauer

Wie es zu diesem Buch kam

Wir sind als Verlag über 25 Jahre in Thalhofen tätig. Neben Übungsheften für Grundschule, Realschule und Gymnasium haben wir über 100 Kochbücher in ganz Bayern erstellt. Ein Schwerpunkt unserer Arbeit sind die Schriftenreihe von Stadtarchiv, Stadtmuseum und Heimatverein Kaufbeuren sowie die Kaufbeurer Stadtgeschichte. Ja, und hier nimmt die Vorgeschichte zu diesem Roman ihren Anfang.

1959 gab es erste Überlegungen für ein Kaufbeurer Heimatbuch. Die weitere Chronologie bis 1997 ist eine Aneinanderreihung von Ideen, Versuchen und Scheitern. Auf Initiative von Jürgen Kraus haben wir 1998 den 1. Band „Politische Geschichte und Gegenwart einer Stadt" herausgebracht. Die Bände 2 (Kunstgeschichte, Bürgerkultur und religiöses Leben) sowie 3 (Sozialgeschichte, Wirtschaftsentwicklung und Bevölkerungsstruktur) folgten 2001 und 2006.

Ich war der Auffassung, dass eine Kaufbeurer Stadtgeschichte erst abgeschlossen und ausgewogen ist, wenn die historische Überlieferung der Ortsteile Oberbeuren, Kemnat und Hirschzell publiziert wird. Von 2011 bis 2021 dauerte es, bis Finanzierung, Autorensuche, Recherche, Bebilderung usw. abgeschlossen waren.

Einer der Punkte im Bereich „Das Dorf und seine Leute" ist das Kapitel Persönlichkeiten. Bei den Verstorbenen wie Max Batsch, Paul Kauzmann oder Anton Britsch war man sich schnell einig. Wie aber sind die noch lebenden Personen zu behandeln? Verlag und Herausgeber waren der Meinung, dass man auch schon zu Lebzeiten eine Persönlichkeit sein kann.

Das Ehepaar Wiedemann

Also übernahm ich es, meinen Freund Dr. Christoph Greifenhagen und das Unternehmerehepaar Katharina und Wolfgang Wiedemann in Wort und Bild zu porträtieren.

Ich erinnere mich noch gut an das Gespräch in der Hornau, bei dem mir Wolfgang am Schluss „offenbarte", dass er einen Roman schreiben möchte über Herilo, den Gründer Hirschzells. Schnell konnte ich ihn davon überzeugen, dass es ein Riesenunterschied ist zwischen der Idee zu einem Roman und dem Romanschreiben selbst. Wir vereinbarten, dass wir Franz-Josef Körner für dieses Projekt gewinnen wollten. Dieser hatte in unserem Verlag schon mehrere historische Romane geschrieben: „Das Gänsespiel" handelt davon, dass Kaiser Karl V. 1548 einen Kommissar nach Kaufbeuren schickt, um dort das Verbot des lutherischen Glaubens durchzusetzen. „Sophies Labyrinth" ist ein Buch über vier Jahrhunderte und drei berühmte Frauen: die Frauenrechtlerin Therese Studer, die Schriftstellerin Sophie von La Roche und die heilige Crescentia. „Gold für den Märchenkönig" verbindet das Schicksal des Märchenkönigs mit einer fiktiven Geschichte aus dem Jahr 1886: mit Max, einem jungen Mann aus ärmlichen Verhältnissen, und Johanna, einer Augsburger Arzttochter.

Körner war von der Kombination Herilo und Gasthaus *Sonne* angetan und hat sofort zugesagt, wenn man ihn nur ausreichend mit Hintergrundinformationen zur *Sonne* versorge. Soviel zur Vorgeschichte.

Über die Wiedemanns ist in der Ortsteilgeschichte unter anderem zu lesen.

Früher war es gang und gäbe und auch heute läuft es vielerorts so: Die Ehefrau erhält von ihrem Gatten das Geld für die Bewältigung der im Haushalt anfallenden Ausgaben. Beim Unternehmerehepaar Katharina und Wolfgang Wiedemann war es mehrere Jahrzehnte genau umgekehrt: Der 1946 in Kempten als Sohn eines Bäckers geborene „Mächler" musste das Geld für seine Forschungen, Anschaffungen und die Produktion bei seiner Frau, der Kauffrau, beantragen.

Er studierte in Isny physikalische Technik. Danach ging er als Entwicklungsingenieur zu Siemens nach München, dann zu Olympia in Kaufbeuren, anschließend arbeitete er bei der Firma Ott in Kempten. Im Jahr 1985 machten sich die beiden selbstständig, mieteten zwei Räume in der Lindauer Straße in Oberbeuren an und gründeten die Firma Sensortechnik Wiedemann (STW). Als Finanzchefin engagierte sich die gelernte Betriebswirtin Katharina, die aus einer Gastwirtschaft stammt. Seit 1974 leben beide im Ortsteil Hirschzell. Katharina engagierte sich 18 Jahre als Stadträtin.

Schon bald reichte das Gebäude in Oberbeuren nicht mehr aus. Die Jungunternehmer siedelten Produktion, Verwaltung und Entwicklung 1990 auf dem Areal „Am Bärenwald" an. Zur Jahrtausendwende hatte die STW 100 Mitarbeiter. 2002 erhielten die Wiedemanns erstmals die Auszeichnung „Bayerns Best 50". Elektromobilität, Batterie-Management-Systeme, frei programmierbare Displays und die mittlerweile vierte Generation von Steuergeräten sind die Produktionsschwerpunkte des mittelständischen Betriebs mit mittlerweile rund 500 Beschäftigten.

Der wirtschaftliche Erfolg hat die beiden dennoch bodenständig bleiben lassen. Gemeinsam haben sie sich auch an ihrem neuen Wohnort, dem Dorf Hirschzell, sozial und kulturell engagiert. Erstes Beispiel ist die Renovierung der Marienkapelle.

Da das zweite Projekt weit größere finanzielle Dimensionen aufweist, wurde für das Haus der Vereine in Hirschzell eine Stiftung gegründet: Immerhin mussten Millionen Euro Finanzierungsbedarf gestemmt werden. Das Gebäude des ehemaligen Gasthauses *Sonne* stand leer und bot sich als Dorfgemeinschaftshaus an.

Der Baubestand der Tafernwirtschaft - zumindest der Dachstühle - stammt aus dem 18. Jahrhundert; dies steht fest, da im Zuge der Renovierung Dachbalken dendrochronologisch untersucht und datiert werden konnten. Die Wirtschaft wurde am am 5. Februar 1801 von Leonhard Graf erworben, mitsamt den Rechten, zu „kochen, ausbaken, beherbergen, metzgen, Brandweinbrennen“. Derselbe erwarb am 26. November 1828 um 4800 Gulden auch große Teile des ehemaligen Wirtsgutes vom Müller Joseph Anton Kunz. Dieses Wirtsgut war als ursprünglicher Widemhofkomplex einer der großen Urhöfe des Dorfes gewesen.

Für das Ende des 19. Jahrhunderts ist ein rascher Wirtewechsel belegt: In den Quellen erscheinen von 1885 bis 1899 die Namen Constantin Gilliard, Georg Maier, Kustermann und Sebastian Bechteler. Erst mit der Übernahme durch Otto Gronmayer kam wieder Stabilität in den Betrieb. Die Bedeutung des Gastwirtes und des Gasthofes für das Gemeindeleben ist für die erste Hälfte des 20. Jahrhunderts gut belegbar: Otto Gronmayer verkaufte 1910 ein Grundstück, damit der Raiffeisenkassenverein ein Lagerhaus errichten konnte, 1930 stellte der Wirt für den Turnverein unentgeltlich ein Grundstück für einen Turnplatz zur Verfügung; dieser Verein durfte im Tanzsaal seine Turnstunden abhalten. Feste und Jubiläen fanden beim Wirt statt, so z.B. die Dankfeier für die Kriegsheimkehrer 1919 oder das 50-jährige Jubiläum der Feuerwehr 1930. Im Gastgarten fand 1939 eine

Maifeier mit Maibaumaufstellen statt. Bei dieser Gelegenheit spielte zum ersten Mal die Musikkapelle von Hirschzell. Nach dem Zweiten Weltkrieg wurden zwei sudetendeutsche Flüchtlings-Familien im Obergeschoss einquartiert.

Zu dieser Zeit wechselten die Wirte häufig. Unter den Wirtsleuten - teils Besitzer, teils Pächter - Helene Luckner, Gustav Lang und Dora Riederer wurde bis in die 1960er Jahre noch gekocht: so kamen z.B. die Angestellten der Steuerberatungsfirma Hörnig in die Gaststätte zum Mittagstisch. Da aber der Abendbetrieb unter der Woche relativ gering war - durch die Stadtnähe und die Motorisierung konnten, anders als in der Vorkriegszeit, auch andere Gastwirtschaften als der Gasthof des eigenen Dorfes aufgesucht werden -, rechnete sich der Betrieb des Gasthofes nicht mehr. Im Jahr 1959 verkaufte Frau Luckner den Gasthof an die Aktienbrauerei Kaufbeuren, die diesen verpachtete. Allerdings fanden in der Folge zahlreiche Wechsel statt - von 1965 bis 1984 gab es allein elf verschiedene Pächter - und der Gasthof verwandelte sich eher zu einem Betrieb, der nur Getränke ausschenkte. Ab dem Jahr 1984 wurde der Gasthof durch das Ehepaar Winkler, ab 1988 von Frau Ursula Winkler allein geführt und nach deren Tod im Jahr 2006 endgültig geschlossen.

Danach stand er lange Zeit leer. 2016 wurde die *Sonne* von Katharina Wiedemann gekauft, um ihn der Hirschzeller Dorfgemeinschaft zur Nutzung zur Verfügung zu stellen: Es sollte im Dorf wieder einen gemeinsamen Treffpunkt geben und das leer stehende Gasthaus wiederbelebt werden. Das Gebäude,

das in das Eigentum der „Katharina und Wolfgang Wiedemann Stiftung“ überführt wurde, musste dazu aufwändig saniert werden. In zahlreichen Bürgerversammlungen wurde das Projekt Dorfgemeinschaftshaus vorgestellt und erörtert. Mit viel Eigenleistung der Hirschzeller wurde ab 2017 gearbeitet, angefangen mit dem Leerräumen des Gebäudes. Seitdem wird am Dorfgemeinschaftshaus Hirschzell gebaut, im September 2019 wurde Richtfest gefeiert, und am 16. Juli 2021 konnte das Haus feierlich eingeweiht und bezogen werden. Beim Tag der Offenen Tür besichtigten rund 1000 Besucher das neue Zentrum im Dorfkern Hirschzells. In ihm gibt es einen großen Gemeinschaftsraum und einige Nebenräume im Erdgeschoss; im Obergeschoss befinden sich neben einem Mehrzweckraum auch Räume, die für die Musik als Probenraum und für die Schützen zum Aufbau der Schießstände genutzt werden.